D1926626

Autor und Verlag danken dem niedersächsischen Minister für Wissenschaft und Kunst für die Förderung des Romans

VERLAG ATELIER IM BAUERNHAUS

. . . würde es ein wunderbares Schauspiel, freilich aber nicht für zeitgenössische irdische Wesen sein, dem Geist der Menschheit erkennend nachzugehen, der über all diesen Erscheinungen schwebend und doch mit allen verflochten, sich eine neue Wohnung baut. Wer hiervon eine Ahnung hätte, würde des Glückes und Unglückes völlig vergessen und in lauter Sehnsucht nach dieser Erkenntnis dahinleben.

Jacob Burckhardt
Weltgeschichtliche Betrachtungen

Klaus Dede

DER DEICHGRAF

HEIMATROMAN

Die Personen, die in diesem Roman beschrieben werden, haben nie gelebt. Auch sind die Geschichten frei erfunden. Ähnlichkeiten mit lebenden oder toten Menschen sowie mit irgendwelchen Vorkommnissen wären rein zufällig und vom Autor in keiner Weise beabsichtigt.

© 1979 by Verlag Atelier im Bauernhaus
in der Bredenau 5, 2802 Fischerhude

Druck: Littmann, Oldenburg
Umschlaggestaltung: Wolf-Dietmar Stock

ISBN 3-88132051-2

Der große Name aber,
wenn man ihn mal hat,
ist unsterblich.

(Thukydides)

Am gestrigen Abend entschlief plötzlich und unerwartet, bis in die letzten Stunden seines Lebens für die Seinen und für die Sicherheit des Landes tätig, mein lieber Mann, unser herzensguter Vater und Schwager

der Deichgraf

Elke Rethelsen

Bauer auf Ohlhamm

8. September 1953

In tiefer Trauer:

Lulu Rethelsen,
geb. Havessen

Herger Rethelsen u. Frau

Elmar Rethelsen

und alle Angehörigen

Die Trauerfeier findet statt am morgigen Donnerstag, um 14 Uhr, vom Trauerhause aus. Eventuelle Kranzspenden werden zur St.-Hippolyth-Kirche zu Plekkateshem erbeten.

Von Beileidsbesuchen bitten wir abzusehen.

I. Die große Leiche

Als Elke Rethelsen, Bauer auf Ohlhamm in Östringen, zu Grabe getragen wurde, entfaltete das alte Plekkateshem noch einmal seine ganze Pracht — zum letzten Male, wie sich später herausstellen sollte, aber das wußten diejenigen, die sich in dem Trauerhause versammelten und die später den schier endlosen Trauerzug bildeten, und die Zuschauer am Straßenrande keineswegs; auch der Lokalredakteur aus Syassenssiel, der, mit einem Fotoapparat aufdringlich ausstaffiert, von dem er auch ausgiebig Gebrauch machte, dieser Reporter kam nicht auf den entscheidenden Gedanken, daß man hier nicht nur von einem großen Bauern, einem allseits geachteten Deichgrafen, vor allem aber einem ehrbaren Bürger Abschied nahm, sondern auch von einer guten Zeit, einer Klasse, die bis dahin die Geschichte Östringens geprägt hatte. Später allerdings beschlich die Menschen eine Ahnung von dem, was sich hier mit Gepränge ereignet hatte, denn man begann für lange Zeit Ereignisse nach dieser Beerdigung zu datieren: Etwas sei vor oder nach dem Tode Elke Rethelsens geschehen — bis selbst das vergessen wurde und neue Geschehnisse die Zeitmarken setzten.
Es war Herbst, als Elke Rethelsen „plötzlich und unerwartet", wie es in den Todesanzeigen hieß, aus dem Leben gerissen wurde. Bis zum letzten Tage sei er zum Wohle der Allgemeinheit und für die Landessicherheit tätig gewesen und in den Sielen gestorben, so hatte besagter Lokalredakteur in seinem Nachruf auf den Deichgrafen geschrieben. Er hatte das Pflichtbewußtsein des Verstorbenen erwähnt, sein geselliges Wesen, seinen Familiensinn, kurz und gut — in dem Nachruf war ein recht lebensvolles Portrait des Bauern nachgezeichnet worden — wie er leibte und lebte, so stand der schwere, große Mann noch einmal vor den Augen der Leser; sie sahen die listigen kleinen Äuglein in dem breiten, roten Gesicht, das sehr fett, vielleicht auch aufgedunsen war, sie erinnerten sich an die großen, zupackenden Hände, denen man durchaus zutraute, daß sie auch einmal zuschlagen konnten, und vor allem an die hohe, bellende Stimme, die mühelos die größten Säle des Landes füllte, auch den Letzten erreichte, stets fordernd und böse. Nur wenige kannten ihn anders, das waren die Ministerialbeamten in Oldenburg und Hannover, aber die lasen diesen Artikel nicht und hatten ohnedies ihre eigene Meinung.
Das war also der Nachruf, der dem Verstorbenen gewidmet gewesen war und den alle gelesen hatten, die nun durch Ohlhamm wogten und sich auf dem Hofplatz drängten. Auch Bürgermeister Fredersdorf, der sich langsam einen Weg bahnte, hatte ihn aufmerksam studiert, einmal wegen der Anregungen, die er für seine eigene Rede daraus schöpfen wollte, zum andern in der Absicht, jenen Lokalredakteur eben nicht zu kopieren. So vorbereitet, drängte er an den leeren Rinderständen (die Kühe waren noch auf der Weide) vorbei zur großen Glastür hin, die zum Wohnteil des Hofes führte, genauer gesagt zunächst zu einem Querflur,

der die beiden Bestandteile des Haupthauses deutlich voneinander trennte (vor allem die Gerüche), dann, zwei Stufen hinauf, in die Diele, zur guten Stube rechts. Er öffnete die tiefbraune Tür, die das Dunkel des Hausinnern noch vertiefte und die schweren, geschnitzten Möbel kaum sichtbar werden ließ — und da stand er in jenem sagenumwobenem Zimmer, dem Allerheiligsten des Hofes, das die Herbstsonne wie zum Troste noch einmal hell und warm erleuchtete. Fredersdorf sah sich um: Ja, da war noch das schwarz-braune Buffet mit den Paradegläsern, die nie benutzt wurden. Auf der anderen Seite befand sich der Glasschrank mit den bunten Mokkatassen und in der Mitte der große, runde Tisch mit der braunroten Kelimdecke und den hohen Stühlen ringsum und am Fenster der Ohrensessel des Großvaters Rethelsen, vielmehr der des lieben Entschlafenen — von ihm aus sah man über den Garten, in dem die Dahlien in einer schier unglaublichen Farbenfülle blühten, hinaus auf die Weiden hinter dem Hofgebäude, wo die Rinder friedlich grasten — ein grünes Meer, der Reichtum des Landes.
Der Sessel war leer. Die Witwe des Verstorbenen, Lulu Rethelsen, hatte auf einem bescheidenen Stuhl Platz genommen, der an sich für Besucher bereit stand. Neben ihr der jüngste Sohn: Elmar Rethelsen, hochaufgeschossen, schmal, tränenlos, wie auch die Frau des Deichgrafen, aber ernst, gesammelt, vielleicht auch traurig, jedenfalls erwartungsvoll — so traf der Bürgermeister die nächsten Angehörigen an (der Älteste und Hoferbe war nicht da und dessen Frau Irma mochte in der Küche zu tun haben). „Ähem", räusperte sich Fredersdorf, der sich plötzlich überflüssig vorkam, unangebracht, „ähem" — und dann begrüßte er die Witwe, den Sohn, äußerte er etwas von dem lieben Entschlafenen, der stets für die Heimat eingetreten sei, in der Tradition sicher ankernd die Zukunft gebaut habe — und nun ein schweres Erbe, aber der Dichter sagt uns schon: Was Du ererbt von Deinen Vätern, erwirb es, um es zu besitzen.
Ein leichtes Lächeln flog über das Gesicht der Witwe — der Bürgermeister spürte, daß dies nicht ihm und seinem Wort galt sondern — sich umwendend, gewahrte er im Türrahmen einen älteren, grauhaarigen Herrn, sehr schlank, sehr elegant in einen schwarzen Stadtmantel gekleidet, Regenschirm über dem linken Unterarm, Hut und den rechten Handschuh in der linken Hand — leicht vornübergebeugt, so stand Hajo Hayessen in der Tür, der Grandseigneur von Neu-Jerusalem, wie man sagte, oder „de latinsche Buer", wie ihn andere spöttisch nannten, denn Hajo Hayessen war aus der Art geschlagen, jedenfalls galt er nicht mehr als „Bauer", obwohl er Kühe hielt und auch zwei Pferde, sommertags Heu einfuhr wie jeder andere — aber doch viele Bücher in seiner guten Stube stehen hatte und — las. Was bei weitem nicht seine einzige Marotte war — eine andere war eben seine Vorliebe für städtische Eleganz, die er auch jetzt nicht verleugnete. . .
Hajo Hayessen ging, als er merkte, daß Fredersdorf ihn wahrgenommen hatte, rasch durch das Zimmer, den Mund zu einem leichten, fast spötti-

schen Lächeln verzogen:
„Ah, meine Liebe. . .“
Er deutete eine Verbeugung an, als er die Hand der Witwe ergriff, vielleicht sogar einen Handkuß, klopfte dem jungen Elmar leicht auf die Schulter:
„Ça va, mon vieux?“
und zog sich ohne weiteres einen der hohen Stühle vom Tisch heran, gleichzeitig mit einer Handbewegung den Bürgermeister einladend, doch endlich Platz zu nehmen, was der auch erleichtert tat — den Rest seiner Rede vergaß er.
Lulu Rethelsen richtete sich auf ihrem Stuhl etwas auf. Nun ihr Bruder da war, fühlte sie sich sicher — ihre Gedanken formulierten eine Frage, die Hajo, ohne daß ein Wort gefallen wäre, verstand:
„. . . Louisa wird in der Kirche sein.“
Die Witwe nickte. Das war ihr offenbar genug — und Fredersdorf verstand: Wie konnte die Schwester der Frau Rethelsen, die Frau des Pastors Iben, diesen Hof betreten?
Man schwieg.
Elmar Rethelsen hatte sich inzwischen auf den Fußboden gesetzt (hingelümmelt, dachte Fredersdorf) und zu einer Illustrierten gegriffen, in der er gleichgültig herumblätterte — die Witwe und Hajo Hayessen sahen schweigend in den Garten hinaus und über das Land — der Bürgermeister fühlte sich unbehaglich, deplaciert, sollte er sich lieber empfehlen?
Jemand klopfte zaghaft — dann öffnete sich langsam die Tür — und herein wieselte ein kleiner Mann mit bleckendem Gebiß in hohlen Wangen, blieb schüchtern stehen, so plötzlich, daß der viel zu große, schwarze Anzug Wellen zu schlagen schien, verbeugte sich mechanisch, zog die Lippen zusammen, grinste erneut beflissen —
Hajo Hayessen, der sich umgewandt hatte, nickte:
„Ist es so weit?“
Wieder wurden die Lippen des schwarzen Mannes zu einem Strich, wieder leuchteten die riesenhaften Schneidezähne in dem weit auseinandergezogenen Mund.
Frau Rethelsen erhob sich langsam, während ihr der Bruder den Arm bot — Elmar legte die Illustrierte beiseite und drückte, sich auf den rechten Arm stützend, den langen Körper nach oben — so trat denn die kleine Gruppe an die inzwischen geöffnete Tür und sah in das Halbdunkel der Diele.
Die Doppeltür zum Saal an der Rückfront des Hauses war geöffnet. Man sah auf ein vielfältiges Arragement von Blumen, Kränzen und Kerzen in dem großen Zimmer und mitten darin der braune Sarg mit schweren Messingbeschlägen, daneben acht kräftige Bauernburschen aus der Nachbarschaft — Frau Rethelsen kannte sie natürlich alle und dann war da auch Hergen, der Hoferbe, mit rotem Gesicht, gedrungen, kräftig, auch in Schwarz, das ihm aber sichtlich nicht paßte — man sah ihm an, daß er die Stalljacke gewohnt war, allenfalls grünen Loden, keinesfalls

aber schwarzes Tuch.
Mit einem Ruck packten die Bauernburschen die Griffe des Sarges; mit verzerrten Gesichtern schleppten sie den schweren Kasten durch die Doppeltür, durch die Diele, an der Witwe vorbei – Achtung, zwei Stufen – wieder durch eine Doppeltür, noch eine, durch die saubergefegte Tenne und durch die Grootdör nach draußen auf den Hofplatz, wo ein einfacher, mit Pferden bespannter, breiträdiger Ackerwagen auf die Fracht wartete. Focko Umbsen (der junge, denn der alte war längst tot, damals als die Kanadier kamen . . .) sah aufmerksam zu, wie die jungen Männer den Sarg auf die Ladefläche schoben, erwartete dann die Witwe mit ihrem Bruder, den Hoferben mit seiner Frau, der zwischen sich und der Mutter, vor allem dem Onkel, einen gebührenden Abstand ließ, damit sie die Alkoholfahne nicht röchen. . .
Auf dem Hofplatz war alles sauber aufgeräumt – kein Stroh lag herum, und die Ackergerätschaften – auch die beiden Trecker – waren im Schuppen aufgereiht. Mitten auf dem Platz stand der graue Ackerwagen (und nicht das übliche Leichengefährt mit der goldenen Krone oben drauf) mit zwei breiten Pferden davor. Im Schatten der großen Eschen an der Graft hatten die Mitglieder des Reitervereins in Plekkateshem Aufstellung genommen: Hoch zu Roß und in weißen Breeches zu schwarzen Jacken, die schwarzen Mützen auf den versteinerten Gesichtern. Der rechte Flügelmann hatte die blaurote Standarte des Vereins in der Faust; sie wurde sonst beim Piesel Willi Onken im Glasschrank aufbewahrt – dies aber war eine Gelegenheit, das wertvolle Stück hervorzuholen, um es öffentlich zu zeigen – schließlich galt es, einem großen Förderer die letzte Ehre zu erweisen, und so konnten denn die Trauergäste, die jetzt auf dem Hofplatz drängten, in goldenen Buchstaben lesen:

„Alles Glück dieser Erde
liegt auf dem Rücken der Pferde."

Und auf der anderen Seite:

„Herz und Hand
für's Vaterland."

Stille ringsum.
Auf dem Ackerwagen ruhte nunmehr der Sarg, in dem Bauer Elke Rethelsen lag. Ihm zu Häupten der Hof mit weit aufgerissener Grootdör des Sachsenhauses, mit dem friesischen Berg neben dem Hauptgebäude, dem Anbau für die Schweine und dem Geräteschuppen, alles überschattet von den mächtigen Linden unmittelbar vor dem Hofgebäude, von den Eschen an der Einfahrt. Auf der Straße von Aldessen nach Plekkateshem warteten die Chaisen für die Familienangehörigen und die anderen Trauergäste. –
Jetzt: ein Kommando – ein Reiter wirft mit zackigem Griff ein Jagdhorn an die Lippen – ein Signal –
die Abteilung setzte sich zuckelnd in Bewegung und bildete nunmehr die Spitze des Zuges, gefolgt von dem Ackerwagen, auf dem der Sarg

stand, und dessen Pferde Focko Umbsen Jr. mit Peitschenknall antrieb — dann fuhren die Chaisen vor, in denen die Angehörigen Platz nahmen, die Nachbarn, die Freunde...
Am Tor blieb der schwarze Mann zurück, der aufmerksam das Arrangement beobachtet hatte, nunmehr wartete, bis die Kolonne unter den Bäumen der Landstraße verschwunden war, und dann rasch zu seinem abseits abgestellten Auto ging — auf Umwegen fuhr er seinem neuen Ziele entgegen: Der Sankt-Hippolyth-Kirche in Plekkateshem.
Das Dorf — nur wenige hundert Meter von Ohlhamm entfernt — erwartete den Toten mit angemessenem Ernst. Die Bewohner standen am Straßenrand und sahen staunend den Zug, der sich da vorüberwälzte:
„Kückes — de latinsche Buer ist dorbi!"
„Aber de Fru Pastern nich."
„Nee, de harr jo Hausverbot had up Ohlhamm ... dat weer doch so?"
„Och, de Lü snackt so veel!"
„Off Hergen all wedder duhn is?"
„Man süht em nix an!"
„Nee, dor kanns nix von marken!"
„Wenn dat man good geit mit den Kirl!"
„Ja — de Ol, de harr Kredit, kien Schulden — man de?"
Die dunkelgrünen Kastanien — schon wurden die ersten Blätter braun — begrüßten den Zug, als er bei Willi Onken um die Ecke bog. Unter ihrem Dach lag das Torhaus, das den Zugang zum Friedhof bildete, fast versteckt. Vor 200 Jahren war es einmal gebaut worden, und da Plekkateshem damals zu Dänemark gehört hatte, befand sich über dem Torbogen der Namenszug irgendeines Frederiks unter einer Krone. Unter diesem Wappenstein wartete Pastor Hosemann auf den Zug, ein Herr in den besten Jahren, für diese Amtshandlung ordnungsgemäß in einen schwarzen Talar gewandet, dessen Schulterpartie aus Samt bestand, mit einem blütenweißen Bäffchen um den Hals und dem Samtbarett auf dem Kopf. Hosemann war ein drahtiger Mann mit scharf geschnittenem Gesicht und den glühenden Augen eines Eiferers. Er gehörte eigentlich nicht zu dem Dorf, war vielmehr nach dem Kriege aus Schlesien in die Marsch verschlagen worden und so in den Besitz der damals vakanten Pfarrstelle gekommen. Der Flüchtling hatte damit auch in das geräumige Pfarrhaus einziehen können (in der Zeit der Wohnungsnot keine geringe Sache) — nunmehr war er mit der Tochter eines Transport-Unternehmers verheiratet, ein vermögender Mann also, sollte man meinen, dem die Samtschultern schon zustanden!
Pastor Hosemann nahm das Barett vom Kopf, so daß die schwarzen Haare zum Vorschein kamen, drückte den angewinkelten linken Arm, mit dem er die Agende hielt, leicht nach oben: Die Bauernburschen wuchteten den Sarg vom Ackerwagen, der nur langsam — immer hinter dem Pfarrer her — in die mächtige Gaukirche getragen wurde — vorbei an dem Tuffsteinsockel des Turmes, der vor 600 Jahren gelegt worden sein mochte, durch das Portal der Kirche, durch die Halle des Mittel-

schiffs, in der die fast unzählbare Trauergemeinde jeden Sitz besetzt hielt — bis hin in den Chorraum — dort, vor dem einfachen Tisch (denn der klassizistische Altar mit den Münstermann-Figuren war von dem kunstbewußten Pastor Hosemann beseitigt worden) schoben die Träger den Sarg auf ein bereitstehendes schwarzes Gestell. Auch hier wieder Berge von Kränzen und Blumen; die Angehörigen verschwanden fast dahinter. Wie durch Zufall fand Hergen Rethelsen Platz zu Füßen jener grauen Sandsteinplatte, die an jenen anderen Elke Rethelsen erinnerte, der zu Beginn des 15. Jahrhunderts „Rathgeber Östringens" gewesen war — ein ferner Vorfahr, dessen Wirken einen wenig schmeichelhaften Niederschlag in bremischen Chroniken und Akten gefunden hatte, was seinem Ansehen aber keinen Abbruch tat. Hier also saß, stumpf vor sich hinstarrend, der Erbe von Ohlhamm, neben seiner Frau Irma, neben seiner Mutter Lulu Rethelsen, geborene Hayessen, und seinem Bruder Elmar, seinem Onkel Hajo — saß er und hörte die Grußworte des Pastoren, lauschte er der Orgel, die die Trauerlieder begleitete — und als Hosemann schließlich die Kanzel bestieg, um die Predigt zu beginnen, war er endlich eingeschlafen, schwer fiel ihm der Kopf auf die Brust, unwillig schreckte er wieder auf, schlief erneut ein, diesmal ruhig in seiner unbequemen Stellung verharrend — Frau Irma und die anderen ließen ihn gewähren.
Hosemann sah dies natürlich alles!
Er bemerkte auch den spöttischen Blick des ungläubigen Hajo Hayessen, der normalerweise Kirchen nur zu betreten pflegte, um die darin befindlichen Kunstschätze zu begutachten. Er sah Frau Rethelsen, geb. Hayessen, an, die sichtlich darunter litt, daß sie keine Trauer über den so schmerzlichen Verlust empfinden konnte — und da war Frau Louisa Iben, geb. Hayessen, Fru Pastern, wie die Leute noch immer sagten — ernst gesammelt sah sie vor sich hin — ah — Frau Iben! Hosemann flüchtete mit seinen Blicken zur buntbemalten Decke, die er bei den umfangreichen Renovierungsarbeiten entdeckt und gerettet hatte — ja, ganz frisch waren die Farben noch, als man sie unter dem Putz hervorzauberte, der sie jahrhundertelang verborgen hatte, nichts brauchte mehr verändert zu werden — der Prediger sah wieder in die Gemeinde hinein, denn die Segenswünsche, die er bis dahin — zum wievielten Male? — mechanisch hergesagt hatte, waren vorbei — die Predigt begann . . .
. . . „unser Herr und Heiland, der im Leben ist, wird auch unsern lieben Verstorbenen zum ewigen Leben erwecken — dessen können wir in allem Leid gewiß sein". . .
Hosemann sah, während er sprach, zum Fenster hinaus: Durch die milchigen Scheiben sah man schemenhaft die schlanken, fast himmelhohen Eschen am Rande des Friedhofs und davor die grauen Klötze der Grabdenkmale, die bunten Blumenflecken, das ernste Grün der Zypressen — ah, da war auch das Grab seines Vorgängers im Amt, jenes Pastors Iben — dessen Schatten noch immer auf ihm lag — hatte der nicht Selbstmord begangen? Man sagte es jedenfalls, und Hosemann hatte es

in seiner Gemeindechronik zart angedeutet: ... starb einen tragischen Tod! Das hatte er über diesen Mann geschrieben, den er nicht gekannt hatte, dessen Gegenwart er aber noch spürte, als ob es eine Auferstehung wirklich gäbe!

„... hat das Evangelium bereit für denjenigen, der glaubt, der sich dem Worte Jesu einfach anvertraut: Ich bin die Wahrheit und das Leben – niemand kommt zum Vater denn durch mich – ja, das Leben! Tod, wo ist Dein Stachel? Hölle, wo ist Dein Sieg? So können wir in dieser Stunde ausrufen, die sicherlich eine Stunde des Schmerzes ist, in der wir Abschied nehmen von einem Menschen, dessen Wert uns erst jetzt ganz bewußt wird – aber es ist auch eine Stunde der Freude, des Sieges, denn wir wissen, daß Gott sich seiner annehmen wird im ewigen Leben – Amen!"

Mit einem Rascheln erhob sich die ganze Gemeinde, als nun der Sarg wieder aus der Kirche hinausgetragen wurde.

Jesus meine Zuversicht
und mein Heiland ist im Leben ...

Mit vollem Werk rief dies die Orgel dem Sarge nach, während sich – hinter Frau Lulu Rethelsen, Hajo Hayessen, Hergen und Irma Rethelsen und dem etwas verloren dahertrottenden Elmar – der große Zug formierte.

Dieses weiß ich, sollt ich nicht
darum mich zufrieden geben ...

Draußen schwankte der Sarg über unregelmäßige Grabreihen, zwischen denen es keinen Weg gab, dahin zum Erbbegräbnis der Rethelsen, einem Kellergewölbe, dessen steinerne Türflügel weit aufgerissen dastanden und einen raschen Blick in das weißgekalkte Innere gestatteten: Hier also sollten die sterblichen Reste des Deichgrafen Elke Rethelsen vermodern –

Was die lange Todesnacht
mir nur für Gedanken macht!

So klang es durch die milchigen Fenster der Sankt-Hippolyth-Kirche.

Nach einem letzten „Vater Unser" am offenen Grab, nachdem die Angehörigen und die anderen Blumen oder Sand dem Sarg nachgeworfen hatten (nur Hajo Hayessen griff in die schwarze Marschenerde und schmiß einige Kluten auf den Sarg), kaum daß der Pfarrer sein Barett aufgesetzt hatte, um sich zum Gehen zu wenden – da setzten die Reiter ihre Waldhörner an die Lippen und bliesen ein letztes Halali über den offenen Grabkeller, über die Menschenmenge, über den Friedhof, die alte Gaukirche und das Dorf Plekkateshem.

So wurde Elke Rethelsen, Bauer auf Ohlhamm, zu Grabe getragen und auf diese prunktvolle Weise endete eine Epoche im Lande Östringen, nahm das Volk Abschied von dem Deichgrafen, der auf der Höhe seines Lebens gestorben war. Still verließ die Trauergemeinde den Friedhof – nur um Hergen Rethelsen sammelten sich einige nicht mehr ganz nüchterne Freunde, die jetzt Kurs auf Willi Onkens Gasthaus gegenüber der

Kirche nahmen. Hajo Hayessen sah der lärmigen Gesellschaft nach, dann half er seiner Schwester Lulu in die Chaise, während Elmar Rethelsen neben Focko auf dem Bock Platz nahm.
„Nu man los!“ sagte Hajo dem jugendlichen Kutscher zu, indem er sich neben der Witwe auf die Bank fallen ließ, daß die Federung ächzte, und Elmar rief, Erleichterung in der Kehle:
„Hü – nach Neu-Jerusalem!“

II. A. D. 1418

Nacht.
In Böen jagt der Wind dumpf heulend die Wolken über den weiten Himmel. Tief ducken sich die Bäume.
Die Wache auf dem Wall der Friedeburg äugt ins Dunkle.
Regt sich dort etwas?
Gibt es einen fremden Laut?
Nacht.
Aus dem Hause im Hofe der Burg dröhnt das laute, besoffene Lachen einer großen Männerschar. Man hört genau die zieg'ge Stimme des Amtmanns Ballehr, Ratsherr der Hansestadt Bremen — auch er muß Heimweh und Angst hinunterspülen — mit dem heimischen Bier und dem welschen Wein; man besitzt genug davon in der Burg. Pferde wiehern unruhig, bewegen sich in den Boxen, schlagen gegen Holz; Hunde schlagen an.
„Hörst Du was?"
Ein Kamerad ist an die Wache herangetreten. Auch er hat eine runde einserne Kappe auf, Lederwams, grobleinerne Hosen — Hellebarde in der Faust und Schwert an der Seite.
Sie lauschen.
„Scheiße", sagt der erste Wächter.
„Wie damals — und auf einmal war der Teufel los!"
„Das Quieken vergeße ich nie — wie sie die Schweine in die Heete jagten. . ." brummt der Mann mißvergnügt.
„Aber die Friesen sind unsere Freunde . . . insbesondere diese Rethelsen — falsche Hunde!"
Der zweite Mann wendet sich um und begibt sich wieder auf seinen Rundgang. Er hat die südliche Hälfte der Wälle zu begehen; wenn er seinen Kameraden trifft, bleiben beide gerne auf einen Schwatz zusammen stehen.
Er stapft in die Dunkelheit, hört die Schritte des anderen, der sich in entgegengesetzter Richtung entfernt — dann heult der Wind — und doch Schritte — stößt da ein Eisen — aber der ist doch weiter weg — eben hörte man nichts — wer ist da noch . . .
eisenharte Arme umklammern den Mann, drücken die Kehle zu, ziehen den Kopf nach hinten — ein Messer stößt mit schneidendem Schmerz von unten durch den Bauch, durch das Zwerchfell in den Brustraum — der Mund formt sich zum leblosen Schrei, zuckend rutscht der warme Körper zu Boden, badet im herausströmenden Blut . . .
Nacht.
Männer krabbeln die Leitern hoch — auf die Umwallung, ducken sich in den Schatten der Brustwehr, schweigend — warten, warten auf den anderen, der hat . . .
„Ummo . . ."
Er sucht ihn, hat seinen Rundgang beendet, jetzt müßte der Kamerad da

sein, zwei Worte in dieser Nacht und die andern saufen unten – die Augen bohren sich in das Dunkle, die Ohren suchen nach Geräuschen, wo?
„Ummo . . ."
Mißtrauen klingt in der Stimme: Hat sich fortgemacht, der Kumpan, ist wohl runter, statt die Ablösung abzuwarten und läßt ihn allein – warte ich werde . . .
Im Absprung stößt ein Eisen gegen einen Stein – der Mann spürt blitzartig die Gefahr, wirft sich zurück – schreit, schreit gellend, überschreit Wind und Gebrüll der Besoffenen drunten –
„Feindiooooo . . ."
dann erstirbt der Laut.
Die Angreifer warten.
Unten reist jemand die Tür auf. Ein Mann steht im Rahmen, seine Figur wird vom dahinter flackernden Feuer umrissen – ein schwarzer Schatten vor lohgelbem Hintergrund.
„Was ist?" brüllt er herauf.
Oben spannt sich ein Bogen, noch einer – Pfeile zeigen auf den Schatten.
„Ummo, hast Du geruf. . ."
Der Pfeil zittert noch in seiner Brust. Der Mann sinkt zu Boden.
„Mann, Didde, das war Ballehr selbst," flüster ein Angreifer dem Schützen zu, und dann laut:
„Los, Freunde!"
Die Schar springt den Wall hinunter, rutscht, fällt, stolpert – dann sind sie unten im Hof, vor dem Haus, an der Tür, bei der Leiche des Amtmanns, aber da stehen schon zwei mit Schild und Hellebarden, fuchteln fürchterlich in der Luft herum – man kommt nicht an sie heran – andere springen aus den Fernstern, kommen von den Seiten – wer ist Freund? Wer ist Feind?
„Gerold!"
„Hier!" ruft ein junger Mann, der sich im Hof seiner Haut wehrt.
„Didde!"
„Ich bin da!" schreit ein anderer von einer anderen Stelle.
Den Angreifern gelingt es nicht, in das feste Haus zu kommen. Und sie haben niemanden mehr auf den Wällen – die sind von den Bremern besetzt – sie stehen im Hof – in der Falle, und wenn der Tag kommt, so haben sie keine Deckung gegen Bogenschützen.
„Ergebt Euch!" ruft ein Bremer.
„Niemals!" schreit Gerold.
„Niemals!" schreit Didde.
Sie rufen es alleine. Rücken an Rücken stehen sie nun – auf dem Boden liegen die Leichen der eigenen Freunde, die einiger Feinde – und diejenige des Amtmanns Ballehr.
Morgengrauen.
Man ahnt Konturen.
Die Bremer haben sich zurückgezogen. Niemand dringt an die Friesen

heran — da segelt ein Seil durch die Luft, reißt dem Didde den Kopf zur Seite — er fährt mit den Fäusten in die Schlinge — Luft. Gerold rutscht am Boden entlang, an einer Hand gezogen. Sie werfen sich auf sie, fangen sie, haben sie — Gefangene — Didde und Gerold Rethelsen sind Gefangene der Hansestadt Bremen, im Gewahrsam des Rates.
Der Handstreich auf die Friedeburg ist fehlgeschlagen.

*

„Bei der Heiligen Jungfrau und der Keule des Heiligen Hippolyths — was soll ich tun?"
„Die Ehre — die Ehre Deines Hauses verteidigen und die des Landes dazu!" sagt der Mann vor ihm mißvergnügt.
„Und Du mein Sohn — mein letzter Sohn?"
„Weichen — weiche aus auf die Geest, zu Freunden, bewahre Dich und Dein Gut, erwirb Vertrauen — das ist mein Rat!"
Der Mann, der vor dem Herdfeuer auf einem hohen Lehrstuhl sitzt, wiegt den Kopf hin und her — er sagt:
„Ehre — was heißt Ehre? Ich gehe hin und versuche meine Söhne zu befreien, was natürlich schief geht, aber ich falle ehrenvoll und der da" er zeigt auf den dritten Sprößling — „der da natürlich auch und dann ist das Haus Rethelsen ausgelöscht, aber die Ehre — die Ehre haben wir... höre, Husseke Hayen, ich höre wohl die großen Worte, die man uns einbläst und ich freue mich an den Geschichten, die abends am Herdfeuer erzählt werden, aber was haben wir davon, wenn wir solche Geschichten selbst machen? Didde und Gerold haben sich besoffen reden lassen — ich habe es zugelassen, das weiß Gott — und nun sitzen sie im Turm von Bremen und warten darauf, daß man köpft, was ein großes Fest sein wird — sie sterben und ich weiß, daß sie ehrenvoll sterben — und ich?"
„Du, Elke Rethelsen, Du bist der Hovetling eines der ältesten Geschlechter dieses Dorfes, ja, des Landes — als Erzbischof Willehad der Heilige hier an das Ufer stieg, wurde er begrüßt von einem Rethelsen und als er uns das frische Wasser brachte, war es ein Rethelsen, der den Heiligen dankte, — und nun bist Du hier — Hovetling und Ratgeber beider Lande, nur dem Kaiser bist Du Gehorsam schuldig und dies auch nur für eine Tagreise, mehr nicht, denn abends mußt Du daheim sein, um das Land gegen nassen Tod und Normannen zu verteidigen — und jetzt weichst Du kampflos vor den Bremern?"
„Soll ich mich opfern?"
„Oft müssen wir weichen — aber niemals kampflos!"
„Mag sein, daß einmal alles so war, wie es gesagt wird, aber der Kaiser ist weit — und die Bremer beherrschen das Land; ist nichts mehr so, wie es vor langer Zeit war — wir können nicht mehr unseren Zoll von den Koggen holen und was unsere Freunde angeht — aller Welt Feind und des Teufels Freund — wo sind denn Klaus Störtebecker und Godeke Michael, wo sind die Likedeeler? Die Kogge der Hanse fährt frei, so weit

der Wind weht, so weit die tiefen Wasser reichen, so weit reicht ihr Handel und so weit gehen die Vredekoggen, schanzen ihre bewaffneten Männer; was können wir armen Dörfler tun, auch wenn wir von alters einen mächtigen Turm haben, Wall und Graben – was ist zu tun gegen diese Macht, die ihre Spinnennetze um die Erdscheibe legt, die belebt und würgt, ganz nach ihrem Belieben – was ist zu tun?"
„Wenn wir auch die Freiheit nicht bewahren können – wir haben noch Kraft zum Kampf . . ."
„Wie Didde und Gerold . . . mein Sohn, mein Erbe – sprich Du!"
„Wir weichen – ich schlage vor, daß wir weichen . . . nicht fliehen, sondern uns verständigen mit dem Hohen Rat zu Bremen dahin, daß wir, da wir mit dem Überfall nichts zu tun haben, dennoch, um auch den bösen Anschein zu tilgen das Land verlassen, bis uns der Hohe Rat gestatten möge, auf unsere Güter zurückzukehren. . ."
„Und die Kirche?"
„Scheiß auf die Kirche!"
Elke Rethelsen erhebt sich.
„So sei es denn!"
Und er geht die breite Tenne Ohlhamms entlang zur Grootdor.

*

Durch die schmalen, hohen Fenster scheint die Sonne in langen Strahlen, aber sie erhellt die Kirche nur mühsam. Am Altar leuchten zwei Kerzen und in der Nordecke der Kirche schimmert die bleierne Keule des Heiligen Hippolyths, dem der Versammlungsraum geweiht ist. Schweigend empfangen die Friesen den Hovetling, der – breit und ernst – durch das Portal eintritt.
„Elke Rethelsen – Du stehst im Frieden der Heiligen Kirche!" ruft vom Altar der Priester dem Eintretenden zu.
Vor dem Altar sitzen auf fellbelegten Schemeln zwei Männer, deren breite Pelzmäntel sie als reich und ausländisch ausweisen. Kaufleute aus Bremen – Gesandte der mächtigen Hansestadt.
„Wir erheben Klage gegen den Hovetling von Plekkateshem", sagt der eine, als Elke vor dem Altar angelangt war.
„Und gegen die Meente Meene!" fügt der andere hinzu.
„Weil sie dem reisenden Kaufmann Schaden zugefügt haben – gegen das Gebot des Kaisers, der den Frieden der Straße schützt, und gegen die gesiegelten Briefe!" beginnt der erste Kaufmann erneut.
„Wir fordern Sühne!" schließt der andere die Klagerede ab.
Elke Rethelsen sieht die beiden Männer an, dann die übrigen Friesen in der Kirche – er zuckt mit den Achseln:
„Ich bin Amtmann der Hansestadt Bremen hier in Plekkateshem – und ich bin mir keiner Schuld bewußt – ich! Was meine Söhne Didde und Gerold anbelangt – so befinden sie sich im Gewahrsam des Hohen Rates – ich hoffe auf die Milde der Stadt Bremen. . ."

Die Stimme des Hovetlings senkt sich zu einem Flüstern.
„Es geht hier nicht nur um den ruchlosen Überfall auf die Friedeburg," begehrt der eine der beiden Kaufleute auf, „sondern um mehr — auch nicht nur um die Schweine, die ihr in die Heete getrieben habt, sondern auch um jenen Kaufmann, den wir, in einem lecken Boot treibend, im letzten Augenblick retten konnten, nachdem ihr —" er wendet sich jetzt an die ganze Gemeinde — „sein Schiff genommen und beraubt habt — gesteht ihr's?"
„Wir stehen zu allem, was wir getan haben", brummt Elke vor sich hin, „aber wir gestehen nicht, was wir nicht getan haben, nur weil es uns unterstellt wird."
Ein Murmeln geht durch die Menge.
„Bei der Keule des Heiligen Hippolyth, bei der Jungfrau und allen Heiligen — wir lassen uns nichts in die Schuhe schieben!" ruft ein Bauer zur Bekräftigung.
Der zweite Kaufmann zuckt die Achseln, nickt — dann steht er auf:
„Männer von Plekkateshem — wir wollen nichts in die Schuhe schieben, aber der Überfall auf die Friedeburg an der Heete."
„Ohne mein Wissen und ohne meinen Willen. . ." Elke dazwischen.
„. . . der Überfall auf die Friedeburg ist geschehen und die Söhne des Hovetlings von Plekkateshem sind in unserer Gewalt — Elke Rethelsen kann nicht mehr unser Amtmann hier sein, auch sein Jüngster nicht, der Erbe seiner Güter und auch seines Ranges, nicht mehr Amtmann Bremens im Ort und nicht mehr Hovetling — der Rat der Stadt Bremen verlangt von Euch, Meente Meene von Plekkateshem, daß Ihr diesen Elke Rethelsen von Euch laßt, sonst wird kein Friede mehr sein zwischen Euch und uns. . ."
„Sollen sie doch kommen — wir empfangen sie wie einst in Coldewärf, mögen sie kommen," schreit einer in der letzten Reihe, aber die meisten schweigen.
Jetzt läßt sich der Priester vernehmen:
„Wenn aber der hier anwesende Elke Rethelsen mit seinem Sohn diesen Platz verläßt, von uns geht, bis der hohe Rat Bremens ihnen die Rückkehr, gemeinsam oder getrennt, gestatten mag — wenn dies so geschieht, dann bleibt Friede zwischen der Meente Meene von Plekkateshem und der Stadt Bremen?"
„Dann ist Friede!" sagt der zweite Kaufmann.
„Und meine Söhne Didde und Gerold?" fragt Elke Rethelsen.
„Sind dem Gericht des Rats verfallen!"
„Und mein Gut?"
„Du magst mitnehmen, was Du willst und magst die Erträge von Deinem Hofe genießen — in der Fremde, an einem andern Ort, nicht hier!"
Eine kurze Zeit herrscht Schweigen in der Runde. Dann sagt Elke Rethelsen:
„Die Meente Meene soll sagen, was ihr gut dünkt!"
Der Priester reckt sich:

„Männer von Plekkateshem – wollt ihr dies, was Euch die Gesandten Bremens vorgeschlagen haben?"
Ein allgemeines Nicken zeigt den Bremern, daß die Friesen zustimmen. Einige: „Wir wollen es!"
„Wir müssen ja!" sagen andere.
„Man los, Icke, Du kannst das aufschreiben und siegeln. . ."
Icke nickt.
„Dann sei es so!" sagt er zu den Kaufleuten, die sich nun gegen den Priester knapp verbeugen.
Sie schreiten würdevoll aus der Kirche – draußen schwingen sich die Hansen auf die bereitstehenden Pferde und verlassen, gefolgt von einigen Knechten, im Galopp das Dorf.

*

Johann Nyenborg, ein kleiner, schmaler Mann, der in dem dichten Pelz fast ganz verschwindet, empört sich dergestalt, daß sein Gesicht rot anläuft, seine Stimme sich überschlägt:
„Gnade? Friede? Mit wem? Mit den Friesen? Mit diesen Räubern? diesen Wölfen der Straße? Diesen Galgenvögeln – wieviele Verträge haben wir mit ihnen geschlossen? Wie oft haben sie versprochen, den Kaufmann friedlich auf der Straße des Königs ziehen zu lassen – und was haben sie von alldem gehalten? Strafe muß sein – Strafe, harte Strafe, damit sie niemals wieder ihre schmutzigen Finger nach dem Gute eines hansischen Kaufmanns ausstrecken!"
Die Patrizier hören die Rede mit geduckten Köpfen an – nur selten spricht jemand so in diesem Kreise – man schätzt die bedächtige Weise kluger Männer, die Wort und Tat sorgsam bedenken, niemals aber rasch sind, in Gedanken nicht und auch nicht im Handeln.
Didde und Gerold liegen nun schon lange im Turm – in tiefster Dunkelheit auf fauligem Stroh, aber dies tut ihrer jugendfrohen Gesundheit scheinbar ebenso wenig Abbruch wie die schmale Kost, die sie erhielten. Nun muß entschieden werden, ob sie hingerichtet werden sollen oder nicht.
„Das Recht ist auf unserer Seite," spricht sehr leise und langsam der vierschrötige Simon Laubenthal, „aber wir müssen auch bedenken, welche Folgen es hat, wenn wir dem Recht seinen Lauf lassen – wir töten die beiden Friesen – und? Die Rache der Rethelsen müssen wir vielleicht nicht fürchten – aber die Friesen haben ihre Martyrer, denn das, was Didde und Gerold getan haben, ist in unseren Augen ein Verbrechen – aber für die Friesen ist es eine Heldentat – und sie wird es noch mehr, wenn wir sie hinrichten. . ."
„Und was sollen wir tun?" kräht Nyenborg dazwischen.
„Die Zeit mag für uns arbeiten, vielleicht gibt es ein Lösegeld – jedenfalls sind sie Geiseln, denn so lange wir mit der Hinrichtung nur drohen, zwingen wir andere zur Zurückhaltung, aber wenn sie erst tot sind . . .

dann . . ."
„Verheirate sie doch hier in der Stadt, mit Deinen Töchtern, binde sie doch so . . ."
„Keine schlechte Idee — das, sie sind reich, auch hübsch, groß, kräftig — keine schlechte Idee, aber dann . . . sie müßten natürlich aus dem Verließ heraus . . . doch zurück zu meinem Gedankengang: Ich plädiere für Aufschub, denn wir haben politisch erreicht, was wir vernünftigerweise erreichen konnten — Rache ist eine schlechte Politik!"
Die Mitglieder des hohen Rates wiegten ihre bedächtigen Häupter hin und her — und konnten sich nicht entschließen — mal neigten sie, dem Johann Nyenborg zu, wenn dieser wieder einmal an die Blamage mit den Schweinen erinnert, die vor der Friedeburg — von wem? — in die Heete gejagt wurden — eine Schmach, schlimmer noch und spürbarer als der Überfall des Didde und Gerold, mal glaubten sie, ihrem Kollegen Simon folgen zu sollen — wenn man die beiden in Bremen halten könnte? Wenn man sich so eine verwandtschaftlich gebundene Klientel an der Weser schaffen würde? Wenn so eine Partei entstünde, die hanseatischen Interessen aufgeschlossen gegenüberstünde?
Gnade! Recht! Gnade! Rache!
Monatelang dauert die Debatte.
Wenn eine Unbotmäßigkeit des Elke Rethelsen doch einen Vorwand geliefert hätte!
Aber der verhält sich ruhig, versteckt irgendwo in einem Nest auf der Geest, fast vergessen.
Und wenn sich die Meente Meene von Plekkateshem gerührt hätte!
Aber die Männer von Plekkateshem geben keinen Anlaß zur Klage — das Tor zur befestigten Kirche steht dem Kaufmann aus Bremen weit offen — Friede!
Gnade? Recht? Gnade? Rache?

*

Die Hinrichtung war beschlossen.
Zum letzten Male — nach langer Kerkernacht — treten Didde und Gerold in die leuchtende Sonne hinaus, begleitet von eisenklirrenden Kriegsknechten, begrüßt von einer schweigenden Menge, die zum ersten Male diese Männer zu Gesicht bekam — sie steigen auf den Schinderkarren und setzten sich auf das Stroh. Durch das Menschenspalier geht es hinaus auf die Wiese vor der Stadt — dort steht das Gerüst mit dem Block — Sand davor, um das Blut aufzusaugen und riesengroß, mit blutigroter Kappe, das doppelschneidige Schwert mit beiden Fäusten umklammernd — der Scharfrichter — Kreuze ragen auf, Priester singend . . . Didde und Gerold klettern von der Wüppe, steigen die Treppe hinauf, stehen, warten — ringsherum das Volk — die Mitglieder des Rates auf einer überdachten Tribüne, Teppiche auf den Bänken, über der Brüstung — Johannes Nyenborg ist da, Triumph in den Augen, auch Simon

Laubenthal, müde lächelnd, resignierend, – es ist seine Niederlage – dies tödliche Schauspiel.
Didde kniet nieder, bekreuzigt sich – sagt etwas zum Scharfrichter, der nickt, hebt das Schwert hoch, höher, es blitzt in der Sonne – dann schlägt er es nieder – der Kopf fällt, zuckend windet sich der Körper auf dem Gerüst, pumpt das Herz Blut in den Sand – und da, da – Gerold, knieend neben dem sterbenden Bruder, hebt den Kopf, hebt ihn mit beiden Händen, den rumpflosen Kopf und hält ihn vor sein Gesicht, küßt die Lippen des Bruders, küßt die blutlosen Lippen, knieend küßt er. . .
Bewegung im Volk.
Simon Laubenthal redet auf seine Nachbarn ein, der Bürgermeister lauscht – Johannes Nyenborg ist weiß geworden – vor Wut, vor Scham, hört, was Simon sagt, flüstert, raunt, lauscht hilflos dem anderen, den anderen, dem Volke, das staunend dasteht, auf den Rat sieht, auf den Friesen, der den Kopf hinlegt, sich zusammenreißt, während die Henkersknechte ihm die Fäuste auf die Schultern legen wollen –
„Halt!"
Der Bürgermeister hebt die Hand.
„Gerold Rethelsen – höre!"
Der Verurteilte wendet sich der Ratstribüne zu – die Sonne leuchtet ihm ins Gesicht, er zwinkert.
„Wir, der Rat der Stadt Bremen, bieten Dir Leben und Freiheit – wenn Du bereit bist, die Tochter eines Patriziers zur Frau zu nehmen und bei uns wohnst, als einer der unseren. . ."
Klar schallt die Stimme über den Platz.
Schweigen ergreift die Masse, als Gerold Rethelsen, ungehindert von den Henkersknechten sich erhebt.
Weit trägt die Stimme des Friesen:
„Rat der Stadt Bremen – ich bin ein freier Friese – und ich lasse mich nicht in eurer Stadt binden – auch nicht mit goldenen Ketten – ich will die Tochter eines Ratsherren nicht und ich begehre auch nicht, was ihr Freiheit nennt. . ."
Das Gemurmel des Volkes steigert sich zum überraschten Schrei, in dem untergeht, was Gerold noch sagen will – der Bürgermeister befiehlt den Knechten mit einer Geste in ihrem Werk fortzufahren – sie drücken den jungen Mann in die Knie, vor dem Block – er beugt das Haupt – von hoch oben saust blitzend das Schwert nieder. . .

*

Die Saga der jungen Rethelsen Didde und Gerold hüpft mit großer Leichtigkeit über die Mauern der Stadt Bremen, läuft die Wege und Gräben entlang, huscht durch die Ritzen in den lehmverschmierten Wänden der Marschenhöfe, flackert im Herdfeuer, wenn der Bauer mit der Familie und dem Gesinde abends zusammensitzen, dreht sich in den Spin-

deln der Spinnerinnen, klopft im Takt der Dreschflegel auf der Tenne, glüht in den Fieberträumen der Kranken, schmerzt mit dem Stich der Flöhe und dem Biß der Wanzen —
auf den Flügeln dieser Saga eilt der Ostfriese Focko Ukena mit seinem Heer herbei, durchmißt er die Weiten Östringens, bis zur Friedeburg, deren versumpfte Gräben, verfallene Wälle keinen Widerstand, deren feuchtkaltes Steinhaus kein Unterkommen mehr bietet — und in seinem Gefolge trifft auch Elke Rethelsen wieder in Plekkateshem ein, nunmehr doppelt angesehen als der Mann, der durch die Bremer ins Exil getrieben wurde und der Vater von Didde und Gerold — sein bedächtiger Rat gilt viel in der Meente Meene — er ist Consul, Richter, Rathgeber bis zu seiner letzten Stunde.
Und es folgt sein Sohn. Und der Sohn des Sohnes. Und so weiter: in ununterbrochener Geschlechterfolge walten die Rethelsen auf dem Hofe Ohlhamm, königliche Bauern sie alle mit dem Kleiboden unter sich, dem Nachbarn neben sich und dem Herrgott über sich — Herren also, mit einem Wort — und Träger des Namens, den die jungen Martyrer Didde und Gerold heiligten bis an das Ende dieses friesischen Volkes, bis an das Ende der Tage.

III. Im Finkennest

Verfluchte Marsch!

Sommertags lacht die Parklandschaft gleißnerisch den Fremden an: Im grünen Land liegen verstreut die baumumwachsenen Höfe, die von ferne wie kleine Wäldchen aussehen. Friedlich grasen mächtige, schwarz-weiße Rinder zwischen den dunklen Gräben, auf denen ruhig Entengrütze schwimmt und aus denen das Reith hervorsticht. Und ringsum zieht sich der Deich hin mit den geduckten kleinen Häusern dahinter, von denen aus jeweils Treppen zur Deichkappe führen, wo Bänke zum Ruhen einladen, neben dem ruhig kauenden Schaf oder der neugierig meckernden Ziege – von hier aus sieht man auf die weite Fläche des Grodens und auf das graue Watt, hinter dem man, kaum noch, den blanken Saum der See erkennen kann.

Verfluchte Marsch!

Wenn die Sonne lacht, wenn im Licht die Wiesen glänzen – und der Klei betonhart wird, wenn das Grundwasser immer tiefer absinkt und das Gras keine Feuchtigkeit mehr aufsaugen kann, gelb wird, trocken, keine Nährkraft mehr hat, so daß das Vieh sich das Maul durchfrißt, nicht genügend Heu, schlechtes Heu gewonnen wird – und wenn dann die Mäuse kommen, die Weiden unterwühlen, die Wurzeln abfressen, Leben vernichten – wenn die Sonne lacht, zu lange, zur Unzeit, zu sehr, zu intensiv –

Verfluchte Marsch!

Wenn der Regen über das Land peitscht, tagelang, wochenlang, aus grauverhangenem Himmel auf ein graues Land. Die Wege werden grundlos, der Klei ist ein einziger Schmer, auch die schweren Oldenburger Pferde können die breiträderigen Wagen kaum weiterreißen. Und das Heu schwimmt auf den nassen Wiesen. Die Bauern müssen besonders breite Holzpantinen anziehen, um es mähen zu können – sogar den Pferden werden Schuhe angezogen, damit sie nicht versinken. Und das Gras trocknet nur schwer – womit soll im Winter das Vieh gefüttert werden? Und dann kriecht die Feuchtigkeit in die Häuser. Was nützen die Linden ringsum, die das Wasser aufsaugen sollen – wie sollen die Bäume die Feuchtigkeit bewältigen, die in den Wänden den Salpeter auswäscht, so daß er in den Zimmern graue Blüten treibt. Und wenn im Winter der harte Frost einfällt, glitzert in den Zimmern das Eis wie eine Tapete. Zwar legt man nun glühenden Torf in die Kiepen und steckt diese Körbe – die Glut sicher auf einem Stück Blech ruhend – in die Betten, aber die schweren Federdecken werden so allenfalls warm, aber nicht trokken. Und manchmal hilft auch das nicht, ist doch letzt den Janßens ein Säugling unter den klammen Kissen in der Wiege erfroren; der war morgens so still und da merkten sie, daß er tot war.

Verfluchte Marsch!

In Deinen Gräben brüten Ausdünstungen, die Krankheit bringen – und den Tod. In Deinen Kuhlen verbergen sich das kohle Fewer und die Sük, das Gallenfieber und die Auszehrung – in Deinen Tümpeln steckt die Ungiftigkeit des Viehs, unsichtbar, allgegenwärtig: im Wasser der Graften, in denen sich das Regenwasser sammelt, das von den breiten Reithdächern tropft, aber auch die Jauche von dem Misthaufen auf dem Hofplatz und aus den Ställen, in den Brunnen, die von Salpeter und von geheimen, unbekannten Giften verseucht sind, in der Milch der Kühe, die ihre Krankheiten an den Menschen weitergeben – überall steckt das Fieber und wer krank ist? Und wer krank ist, legt sich in den Alkoven, wartet auf den Tod, auf die Heilung, jenachdem, wie Gott es schickt. Wer Geld hat, läßt einen Arzt holen und dann kommt Dr. Zedelius aus Plekkateshem, beobachtet den Kranken, verordnet ein Senfpflaster feuchte Umschläge mit Tüchern, die man in Wein getunkt hat, vielleicht hilft das; und geht, kommt wieder, zuckt die Achseln – es ist Gottes Wille: sucht Tröstung im Wort der Heiligen Schrift und streitet Euch nicht um das Erbe. Mein Honorar, wenn ich liquidieren darf. . .

Verfluchte Marsch!

Im Sommer jagt ein Fluch Gewitterwolken über das Land – Glocken läuten verzweifelt, um die stehende Luft in Bewegung zu bringen und da zuckt es herunter, wieder und wieder, grelle Blitze in tiefer Nacht, rollender Donner – betet, Kinder, betet! – und der Bauer fingert nach der dicken Familienbibel, schlägt die letzten Seiten auf, dort, wo der Notschrei der Menschen aufgezeichnet ist, wenn der Himmel zu explodieren scheint, ein greller Lichtschein, ein Donnerschlag und dann Stille – Hilfe! Aus dem frischen Heu züngeln Flammen, klettern, Spinnweben verzehrend, nach oben, fressen sich durch das trockene Dach und schon steht der ganze Hof in Flammen, der ganze Hof und der Bauer jagt die Schweine nach draußen, die Bäuerin rettet Gegenstände, vor allem rettet, rettet Euch selbst – Menschenskinder – Nachbarn kommen herbei, nehmen die Unglücklichen auf – eine Brandstelle mehr in der Marsch, ein viereckiges Stück Land mit Bäumen ringsum und einer Rotbuche dort, wo einmal der Garten war, nur das Haus ist fort, nie wieder aufgebaut – ein Gewitter, damals, als Grünhof brannte, und dann haben sie das Land stückweise verpachtet, später verkauft – was mag aus denen geworden sein?

Verfluchte Marsch!

Und was ist dies alles gegen jenes Unglück, das sich im Winter zusammenbraut – wenn der Wind die Wassermassen durch den Kanal in die Nordsee drückt, dann nach Nordwesten springt, sich auf Orkanstärke steigert und nun die Wellen gegen das grüne Land branden, steigen, den Groden überfluten, den Deich erreichen, immer weiter steigen – hilflos sehen die Wachen auf den Deichen, wie die Wassermassen immer höher die Deichböschung hinaufkommen — schon ist der Stand der letzten Flut erreicht — wie hoch wird diese auflaufen? Noch höher? Wird sie über den Damm klettern und das Land unter sich begraben? Wird es wieder werden wie damals — zum Weihnachtsfest 1717, als nur in der Kirche zu Plekkateshem ein trauriges Christfest gefeiert werden konnte — alles übrige Land stand unter Wasser, oder noch 1825, als die Flut im letzten Augenblick, als sie an manchen Stellen die Innenböschung der Deiche hinabstürzte, das dahinterliegende Kleiland zu einer tiefen Brake aufreißend, zurückging, abfloß, wich — ein deutlicher Fingerzeig Gottes, der es gut mit uns meint in aller Trübsal — wie wird es diesmal ausgehen, diesmal und das nächstemal und dann und dann? Einmal im Jahrhundert — so sagt man — reißt der blanke Hans die Deiche ein — und einmal alle tausend Jahre, wir wollens nicht beschreien, aber einmal, einmal wird es das letzte Mal sein, wird die Not der Menschen begraben werden von dem salzen Wasser, werden ihre Schreie erstickt vom Heulen des Sturms, dies der gnädige Wille des allmächtigen Gottes.

Verfluchte Marsch!

Und doch! Häuser, in denen gerade der letzte Eigentümer, nachdem Frau und Kind gestorben waren, sein Leben dahingeschissen hatte, belebten sich wieder mit neuen Menschen. Das Land, das zu niedergebrannten Höfen gehörte, wurde von neuen Rindern begrast, in der Nachbarschaft erhob sich eine neue Hofstelle — und nach jedem Deichbruch wurden die Dämme neu aufgeschichtet, wobei man mit jedem Jück Boden geizte, der dem Meere endgültig zu überlassen war. Und wo dies möglich war, zog man neue Buhnen in das Watt, um die Landgewinnung zu beschleunigen, um möglichst rasch neue Deiche bauen zu können. . .
Gesegnete Marsch?
Was hielt die Menschen denn hier?
Mehr noch: Was lockte sie immer wieder in das grüne Meer?
Warum wurde dies Land stets aufs neue erobert?
Es wird Zeit, daß ich von jenem ersten Hayessen erzähle, der für unsere Familienüberlieferung noch faßbar ist. Er hieß Friedrich mit Vornamen und lebte in der 2. Hälfte des 18. Jahrhunderts in der Gegend von Wiefelstede. Dort war er, wie üblich, Knecht bei einem Bauern geworden, zuletzt verdiente er als Großknecht so viel, daß er sich ein bißchen Geld zurücklegen konnte, ein kleines Kapital für den Ankauf eines Köterhäuschens, wie das so war in jener Zeit. Als er etwa dreißig sein mochte, lernte er seine spätere Frau kennen, vielleicht auf einem Ball in seiner Bauernschaft. Sie wurden einig, und weil sie auch einige Taler im Strumpf hatte, konnten sie beide daran denken, sich ein eigenes Anwesen zu pachten oder, wenn es nicht zu viel kostete, zu kaufen. Und so kam Friedrich Hayessen mit seiner Frau in die Marsch.
Warum?

Nun, das Angebot, das der Großknecht aus Plekkateshem hatte, war zu verlockend: Das Haus war zwar baufällig, weil es ziemlich lange leer gestanden hatte, aber billig, und einige Jück Land gehörten dazu, genug für ein oder zwei Kühe und einige Schweine – vor allem aber lag auf diesem Haus eine Schankgerechtigkeit, die zwar lange nicht mehr genutzt worden war – aber das mochte sich ändern. Wie Friedrich Hayessen auf das Finkennest gestoßen war, ist nicht überliefert – vielleicht war einer aus seiner Verwandtschaft in der Marsch in Stellung und hatte ihm geschrieben – jedenfalls reiste er eines Tages an, und bald war der Kaufvertrag perfekt: Friedrich Hayessen wurde richtig mit seiner Frau kopuliert und konnte dann in das neue Haus am Ostabhang der Dorfwurt gegenüber dem Hofe Umbsen einziehen.
Wußte der Mann nichts von dem, was auf ihn wartete?
Vielleicht hätte er, wenn er gefragt worden wäre, gesagt: Krankheit, Blitzschlag und Flut sind Gottes Wille, die wir getrost zu tragen haben – aber in der Marsch wird nicht gehungert, wie bei uns auf der Geest, denn jeder hat hier seinen Graupenbrei mit Buttermilch, das wenigstens, und wer beim Bauern arbeitet, bekommt morgens zu seinem Schwarzbrot mit Butter noch einen guten Schluck Genever, und das wäre bei uns nicht möglich. Und dann die Arbeit: Der Marschbauer läßt sein Vieh auf der Weide grasen, melkt es zweimal am Tag – und das ist denn auch alles; nur wenn eine Kuh kalbt oder wenn das Heu zu bergen ist, hat er von morgens bis abends Arbeit, sonst lebt er wie im Schlaraffenland, wo einem alles in den Mund wächst, während wir auf der Geest dem kargen Boden alles abzwingen müssen. Deswegen sind die Bauern in der Marsch auch dick und träge, dem Spiele und dem Trunk ergeben, wir aber arbeitsam und hager, sparsam und zielstrebig – und deswegen setzen wir uns auf die Stellen, die ihr aufgebt, nicht nur wegen Blitzschlag und Flut sondern vor allem wegen des gemeinen Konkurses!
Natürlich wissen wir nicht, ob dieser Friedrich Hayessen so gesprochen hat – aber gedacht hat er das sicherlich, denn das können wir seinen Taten entnehmen, die nichts weiter waren als realisierte Gedanken.
Friedrich Hayessen bezog also im Herbst 1779 – zu Michaeli, wie man damals sagte – das Finkennest in Plekkateshem gegenüber dem Hofe Umbsen. Wir haben weder von ihm noch von seiner Frau ein Bild, denn es war damals auf dem Dorf nicht üblich, sich konterfeien zu lassen. Auch von dem Haus können wir uns nur schwer ein Bild machen: Es war ziemlich verwahrlost, und von dem ein Jahr später geborenen ältesten Sohn, Christian, genannt Krüschan, hieß es, daß er von seiner Wiege direkt in den Himmel habe sehen können. Diese Ruine gehörte dem Mann aus dem Ammerland – und viel mehr als die Kraft seiner beiden Arme konnte er zunächst auch wohl nicht investieren. Er verdingte sich wieder als Knecht, während seine Frau den Garten bestellte. Auf diese Weise kamen ein oder zwei Schweine in den Koben, dann stand ein Kälbchen im Stall, – es ging Schritt für Schritt weiter.
Das Haus wurde nach und nach instand gesetzt: Neue Reithfiemen in

die Löcher gesteckt, die in das Dach gefault waren, und die Seitenmauern, wo der neue Hausbesitzer sie niedergebrochen fand, wieder aufgemauert, sobald Friedrich Hayessen irgendwo in der Wisch alte Steine, die von einem abgebrochenen Schweinestall anfielen, erwerben konnte; das war ein großes Ereignis, als das Haus schließlich überall dicht war und das Ehepaar prostete dem kleinen Krüschan, der inzwischen auf unsicheren Beinchen über die Diele stakte, mit einem Glas Genever zu – es war das erste, das sie sich leisteten, seit sie das Finkennest erworben hatten!

Aber es kam noch besser.

Auf dem Haus ruhte, wie wir wissen, eine Schankgerechtigkeit. Die hatte der frühere Inhaber der Gastwirtschaft vernachlässigt, weil er selbst sein bester Gast gewesen war, bald auch sein einziger, denn alle anderen hatte er durch sein tobsüchtiges und unsauberes Wesen vertrieben, vor allem, nachdem er, nach seinen vier Kindern auch seine Frau beerdigen mußte; damit war ihm der letzte Halt genommen, und das Finkennest wurde zu einer verfluchten Stätte, die niemand mehr betreten wollte.

Jetzt aber stellte Friedrich Hayessen in der Stube rechts vom Eingang drei Tische auf, dann auch Stühle ringsherum; er kaufte Gläser, Bier, Wein und Schnaps – und eröffnete eine Gastwirtschaft, wie ihm dies durch ein „Privilegium seiner Dänischen Majestät" gestattet worden war. Gleichzeitig kündigte er seinen Dienst bei den Umbsen auf –, von nun an war er sein eigener Herr auf eigenem Grund und Boden!

Damit war die erste Stufe des sozialen Aufstiegs erklommen, aber jetzt meldeten sich auch die ersten Gegner – in Gestalt des Krügers Lüer Lüerßen und des Pastors Wardenburg, die, wiewohl aus Prinzip und Beruf zerstritten, sich in diesem einen Punkte doch einig waren: Eine zweite Gastwirtschaft gehörte nicht ins Dorf – sie mußte wieder weg. Die Auseinandersetzung wurde auf zwei Ebenen geführt: publizistisch und politisch. Publizistisch: Hinter seiner Theke verschanzt, schimpfte Lüer auf den neuen Gastwirt im Achterdorp – diesen Dreckspatz im Lokal zum schmutzigen Löffel. Seine Gäste erfuhren, wie reichlich er – Sprecher – doch zumesse (was er neuerdings auch tat) und der da. . .! Überhaupt der Neue – soll doch bleiben, wo er herkommt – was will der hier! Ein Piesel im Dorf genügt, un dat bün eck!

Pastor Wardenburg nutzte die Kanzel, um seiner Gemeinde die neue Lasterhöhle zu vermiesen. Hatte nicht schon der bisher einzige Krüger Unglück genug ins Dorf gebracht? War es nicht ein stetes Ärgernis, daß so manche Seele, statt in der Kirche Gottes Wort zu lauschen, nun in Sünde und Trunksucht verharre, in der Gastwirtschaft sich aufhalte – und das des Sonntagsmorgens, auch wohl betrunken auf dem Friedhofe randaliere, wie oftmals beklagt worden. Und nun noch eine zweite Gastwirtschaft – weit ab von der Kirche, wo sich das nichtsnutzige Gesindel verkriechen könne, kein Finkennest sondern ein Schlupfwinkel des Lasters, der Unzucht. . .

Achja, wenn die Gäste des guten Lüer man zuhören würden – aber sie tranken ihren Schnaps, warfen die Karten auf den Tisch, gröhlten heiser ihre Lieder – was kümmerte sie der neue Wirt – vielleicht war der gar nicht so schlecht? Und Pastor Wardenburg predigte weißen Wänden und tauben Ohren, denn die, die ihm zuhörten, besuchten weder die eine noch die andere Gastwirtschaft und die Krakeeler – nun, die waren nicht da, denn sie hatten auch ohne den freundlichen Hinweis des geistlichen Herrn herausgefunden, daß jene neue Piesel viel günstiger lag als die alte, weil von Pastor und Nachbarn weniger kontrollierbar und so erwies sich der abgelegene Platz im Achterdorp am Ostabhang der Wurt als ein Vorteil, wenigstens für einige, wenige zunächst. Der neue Piesel brauchte sich über den Zulauf nicht zu beklagen.
Politisch: Die Nutzlosigkeit seiner Tiraden einsehend, nahm Lüer Lüerßen an einem wackligen Tisch seiner Gastwirtschaft Platz, schnitt einen Gänsekiel zurecht, legte Papier bereit, dazu stellte er einen Topf mit trockenen Sand, auch die Tinte vergaß er nicht – nun mochte es losgehen – aber wie?
„Ew. Hochwohl- und Edelgebohren. . .
So stand es nach vielerlei Anläufen, verbunden mit Kopfkratzen und anderen Verrenkungen schließlich auf dem weißen Papier – und nun?
„. . . beehre ich mich hiermit alleruntertänigst und respektvollst anzuzeigen, daß sich in dem Dorfe Plekkateshem ganz gegen Recht und Gebrauch ein neuer Krüger niedergelassen hat, der im Achterdorp, in einem Haus namens Finkennest, Bier und Branntwein ausschenket und damit mein Recht willkürlich und ohne Grund verkürzet. . ."
Und so ging es weiter.
Drüben, auf der anderen Seite des Kirchplatzes saß indessen Pastor Wardenburg, und verfaßte von ähnlichen Erwägungen getrieben, ebenfalls einen Brief in einem noch umständlicheren Deutsch. Während aber Lüer Lüerßen seine Eingabe an das herzogliche Ministerium zu senden gedachte, sprach Wardenburg das Konsistorium an. Danach richtete sich auch ihre Argumentation: Der weltliche Gastwirt berief sich darauf, daß sein Konkurrent ein königlich-dänisches Privileg besitze, Oldenburg nunmehr aber herzoglich sei, womit jenes Instrument denn doch wohl hinfällig geworden – während Wardenburg auf die Gefährdung der Sitten hinwies, worüber im jüngsten Visitationsbericht genugsam geklagt, und im übrigen sei das Pastorat immer noch nicht in einem besseren Zustand als damals, denn der Kirchenjurat Rethelsen weigere sich, die notwendigen Reparaturen am Dach vorzunehmen; nun regne es in die Kammer des Pastoren hinein – eine Bibel sei auf diese Weise schon verdorben. . .
Man sieht: Unser geistlicher Herr war, während er am Fenster sitzend an seiner Eingabe schrieb, etwas vom Thema abgekommen, aber er ließ alles stehen – mochte der hochwürdige Generalsuperintendent selbst lesen, wie es in dieser Gemeinde stand und wie die Verachtung des Heiligen Wortes Gottes und die Mißhandlung des Dieners Seiner Heiligen

Kirche Hand in Hand gingen. . .
Es sah nicht gut für unseren Friedrich Hayessen aus, denn er hatte zwei mächtige Wortführer im Dorf gegen sich – wie würde sich die Obrigkeit verhalten?
Wer repräsentierte diese Obrigkeit?
Karl Theodor Rethelsen – denn von ihm muß jetzt die Rede sein – war zu jener Zeit noch ein junger Mann: vielleicht Mitte zwanzig – aber schon Eigentümer des Hofes Ohlhamm, eines auch damals stattlichen Anwesens von reichlich 100 Jück. Und schon in all seinen Rechten als Haupt der Familie und der Gemeinde: Vogt und Jurat des Kirchspiels, der entscheidende Mann im Dorfe, denn bei ihm liefen die Fäden zusammen, und er entschied, was des Herzogs Hoheit im fernen Oldenburg aus Plekkateshem erhielt – und was nicht! Auf jeden Fall konnte er zu allen Eingaben, die an die Residenz gingen, seine Meinung sagen – und bislang hatte das hohe Ministerium sich stets die Ansichten des Vogtes zu eigen gemacht.
Auf Karl Theodor Rethelsen kam es also an.
Herrschaftswissen wird oft tradiert – auch hier.
Rethelsen war jung, aber er wußte sich klug zu verhalten. So lange Lüerßen hinter der Theke, Pastor Wardenburg auf der Kanzel schimpften, verhielt er sich ruhig – wenn er in der Kirche saß, konnte er sich in seinem Stuhl gut verbergen, denn der war von hohen Holzplanken gegen jede Einsicht geschützt (dazu mit einem Baldachin versehen, auf dem ein Kreuz prangte – das nebenbei) – wenn der Gottesdienst zu Ende war, und der Pfarrer auf ihn zukam, tat er, als ob er nichts hörte – dem Krüger dagegen verbot er einfach das Wort, wenn der in seiner Gegenwart auf das leidige Thema kam – aber nun lag die Eingabe Lüerßens auf dem Tisch und der war nicht dazu zu bringen, sie wieder mitzunehmen und den Dingen ihren Lauf zu lassen – und Wardenburg hatte zwar den Juraten von seinem Brief an das Hohe Konsistorium unterrichtet – aber nichts weiter: Dies Stück Papier befand sich schon in Oldenburg.
Aber was ging dies Karl Theodor Rethelsen an?
Ob ein oder zwei Kneipen im Ort bestanden, konnte ihm ziemlich egal sein, und dieser Friedrich Hayessen . . . eben hier lag der Punkt! Der Vogt und Kirchenjurat Rethelsen war nicht der Mann, der selbst große Unternehmungen ersann und durchsetzte – ruhig auf seinem Besitz lebend und die Privilegien genießend, die sich aus seinen Ämtern ergaben, suchte er doch die Nase im Wind zu halten, daß er nicht plötzlich ausgespielt wurde, und dann? Dieser Friedrich Hayessen aber war ein aufstrebender Mann, der sozusagen mit nichts angefangen hatte, und nun als sein eigener Herr dastand. Umbsen hatte erzählt, was das für ein Wühler sein konnte; überdies war, rein rechtlich gesehen, die Sache nicht aussichtslos, denn das Privileg war „auf ewige Zeiten" verliehen – Rethelsen beschloß, den neuen Mann zu unterstützen!
Friedrich Hayessen, der sich schon von Haus und Hof vertrieben sah, stellte zu seiner großen Überraschung fest, daß er im Vogt einen Ver-

bündeten gefunden hatte – dann nämlich, als Rethelsen nach genauer Lektüre des Privilegs feststellte:
„Jo, dat is korrekt.“
Zwar konnte Rethelsen nicht umhin, die Eingabe Lüerßens nach Oldenburg weiterzugeben – aber er fügte doch als seine submisseste Consideration hinzu, daß die Sitte und Moral im Dorf durch den zweiten Gasthof keineswegs gefährdet seien, und im übrigen das Privileg rechtens bestehe. . .
Was soll ich noch viel erzählen?
Natürlich wurde die Sache nie entschieden! In Oldenburg las Graf Holmer, der Minister des Herzogs, widerwillig die Post aus Plekkateshem – dann stellte er Fragen, die Rethelsen nach langer Zeit beantwortete, woraufhin die Sache verschoben wurde, bis das Hohe Konsistorium sich eine Meinung gebildet habe. Hier war gerade eine Vakanz eingetreten, und dann hatte der neue Generalsuperintendent zunächst anderes zu tun, ehe er sich dem Brief des Pastors Wardenburg zuwenden konnte und natürlich stellte auch er Fragen, die der Pfarrer beantworten mußte, was ihm schwerfiel, denn inzwischen war die Pastorei instandgesetzt – auch die Löcher im Dach geflickt – wie konnte der Pastor sich nun gegen den Juraten stellen? Andererseits ließ sich der erste Brief nicht ungeschehen machen – der geistliche Herr zögerte mit der Antwort, schwächte schließlich ab, nun ja und so ernst gemeint war dies alles nicht. . .
Und das alles dauerte Jahr um Jahr, während Friedrich Hayessen munter in seiner Gaststube Bier und Schnaps verkaufte, ja, sogar den Dachboden so ausbaute, daß dort zur Kirmeszeit getanzt werden konnte. Dann drängten über die schmale Treppe die Jungen und Mädchen aus dem Dorf auf den Wiehm und trampelten zur Geigenmusik, daß das ganze Haus zitterte – und Friedrich Hayessen schenkte aus – schenkte aus, bis eines schönen Tages Soldaten in fremden Uniformen, mit hohen Tschakos auf dem Kopf, in das Dorf marschierten, in die Höfe eindrangen, Quartier und Fourage verlangten – und zwar reichlich.
Die Küste war holländisch geworden, Die Weltgeschichte hatte den Streit zwischen Lüer Lüerßen und Friedrich Hayessen unerledigt zu den Akten gelegt – und gegen diese Entscheidung gab es kein Rechtsmittel.

IV. Der kategorische Imperativ

Den ersten Hayessens, die in Östringen wohnten, wurde – wie gesagt – nach angemessener Zeit ein Sohn geboren: Christian, genannt Krüschan. Der sah, als er noch in der Wiege lag, durch die Löcher im Dach in den Himmel, dann stakte er über den Lehmboden der Diele, sammelte Strohhalme und spielte mit den Hühnern:
„Put – put – put . . .“
Und sie kamen erwartungsvoll herbei, weil Mutter dem Sohnemann oft genug Körner in die Hand gab, die er juchzend zwischen die pickenden Vögel streute.
Später suchte er die Eier, denn die Hühner hatten keine vorgefertigten Nistplätze, und Kalkeier gab es auch nicht – so legten sie dort, wo es dunkel und warm war: Manche Eier fand man, manche auch nicht; es kam nicht drauf an.
In dieser Zeit eroberte sich Krüschan das Dorf – und das Ufer der Weser, und dort traf er Jan Fisch.
So nannte man im Dorf einen Mann undefinierbaren Alters, der in einer Kate am Deich wohnte und einen kleinen Kahn besaß, mit dem er bei Ebbe hinausfuhr, um Aale und Butt zu fangen – bei Flut kehrte er zurück, räucherte den Fang daheim und verkaufte frischen Fisch an die Frau Pastor und an den Herrn Küster. Jan Fisch stank entsetzlich – aber das störte den kleinen Krüschan nicht, der sofort Freundschaft mit dem alten Mann schloß – wenn man ihn suchte, dann war er dort und schleppte eifrig Gestrüpp an, das der Fischer zum Räuchern brauchte und versuchte sich auch sonst nützlich zu machen.
Gewiß: Lesen und Schreiben lernte der junge Hayessen in der Schule beim gestrengen Küster Jüchter, dem Sohn eines Pastoren, der aber leider durch das Examen gefallen war und nun Dienste an der Schule und Kirche von Plekkateshem tat, sonntags Orgel spielte und werktags die Dorfkinder in der Schule unterrichtete, was mit großer Strenge geschah. Bei ihm erlernte Krüschan das ABC, und ein bißchen Rechnen gehörte auch mit zum Programm, vor allem aber memorierte er den Katechismus des Doktor Martinus Luther: Ich bin der Herr, Dein Gott. Du sollst nicht andre Götter haben neben mir! Was ist das? . . .
Schule wurde auf der Diele des Küsterhauses gehalten. Dort saßen die Kinder auf Bänken und hielten die Tafeln auf den Knieen, während vorne der Küster an einem wackeligen Tisch thronte, den Knüppel vor sich. Dabei schielte er gelegentlich nach hinten, denn dort hantierte die Frau Küster vielversprechend am offenen Feuer, um rechtzeitig das Mittagessen fertig zu haben – die ganze dunkle Atmosphäre bedrückte Krüschan, und deshalb rannte er sommertags nach der Schule an den hellen Strom, wo ihn Jan Fisch zwar nicht mit offenen Armen, aber doch mit breitem Grinsen empfing.
Auch hier war Schule – aber eine ganze andere. Der alte Mann zeigte dem Jungen nicht nur alle Fische, die sich in seinem Netz verfangen hat-

ten und schilderte ihre Eigenheiten – er unterrichtete den kleinen Krüschan auch in den Anfängen der Seemannschaft: Ganz nebenbei erlernte der junge Hayessen, wie man Knoten machte, Netze knüpfte, und vor allem kannte er sich bald mit Wind und Wetter aus: Aus den Formen der Wolken und aus der Windrichtung wußte er Regen, Sturm oder Sonnenschein – je nach dem – vorauszusagen. Jan Fisch nickte immer öfter ganz zufrieden, wenn er seinen Eleven abfragte und dieser eifrig antwortete, so eifrig, wie Küster Jüchter nie eine Antwort bekam.
Dann kam die Zeit, in der Jan Fisch den Krüschan – nun schon fast ein junger Mann – mit in den Strom hinaus nahm. Was war das für eine Welt, die sich dem Hayessen hier auftat, ein Labyrinth in einem endlosen Meer von Reith, wenn sie am Ufer entlangfuhren oder in einen alten Flußarm hineinruderten! Dann lernte er das weite, graue Watt kennen, die stille Landschaft, die nur begrenzt wird durch den Horizont und über der die Möwen kreischen – oft ließ Jan Fisch das Boot trocken fallen; dann stiefelten sie beide hinaus zu den Aalreusen, um nach dem Fang zu sehen, und zwischendurch stießen sie mit scharfen Gabeln nach den Butts, die sich vergeblich im grauen Schlick verbargen. Später saßen sie wieder in dem Boot – im Laderaum kribbelten die schlangenförmigen Aale; Jan Fisch schmauchte seine stumpfe Pfeife und sah in eine unendliche, unwirkliche Ferne.
„War das alles mal festes Land?"
„Jo, dat weer allens Land," sagte Jan Fisch, und der Mund bewegte sich kaum, „un dor weer en hogen Diek umto mit een koppern Siel."
„Ein kupfernes Siel?" fragte Krüschan erstaunt.
„Een koppern Siel," bestätigte Jan Fisch, „man dor weer de anner, de seggt to een Mann: Du kriegst von mi een roden Rock, een witten Stock un een bunte Koh, wenn Du de Siel upmaken deihst, wenn de Flot kummt – un dat hett he dahn. Un de Flot is kamen und hedd dat Land freeten – man den Kierl, den hebbt se kreegen, un se hebbt em in een Lock smeeten, in Diek, in een Tonn, un all de Lü hebbt dor Klei und Kluten upsmeeten, jümmers to, bet nah baben hen – dor hebbt se hürt, as de Kierl seggt:
„De rode Rock, de witte Stock, de bunte Koh,
de deckt mi armen Sünner to!"
Jan wußte noch mehr solche Geschichten. Von dem Kind, das in der Kirche von Plekkateshem eingemauert wurde, damit die Mauern nicht immer wieder versanken, wie das vordem geschehen war: Da hatte der Teufel nämlich nachts das weggenommen, was tagsüber aufgebaut worden war, bis man besagtes Kind geopfert habe. Und von Hippolyth, den die Plekkateshemer eingemauert hatten, weil er ihnen ihre Sünden vorhielt – aber die Möwen fütterten den Heiligen, so daß er nicht starb, vielmehr seine Predigt durch das Loch in der Wand fortsetzte, bis die Plekkateshemer ihn mit Ochsen auf dem Deich zu Tode schleiften...
„War Störtebecker auch hier?" fragte Krüschan.
„Jo, dat mok woll wesen", sagte Jan Fisch unsicher, denn er erfand

nicht gerne Geschichten: Was er erzählte, mußte wahr sein — nicht daß es wirklich geschehen war, aber es mußte doch irgendwie überkommen sein, ihm als wahr erscheinen — und Störtebecker? Nein, von Störtebecker wußte er nichts oder nur wenig: daß er ein Seeräuber war, natürlich, und daß alle an Bord den Raub gleichmäßig teilten, weswegen man sie Likedeeler nannte, und daß der Mast seines Schiffes mit purem Gold gefüllt war — dies alles wußte Jan andeutungsweise — aber mehr nicht. Und gerade dies wenige regte die Phantasie des jungen Hayessen an.
Wenn er denn vorne am Bug des Kutters lag und über die weite Fläche des Watts hinwegsah bis dorthin, wo sich grau der Wassersaum vom Horizont abhob — dann glaubte er, die vollen Segel einer Seeräuber-Kogge zu bemerken, die Fahne mit dem schwarzen Totenkopf am Heck, wie sie auf der Lauer lag und dort — richtig, da kam ein Kauffahrteischiff am Horizont auf — schon sah man die Segel, und das Hurra der Seeräuber schallte bis zu ihm her über das Watt, gleich würde es zum Kampf kommen, ja, die Hansen waren verloren. . .
Wilde Schlachten schlug der Seeräuber Hayessen draußen auf dem Watt, wenn sie die Reusen nachgesehen hatten und auf die Flut warteten, die sie nach Hause tragen sollte — und erst der Zuruf des Kapitäns brachte den Moses wieder in die Wirklichkeit zurück, in die stets neue Welt am Strom, zu dem Wind, der nun das Segel schwellte, und den Fischen im Laderaum, die es zu schlachten und zu räuchern galt. Für die Eltern war dies natürlich alles „dumm Tüch" — und da inzwischen ein jüngerer Bruder geboren war, Geert genannt, sollte Krüschan nicht Fischer sondern Pastor werden, vielleicht auch Mediziner, jedenfalls war für ihn ein Studium geplant — und deshalb mußte er für's erste zum Pastor Ludovicus Strang nach Asmundeshem, damit dieser ihn in die Anfangsgründe der lateinischen Sprache einweihe, denn Krüschan sollte später die Lateinschule in Oldenburg besuchen und dann nach Rostock gehen — dies war alles klar.
Und nun saß der angehende Fahrensmann in der Studierstube des Pastors Strang vor einer lateinischen Grammatik und lernte emsig: amo, amas, amat, amamus, amatis, amant, amabam, amabas. . . dies sagten seine Lippen, aber in Gedanken war er draußen am Strom, schaute er auf die grauen Wellen, die träge gegen die Uferkante klatschten; sie ließen seine Phantasie auch nicht los, als der freundliche Geistliche, der vielleicht etwas von dem Zwiespalt im Kopfe seines Schülers ahnte, Caesars „de bello gallico" aus dem Bücherschrank kramte, damit er die ersten Kapitel daraus übersetze, womit dann sozusagen die niederen Weihen erreicht waren. — Wie qualvoll war dies alles im Vergleich zu dem, was er bei Jan Fisch zu tun hatte, dieses Suchen nach dem Prädikat, dann das Subjekt, und wo ist das Akkusativ-Objekt? Die Wolken zogen heute besonders hoch dahin — das würde Sturm geben, vielleicht noch am Abend.
Wieviel Güte, wieviel Langmut mag Pastor Strang auf diesen jungen Menschen verwandt haben, daß er ihm nicht aus der Studierstube hin-

weglief, hinaus in die Sonne, in den Regen, gleichviel, aber doch an die frische Luft, an das Wasser, dorthin, wo die Wellen geheimnisvoll im Reith gluckten, der Butt im grauen Schlick lag, der Aal sich im Priel schlängelte — um all dies zu sehen, zu erleben, zu haben — dieses stets Neue am Wasser, dies immer junge Licht über den Wellen, über den grünen Groden, auf denen die Strandnelke so schön blühte — schöner war manchem anderen nicht die Rose!

Und eines Tages wurde Christianus Hayessenius Scholar der hochwohl löblichen Lateinschule in der Haupt- und Residenzstadt Oldenburg. Er saß zu Füßen des Rektors derselben, des Magisters Aegroti, um Cicero und Plutarch zu übersetzen und zu explizieren sowie lateinische Aufsätze zu redigieren ... dies alles ein hartes, aber unvermeidliches Geschäft, betrieben in einer gieblígen Stadt, deren Hoher Magistrat gerade damit beschäftigt war, die Bürger dahin zu erziehen, daß sie ihren Unrat nicht mehr kurzerhand auf die Straße sondern in besondere Dreckkisten warfen, worüber ein eigens dafür eingestellter Polizeidiener zu wachen hatte. Und in diese enge, muffige Welt fuhren nun, wie Blitzstrahlen, aus dem Westen die Nachrichten vom Aufstand des französischen Volkes gegen den König, vom Sturm auf das Staatsgefängnis, die Bastille, vom Sieg der welschen Armeen über die angestammten Fürsten und ihre Söldner-Truppen, leuchtete die Losung von der Freiheit, Gleichheit und Brüderlichkeit — dies alles wußten — fiebernd — auch die Schüler zu Füßen ihres Magisters, während dieser vom hohen Katheder herab Kantische Philosophie las, verschlungene Gedankengänge aufbaute, von analytischen und synthetischen Urteilen, von Prinzipien und Maximen sprach und über allem leuchtete das Grundgesetz des redlichen Handelns: der kategorische Imperativ.

Dies war etwas anderes als Luthers kleiner Katechismus, und der junge Hayessen erinnerte sich an die Reithlabyrinthe seiner Heimat, wenn er versuchte, die Gedanken des fernen Gottes Immanuel nachzusinnen. Er fühlte sich ähnlich angezogen von diesem unsichtbaren, geheimnisvollen Meer, das sich da vor ihm auftat, und der Magister Aegrotus begann für ihn eine ähnliche Rolle zu spielen wie seinerzeit Jan Fisch, als dieser ihn in die Geheimnisse des Watts und der heimischen Sagenwelt einweihte.

Jahre vergingen. Während der Sommermonate wanderte Krischan in das heimische Plekkateshem zurück und eilte, hier angekommen, kaum daß er die Eltern begrüßt hatte, zu seinem Freund, der immer noch seinem alten Gewerbe nachging und kaum älter zu werden schien. Und dann lag der junge Mann wieder auf dem Boot und sann, während sie auf die Flut warteten, den Seeräubern nach, dachte wohl auch an die Kantische Philosophie, an das „Ding an sich", jenes merkwürdige Mysterion, und an das Postulat „Gott", das „moralische Gesetz in uns". Das befriedigte den jungen Schüler, der im nächsten Jahr nach dem Willen der Eltern und inzwischen auch nach seinem eigenen — in Rostock das Studium der Theologie aufnehmen sollte. — Mit Freude sah der alte Hayessen, daß sich der Sohn auch in den Ferien mit Büchern beschäftigte, und

ehrfürchtig schaute er in ein Buch mit griechischen Buchstaben. „Homers Odyssee", sagte Krüschan, und der Alte nickte bedächtig.
Dann kam alles ganz anders.
In die Residenzstadt rückte fremdes Militär ein – Holländer! Norddeutschland wurde von dem großen Krieg erfaßt, der zwischen Preußen und Frankreich ausgebrochen war, und einen Augenblick lang schien es so, als ob das Herzogtum zu den Niederlanden geschlagen werden sollte, was sich als Irrtum herausstellte, aber die holländische Besatzung blieb, ja, sie rückte auch in Plekkateshem ein und machte sich in den Häusern breit. – In der Pastorei residierte ein Capitain des Zolls und begann, Pferde, Wagen und Männer zu requirieren, weil an dem Fluß eine Schanze gebaut werden sollte.
Dem alten Hayessen war dies Treiben unheimlich – er meinte, daß an ein Studium in so gefahrvollen Zeiten ohnehin nicht zu denken sei: Er befahl seinem Ältesten, nach Haus zurückzukehren, denn er brauche ihn in der nächsten Zeit und überhaupt. So packte denn Krüschan seine wenigen Sachen zusammen, einige Hemden und die Bücher, warf das Bündel über die Schulter und wanderte zum Heilig-Geist-Tore hinaus – in Richtung Plekkateshem.
Die Schulzeit war beendet.
Zu Haus war alles verändert. Im Dorf beherrschten die Soldaten das Straßenbild. Hinzu kamen die Bauern mit den Fuhrwerken aus der Umgebung, die auf Befehl des holländischen Kommandanten herbeigeholt worden waren und die Holz brachten, Erde fuhren – die Pferde durch die tief ausgefahrenen Wege auf dem Groden peitschten. Dort, dicht an der Abbruchkante, erhoben sich die Wälle einer neuen Schanze mit Brustwehren für die Wachen, dahinter die schweren Geschütze, die den ganzen Fluß bestrichen – hier wurde ein mächtiger Riegel geschaffen, denn dies war nicht die einzige Batterie: Drüben, auf der anderen Seite, erstand ein ähnliches Bauwerk, ebenso hoch und mit Baracken für eine starke Besatzung ausgestattet.
Krüschan sah dies alles neugierig aber eigentlich ohne Interesse. Er hielt sich wieder gerne bei Jan Fisch auf, obwohl dieser nicht mehr so oft wie früher auslaufen konnte – jedenfalls mußte er das Watt, das zur Nordsee hin lag, den Großen Sand und andere Flächen, meiden –
„Ick hebb kiene Permischon", sagte Jan.
„Warum braucht man denn sowas?" fragte Krüschan.
„Wi hebbt die Kon – ti – nental – sperre!" brummte der Fischer, wobei er das lange Wort ganz eigentümlich durch die Nase drückte, sehr langsam, Silbe für Silbe, um das Fremdartige zu betonen.
„Achso!" nickte Krüschan, denn er wußte natürlich, daß Jan Fisch das kaiserliche Verbot meinte, Handel mit den englischen Schiffen zu treiben, die draußen auf Reede lagen – und nach Helgoland durfte man schon gar nicht, obwohl doch dort Waren lagerten, Kaufleute warteten –
„Wat schert mi dat", sagte sich Krüschan und ging wieder nach Hause,

denn das Mittagessen wartete.
Die Wochen vergingen und der Winter kam heran. Die Schanze am Fluß war rechtzeitig fetiggestellt geworden: Jetzt hausten die Soldaten innerhalb der Wälle in zwei Baracken, auch der Kommandant hatte sein eigenes Haus; in einem weiteren Gebäude befand sich die Küche, auch ein Stall war vorhanden – und oben auf den Wällen drohten die Geschütze; in den Kasematten lagerte das Pulver in dicken Fässern, waren die Kugeln gestapelt, die notfalls gegen den eindringenden Feind geschleudert werden sollten. Das Dorf selbst war jetzt frei von Einquartierung. Die Bauern von Plekkateshem mußten indessen die ungebetenen Gäste mit verpflegen – aber sonst konnte nunmehr das Leben seinen gewohnten Gang gehen.
Vom Winter ist nicht viel zu melden – auch das Frühjahr brachte keine Neuigkeiten; die Besatzung blieb, man hatte sich wohl auf diese Situation einzurichten. Krüschan nahm wieder seine Besuche bei Jan Fisch auf, der in seinem Hause die Netze flickte und auf seinem Kutter zu tun hatte – schließlich wollte er trotz alledem seinem Gewerbe nachgehen – warum auch nicht? Der Krieg in der Ferne kümmerte ihn wenig, auch sollte er aufgehört haben, sagte man – den Krieg in der Nähe versuchte er zu übersehen, so gut es ging, aber das war nicht möglich.
Denn ferne, am Horizont außerhalb der Reichweite der Küstenbatterien, sah man die Masten der englischen Schiffe!
„Ich wüßte, wie man hinkäme!“ sagte Krüschan eines Tages zu seinem Lehrer.
„Und wie?“ fragte der leise zwischen den Zähnen. Sie saßen auf dem Boot – und niemand konnte sie hören.
„Wir fahren am Morgen los, verbergen uns im Reith – gleiten im Schutze der Nacht an den Forts vorbei und sind da.“
„Und wenn man uns vermißt?“
„Wir fischen doch im Reith, Onkel Jan!“
„Ach so!“ sagte der Fischer und puhlte weiter an dem Seil, das er verspleißen wollte. Nichts weiter. Nicht „ja“, nicht „nein“. Auch für Krüschan war das nur ein Gedankenspiel.
Bis sie den jungen Mann fanden.
Er lag am Rande des Reiths in einem Boot, erschöpft und leicht verwundet – auf der Flucht, wie er sagte, und wollte zu den Engländern.
„Warum?“
„Ich will nicht französischer Soldat werden – dann lieber in die weite Welt, nach Spanien, vielleicht nach Indien, mein Glück versuchen.“
Jan Fisch nickte. Nun war es so weit – jetzt mußte sich zeigen, ob Krüschans Plan gut war. Das Boot glitt in stockfinsterer Nacht geräuschlos an den Wachen der beiden Forts vorbei in die offene See – als sich die ersten Sonnenstrahlen über die Kimm tasteten, waren Jan Fisch und Krüschan schon außer Sichtweite bei einem der englischen dickbäuchigen Schiffe längsseits gegangen – der junge Mann war an Bord geklettert, Krüschan hinterher, und nun hörte er, was der Mann in dem ei-

ganten grünen Frack ihm zu sagen hatte:
Es ging um Kaffee, Zucker, Indigo – alles Waren, die es auf dem Kontinent nicht mehr gab, die er aber, bei seiner Ortskenntnis! leicht durch die Sperre schmuggeln konnte. Und es sollte sein Schade nicht sein – hier ist eine Adresse in Bremen – zuverlässiger Mann. You 've got a boat? this one? Very well!
Krüschan entwickelte seinen Plan und Jan Fisch nickte immer dazu. Man durfte nicht zu häufig fahren – wenn man es wie bisher hielte, dann . . . und mit dem Fisch war sowieso nichts zu verdienen. Der Kutter war bald mit Ware vollgepackt, und wieder tauchte das Boot in das Dunkel der Nacht – als es in Plekkateshem anlegte, hatte Jan Fisch einen mageren Fang an Bord, über den er etwas lauter als sonst lamentierte, während Krüschan still nach Haus ging.
Es hieß, der junge Hayessen wolle nun doch nach Rostock, um zu studieren, schließlich war ja Friede, und er ritt tatsächlich fort (der Vater hatte ihm ein Pferd mitgegeben!) – aber dann war er wieder da, führte sein altes Gammelleben mit Jan Fisch fort – man wußte nie so recht, war er im Reith irgendwo oder daheim. . .
„Ich möchte Ihren Sohn Krüschan sprechen!" sagte der Sergeant grob, als er die Gaststube der Hayessens betrat.
„Nicht da!" brummte der Alte kurz angebunden.
Das genügte einmal, zweimal – dann half ein kostenloser Schnaps nach, bald waren mehr nötig.
„Grüßen Sie ihn schön!" lallte die Streife, wenn sie sich entfernte, aber der alte Hayessen sah ihr doch sehr besorgt nach.
Bei Jan Fisch war Haussuchung.
Ein Leutnant, ein Sergeant und zehn Mann drangen in seine Hütte ein, kehrten alles um, auch den Strohsack in seinem Alkoven schlitzten sie auf, und dann nahmen sie sich das Schiff vor – mit Kabelgatt und allem, aber sie fanden nichts, nicht eine verdammte Kaffeebohne. . .
„Und wir wissen genau, daß Sie schmuggeln!" brüllte der Leutnant den alten Mann an, der gleichmütig seine Pfeife rauchte, während die Soldaten stöberten und kramten.
„Wo ist Krüschan Hayessen?" fuhr der Offizier den Fischer an. Der zuckte nur die Achseln und blies eine blaue Dampfwolke in die Luft. Man war ihnen auf der Spur – so viel war klar.
Es traf sich gut, daß der Leutnant halb privat, halb dienstlich mit dem Gemeindevogt Rethelsen einen guten Kontakt pflegte, wobei die Frage war, ob mehr das gute Essen und Trinken, oder die Reize der Elise Rethelsen den fremden Offizier anzogen, genug, er kam, saß und plauderte, oft stundenlang über dies und das, über die Last des Dienstes und wie scharf man aufpassen müsse, wenn man die Küste tatsächlich sperren wolle, über die Tücke der Schmuggler, die keine noch so harte Strafe abschreckte, aber wie man auch menschlich sein müsse, manchmal jedenfalls . . . und auf die menschliche Seite kam denn auch Rethelsen zu sprechen, und so geschah es, daß von stund an der Kleinknecht der

Rethelsen immer aus der Gastwirtschaft Hayessen eine Flasche Beaujolay holte, bevor der Leutnant zu einer Rückfrage oder gar Untersuchung das Wirtshaus im Achterdorp betrat und eine Flasche Veuve Cliquot, wenn ein solcher Besuch Jan Fisch und seinen Kutter betraf.
Derartige Zufälle gaben dem Geschäft Krüschan Hayessens natürlich Auftrieb, und bald genügte der eine Kutter nicht mehr, zumal er ja nicht oft auf Fang auslaufen durfte; — deshalb charterte der verhinderte Student ein weiteres Boot, das er in einem der kleinen, kaum auffälligen Sielhäfen am Deich versteckte, und zwar etwas seitab, dort, wo Willy Syassen sein Anwesen hatte, weswegen dieser Graben auch Syassens Siel genannt wurde. In diesem Mann und seinem Sohn fand der Schmuggler zuverlässige Helfer.
Ein anderes Problem war der Abtransport der Ware nach Bremen. Hier reichten die Satteltaschen bald nicht mehr — aber wie mit Pferd und Wagen nach Bremen kommen? In dieser verkehrsarmen Gegend mußte doch jedes Fuhrwerk, auch wenn es mit Heu oder Buttertonnen beladen war, jedem zufällig daherkommenden Douanier auffallen. Wieder half Rethelsen aus, denn er sorgte dafür, daß Krüschan Hayessen ins Haus kam, als der Kommandant bester Laune war, und der fand denn auch bald Gefallen an diesem Mann, mit dem man so gescheit über die Problematik der Gottesbeweise disputieren konnte, denn nur stellte sich heraus, daß auch der Holländer einmal Theologie studieren wollte, ehe ihn die Zeitläufte zur Armee verschlugen, calvinische Theologie, wohlgemerkt, nicht lutherische, wiederum ein unerschöpfliches Thema der beiden verhinderten Pastoren — und am Ende, draußen vor der Grootdör, als nur die Sterne zusahen, fragte Krüschan seinen neuen Freund:
„. . . und in der Nacht zum Sonnabend patrouillieren Sie nicht in der Gegend von Asmundeshem?"
Der Kapitän sah in die geöffnete Hand und befand, daß das Gold ausreiche und erklärte dann feierlich:
„Keine Patrouillen in der Nacht zum Sonnabend bei Asmundeshem!"
Und der Leutnant hielt Wort. Selten war die Gegend um Aldessen derart kontrolliert worden wie an diesem Wochenende, als Krüschan Hayessen mit einer ganzen Wagenladung von Syassens Siel aus aufbrach nach Bremen.
Und er kam an.
Er kam überhaupt immer an. Sein Reichtum war bereits beim Tode seines Vaters so groß, daß er das Erbe in Plekkateshem getrost seinem Bruder Geert überlassen konnte. Als 1811 der Kaiser Napoleon von dem Herzogthum Oldenburg Besitz ergriff und die holländischen Soldaten mithin durch Franzosen ersetzt wurden, kam Krüschan zu dem Schluß, daß man sein Schicksal nicht herausfordern solle. Er kaufte sich den Hof Jerusalem just hinterm Deich von Syassens Siel, ein großes Anwesen mit stattlichem Wohnhaus und einer noch mächtigeren Scheune, einstmals ein adelig freies Gut, als diese Bezeichnung noch etwas galt. Das Rauschen des Reiths hatte er hier im Ohr, den Geruch des Brack-

wassers in der Nase, das grüne Land mit dem weiten Himmel vor Augen — was wollte das Herz mehr?
Oh, Krüschan war nicht zufrieden, denn noch war er allein — würde er sich, nun er reich war, eine der wohlhabenden Bauerntöchter aus einem Marschdorf nehmen? In den Häusern der Marsch schielte man nach einem solchen aufstrebenden Schwiegersohn; über Einladungen konnte sich Krüschan nicht beklagen — doch da heiratete er die Tochter eines Köters vom Moor, ein ganz armes Mädchen, nicht einmal hübsch, aber sie hatte ihn einmal verborgen, als die Douaniers ihn jagten, hatte ihn gepflegt, als er auf einem abenteuerlichen Ritt einen Streifschuß davongetragen hatte, und war für Speise und Trank aufgekommen — und dies alles war nicht leicht gewesen — Eltern und Geschwister konnten kaum etwas entbehren, denn ihr Landlos war klein, der Boden karg — und dann hatte er das Mädchen lieb gewonnen, ihr die Ehe versprochen; das war schon Jahre her, und nun hielt eines Tages eine staatsche Kutsche vor dem ärmlichen Haus, brachte ein Knecht Speck und Schinken (und Kaffee, aber nicht weitersagen) in die Kate, und dann kam Krüschan mit seiner Sara wieder hervor — sie winkten lachend und fuhren davon, vergaßen aber die Eltern nicht, die zwar in ihrer Kate wohnen blieben, aber keinen Mangel mehr litten.
Sie führten eine glückliche Ehe. Krüschan Hayessen war als Bauer so tüchtig wie ehedem als Schmuggler, und seine Frau Sara hielt das Erworbene mit Energie beisammen. Sie lebten sich und der Erziehung ihrer Kinder für den Rest ihres Lebens, unbekümmert um den Fortbestand der Kontinentalsperre, und um ihren Zusammenbruch, um Kaiser Napoleon und Herzog Peter von Oldenburg, der im Gefolge russischer Truppen wieder in seiner Residenzstadt erschien und die alten Zustände wiederherstellte.
Für Krüschan Hayessen ließ sich die Zeit nicht wieder zurückdrehen — er wirkte im Kreise seiner Familie, dies war ihm genug. — Nur manchmal noch nahm er versonnen eines der Bücher in die Hand und strich über die Deckel, öffnete es auch wohl und blätterte dann die Seite auf, auf der er den kategorischen Imperativ fand: „Handle so, als ob die Maxime deiner Handlung durch deinen Willen zum allgemeinen Naturgesetze werden sollte."
Wenn Krüschan Hayessen dann, wie ein ertappter Schuljunge, das Buch zurückstellte, lächelte er.

V. Lütt Jehann

Johann Hayessen, genannt Lütt Jehann, wurde in jenem furchtbaren Winter des Jahres 1812 geboren, in dem die Große Armee des französischen Herrschers in Rußland erfror. Als mit dem Frühling die nationalen Hoffnungen des neuen Deutschland aufbrachen, fuhr die Kutsche des Bauern von Jerusalem zur Kirche — und der kleine Erbe wurde auf den Namen „Johann" getauft — nach jenem Jan Fisch, der einmal Vater Krüschan den Weg ins Leben gewiesen hatte und der nun auch den Jungen über das Messingbecken hielt, damit Pastor Wardenburg, schon etwas alt und schrumplig, im Namen des Vatersdessohnesunddesheiligengeistesamen, drei Tropfen Wasser auf den Kopf des Täuflings sprengen möge.
Dies Ereignis war für den alten Schmuggler viel wichtiger als der kurz darauf folgende Aufstand in Norddeutschland gegen die Franzosen, der auch Plekkateshem erfaßte. Die Soldaten der Batterie meuterten, vertrieben ihre Offiziere, aber schon eine Woche später stürmte eine mobile Kolonne der französischen Armee die Wälle des Forts, die von den ungeübten Aufständischen nur schlecht verteidigt wurden, und faßte noch 26 Mann — die anderen hatten das Weite gesucht. Von ihnen wurden zehn Soldaten ausgelost und ohne weiteres an der Kirchtür zu Plekkateshem erschossen — je zwei und zwei mußten sich vor dem Holz aufstellen, dann krachte die Salve, die Menschen brachen zusammen, wurden beiseitegeschleppt und dann die nächsten. . .
Im fernen Jerusalem schüttelte Krüschan den Kopf: Wie konnte man . . . sich fangen lassen und wofür? Aber des Kopfschüttelns wurde mehr: Mit der Rückkehr des Herzogs lebte der erledigt geglaubte Streit um das königlich-dänische Privilegium erneut auf, das diesmal von Geert Hayessen verteidigt werden mußte, wobei Krüschan, nicht ganz ohne Mittel, sich ebenfalls ins Zeug legte. Schließlich gab Vogt Rethelsen (er war unter den Franzosen Maire geblieben) seine Meinung zugunsten des neuen Krügers ab — so konnte denn nach einigem hin und her diese Akte geschlossen werden — Geert behielt sein Patent als Gastwirt.
Diese kurze Zeit stellte die Beziehungen zwischen den Familien Hayessen und Rethelsen wieder her — man begann jetzt auch, privat miteinander zu verkehren. Jedenfalls besuchten die Hayessens gelegentlich den Vogt auf Ohlhamm; einmal im Jahr kam der Bauer Rethelsen nach Jerusalem, und dann berieten sie sich über die schlechten Preise, den stokkenden Absatz, die allgegenwärtigen englischen Fabrikwaren, die die einheimische Produktion unrentabel machten — man sann, bei Gänsebraten und rotem Wein hin und her, wie dem abzuhelfen sei, und Krüschan zeigte seinem Gast gelegentlich die beiden Kalköfen am Sielhafen, verwies auf seine beiden Boote, die aus den besseren Schmugglertagen geblieben waren, mit denen er Butter nach Bremen fahren ließ. — Die Jahre vergingen, eines wie das andere, mal warm, mal kalt — mal trokken, mal naß — und Lütt Jehann wuchs unterdessen auf dem großen

Hof heran, spielte, wie einst sein Vater, mit den Hühnern, jagte den braunen Jagdhund und schaute vom Deich auf den breiten Fluß und den braunbesegelten Botten nach.
Gelegentlich gab es große Ereignisse im Land. Da waren Taufen zu feiern, dann Konfirmationen – Hochzeiten, oh ja, die Hochzeiten: Die Diele wurde sorgsam ausgefegt, weißgedeckte Tische ringsum, die von Braten, Wein und Bier übertürmt waren und daran jubelnde Gäste, mittendrin das glückliche Brautpaar mit den ebenso glücklichen Eltern, dazu Musik, Tanz – den ganzen Tag ging es bei solchen Gelegenheiten hoch her, schließlich verabschiedete sich das Brautpaar – Stille ringsum, ganz ungewöhnlich, bis ein entsetzliches Kreischen der Jungfrau durch das Haus schrillte, daß alles in ein Lachen ausbrach – und sich auf die stachlige Bürste stürzte, die aus der Brautkammer geflogen kam – hatte doch jemand so ein Ding in den Alkoven praktiziert, igittnee, diese Jungs!
Davon sprach man wochenlang. Und dann die Feste auf den Dachböden der dörflichen Gastwirtschaften – neuerdings mit Theaterstücken, von der Dorfjugend selbst aufgeführt – oft genug endend mit einer heftigen Schlägerei: Hie Plekkateshemer, dort die Asmundeshemer. Man freute sich lange Zeit vorher auf den Jahrmarkt, und wenn die Verkaufsbuden aufgebaut wurden, vielleicht sogar ein kleines pferdebespanntes Karussell kam, dann kannte die Freude der Jugend keine Grenzen, während sich die Alten auf den Viehmarkt vorbereiteten, Bargeld zählten: Möglicherweise konnte man günstig eine Gans oder ein Schaf erwerben?
So verlief das tägliche Leben in der Marsch, das ansonsten geprägt war von den immer wiederkehrenden Arbeiten: Melken und Misten, Pflügen und Säen, Heuen und Kälberholen und was dergleichen mehr war – Arbeit satt. Kaum Zeit, über den Deich zu gucken, wo sich neuartige Schiffe unter die Segelboote mischten: behäbige schwarze Kähne mit einem schwarzqualmenden Schornstein in der Mitte und breiten Schaufelrädern, wie schwimmende Wassermühlen anzusehen. Man spottete weidlich über diese häßlichen „Smokewer", die gemütlich ihres Weges zogen und oft genug Last hatten, gegen den Ebbstrom anzukommen – nicht so Krüschan Hayessen: Er betrachtete aufmerksam den Wandel, der sich da vor seinen Augen vollzog und dachte darüber nach.
„Lütt Jehann, guck Dir das genau an – das ist die neue Zeit!" sagte er dann wohl sehr nachdrücklich zu dem Jungen, dessen Konfirmation eben vorbei war, und zeigte auf die schwarzen Schiffe, die manchen Kahn hinter sich herzogen – nach Bremen hinauf. Und Lütt Jehann nickte verständig, denn oft genug hatte ihm der Vater auseinandergesetzt, was diese Dampfmaschinen bedeuteten: Unabhängigkeit von Wind und Strom und mehr Kraft – auch mehr Kosten, ja, auch das.
„Das können wir uns nicht leisten", meinte Vater Hayessen achselzukkend und Lütt Jehann sah dem schwarzen Smokewer nach, der ihm trotz seiner qualmenden Häßlichkeit wie ein schwimmendes Schloß vorkam – und wie der Vater in seiner Jungenzeit von Störtebecker und sei-

ner Seeräuberkogge geträumt hatte, so wirbelten dem Jungen, wenn er am Einschlafen war oder wenn er dösend im hohen Gras am Deich lag, Kolben aus Messing und breite, eisenbewehrte Schaufelräder dampfzischend durch die Gedanken, und dazu spielten weißfauchende Sirenen eine mißtönende Symphonie.

Wären Vater Hayessen die Träume seines Sohnes bekannt gewesen, hätte er zustimmend gelächelt, denn er plante schon lange, Lütt Jehann zum Erben des Hofes Jerusalem und des damit verbundenen Handels zu bestimmen. Wenn er sich jetzt schon in seine kommende Welt als Bauer und Kaufmann hineinlebte – umso besser! Lehrer oder gar Pastor sollte Lütt Jehann jedenfalls nicht werden – deshalb trat denn auch der Schulunterricht, erteilt von einem Candidaten der Theologie, gegenüber der Praxis in den Hintergrund – und das war die Arbeit im Stall und auf dem Feld unter Aufsicht des Großknechts Hinnerk, einem schweigsamen, hageren Mann, der in dem Köterhaus beim Hof wohnte und sozusagen mit zum Inventar gehörte, dann kamen die Fahrten zum Viehmarkt dazu, wo der Junge erlebte, wie der Vater hart und verbissen um Groschen feilschte, bis er das Stück etwas teurer verkauft hatte als vorgesehen! Lütt Jehann lernte auf die Kleinigkeiten zu achten – auf die Mauselöcher in den Wiesen – und auf die großen Dinge, die eine neue Zeit ankündigten. Er erfuhr, wie es sein Beruf werden sollte, sich im Strom einer neuen Zeit zu bewegen, den Kopf oben zu behalten, denn die Tiefe war allgegenwärtig und unergründlich – die Tiefe: Das waren die Bettler, die auf den Straßen entlangzogen, land- und arbeitslose Leute, vor denen man Haus und Hof sorgsam verschließen mußte, und die, wenn sie irgendwo krepierten, verscharrt wurden. Als der junge Karl Rethelsen einen solchen Mann aus dem Apfelbaum schoß, daß er tot liegen blieb, geschah nichts: Man holte die Leiche und grub sie ein – dat weer doch kien Minsch weer dat doch nich!

Konfirmiert wurde Lütt Jehann bei Pastor Jüchter in Asmundeshem. Das war sozusagen ein Freund der Familie, und er hatte sich erboten, dem Jungen einen besonderen Unterricht zu geben, was Vater Hayessen dankbar angenommen hatte, denn er erinnerte sich an seine Jugendzeit und an die Bücher, die er von damals aufbewahrt hatte. Ein bißchen Latein, ein kleiner Blick in die Philosophie konnte nicht schaden – und Lütt Jehann nahm das hin, lernte gehorsam sein Pensum, und wenn er nicht über Caesar hinaus kam, was das Latein anging, und auch den Kantschen Theorien keinen Geschmack abgewinnen konnte, so bewirkte dieser Unterricht doch, daß er den Gesprächen an gelegentlichen Sonntagnachmittagen in Jerusalem folgen konnte.

Krüschan Hayessen liebte es nämlich, den Pfarrer von Asmundeshem nach Jerusalem einzuladen, der dann mit Frau und Tochter Caecilia pünktlich zum Kaffee eintraf – Hinnerk hatte anspannen und sie mit dem Kutschwagen holen müssen. Im Sommer war unter dem großen Gravensteiner im Garten der Tisch gedeckt – der dampfende Kaffee wartete bereits. Die Runde wurde durch den jeweils als Hauslehrer am-

tierenden Candidaten der Theologie vervollständigt, denn auf dessen Anwesenheit legte der Bauer besonderen Wert, besonders einer, der sehr hagere und spitznasige Huntemann, war, obwohl ein erbärmlicher Pädagoge, der besondere Liebling Krüschans, und zwar deshalb, weil er in allem das Gegenteil des Pfarrers Jüchter, ein wohllebendes Fleisch, war – und dies versprach regelmäßig interessante Diskussionen, heftigen Meinungsstreit, vielleicht sogar Krach, jedenfalls waren diese Nachmittage nicht verloren.
Hayessen lächelte immer still vor sich hin, wenn Huntemann sich ereiferte und von Gott als dem höchsten Gut sprach, betonte, daß man sich der Gnade seines Herrn und Heiland ganz anheim geben sollte, da wir uns doch auf der Wanderschaft aus diesem Elend in das ewige Vaterhaus befänden und wie es Christenpflicht sei, das irdische Hab und Gut zu verachten – wie konnte Jüchter, der auf einer guten Pfründe saß, etwas dagegen sagen?
„Lassen Sie's man gut sein", winkte dann Krüschan gelegentlich ab, wenn es der gute Huntemann in seinem Eifer zu weit trieb und der verstörte Pfarrer Jüchter allzu verlegen in der Torte herumstocherte, die ihm die Bäuerin – noch ein Stück? – aufgelegt hatte. Nur wenn Huntemann auf die Armen zu sprechen kam, in denen Christus uns heute begegne, wurde auch der alte Hayessen ernst und nickte: Dies sei wirklich eine schwierige Sache, eigentlich nicht die Armut, die es immer gegeben habe, aber die Bindungslosigkeit der Landstreicher und der Arbeiter – er nannte sie stets in einem Atemzug – ihre überaus zweifelhafte Freiheit, die durchaus einmal umschlagen könne in eine communistische Revolution. Ja, so sagte der alte Hayessen: communistische Revolution, und alle am Tisch, auch Huntemann, schudderten sich, als ob sie den Leibhaftigen gesehen hätten: Communismus, Zerstörung aller göttlichen und menschlichen Bande, kreischte der Candidat auf, und Jüchter beruhigte: Noch is't ja nich so wiet!
Lütt Jehann hatte diese Szene kaum mitbekommen – er lebte wie in einem Nebel, denn er saß neben der scheu lächelnden Caecilia Jüchter, einem braunhaarigen Mädchen mit dicken Zöpfen und großen, klugen Augen, die sehr artig in die Runde schauten – aber so gar nicht auf den Jungen neben ihr, der vergeblich versuchte, ihre Aufmerksamkeit zu erregen, ja, manchmal ganz aus Versehen ihr Knie mit seinem Knie anstieß, sehr flüchtig, so als ob nichts gewesen sei – dann gingen sie nebeneinander durch die Scheune und besahen sich den Hof, vornweg der Bauer und der Pfarrer, dahinter, allein, der Candidat der Theologie, anschließend die Frauensleute und – ganz zum Schluß, – Lütt Jehann und Caecilia – dies waren die glücklichsten Momente in seinem ganzen Leben: Die viel zu kurzen Wege durch die Gebäude des Hofes, dann der Spaziergang durch die Wiesen und Felder, schließlich hinauf zum Deich mit dem Blick über die Weser. Hier standen sie alle zusammen:
„Dort drüben", rief hier der Bauer in den Wind hinein, „dort drüben – man kann's leider von hier aus nicht sehen – bauen sie den neuen Bre-

mer Hafen!"
„Wie weit sind sie denn?" fragte Jüchter, während Huntemann vor Caecilie in die Knie ging, um Gänseblümchen zu pflücken.
„Die Ausschachtungsarbeiten gehen ziemlich rasch voran", berichtete Krüschan Hayessen, „man kann schon sehen, wo der Hafen entsteht – auch Straßenzüge sind vorhanden. Das Schwierigste ist wohl die Schleuse – und das Trinkwasser, sie haben kein sauberes Wasser, und deswegen sind die vielen Arbeiter in den Baracken krank, auch Todesfälle hat es gegeben, sagt man."
„Oh ja, wenn das man gut geht!" nickte Jüchter bedächtig.
„Wir wollen es hoffen", erklärte Hayessen mit Nachdruck und dachte an die Butter und die Milch, die er in einer neuen, so nah gelegenen Stadt verkaufen konnte.
Huntemann hatte sich inzwischen erhoben und reichte dem Mädchen den eben gepflückten Strauß.
„Feldblumen, Fräulein Caecilia, leider keine Rosen", hauchte er, während sich eine wonnige Röte über sein Gesicht ergoß – aber da war Frau Pastorin zur Stelle, faßte das verlegene Mädchen unter den Arm und rief freundlich-bestimmt:
„Mir ist kalt, – wir wollen gehen!"
Man kletterte den Deich hinunter und strebte dem Hof zu, wo die Mamsell im Saal den Abendbrottisch gedeckt hatte: Eine knusprig braune Gans kam auf den Tisch, die Vater Hayessen kunstgerecht tranchierte, dem Pfarrer Jüchter weiße Bruststückchen vorlegend, aber der Bauer vergaß auch nicht, den Candidaten mehr als reichlich zu versorgen, und amüsiert hörte er zu, wie dieser, schmatzend und mit zunehmend schwerer Zunge, vom Segen der Armut sprach, denn in ihr seien alle dem Herrn näher. . .
Die Marsch lag im diffusen Dämmerlicht des Vollmonds, als der Großknecht das Pastorenehepaar mit Tochter nach Hause kutschierte.
Als sie zu Hause angekommen waren und Caecilia sicher verwahrt in ihrer Kammer lag, stieß die Frau Pastorin ihren Mann an und meinte: „Der Candidat macht sich an unsere Tochter heran!"
„So?" brummte der Pfarrer uninteressiert – dann setzte er, sich durch die Haare streichend hinzu: „Naja – warum nicht – wenn er eine Stelle hat . . ."
„Warum nicht?" äffte die Frau, „Darum nicht! Und weil ich da eine bessere Idee habe."
„Na, denn mach' mal," brummte der Eheherr gleichgültig und wälzte sich in den Alkoven. Tochter Caecilia träumte aber in dieser Nacht von einem Gänseblümchen mit spitzer Nase, aus der es ganz entsetzlich tropfte.
Jüchter bekam seither – erstaunlicherweise – öfter Besuch von dem Candidaten Huntemann, der hereinschaute, um sich dieses oder jenes Buch auszuborgen, auch wohl mal eine kleine moraltheologische Disputation mit dem Pfarrherrn anfing, ja, ihm eines Tages sogar einmal an-

bot, er wolle gelegentlich sonntags aushelfen, eine Predigt halten, wenn der Herr Pfarrer unpäßlich sei.
Der freundliche Pastor freute sich über das Interesse des jungen Mannes, aber seine resolute Frau zerstörte die Illusionen:
„Der kommt ja nicht deinetwegen!"
Und nun fiel es Jüchtern auf, wie der spitznasige Huntemann rot anlief, sobald er Caeciliens ansichtig wurde, wie er sie schüchtern ansprach, sie zu einem kleinen Spaziergang in die milde Sommersonne hinauszulocken versuchte – ach! Es war alles vergebens, denn des Morgens war schon Lütt Jehann da gewesen – hoch auf der Stute „Hertha" thronend, hatte Caecilia zu sich in den Sattel gezogen und war dann mit ihr durch die Feldmark geritten, jauchzend und lachend. – Frau Jüchter wußte, ohne daß irgendetwas ausgesprochen wurde (natürlich nicht!), daß die Entscheidung gefallen war, und deshalb überraschte es sie nicht, daß der Jungbauer eines Tages, im Sonntagsstaat, in der Kutsche vorgefahren kam, und, etwas stotternd, um die Hand der Tochter Caecilia anhielt.
„Aber Herr Hayessen, ich habe nichts, allenfalls die Aussteuer und auch die wird mager genug ausfallen!" rief Jüchter überrascht aus.
„Das tut nichts!" sagte Lütt Jehann.
„Und Ihr Vater?" wollte Jüchter wissen.
„Ist einverstanden", meinte Lütt Jehann, und in der Tat hatte es keinerlei Mühe gekostet, die Eltern zu überzeugen.
„Geschäfte", so hatte der alte Hayessen doziert, „Geschäfte, mein lieber Johann, müssen an einem Punkt aufhören: in der engsten Familie. Heirate – aber heirate nicht Geld, sondern ein Mädchen, von dem Du meinst, daß Du mit ihr das Leben in Harmonie zubringen kannst – und ein Leben ist lang. Achte nicht auf die Mitgift, wohl aber auf die Gaben. . ." und so weiter, denn der alte Hayessen verweilte gerne bei diesem Punkt, zumal hier ein wichtiges Kapitel seiner eigenen Biographie berührt wurde. Als nun der Sohn mit dem Plan auftrat, die Jüchterstochter zu ehelichen, hatte der alte Bauer gleich genickt:
„Denn man to!"
So wurde Caecicila Jüchter die junge Frau Hayessen, während der Candidat Huntemann überraschend schnell eine Pfarrstelle erhielt. Das Konsistorium in Oldenburg konnte sich den gemeinschaftlichen eindringlichen Bitten Hayessens, Jüchters, der dem jungen Mann das beste Zeugnis ausstellte, sowie Rethelsens nicht verschließen und ernannte ihn zum Pfarrer von Plekkateshem, denn diese Stelle war gerade vacant – eine dicke Pfründe, wie man wußte; bald ehelichte Huntemann eine wohlhabende Bauerntochter, so daß den mageren nunmehr die fetten Jahre folgten.
Die jungen Hayessens lebten auf Hof Jerusalem. Der Alte war mit seiner Frau (und einem nachgeborenen Bruder) nach Oldenburg gezogen, wo er sich an der Langen Straße ein Haus gekauft hatte. – Hier verbrachte der alte Schmuggler seinen ruhigen Lebensabend und überließ den Hof

mit allem, was dazugehörte, dem jungen, unternehmungslustigen Johann, der wohl wußte, was zu tun war.
Denn der Sinn des jungen Bauern stand nach Höherem. Ihm genügte es nicht, die Rinder auf die Weide zu treiben und dann, wenn sie fett waren, zu verkaufen — hier mal einen oder dort mal einen — und dann die Milch: strippstrappstrull is de Emmer noch nich vull, nein, das brachte doch nichts, wenn morgens und abends die Mamsell betulich die Sahne von der Milch strich!
Und drüben entstand eine neue Stadt!
Lütt Jehann kannte sich dort genau aus. Er war oft genug die schnurgeraden Straßen entlang gewandert, an denen vorerst noch wenige Häuser standen — aber töw man av! Schon ragte aus dem Hafenbassin hinter dem Fort Wilhelm ein Mastenwald hervor, und die Zahl der Baustellen mehrte sich Jahr für Jahr.
Der Bauer holte seine Nachbarn zusammen, auch der alte Rethelsen war dabei (und er hatte den jungen Karl mitgebracht) und schlug ihnen vor: „Wenn wir unsere Milch hierher bringen, zu Butter und Käse verarbeiten und verkaufen — dann haben wir mehr. . .“
Es dauerte eine Zeit, bis er die anderen überzeugt hatte, schließlich kamen schwerfällige Kontrakte zustande, in denen sich die Nachbarn verpflichteten, Milch von soundsoviel Kühen täglich anzuliefern — Umbsen von zwölf Tieren, Halles von acht und so weiter — die von einem Schweizer auf Jerusalem in einer neuen Molkerei zu verarbeiten seien und so geschah es auch — der fremde Arbeiter wurde angeheuert und erhielt auf dem Boden des Wohnhauses von Jerusalem ein Zimmer angewiesen; dann begann er mit der Arbeit in dem Milchhaus mitten zwischen riesigen Baljen, denn Zentrifugen kannte man noch nicht.
Das war nichts!
Wenn Lütt Jehann nicht gleichzeitig gute Ochsen zu einem noch besseren Preis verkauft hätte, so wäre er mit dem Experiment ziemlich in Schwierigkeiten gekommen, zumal der Schweizer sich als ein nicht sehr solider Mann erwies, schließlich sogar mit einer der Töchter des Landes durchbrannte, naja, diese Ausländer kannte man ja, und es war auch nicht schade um ihn. Lütt Jehann stellte keinen neuen Schweizer ein; die anderen Bauern waren froh, daß sie die Lieferverpflichtung los waren — nur der alte Hayessen in Oldenburg nickte trotz alledem:
„Johann, man muß mal was versuchen — das war gut überlegt, aber vielleicht zu früh — andere Apparaturen, ja, wenn man andere Apparaturen gehabt hätte!“
„Ich hab's doch versucht!“ schmollte Lütt Jehann.
„Naja, Du bist eben kein Erfinder!“ tröstete der Alte.
Und damit war für ihn die Sache erledigt.
Lütt Jehann kehrte auf seinen Hof zurück, handelte weiter mit Ochsen und — gelegentlich — mit soliden Ackergäulen, und sah sich im Lande um. Den Spott der anderen ertrug er gelassen:
„Heiraten — das ist doch noch das beste Geschäft,“ höhnte vollmundig

der junge Rethelsen, wenn er vorbeikam.
„Mag sein“, stimmte Hayessen unbestimmt zu.
Sonne und Regen, Kälte und Hitze, Flaute und Sturm gingen über die Marsch dahin — Leben und Tod, den alten Hayessen hatte man eines Morgens reglos in seinem Bett gefunden: Herzschlag, wie ein Arzt auf den Totenschein schrieb.
Lütt Jehann war nun Eigentümer des Hofes Jerusalem.

VI. Schwarze Männer

Ausgerechnet an diesem Märzsonntag mußte Karl Rethelsen heiraten! Das ließ sich nicht länger aufschieben – sonst hätte man es der Braut doch angesehen, der etwas schiefmäuligen Alice Grünberg aus Plekkateshem, deren Ländereien so kommod neben denen von Ohlhamm lagen – und der alte Grünberg hatte nur zwei Töchter, beide gleichmäßig häßlich und zanksüchtig, aber Karl hatte sich gesagt:
Die Häßlichkeit siehst Du im Dunkeln nicht, und den Zank hörst Du nicht, wenn Du im Wirtshaus sitzt, und so war es denn eines abends im Heu geschehen, und der Alte stand vor vollendeten Tatsachen. Nun mußte Karl Rethelsen heiraten.
Der alte Rethelsen, der Gemeindevorsteher, verzog den Mund zu einem schwerfälligen Lächeln, als er dies hörte – nun, die Erbschaft der Alice konnten sie wohl gebrauchen, denn die Geschäfte waren in der letzten Zeit nicht gut gegangen, ganz und gar nicht gut, und überhaupt war viel Unruhe ins Land gekommen seit dieser neuen französischen Revolution – man hatte ihn, den alten Vogt, zwar nunmehr zum Gemeindevorsteher gewählt, aber der Neid der besitzlosen Klasse war unverschämter geworden, der Lärm größer – die Zeit geriet aus den Fugen, und da war es gut, wenn sich das eigene Vermögen rasch und mühelos vergrößerte.
So wand man denn im Hause Grünberg der Alice den Jungfernkranz und heizte mit Bergen von Torf den Saal, deckte den Tisch, um die Gäste, auch Lütt Jehann mit seiner Frau, würdig zu empfangen – auf der Diele war viel Platz, denn man wollte ausgelassen tanzen. Trotz alledem. Da kamen sie denn vorgefahren: Die Halles und Umbsens, die Cornelius und Ilksen, die Ibbeken und Abeken und wie sie alle hießen, auch Lütt Jehann mit seiner schmalen Frau, die teilnahmsvoll auf Alice schaute – man gratulierte, schleppte große und kleine Schachteln mit Geschenken herbei, auch der spitznasige Jüchter, neben ihm die derb knochige Frau Pastorin, achja, das versprach ein schönes Fest zu werden: Da war zunächst der Kirchgang mit der Einsegnung des jungen Paares vor dem hohen Altar, dessen verschnörkelten Figuren, man weiß gekalkt hatte, um sie dem Marmor ähnlich zu machen: Moses, so vermutete Lütt Jehann, der sie sich bei dieser Gelegenheit genau ansah, und der Täufer Johannes wohl – und darüber, über dem Bild von der Verklärung Christi die vier Evangelisten und ganz oben der siegende Christus. – Oh, nun hatte Lütt Jehann ganz die feierliche Handlung verpaßt, schon formierte sich der Zug, blumenstreuende Mädchen vorauf, und fort ging es, zu den Kutschen – vorbei an zahlreichen Arbeitern – und dann nach Ohlhamm, wo die vollbesetzten Tische bereits warteten: Suppe, Gänsebraten, Schweinebraten und dazu roter Wein, zwischendrin die launigen Reden der Gäste – war das Leben schön!
Die Männer, die in grünes Loden gekleidet waren und nach Schweinestall stanken, waren nicht geladen.

„Was wollt Ihr?" fuhr sie Karl Rethelsen an, als sie durch die Tür traten und nun, wie schwarze Schatten, im Licht standen, am Rande der tanzenden Hochzeitsgesellschaft.
„Wir wollen den Gemeindevorsteher sprechen!"
„Das geht nicht – seht Ihr doch: haut ab!" rief Karl und wirbelte weiter zu den Walzerklägen, Elise Grünberg im Arm.
Aber die Männer gingen nicht. Sie standen in der Tür, schwarz und drohend, und schauten schweigend auf den Wirbel vor ihnen.
Lütt Jehann trat heran.
„Sie möchten den Gemeindevorsteher sprechen?"
„Deshalb sind wir hierhergeschickt!"
„Wer hat Euch denn geschickt?"
„Die Dorfversammlung – wir möchten ihn sprechen!"
Hayessen zog die Brauen hoch und überlegte. Das war also die Menschenmenge vor dem Gasthaus an der Kirche gewesen, die ihm aufgefallen war – aber er hatte sich nichts dabei gedacht. Er nickte – dann schüttelte er den Kopf.
„Der Gemeindevorsteher ist alt und krank, das wißt Ihr!"
„Aber er ist Gemeindevorsteher!" beharrten die Schatten.
„Mal sehn," sagte Lütt Jehann, nunmehr entschlossen.
Der Walzer war verklungen, und die Gäste drängten durch die Doppeltüre in den Saal zurück. Lütt Jehann ging in ein Seitenzimmer und kehrte nach einer kurzen Weile mit dem schwerfällig dahertapsenden Rethelsen zurück.
„Wir kommen gleich – sagt das im Gasthaus!" Das rief Lütt Jehann den Männern zu, die auch sogleich umkehrten. Sie sahen nicht, wie Karl Rethelsen aus dem Saal stürzte:
„Soll ich die Dragoner holen?"
Theodor Rethelsen, dessen Gesicht bedenklich rot angelaufen war, brummte etwas Unverständliches, aber Lütt Jehann rief so schneidend, daß Karl zurückfuhr:
„Nur das nicht!"
Im Gasthof war der Saal, ein eigenes Gebäude hinter dem eigentlichen Wirtshaus, so gedrängt voll wie selbst an Kirmestagen nicht. Ein Janßen war der Wortführer der Menge, die, wie Lütt Jehann sofort sah, aus Tagelöhnern und kleinen Pächtern bestand – alles Hungerleider!
„Brot!" dröhnte es durch den Saal, als die kleine Gruppe (Karl war tatsächlich mitgekommen) den Saal betrat.
„Mehr Lohn!"
„Arbeit!"
Jemand stellte für den alten Rethelsen einen Stuhl auf die Bühne, so daß er auf den Trubel vor sich hinunterschauen konnte. Lütt Jehann hatte sich auch eine Sitzgelegenheit herangezogen – Karl war in der Nähe der Tür geblieben.
Rethelsen machte eine Handbewegung und gebot Ruhe.
„Was soll dieser Aufruhr!" knurrte er in die Menge, als es etwas stiller

geworden war.
Da sprang der Janßen auf, ein Arbeiter vom Deich, wie Lütt Jehann wußte, ein Mann, der in der Schule nicht nur Buchstabieren sondern Lesen und Schreiben erlernt hatte und einige Jahre herum gekommen war, sogar in Paris gelebt hatte, so erzählte er, ob man's glauben konnte?
„Aufruhr? Rethelsen! Aufruhr? Wir wollen unser Recht, das wollen wir!"
Beifall und Zurufe unterbrachen den Mann.
„Dragoner!" stöhnte Karl Rethelsen an seiner Tür, aber so undeutlich, daß ihn seine Nachbarn nicht hörten; hoffte er jedenfalls.
Janßen gebot mit einer Handbewegung Ruhe, und die Menge gehorchte sofort.
„Aufruhr? Rethelsen? Aufruhr? Nein, Aufruhr ist, was Sie machen — Aufruhr nämlich gegen die natürliche Ordnung — denn Sie prassen, während wir hungern! Sie faulenzen, während wir arbeiten! Sie kommandieren, während wir uns ducken, nein Rethelsen, nicht mehr ducken — wir fordern unser Recht; wir beenden den Aufruhr der Reichen!"
Wieder toste Beifall durch den Saal, während Karl sich davonschlich.
Hilflos schaute der alte Rethelsen in die Menge.
„Was wollen Sie?" fragte er in die Runde.
„Arbeit!"
„Mehr Lohn!"
„Niemals wieder Graupenbrei!" schrie einer, und der ganze Saal gröhlte vor Lachen.
„Soll er doch selbst seine Kälberzähne fressen!"
„Aber mit Buttermilch!" rief es aus einer anderen Ecke.
Hilflos sah der Gemeindevorsteher zur Tür — sein Sohn war fort — blickte er zu Lütt Jehann, der unbeteiligt lächelnd auf seinem Stuhl saß und in die Menge schaute. Hayessen flüsterte dem Bauern Rethelsen etwas ins Ohr, aber der schüttelte den Kopf. Lütt Jehann blieb abwartend sitzen.
„Rethelsen, bist Du taub?" gröhlte einer von der letzten Stuhlreihe zur Bühne hin.
Janßen stand wieder auf:
„Rethelsen — wir hören!"
„Aber — aber ich kann doch — ich kann doch keine höheren Löhne anordnen!" stammelte er unsicher.
„Aber Dragoner holen kann er," johlte einer von der Tür.
„Dragoner?" rief Janßen.
„Ja, sein Sohn holt Dragoner!" behauptete der Mann, der wohl doch was verstanden hatte.
„Rethelsen! Wo ist Dein Sohn?" zischte jetzt Janßen.
„Ich weiß es nicht," kam aus dem wackelnden Kopf des Gemeindevorstehers hervor.
Jetzt senkte sich lähmendes Entsetzen auf den Saal, denn nun wußten

alle, daß Karl Rethelsen fort war, um Kavallerie zu holen – die Versammlung zu sprengen und dann . . . Lütt Jehann meldete sich zu Wort: „Leute – ich glaube auch, daß Karl Rethelsen Dragoner holt –"
Kaum hatte Lütt Jehann dies ausgesprochen, da röhrte der Saal auf wie ein wildes Tier, Fäuste reckten sich zur Decke – aber Lütt Jehann winkte ab, lächelnd, wie immer:
„Freunde – lat sei man kamen mit de Kriegerfahn – wieviele Dragoner hat der Großherzog denn in Östringen?"
„Sechs Dragoner!" rief einer.
„Nee, zwölf," krakeelte einer dagegen.
„Nee, gorkien," berichtigte ein dritter – und erläuterte dann:
„Meint Ihr, daß unsere eigenen Kinder auf uns schießen?"
Lütt Jehann nickte dazu oben auf der Bühne.
„Genau," sagte er „ich glaube nicht, daß die Dragoner kommen, denn wir sind keine Gesetzesbrecher, keine Bösewichter, sondern gute Bürger dieses Staates und werden auch wieder getreue Untertanen des Großherzogs sein, wenn er sein Versprechen einhält und eine Verfassung zuläßt!"
Das neue Stichwort mußte erst verarbeitet werden. Verfassung?
„Seit über dreißig Jahren, seit mehr als einem Menschenalter", so fuhr Lütt Jehann fort, „hat uns der Großherzog eine Verfassung versprochen – aber er hat sein Versprechen nicht gehalten. Und so macht er noch die Gesetze, er und seine Beamten, und nicht wir machen sie, und deshalb, Freunde, ist nicht genug Arbeit da, deshalb habt ihr nicht genug Brot – wir müssen den Großherzog zwingen, eine Verfassung zu billigen, damit das Volk seine eigenen Gesetze erlassen kann!"
„Janßen, was meinst Du dazu?" rief einer von ganz hinten.
„Laß ihn ausreden!" brüllte ein anderer.
„Lütt Jehann, schnack wieder!" kam es von allen Seiten, aber der winkte ab.
„Wenn Herr Janßen dazu seine Meinung sagen möchte . . ." meinte der Bauer bescheiden und setzte sich wieder neben den Gemeindevorsteher, der völlig in sich zusammengesunken war und kaum noch verfolgte, was da vor sich ging.
„Eine Verfassung?" fragte Janßen, etwas zögernd aufstehend, „eine Verfassung wollen wir natürlich – aber wir müssen sie verlangen und durchsetzen, von selbst kommt sie nicht!"
„Recht so", applaudierte Lütt Jehann von der Bühne aus.
„Gut, wir fordern hier also, daß wir eine Verfassung mit einem gewählten Landtag haben wollen, der Gesetze beschließt. . ."
„die Steuern bewilligt. . ." warf Lütt Jehann ein.
„. . . die Steuern bewilligt", wiederholte Janßen, „kurzum, das verlangen wir!"
„Und wir setzen eine Kommission ein, die nach Oldenburg fährt und das dem Großherzog sagt!" rief Bauer Hayessen dazwischen.
Janßen sah überrascht zur Bühne hin – und er war noch erstaunter, als

sich eben dieser Hayessen in das Komitee wählen ließ, das nach Oldenburg delegiert wurde. Janßen gehörte dem Ausschuß natürlich auch an, dann noch ein Pächter aus Asmundeshem; diese drei wurden ausersehen, die Forderung nach einer Verfassung zu vertreten.
Den alten Rethelsen beachtete niemand mehr, als er aus dem Saal trottete.
So kam es denn, daß Lütt Jehann — den Arbeiter Janßen neben dem Knecht Hinnerk auf dem Kutschbock — nach Oldenburg fuhr, um den Willen der Östringer Untertanen Seiner Königlichen Hoheit mitzuteilen. In seiner Tasche befand sich ein Papier — eine Petition mit zahlreichen Unterschriften, und im Ohr hatte er die Ermahnungen Ibbekens, der ihm am Tag zuvor gesagt hatte:
„Mann, Hayessen — das ist eine gefährliche Sache — verteidige das Eigentum, denn darauf kommt es an!"
Das war auch die Meinung von Lütt Jehann. Nur in den Methoden unterschied er sich von den anderen — und er wußte auch die kleinen Pächter und Arbeiter zu nehmen, konnte sich eher in sie hineindenken: das waren keine Revolutionäre, aber sie hatten Hunger, weil nicht genug Arbeit da war — und wenn man diesem Übel abhalf, dann war ein Janßen rasch zum kleinen Krakeeler geworden.
Die Kutsche hielt vor dem Haus in der Langen Straße, das nun leer stand: Lütt Jehann verabschiedete den Janßen, der bald im Gewühl auf der Straße verschwunden war — dann betrat er den kühlen Flur, ließ sich das Gepäck nachbringen — so, und von jetzt an mußte man sehen!
In der Residenzstadt herrschte ein ungewohntes Treiben: Alles schien auf den Beinen zu sein und auf irgendetwas zu warten. Am Abend, so hieß es, sei in der Union, einem Saalbau, der normalerweise den Volksfesten diente, eine Versammlung, in der eine Adresse an den Großherzog beschlossen werden solle. Auch Delegierte des Jeverlandes wurden erwartet — die Entscheidung, das spürte Lütt Jehann, als er durch die Stadt ging, stand unmittelbar bevor. Er ging zum Schloßplatz — da lag der alte Grafenbau umgeben vom Kranz moderner, weißer Häuser, daneben die dänische Canzlei, sozusagen die häßliche Schwester jenes turmartigen Gebäudes, in dem jetzt der Großherzog seine schlimmsten Tage erleben mochte. Vor der Hauptwache standen Soldaten und schauten neugierig auf die Menschen, die vor dem Schloß warteten — Equipagen fuhren vor: Man sah hie einen Minister, dort einen General, dann Hofbeamte aus- und eingehen, und der eine oder andere Bürger versuchte diejenigen, die aus dem Schloß kamen, in ein Gespräch zu ziehen; — Was sagte der Großherzog?
Wird er eine Verfassung geben?
Manchmal erspähte man hinter den Scheiben im ersten Stock ein breites fleischiges Gesicht zwischen den Epauletten einer Generalsuniform — das war er selbst, der nach unten auf sein Volk schaute, vermutlich auch auf ein Wunder wartend, denn was sollte er tun?
„Herr Hayessen?"

Ein kleiner, hakennasiger Mann mit einem fast bis zu den Ohren reichenden schmalen Mund begrüßte den Bauern auf dem Schloßplatz.
Lütt Jehann sah ihn fragend an.
„Ich weiß, Herr Hayessen, ich wurde Ihnen nicht vorgestellt – aber ungewöhnliche Zeiten erfordern auch ungewöhnliche Sitten – mein Name ist Starklof, Hofrat Starklof –"
„Meinen Namen kennen Sie ja schon – woher, wenn ich fragen darf?"
„Herr Janßen hat Sie mir gezeigt, aber er wollte nicht. . ."
„Ah ja, ich verstehe!"
„Sie kommen aus Östringen? Und Sie haben eine Petition bei sich?" fragte Starklof geradezu.
„Das stimmt!" bestätigte Hayessen.
„Und Sie wollen das Papier dem Großherzog übergeben?"
„Ich weiß es noch nicht – vielleicht genügt es auch, wenn ich ins Ministerium gehe?"
„Nein, durchaus nicht – das genügt nicht, mein Herr", widersprach der Hofrat ganz entschieden, „jetzt, wo es um die Rechte des Volkes geht, muß der Großherzog selbst wissen, was auf dem platten Lande gedacht wird – Herr Hayessen, schließen Sie sich der guten Sache an – die Oldenburger haben eine Deputation gebildet, die Jeverländer kommen mit, sogar Herr von Thülen, und wenn auch Sie noch dabei sind, dann sprechen sich die wichtigsten Landschaften des Herzogtums für eine Verfassung aus, dann muß der Großherzog zurückweichen – dann kann er sich nicht mehr auf seine Abhängigkeit von Rußland und Dänemark berufen. . ."
„Ich will es mir überlegen, Herr Hofrat", sagte Hayessen etwas kühl, so daß Starklof sich veranlaßt sah, einen Bückling zu machen – er war so rasch verschwunden, wie er gekommen war.
„Ein Demokrat", brummte Lütt Jehann und wandte sich zum Gehen. Was sollte nun mit dem Papier in seiner Tasche geschehen?
Während Lütt Jehann über den Platz ging, wurde ihm immer klarer, daß er sich nicht allzusehr mit der Revolution einlassen sollte – hier braute sich etwas zusammen, was nicht Platz greifen durfte – und schon wandte er sich, kurz entschlossen, dem Kammergebäude zu, drückte die Klinke der doppelflügeligen Tür herunter – und ließ sich beim Geheimen Rat v. Berger melden. Dem Namen nach mußte Lütt Jehann dem Minister bekannt sein, vielleicht – und in der Tat: die Türen sprangen auf – der Geheime Rat, ein rundschädeliger Mann im braunen Frack mit strähnigem Haar, kam ihm entgegen:
„Mein lieber Hayessen – in diesen schweren Zeiten freuen wir uns, wenn noch ein loyales Herz im Großherzogtum schlägt. . ."
„Exzellenz. . ."
„Bitte, mein Lieber, nehmen Sie Platz – Sie bringen Gutes aus Östringen, gewiß. . ."
„Exzellenz sind zu gütig," sagte Hayessen, auf einem der kleinen Sesselchen vorsichtig Platz nehmend, „aber – ich bringe auch eine Petition."

„Eine Petition?“ fragte der Geheime Rat.
Lütt Jehann erzählte, was vorgefallen war – und er verschwieg auch nicht, wie ihm auf der Fahrt nach Oldenburg Gruppen landloser Arbeiter aufgefallen seien. . .
„. . . einige schienen mir bewaffnet zu sein!“ schloß er nachdrücklich den Bericht.
„Also auch Östringen!“ stöhnte der Geheime Rat Dann faßte er sich: „Bitte, verstehen Sie die Situation, mein lieber Hayessen, Seine Königliche Hoheit kann unmöglich Militär einsetzen – sollen die Soldaten auf den eigenen Vater, den Bruder, den Vetter und was weiß ich schießen – hier ist unmöglich, was selbst in Berlin und Wien schwer fallen dürfte und dann – wir hätten doch längst eine Verfassung, wenn nicht Seine Majestät, der Zar, und auch Dänemark – nein, was soll Seine Königliche Hoheit nur tun – wissen Sie einen Rat?“
„Die Verfassung ist unumgänglich,“ sagte Lütt Jehann ruhig, „und der Zar ist weit – er kann seine Regimenter nicht bis hierher schicken, und was den König von Dänemark betrifft. . .“
„Der ist nicht so wichtig“, räumte Geheimer Rat v. Berger ein.
„. . . gut – ich verstehe nichts von Politik“, fuhr Johann Hayessen fort, „aber ich sehe, daß die Verfassung von allen gefordert wird mit einem gewählten Landtag – und wenn diese Forderung nicht gewährt wird – steht die Revolution vor der Tür. – Exzellenz, noch können wir ein Wahlrecht durchsetzen, das den Besitz berücksichtigt, aber in einer Woche wird es vielleicht heißen: Allgemeine, gleiche und geheime Wahl, und wer sichert dann unser Vermögen, wenn die Habenichtse bestimmen? Wenn der Neid zum Staatsgrundgesetz wird – was dann? Dies muß verhindert werden – und rasch!“
„Sie sehen also noch eine Möglichkeit, den ruhigen Weg der Reform zu gehen?“ fragte v. Berger, sich die Haare streichend.
„Wenn der Großherzog die besitzende Klasse angemessen an der Gesetzgebung beteiligt – dann kann es gelingen, die soziale Revolution zu verhindern.“
„Und in diesem Sinne ist Ihre Petition abgefaßt?“
„Wenn Sie das Papier genau lesen, werden Sie diesen Gedanken darin wiederfinden!“
„Ah, verehrter Herr Hayessen – ich wußte, daß Sie ein tröstliches Wort zu mir sprechen würden“, sagte v. Berger feierlich, indem er sich gleichzeitig erhob, „geben Sie her – ich muß sogleich zu Seiner Königlicher Hoheit – ich hoffe, daß ich Sie im Landtag wiedertreffe.“
„Bestimmt nicht,“ antwortete Lütt Jehann, „dies war eine einmalige Sache für mich – ich bin Bauer, Exzellenz, Kaufmann, aber ich tauge nicht zum Politiker – ich freue mich, wenn ich dem Land einen Dienst erweisen konnte.“
Lütt Jehann wartete die Ereignisse in Oldenburg nicht mehr ab – er fuhr zurück zu seinem Hof und entnahm hier alles weitere der Zeitung. Als der erste Landtag gewählt wurde, lehnte er eine Kandidatur ab, ob-

wohl er von fast allen Arbeitern und Pächtern dazu gedrängt wurde. Nur Janßen sagte gelegentlich, Hayessen habe die Sache des Volkes verraten. — In Östringen wußte man es bald besser, denn hier erzählte man sich beim Erbsenpuhlen oder beim Spinnen, wie der aufrechte Bauer im Schloß mannhaft dem Großherzog gegenüber getreten sei, und ihm die Petition vor die Füße geworfen habe mit den Worten:
„Dies ist der Wille des Volkes, dem auch die Fürsten zu gehorchen haben!"
So erzählten sich die Leute — und man wußte auch, daß Paul Friedrich August Gottorp sehr bleich geworden sei, als Hayessen ihm dies gesagt habe, und dann habe Seine Königliche Hoheit die Verfassung diktiert, ja, so sei das in jenen Tagen in Oldenburg abgelaufen, und wenn der Janßen behauptet, daß Lütt Jehann überhaupt nicht dagewesen, dann lügt der doch, denn er hat selbst auf dem Kutschbock gesessen, als Hayessen in die Residenz fuhr!
Lütt Jehann kümmerte sich nicht um die Sage, die sich um seine Person rankte; er grüßte jedermann freundlich, sprach mit allen im Dorf, und versäumte es nie, in der Gastwirtschaft eine lüttje Lage zu spendieren, wenn er dort mal zu tun hatte, was alle Jubeljahre mal vorkam. Und dann sagte er zu den Umstehenden:
„Wenn wir alle zusammen arbeiten, haben wir auch alle zu essen!"
Und die anderen nickten dazu.

VII. Ochsen

Die Festtage der Revolution waren vorbei, und die Werktage kehrten wieder: Säen und Ernten, Kaufen und Verkaufen. Für die Politik war nunmehr der Bauer Ilksen zuständig, der für den Landtag kandidiert hatte und gewählt worden war. Der Krakeeler Janßen war bei Ibbeken in Aldessen, der es mit der politischen Gesinnung nicht genau nahm — ein fleißiger Junge übrigens, der nicht nur mit den Muskeln sondern auch mit dem Kopf arbeitete, und den konnte Ibbeken gut gebrauchen; er zahlte auch entsprechend — Janßen kam voran, würde bald ein Köterhäuschen sein eigen nennen, eine Kuh haben, Milch genug für die Familie und gelegentlich einige zusätzliche Taler, wenn er günstig handelte.
Karl Rethelsen hatte mit seiner Familie zu tun und versuchte sich ansonsten als Viehhändler — nicht mit viel Erfolg, das muß man sagen, aber unter großem Beifall der Bauern.
„Korl — Du büst doch 'n annern Kierl as de!"
Derjenige, von dem die Männer beim Portwein sprachen, mit lallender Zunge und rotem Gesicht, war Johann Hayessen; der trank niemals Alkohol und spielte auch keinen Skat, dafür kannte er genau den Bedarf an Ochsen und Butter — und er wußte die Preise.
„Mit dem ist kein Handeln," schimpften die Männer im Gasthaus, und wieder war von Johann Hayessen die Rede.
Den Bauern von Jerusalem juckte all dies nicht.
Wenn er sich nicht um seinen Hof und seinen Handel kümmerte, dann stand er wohl auf dem Deich von Syassensiel und schaute auf die Weser hinaus.
Genau registrierte er, wieviele Dampfschiffe den Fluß rauf und runter schaufelten, und oft segelte er hinüber nach Bremerhaven, um sich dort vom Fortgang der Arbeiten zu überzeugen. Bald wurden auf seinen Schuten Ziegelsteine transportiert, die man in Östringen herstellte und in Bremerhaven verbaute, aber vor allem dachte Lütt Jehann an Ochsen: Je mehr Menschen, desto mehr Fleisch brauchten sie, ist doch klar. Doch wie sollte man die Tiere über die Weser bringen? Geheimrat v. Berger war in dieser Sache durchaus ansprechbar, als Hayessen, gemeinsam mit dem Landtgasabgeordneten Ilksen, mit ihm redete. Man war sich rasch einig: Ein Landungsteg mußte, direkt vor dem Hof Jerusalem, in die Weser hineingetrieben werden, damit die schwarzen Dampfschiffe anlegen konnten — dann ließ sich Vieh leicht nach Bremerhaven und nach Bremen schaffen. Dieser Anleger sollte auf Kosten der Landesregierung gebaut werden — Hayessen wollte gerne, weil er doch so günstig zu seinem Hof lag, die Verwaltung übernehmen, zumal er die dazugehörigen Grodenflächen ohnehin in Pacht hatte.
Und so geschah's.
Bald ragten schwarze Schornsteine, die ihren rußigen Qualm tief ins Land schickten, über den Deich, trieben lodenjackige Knechte die Ochsen, die in Gattern auf dem Groden eingepfercht waren, auf den

Ochsenpier — dort am Wasser wurden den Tieren zwei breite Lederriemen unter den Bauch geschlagen, die an einem Hebebaum hingen — und schon schwebten sie, angstvoll muhend, durch die Luft in den tiefen Laderaum des Snoke-Ewers — da standen sie: fest eingezäunt und gefesselt und sahen erstaunt auf die Butterfässer und Käseräder und was sich sonst vorfand — die letzte Fahrt dieser Tiere hatte begonnen, und Johann Hayessen blickte der Fracht lächelnd nach.
Schon konnte er aus eigenen Beständen den Bedarf nicht mehr decken, weswegen er mehrere Ochsen anderer Landwirte aufkaufte. Wenn ein Bauer verlud, verdiente Lütt Jehann an der Vermietung der Gatter auf dem Groden — bald kam er auf die Idee, direkt am Anleger eine Bude zu errichten, die er an einen Egon Smidt verpachtete, und hier gab es denn Bier, Wein und Punsch für diejenigen, die in Syassenssiel mehr oder weniger glücklich ihre Tiere los geworden waren, und oft klang es bis in die tiefe Nacht über Groden und Deich:
Wenn doch das ganze atlantische Meer
voll des süßen Champagners wär. . .
Lütt Jehann verdiente.
Er verdiente allerdings auch etwas außerhalb der Legalität, denn er kassierte, unwidersprochen, eine Gebühr für die Benutzung des Piers — es gehörte sich einfach, daß man ihm für jeden Ochsen, der an Bord gehievt wurde, und für jedes Faß Butter, das über die Bretter rollte, einen oder mehrere Groten gab — der Weg ging über seinen Groden, und mit Lütt Jehann mochte sich niemand anlegen. Deshalb traf es den Bauern völlig überraschend, als jener fremde Herr eine Anzahl Ochsen über den Anleger trieb, sie an Bord eines wartenden Dampfers hieven ließ — und nichts zahlte.
„Ich möchte doch mal den offiziellen Tarif sehen!" sagte der Fremde.
Lütt Jehann kam ins Stottern:
„Hm, den Tarif, den Tarif — wo hab ich den — den Tarif — hier? Nee, den muß ich wohl verlegt haben. . ."
„Nun," tröstete der andere, „ich komme wieder — und wenn Sie dann einen haben, kann ich ja noch immer die Summe begleichen!"
Sprachs, kletterte an Bord und ließ ablegen.
Und dann war er wieder da.
Die schlanke Gestalt hob sich scharf im Dunkel der Diele des Hofs Jerusalem ab. Er trug einen recht hohen Zylinder, einen schlank geschnittenen Frack aus englischem Tweed und hielt in der Hand einen dunkelbraunen, silberbeschlagenen Handstock. Draußen wartete eine Chaise mit zwei Rappen davor, offenbar teure Renner — und sein Kutscher trug eine Art Livree.
„Ich bitte tausendmal um Verzeihung, daß ich hier eindringe, verehrter Herr Hayessen — wir hatten ja schon mal das Vergnügen — mein Name ist Lytton von Lytton und Lytton in London, derzeit als Agent in Bremen tätig — darf ich bitte eintreten?"
Hayessen führte seinen Gast, der erstaunlicherweise ein völlig korrektes

Deutsch sprach, –
„meine Mutter ist Deutsche, wissen Sie, ich verehre sie sehr. . ."
– in den Salon, wo sie an dem runden Tisch Platz nahmen, der den Raum in der Mitte ausfüllte. Der Bauer ließ Portwein kommen und hielt das Glas hoch:
„Willkommen auf Hof Jerusalem, Mr. Lytton!"
„Ich möchte gleich zur Sache kommen, Herr Hayessen", sagte der Besucher in einem geschäftlichen Tone, das Glas sanft niedersetzend, „ich vertrete eine Agentur, die Ochsen für Großbritannien aufkauft – wir bereedern die beiden Dampfer „Hengist" und „Horsa", die Sie sicherlich kennen. . ."
Hayessen nickte – oh ja, er kannte die schwarzen Kästen mit dem Union Jack am Heck, die regelmäßig Syassenssiel passierten – und nun?
„. . . und ich möchte Ihnen vorschlagen, daß Sie für unsere Rechnung in Östringen Ochsen aufkaufen – wir zahlen pünktlich bar und gut, sagen wir zum Tageskurs – jedenfalls werden wir uns schon einig!"
Und sie wurden sich einig.
Syassenssiel – Treffpunkt der Ochsen und Bauern.
Von weither kamen sie über zermatschte Feldwege und zertrampelte Deiche daher – die Ochsen hatten die Gatter an dem Anleger zum Ziel, wo sie, friedlich wiederkäuend, auf die Verladung warteten – die Bauern samt ihren Knechten die Gaststätte „Union", die bald die wackelige Bude auf dem Groden ergänzte. Hier standen sie in mehreren Reihen an dem langen Tresen, hinter dem, unter der Aufsicht des dicken Bartel, mehrere weißbeschürzte Ober Bier zapften, Schnaps ausschenkten – und vor allem kassierten, kassierten, kassierten, denn das Geld klingelte in dem aufstrebenden Ort – nicht zuletzt an den Tischen, wo Männer beim zünftigen Skat saßen: achtzehn, zwanzig, zwei, null und contra re – und alles um eine Mark den Punkt bis – bis der Hof weg war – manchmal jedenfalls, bei diesem oder jenem, und Spielschulden sind Ehrenschulden, meine Herren!
Das waren die süßen goldenen Jahre von Syassenssiel, von denen man noch lange träumte – die Zeiten, in denen an einem anderen Feldweg das Café Victoria erstand, ein nobler Bau, aus Stein, mit einer kleinen Bühne, auf der fast Tag für Tag eine Kapelle Platz nahm, sogar mit einem Stehgeiger, der schmachtende Melodien dahinfließen ließ, zu denen ein pp. Publikum Wein, mitunter Sekt, schlürfte. Das war nichts für die nach Kuhstall stinkenden Knechte, für die kleinen Pächter, die plötzlich eine große Summe Geldes in die Hand bekamen – nicht einmal für jeden Bauern – wer hier eingelassen werden wollte – durch rote Plüsch-Portieren – der mußte schon in seinem Äußeren zeigen, daß er wer war, und daß man von ihm eine anständige Zeche erwarten konnte. Wem das nicht anzusehen war – der scheiterte an dem unerbittlichen Portier Johnny, ein Riese im Frack, an dem so leicht keiner vorbei kam – und noch nie hatte man erlebt, daß sein Anzug gelitten hätte, auch bei der ärgsten Prügelei nicht!

Und dies war nicht alles. Der findige Eigentümer des Café Viktoria fand sehr rasch heraus, was die Herren in Syassenssiel nach einem erfolgreichen Handel und wenn sie der Wein erhitzt hatte, erwarteten – und so fuhr er denn eines Tages mit sehr jungen, sehr hübschen und – bei barer Zahlung – sehr willigen Damen durch den Ort, im offenen Landauer, die Zigarre in dem breiten Maul – die Augen fest in die Höhe gerichtet: und am Straßenrand die Männer mit abschätzenden Blicken. Diejenigen, die meinten, sich das leisten zu können, gaben sich abends im Café Ficktoria ein Stelldichein, und mancher von ihnen fuhr bald – in Begleitung einer dieser Damen – in eines der neuen Häuser, eben um die Ecke. Die Fahrt im Fiaker wurde teuer, doch was tat's? Wer es ganz dicke hatte, führte seine Eroberung am nächsten Tage öffentlich bei einer Spazierfahrt durch Syassenssiel vor – so konnte man am besten zeigen, wer man war.
Es gab auch andere: Zähe Burschen, die mit Geschick und Rücksichtslosigkeit ihren Weg gingen. Sie kannten weder Skat noch Frauen – nur Zahlen schwirrten diesen Männern durch den Kopf: Preise von gestern und vorgestern – Stückzahlen – Angebot und Nachfrage, und dann griffen sie zu, eroberten Groschen auf Groschen, Mark auf Mark, Taler auf Taler – bis sie das erste Anwesen ihr eigen nannten, dann das nächste und wieder eins, ja, man konnte reich werden in jener Zeit in Syassenssiel, wenn man die Spielregeln beherrschte, aber man konnte auch ein Vermögen in kurzer Zeit durchbringen – und das geschah wohl öfter.
Lütt Jehann blieb sich selbst treu.
Während sich rings um Jerusalem die neue Stadt, bestehend aus Viehverschlägen, Kneipen, Absteigen und Dreck, entwickelte, änderte sich in seinem Hause nichts: Die Räume blitzten vor Sauberkeit, und im Stall käute das Vieh friedlich wie eh und je. Auch der Garten war von einer peniblen Ordnung, überall Blüten vom Frühjahr bis in den späten Herbst, bis der Frost die letzten Astern vernichtete, nur noch die Christrose unter dem Schnee träumte – und ebenso korrekt ging Lütt Jehann seinen Geschäften nach, im leichten Kutschwagen von Hof zu Hof fahrend:
„Wat wullt hebben?"
Niemand feilschte und handelte, wenn der Agent Hayessen kam, denn man wußte, daß er nach Marktpreisen zahlte, nicht darüber und nicht darunter, exakt dies – Karl Rethelsen glaubte, aufgrund der alten Freundschaft zwischen den beiden Familien etwas herausholen zu können. Man sagte, daß er verpflichtet sei, soundsoviele Stück zu liefern. Einige meinten, den Viehhändler Hayessens von seinen Prinzipien abbringen zu können – und der Bauer Rethelsen gehörte zu ihnen. Der Agent des Mr. Lytton kümmerte sich nicht darum, nannte sein Angebot und ging, wenn der Partner nicht einschlug – und beim nächsten Besuch lag die Summe, die er nannte, etwas unter dem Marktpreis – diesmal verkaufte Rethelsen und mit ihm die andern Bauern der Fronde; Lütt Jehann hatte gesiegt, verlor aber kein Wort über diesen kleinen

Machtkampf.
Auch den jungen Uhl bevorzugte er nicht – obwohl er den strebsamen Mann mochte. Der war dem Bauern Hayessen durch folgende Geschichte aufgefallen: Wenn Uhl mit seinem Vieh auf dem Wege nach Syassenssiel in Mitteldeich eintraf, kehrte er in den dortigen Gasthof ein, bestellte für fünf Pfennige einen Schnaps, trank ihn zur Hälfte und stellte den Rest auf die Fensterbank – für die Rückkehr. Auch diesem Bauern zahlte Hayessen nicht mehr als anderen – aber er gab ihm Tips, wo günstiges Land billig zu erwerben war, so ganz unterderhand, nebenbei, aber man verstand sich, etwa so:
„Tja, de ol Gustav Wind is nu ok dod bleeven – un he hett dree Kinner, oh disse Blagen ...“ so etwa sagte Lütt Jehann seufzend und setzte dann wohl, noch deutlicher werdend, hinzu:
„Hebbt se all arwt?“
Und das hieß im Klartext: Da stand eine Erbauseinandersetzung bevor, bei der einer dem anderen nichts gönnte – ich habe kein Interesse an der Stelle – aber Du vielleicht? Uhl revanchierte sich durch diesen und jenen Klatsch bezüglich der Viehbestände – nichts Bedeutendes, aber Lütt Jehann hatte eben seine Freude an diesem aufsteigenden Stern, und er lachte dröhnend, wenn Uhl einen ostfriesischen Pferdehändler, dem er einen lahmen und blinden Gaul zum guten Preis verhökert hatte, auf dessen Klage hin mit den Zeilen beschied:
Mach auf das Aug, mach auf das Ohr –
immer kommt was Neues vor!
Für den Bauern Hayessen war diese Form der Begünstigung vielleicht eine Art Pflaster für sein Gewissen – denn war er es nicht, der die Büchse der Pandora in Syassenssiel geöffnet hatte?
„Wenn Du es nicht gewesen wärest – dann hätte eben ein anderer das Geschäft gemacht,“ tröstete ihn sein Freund Ilksen, und er fügte hinzu: „Jetzt, wo Du begonnen hast, mußt Du weitermachen, vollenden – Syassenssiel braucht eine Eisenbahn!“
Das leuchtete Lütt Jehann ein: Das Geschäft mit England mochte nicht ewig weitergehen – jedenfalls war es gut, wenn man eine Bahnverbindung mit dem Süden hatte – Berlin, das Ruhrgebiet tauchten am Horizont seiner Phantasie auf. Wieder saß er beim Geheimrat v. Berger im Ministerium – das Büro hatte sich nicht geändert, aber der Mann hatte jetzt einen schütteren weißen Bart, ja, er war alt, sehr alt, aber die Sache mit der Eisenbahn –
„Wir haben daran gedacht, Herr Hayessen“, nickte er zittrig dem Bauern zu, „diese Adresse des Gemeinderats kommt uns ausgesprochen gelegen – entscheidend ist, wie die Verhandlungen über den Landankauf laufen – wie rasch – oder wie langsam – ich rechne auf Ihren guten Willen!“
Nun hatte Lütt Jehann ein zweites Gesprächsthema, wenn er Ochsen kaufte – nach dem Preis folgte stets eine kurze Erörterung der Vorteile, die die Bahn mit sich bringen würde – neue Märkte, billigere Düngemit-

tel – und dann Reisen – man könnte reisen, nicht bloß in dieses jämmerliche Syassenssiel mit dem „Union" für die Knechte und dem „Café Fick" für die Bauern – nicht wahr?
Nicht wahr!
Die Gegner des Projektes schmolzen dahin. Die Kosten? Aber die holen wir durch die Fahrpreise wieder herein! Das Land? Der schmale Streifen für die Schienen! Und dem Rest passiert nichts – in keinem Euter wird die Milch sauer, nur weil ein Zug vorbei fährt; das ist wissenschaftlich erwiesen, hahaha!
An einem schönen Augusttag des Jahres 1875 hielt eine schwarze Lokomotive mit einigen Wagen dahinter vor einem Bretterverschlag auf dem Groden von Syassenssiel – in Sichtweite, was sage ich, in Riechweite von Jerusalem und heraus stiegen Eisenbahnpräsident Mutzenbecher samt Gefolge, begrüßt von einer Feuerwehrkapelle, die feierlich das „Heil Dir o Oldenburg" intonierte, begrüßt vom Gemeinderat, begrüßt endlich vom immer noch rüstigen Lütt Jehann, der nun das Werk seiner Tage gekrönt sah: Der verträumte und vergessene Hafen an der Weser, einst Schlupfloch mutiger Schmuggler, war im Begriffe, eine Stadt zu werden.
„Und nun?" fragte Ilksen den Stadtgründer Hayessen, als er auf Jerusalem zu Besuch kam. Neben Lütt Jehann stand ein ernsthafter junger Mann mit einem dunklen Bart, korrekt in einen schwarzen Anzug gekleidet, die goldene Kette über der Weste – leichter Embonpoint –
„– Bernhard – ich hatte Sie fast vergessen!" entfuhr es Ilksen.
„Mein Sohn übernimmt die Filiale in Oldenburg", berichtete Lütt Jehann nüchtern, „und wird, nach der Einarbeitung, das Geschäft leiten – ich ziehe mich zurück!"
„Man soll aufhören, wenn es am besten schmeckt," spottete Ilksen, und Hayessen nickte dazu:
„Mein Sohn hat eine gute Ausbildung, dazu die letzten Jahre in England – ich bin neugierig, was er kann, und das möchte ich noch erleben – er hat mir vorgeschlagen, dies Anwesen hier zu verkaufen – und die Firma in der nächsten Zeit nach Oldenburg zu verlegen!"
„Und Jerusalem?" fragte Ilksen entsetzt.
„Wird neu erstehen", antwortete Bernhard Hayessen mit einer sanft-sonoren Stimme anstelle des Vaters, „ganz neu, aber nicht mehr als Mittelpunkt der Firma. . ."
Er sagte „Firma" mit dem ganzen Selbstbewußtsein eines Kaufmanns, der seinem Unternehmen lebt, den Befehlen dieser neuen Überperson gehorcht, die da „Firma" heißt – „Joh. Hayessen – Spedition", unter diesem Namen war sie im Register des Gerichtes eingetragen, und diese Buchstaben prangten an dem Lagerhaus, das Bernhard Hayessen in Oldenburg am Stau aufführen ließ, während er von dem Erlös, den er für Jerusalem (künftig Hotel „Friesischer Hof") erzielt hatte, einen neuen Hof mit einem roten villenartigen Wohnhaus und einem breitausladenden friesischen Berg bauen ließ: Neu-Jerusalem. Hier verbrachte der

Kaufmann die Sommer inmitten grüner Wiesen, umfächelt von Heuduft — eine Erinnerung an die Anfangszeit der Familie.
In Oldenburg ließ er sich an der Staulinie ein neues Wohnhaus errichten — eine Hundhütte, wie Spötter sagten, während sein Vater das alte Haus an der Langen Straße bezog, das er nur noch selten verließ, schließlich gar nicht mehr — bis sie ihn hinaustrugen, lebenssatt.

VIII. Familiengeschichten

Der Aufstieg der Familie Hayessen erregte bei den Umwohnenden mehr Neid als Bewunderung. Zwar äußerte man die Mißgunst nicht öffentlich – dazu waren die Bauern Östringens, die schließlich ihre Ochsen verkaufen wollten – denn doch zu vorsichtig, aber ganz im Geheimen, im stillen Stübchen – oder wenn der Alkohol den letzten Rest von Vernunft ersäuft hatte, dann kam es heraus:

De ol Smuggler!

De Halsafsnieder!

Watt hett he seggt? to minn! Mien Ochsen – to minn – de kann den Hals nich vull kreegen!

So redeten sie in Syassenssiel, in Asmundeshem, in Aldessen und in Plekateshem – die Umbsen und Ibbeken, die Cornelius und Lürßen – all die alten Familien: De niege – so sagten sie und die blanke Verachtung klang in diesem Wort so recht mit.

Und Karl Rethelsen?

Niemand war wohl härter getroffen als er – der Bauer auf Ohlhamm; niemand spürte tiefer, was dieser Aufstieg der Hayessens für ihn bedeutete:

Denn dieser Hayessen besaß alles, was die Rethelsen einmal hatten: Reichtum, Einfluß, Macht.

Und was war er?

Als Kandidat für die Landtagswahlen war er nicht einmal in Betracht gekommen – das war dieser Ilksen geworden, ein Freund, ach was, eine Kreatur dieses Hayessen, der sich selbst natürlich für das politische Geschäft zu schade war. Und die Begründung:

Auch die Pächter und Köter müssen unseren Mann wählen!

Lachhaft.

Jedenfalls war Ilksen in den Landtag gekommen. Hayessen ging im Ministerium aus und ein. Wenn der seinen Anleger erweitert haben wollte – es wurde genehmigt. Wenn er auf eine befestigte Straße nach Oldenburg drängte – sie wurde gebaut. Wenn er eine Eisenbahn forderte – schon legten Arbeiter die Schienen!

Ilksen sekundierte im Finanzausschuß des Landtages und im Eisenbahnausschuß!

Und wie war das mit der Wahl zum Gemeindevorsteher?

Auch hier wieder – man hatte nicht Rethelsen gebeten, wie es doch das Herkommen verlangte – sondern diesen Hinrichs – ein ganz unbedeutender Mann und Bäcker von Beruf. Steckte da der Hayessen dahinter? Rethelsen hatte keine Beweise, aber sicher war doch, daß dieser Handwerker den Winken des großen Bauern auf Jerusalem willfährig gehorchte!

Kirchenältester war er noch – Jüchter hatte dem Bauern von Ohlhamm noch nicht die Tür gewiesen, aber was galt das schon?

Und nun das Schlimmste:

Wenn Karl Rethelsen mit seinem Handstock, das Fernglas vor der Brust, über die Wiesen von Ohlhamm stapfte, und die Ochsen zählte, so mußte er sich vergegenwärtigen, daß er all diese Ware nur an Johann Hayessen verkaufte — die kurze Rebellion gegen den Agenten der Firma Lytton und Lytton war ruhmlos zusammengebrochen und nie wiederholt worden. Der Jude Silberstein, der gelegentlich vorsprach, kaufte mal dies, mal jenes Tier:
„Aber Herr Rethelsen, was soll ich mit so viel Ochsen? Ich bin ein kleiner Viehhändler und bediene die Schlachter im Lande und kein großer Mann wie der Herr Hayessen — ich bedaure sehr, Herr Rethelsen."
„Und für so einen verklötert man einen Sonntag, weil der Kerl seinen Schabbat halten will," schimpfte Rethelsen, wenn der freundliche Mann mit dem breit auseinander fließenden Gesicht den Hof verlassen hatte.
Das Schicksal spielte dem Bauern auf Ohlhamm hart mit!
Ein erster Lichtblick war der Tod der ersten Frau Karl Rethelsens. Sie hatte an der Schwangerschaft schwer getragen — nun, als ihre Stunde kommen sollte, verschied sie unter Schreien und Schmerzen, und auch das Kind war tot — ein Mädchen, also nicht schade drum.
Der Bauer zeigte ein unbewegtes Gesicht, als man ihm die Nachricht in den Stall brachte, wo er zu tun hatte, weil er das Kreischen und Wimmern der Sterbenden nicht mehr aushalten konnte — im Dorf sagte man, er sei gefaßt gewesen, und Pastor Jüchter hob in seiner Traueransprache diese Fügung in Gottes Ratschluß als besondere Tugend des Leidtragenden hervor. „Jesus meine Zuversicht. . ." so dröhnte die Orgel, als man den Sarg zur Gruft der Rethelsen trug. Dann kehrte der Bauer nach Ohlhamm zurück — allein.
Wenig später starb der Altbauer, jenes Fossil aus den Tagen der alten Herrschaft, will sagen, der vornapoleonischen Zeit; der hatte kaum beachtet in einem Zimmer gelegen. Er war gefüttert worden, zuletzt versorgten ihn die Mägde wie ein Kind. Er hatte nicht mehr bemerkt, daß die Bäuerin dahin war und nun trug man auch ihn zum Grabe der Sippe.
Dieser Tod brachte unangenehme Auseinandersetzungen, denn ein Bruder und zwei Schwestern verlangten ihr Erbteil — Karl mußte Hypotheken aufnehmen, um sie zu befriedigen, deshalb hielt er Ausschau nach einer passenden Frau, die ihm die so entstandenen Verluste wieder hereinbringen sollte.
Elise Grünberg, die Schwester Alices, traf er in der Kirche. Sie ging öfter hin, denn sie war fromm und gottesfürchtig, und dies wurde Karl nach dem Tode seiner ersten Frau auch. Man sprach über die edle Verstorbene, über ihren Charme, ihre Anmut — und welcher Verlust . . .
„Komm!" brummte der danebenstehende Vater Grünberg drohend und zog die Tochter fort — zu spät.
Die kurze Zeit später folgende Einladung nach Ohlhamm mochte der Alte nicht absagen, zumal Tochter Elise darauf drängte, sie zusammen — wie konnte er ihr etwas abschlagen!

„Ein netter Mann — und so allein!“ flötete sie, als sie abends wieder auf den Kutschwagen stiegen, mehr zu sich als zu ihrem Vater, aber der hatte es gehört und nahm sich vor, scharf aufzupassen. So etwas wie mit Alice sollte nicht noch mal passieren. Dann bemerkte er längere Zeit nichts — Elise ging ihren üblichen Arbeiten nach: Sie beaufsichtigte morgens das Melken und legte auch wohl selbst mit Hand an; dann versorgte sie die Milch und arbeitete in der Küche, nachmittags andere Hausarbeit, aber sie war so verändert!
Der Gegenbesuch Rethelsens war fällig, und Elise blühte auf, ordnete den Tisch mit besonderer Sorgfalt: Blumen hier, einige grüne Zweige dort und nur das beste Geschirr, die schönsten Decken —
„Kommt denn der Großherzog?“ fragte der Alte böse.
Karl hatte seinen besten Frack angezogen — und so fuhr er vor; ein Knecht kutschierte. Er sprang federnd auf den Fußboden, begrüßte mit einer tiefen Verbeugung die Tochter des Hauses, mit derbem Handschlag den Alten, und dann plauderte man über das Wetter, das dies Jahr so besonders kalt sei und trocken — und wenn jetzt noch die Mäuse . . . dann ging man zur Politik über, schimpfte über die hohen Steuern, die man nach Oldenburg zahlen müsse, die Verschwendung im Staat, und daß die Habenichtse und Neider überall das Sagen hätten. . .
Elise servierte unterdessen zurückhaltend, freundlich und sorgte dafür, daß die Kaffeetasse nie lange leer stehen blieb, Kuchen immer nachgereicht wurde. Grünberg zeigte nach der Kaffee-Sitzung seinen Betrieb: Die Scheune, jetzt leer und sauber, bereit, die Heuernte aufzunehmen; dann das Vieh draußen auf den Weiden — in der Ferne sah man die Bäume von Ohlhamm; Elise sah schmachtend dorthin, als ob dort ein verzaubertes Schloß verborgen sei — und für einen Augenblick hielt er ihre Hand, aber der Alte sah nichts — erzählte vielmehr von den Ochsen, von den Preisen, die Hayessen zahlte und von diesem und jenem.
Karl Rethelsen kehrte als Triumphator auf seinen Hof zurück:
„Genauso geil wie die andere“, dachte er.
Und der alte Grünberg tobte, als er hörte, daß seine Tochter den Rethelsen heiraten wolle, aber er biß auf Granit. Schiefmäulig lächelte sie unter ihrer spitzen Nase hervor:
„Soll ich ewig Jungfrau bleiben?“
Es wurde Hochzeit gefeiert — in ganz kleinem Kreise, selbst Pastor Jüchter wurde nicht geladen; dies hatte sich der alte Grünberg ausbedungen. Wieder wirkte eine Frau auf Ohlhamm, wie einst Alice, während Karl Rethelsen über das Feld ging, Ochsen zählte und im Gasthof beim Bier handelte, auch wohl mal spielte — ihm ging es gut!
Das erste Kind war ein Mädchen — und starb auch nach einigen Jahren an einem heftigen Fieber. Dann folgte ein Junge — der erste einer ganzen Knabenschar, stellte sich Karl Rethelsen vor, aber er sollte sich irren — es blieb der einzige. Der Vater hatte ihn auf den Namen „Hergen“ taufen lassen. Warum? Nun, die großen traditionsreichen Namen der Familie sollten den anderen Kindern vorbehalten bleiben und warum nicht

mal ein Hergen? Jüchter taufte den Säugling.
Das große Zimmer mit dem Blick auf den Garten war in ein Blumenmeer verwandelt worden und mitten darin der Tisch mit der blumenverzierten Kumme aus Meißner Porzellan. Der Täufling selbst steckte im spitzenbedeckten Taufkleidchen, das seit Generationen in der Familie nur diesem einen Zweck diente. Er ruhte sicher in den riesigen Pranken des Bauern Umbsen (der andere Pate war Johann Hayessen, konnte man wohl schlecht anders machen) – und empfing in der Heiligen Taufe den Namen „Hergen".
Vater Rethelsen beachtete den Sprößling zunächst wenig – gar nicht. So lange jedenfalls nicht, als noch Hoffnung auf weitere Kinder bestand – aber in dem Maße, als diese schwand (aus Gründen, die nicht mehr zu erhellen sind), konzentrierte sich die Aufmerksamkeit des Bauern auf diesen einen Jungen – mit ihm wollte er nunmehr sein Schicksal herausfordern, und deshalb:
„Aus Dir mach ich einen ganzen Kerl!"
Doch das war nicht leicht.
Hergen erwies sich nämlich als ein ruhiger Junge, der am liebsten still auf seinem Schaukelpferd saß oder auch – mit Puppen spielte. Das war kein Wildfang, wie Karl Rethelsen sich ihn gerne gewünscht hatte, dabei zu Unordnung und Schlamperei neigend. Und so prasselte es denn auf das Kind herunter:
„Sitz gerade!"
„Mach keinen Buckel!"
„Träum nicht!"
„Willst Du wohl springen, wenn ich es Dir sage!"
Als der Junge reiten lernen sollte, zeigte es sich, daß er Angst hatte – Angst vor dem Pferd, dann auch davor, daß er hinunterfallen könnte –
„Ah, vorne ist gleich der Kopf, hinten der Schwanz und links und rechts geht es auch steil hinunter", höhnte der Vater und gab dem Gaul einen Klaps, daß er davontrabte – nicht sehr rasch, aber der Hergen umklammerte doch angstvoll den Hals des Tieres und weinte bitterlich.
„Alte Heulsuse, Schlappschwanz – und sowas will mal ein Bauer werden", höhnte der alte Rethelsen.
Und wunderte sich, daß sich der Junge gerne in dunkle Ecken verkroch und froh war, wenn ihn niemand sah.
„Duckmäuser", schimpfte der Alte.
Die Mutter sah dem Treiben hilflos zu.
„Aber Karl, laß doch den Jungen", versuchte sie in der ersten Zeit zu protestieren, aber sie bekam nur zu hören:
„Hier bestimme ICH!"
Und dieses Ich wurde noch sehr viel größer geschrieben, als der alte Grünberg das Zeitliche gesegnet hatte und Karl Rethelsen dessen Ländereien zu den eigenen schlagen konnte.
„ICH"!
Heimlich steckte Elise ihrem Sohn mal einen Pudding, mal einen Bon-

bon, vielleicht sogar ein Praliné zu – und sie freute sich mit ihm über die guten Zensuren in der Schule, die dem Alten egal waren:
„Du erbst doch den Hof – was soll denn der Tünkram!"
Hergen wurde größer, konnte aber immer noch nicht reiten, war nicht dazu zu bewegen, einem Huhn oder einer Gans den Kopf abzuschlagen und lief davon, wenn ein Schwein abgestochen werden sollte. . .
„Aber den Braten fressen, das kannst Du", höhnte Karl Rethelsen, der daran verzweifelte, aus seinem Jungen das zu machen, was er einen „Kerl" nannte.
Als die Musterungskommission den Bauernjungen schließlich nach Hause schickte, weil er ihr allzu schmalbrüstig vorkam, war Vater Rethelsen wie vernichtet.
Für einen Augenblick hatte er geglaubt, daß Schicksal wenden zu können, und nun – war sein Sohn nicht einmal tauglich, Soldat zu werden!
Er sah nur noch eine Chance:
„Du wirst ja wohl wenigstens das können, was jeder Bulle versteht – oder?"
Er suchte also unter den Töchtern des Landes eine Frau für seinen Sohn – ein Mädchen, das versorgt werden mußte, vielleicht auch über Geld verfügte – vor allem aber ein breites, gebärfreudiges Becken hatte und schließlich fand er auch eine – die Gesine Engelmann, die der Vater günstig an den Bauern Rethelsen losschlug, indem er noch einiges Geld drauflegte – und dann wurde geheiratet – nicht sehr groß und aufwendig, denn es war wirklich kein Anlaß zur Freude, keine Hoch-zeit sondern eine Niederzeit –
und von da an ließ Vater Rethelsen seinen Sohn in Ruhe.
Das Ehepaar verkroch sich in die ihm zugewiesenen Wohnräume im Dachgeschoß des Wohnhauses von Ohlhamm, Zimmer, die sonst nur dazu dienten, Äpfel zu lagern und zu dörren, nun aber mit einigem Hausrat vollgepackt wurden – mochten sie sehen, wie sie da klarkamen.
Die jungen Rethelsen waren kaum in dem Getriebe des mächtigen Hofes zu spüren, nachdem Gesine den schüchternen Versuch, wenigstens die Funktionen einer Mamsell zu übernehmen, bald aufgegeben hatte, weggebissen von der Inhaberin dieses wichtigen Amts und vom Bauern natürlich auch.
Ein Junge wurde geboren. Karl Rethelsen hatte von der Schwangerschaft nicht Notiz genommen, zumal er von Krankheit und Tod seiner zweiten Frau in Anspruch genommen worden war – aber als das Kind da war und sogar ein Knabe – bestimmte er ihm den Namen „Theodor", sozusagen als letztes Aufbäumen gegen das Schicksal, ja, er schlug seinem Sohn nach der Taufe wirklich auf die Schulter.
„Hast Du doch was geleistet!" sagte der glückliche Großvater und entließ die Eltern mit dem Kleinen ins Dachgeschoß – sehr viel gnädiger als sonst. Dann hörte man lange nichts mehr von den jungen Leuten oben im Dachgeschoss.
Die Mutter kümmerte sich um den kleinen Theodor, der richtig wuchs,

richtig seine ersten Schritte tat, immer in der Nähe eines Stuhlbeins oder von Mutters Schürzenzipfel, sich daran machte, das Sprechen zu erlernen und schließlich richtig, wie alle anderen Kinder vor ihm auf dem Hof — hinter den Hühnern herlief, um sie zu fangen. Als er vier Jahre alt war, bekam er ein kleines Brüderchen, gesund und kräftig, sofort die ganze Freude des Großvaters, der jetzt seinen ganzen Mut zusammennahm und diesem Jungen den größten aller Namen gab, der für einen Rethelsen existierte: Elke.
War jene Korrektur doch noch möglich?
Sinnend schaute der Großvater — so nannte man Karl Rethelsen jetzt allgemein — hinter den Jungen her, die sich, jeder auf seine Weise, nach und nach den Hof eroberten. Glücklich hörte er die Angstschreie der Mutter, wenn Theodor oben im Heu krabbelte, auf den höchsten Balken balancierte und herrisch den Hofhund in die Ecke scheuchte.
„Das wird ein Kerl", brummte der Großvater und beschloß, dem Enkel rechtzeitig ein Pony zu kaufen.
„Der soll das Reiten lernen!" nahm er sich vor.
Und er lernte es. Theodor genügte bald das kleine Tier nicht mehr, das so widerwärtig zuckelte, und so bekam er ein großes Pferd, einen richtigen Renner, mit dem er über hohe Hindernisse hinwegsetzte.
„Immer das Herz zuerst rüberschmeißen," rief Großvater Rethelsen ermutigend, wenn Theodor denn doch vor einem allzu breiten Graben zögerte.
Sorgen machte die Schule. Zwar ließen sich schlechte Leistungen in der Volksschule relativ leicht ausgleichen — aber im neuen Gymnasium, das seit kurzem in Syassenssiel bestand, war dies nicht so einfach; es mußten die Nachhilfelehrer bezahlt werden, die denn auch richtig die notwendigen lateinischen und griechischen Vokabeln in Theodors dicken Schädel brachten, und die Aufsätze waren auch passabel. —
Der ältere Rethelsen-Enkel bestand das Abiturienten-Examen — zwar nicht glänzend, aber der Sprung auf die Universität war doch möglich — der alte Rethelsen strahlte vor Freude: der Älteste würde sicherlich als Doktor juris zurückkehren, eine glänzende Anwaltspraxis aufmachen, während Elke den Hof erbte — das Tal war durchschnitten — die Rethelsen strebten neuen Höhen zu. Da konnte man es sich leisten, den Tod des Sohnes, dann den der Schwiegertochter als große Leiche zu feiern, denn was immer sie, in den Augen des Großvaters, gesündigt hatten — sie waren der entscheidenden Erwartung gerecht geworden und hatten für lebenstüchtigen Nachwuchs gesorgt — und was will man mehr?

IX. Der lüttje Bruder

Auf den Spuren seines älteren Bruders eroberte sich der kleine Elke die Welt. Als er endlich auf staakigen Beinen die Treppe des Wohnhauses in die Tiefe hinabstieg und endlich in der dunklen Diele erschien, nahm der Großvater zum ersten Male den zweiten Jungen bewußt wahr.
„Na, Du kleiner Held", murmelte er anerkennend.
Aber schon wandte sich das Kind um und krabbelte die Treppenstufen wieder nach oben – hin zu Muttern, die ihn in ihrem Schoß barg, während Vater Hergen stumpfsinnig aus dem Fenster in die weite, grüne Ebene hinausschaute, auf den Knien ein Buch, in dem er gerade las, irgendeinen Abenteurerroman aus dem fernen Afrika: er nahm gar nicht wahr, was um ihn herum geschah.
Elke wiederholte den Ausflug. Nach und nach wurde er mit der Umgebung unten und mit den Menschen vertraut – Großvater, dieser große, meist brummende Mann, erschreckte ihn nicht mehr sehr.
Elke liebte es, in dessen Schlafzimmer zu huschen, wenn die Betten gemacht wurden, um durch das kleine Fensterchen in der Wand in den Rinderstall zu lugen – eine neue Welt. Aber dann warfen ihn die Mägde mit Kissen und Decken, bis er unter dem Gebirge ganz verschwunden war und er in einer kleinen Höhle saß – eine Herrlichkeit, die bald verging! Und nun raus mit Dir!
Die Küche war ein anderer Platz, an dem er es sich wohl sein ließ. Hier roch es immer gut nach Frühstück und Mittag. Kaum war das Kaffee-Geschirr des morgens abgewaschen, das schmutzige Wasser in den Gossenstein gekippt (von wo es durch ein Rohr in der Wand abfloß in eine Rinne, die in die Graft führte – ein richtiger kleiner Wasserfall, der sich durch das Fenster beobachten ließ) – begannen schon die Vorbereitungen für das Mittagessen, und dabei wurde viel geschwatzt, auch gesungen – es war ein lustiges Leben in der Küche, und oft genug gab es einen Topf auszuschlecken.
Als Elke älter wurde, dehnte er seine Entdeckungsfahrten in den Stall und in den Garten aus. Er legte sich sogar ein kleines Beet an, in dem er Radieschen und Möhren säte, aber es verunkrautete bald und wurde ihm deshalb wieder weggenommen. Elke hatte inzwischen anderes zu tun: Die Graft lockte ihn mit unwiderstehlicher Gewalt an, denn hier konnte er kleine Holzstückchen als Schiffchen schwimmen lassen und sie dann mit Kluten beschmeißen. Solche Schlachten liebte er sehr – deshalb lief er immer wieder an den breiten Graben, von dem er stets siegreich – und verschmutzt – zurückkehrte.
Dann pickten natürlich Hühner auf dem Hofe, die Elke gerne jagte – und in den Bäumen und Sträuchern suchte er nach den Eiern, die die Tiere immer raffinierter versteckten, um sie vor den begehrlichen Menschen zu verbergen – aber das nützte ihnen nichts. Selbst in den Obstbäumen entdeckte Elke weiße Eier, wenn er sich Äpfel holen wollte.
Großvater – beschäftigt mit der Erziehung des ältesten Enkels – sah

dem Treiben des jungen Elke mit schmunzelnder Freude zu – nur wenn er an jenen verkrüppelten Apfelbaum ging, an dem im Herbst die genau registrierte Zahl sehr saftiger und rot-gelb gestreifter Gravensteiner hing, langte Opa doch mit der Sweep aus – mit der er die Grenzen, die einzuhalten waren, sehr genau und nachdrücklich zu bezeichnen pflegte – nicht nur bei Theodor sondern auch bei Elke.
Spielkameraden kamen auf den Hof. Oft erschien der lustige und unternehmungsfreudige Emil Janßen, dessen Vater als Köter sein Leben verbrachte. Er lebte – einen Sprung weiter – in einem kleinen strohgedeckten, feuchtem Häuschen, vor dem im Sommer große Sonnenblumen als einziger Schmuck leuchteten. Der Vater besaß eine Ziege, zwei Schweine und eine Anzahl Hühner dazu hatte er Grabenränder sowie ein Stück Deich gepachtet, um das Gras zu nutzen: so hatten er und seine Familie – außer Emil hatte Vater Janßen noch fünf Kinder zu ernähren – einigermaßen genug zu essen, wenn es auch nicht gerade Weißbrot und Kuchen gab. Emil war stets in das gleiche grüne Lodenzeug verpackt, das schlotternd um seinen Körper hing – und wenn er kam, dann zuckte Großvater immer so merkwürdig mit der Schulter:
„Ach der!"
Da war doch Icke Ibbeken schon ein anderer.
Dieser Junge kam aus einer guten Familie, und das sah man! Er war sauber in blaues Tuch gekleidet und trug sonntags eine Kieler Bluse mit einem Knoten vorne, dazu kurze, blaue Hosen, lange Wollsocken ohne Löcher und geputzte Schuhe. Er machte auch einen Diener, wenn er den Bauern begrüßte und sagte nicht nur „Moin" wie dieser Emil.
Und dann Focko Umbsen!
Großvater freute sich sichtlich, wenn dieser vierschrötige, kräftige Junge auf Ohlhamm vorsprach.
Das war doch nochmal ein Kerl!
Ein richtiger Junge!
Blond und blauäugig war er – ein rechter Raufbold, das würde mal ein richtiger Bauer, was sage ich? – ein Mann werden
Focko Umbsen hatte schon halsbrecherische Ritte hinter sich, als die anderen gerade ihre ersten Versuche unternahmen, sich auf einem Pferderücken zu halten!
Er war schon soundso oft in eine Graft geplumst, einmal bei bitterer Kälte, als er auf einen überhängenden Baumast kletterte, der dann unter seinem Gewicht abbrach.
Focko hatte nur gelacht!
Der war hart – jungedi!
Großvater Rethelsen nickte beifällig, als er hörte, daß Focko sich daheim bereits ein Vergnügen daraus machte, überzähligen Küken den Hals umzudrehen, ja Spaß daran fand, einem Huhn den Kopf abzuschlagen.
„Opa Rethelsen", so krähte er über den Hof, „– und dann wollen die weglaufen – so . . ."
Und Focko hüpfte, mit den Ärmchen schlagend, über die Diele, daß sich

Karl Rethelsen vor Lachen ausschütten wollte – nein, war das komisch, was das Kerlchen da vormachte!
Dieses Kleeblatt spielte auf Ohlhamm „Verstecker" oder „Räuberundschandit", auch „Siegfried", wobei die Brennesseln bei der Graft das große Dänenheer bildeten, das Siegfried, Gieselher, Gernot und Rüdiger (die Rollen wechselten, nur den Hagen wollte keiner machen) mit leichter Mühe besiegten. Manchmal fochten sie mit großen Knütteln gegeneinander, wobei Focko stets als der Sieger hervorging. Aber es gab auch andere Spiele: Dann warfen sie nach den Fröschen mit Kluten und Steinen, und wenn die getroffenen Tiere mit heraushängenden Gedärmen davonschwammen, jauchzten Focko und Elke, während Icke davonschlich. (Emil blieb meistens dabei, warf aber daneben – er wollte sich nicht die Freundschaft des Bauernjungen verderben!) Noch besser wurde es, wenn Focko eine Katze im Gebälk des Hofes gefangen hatte: Dann prökelte er mit kleinen Stöckern in den Körperöffnungen unter dem Schwanz herum, so daß das Tier vor Schmerz und Angst schrie – und sich, nach der Freilassung, zu einem qualvollen langen Todeskampf in einen dunklen Winkel der riesigen Scheune verkroch.
Kindliche Spiele!
Die Abenteuer klangen für Elke am Abend in der häuslichen Sicherheit im Dachgeschoss von Ohlhamm aus, wenn die Mutter den Jungen auszog, wusch, dann am Bett saß und mit ihm über den Tag sprach, ihm Geschichten erzählte – von den tapferen Bauern, die sich gegen begehrliche Grafen und Hansekaufleute wehrten – vergeblich letztlich, aber doch ehrenvoll untergingen in einer großen Schlacht, nachdem sie von einem Landsmann schmählich verraten worden waren, der den Feinden einen Weg um die schützende Landwehr herum verriet, aber der wurde später gefaßt und mit hanfenen Seilen zersägt, zur Strafe für sein großes Verbrechen. Sie berichtete von dem Kind in der Mauer der Kirche von Plekkateshem und wie die Wände erst stehen blieben, als man dies Opfer gebracht habe, und von dem Mann, der gegen einen roten Rock, einen weißen Stock und eine bunte Kuh das Siel öffnete, von einem anderen, der mit seinem Leib ein Loch im Deich schloß, bis Hilfe kam, die die drohende Katastrophe verhinderte – und vieles andere mehr: Durch die Träume Elkes wirbelten diese Geschichten, die hehren Gestalten der Vorwelt, bis die Morgensonne in das Zimmer lachte und zu neuen Abenteuern in der Scheune und an der Graft rief!
So verlief eine zugleich ereignisreiche und einförmige Kindheit auf Ohlhamm. Später, in der Erinnerung, flossen die zahlreichen, immer wiederkehrenden Geschehnisse zu einem Bild zusammen – nur ganz wenige besondere Ereignisse blieben im Gedächtnis des Elke Rethelsen haften: der Sarg seines Vaters, der eines Tages auf der Diele stand, und sein Platz im ersten Stock war leer. Und dann stand vor seinem Auge stets das feierliche Bild seines Großvaters in dem Lehnstuhl am Fenster der großen Stube, von dem aus man über einen bunten, besonnten Garten hinaus in das weite Land sehen konnte. Dies Zimmer durfte er nur sehr

selten betreten, in den feierlichsten Augenblicken – so als er, in einem neuen Anzug und den Tornister mit Schiefertafel und Fibel auf dem Rücken, den Weg zur Schule antreten sollte.
Großvater Rethelsen musterte den kleinen Enkel, der vor ihm stand (die Mutter hinter ihm beachtete er nicht) – und legte ihm langsam, die Hand auf die Schulter, wie zum Segen:
„Und nun geht es zur Schule, mein Junge – der Ernst des Lebens beginnt – halt Dich wacker!“

X. Die Schule

Jetzt mußte sich Elke Rethelsen zum ersten Male außerhalb seines geschützten Bezirks bewähren: In der Schule! Hier gab es keine Mutter mehr, in deren Schoß er flüchten konnte, und die Gesetze schrieb nicht mehr Großvater Rethelsen – notfalls mit der Sweep – so, daß der Vorrang der Rethelsen gewahrt blieb.

Elke fand sich mit vielen anderen Kindern in einem weiten, dunklen Raum, in dem er auf einer viersitzigen tiefbraunen Bank einen Platz angewiesen erhielt. Vorne – hoch über den Köpfen der Kinder auf einem Podest – das Pult, das durch die roten Muster in der braunen Farbe nicht lustiger wurde, dahinter die schwarze Tafel und links daneben die Rechenmaschine – ein Gestell mit zehn Reihen roten und schwarzer Kugeln darauf, die man hin und her schieben konnte.

Dies also war der Raum, in dem sich Elke nunmehr vorfand – und wo er auch Focko Umbsen gewahrte, Icke Ibbeken und Emil Janßen, aber dazu kamen noch viele andere Jungen – und überdies hielten die Mädchen, eine kichernde und süßlich riechende Masse, die andere Hälfte der Klasse, diejenige vor der großen Seitentafel, besetzt.

Der Lehrer, der sich vorne bemerkbar machte, war ein freundlicher Herr undefinierbaren Alters – Punke mit Namen, Johannes Punke und Hannepu genannt, unumschränkter Herr der vier ersten Volksschuljahrgänge (bevor Deodonatus Brumm seine Nachfolge antrat).

Hannepu verstand es, mit einigem freundlichen Zureden die Kinder zu beruhigen, – dann endlich – als alle auf ihren Plätzen saßen – begann die unvermeidliche Registrierung der Namen, zwischendurch verstreute Punke Belehrungen über das Verhalten in der Schule – daß man beispielsweise nicht einfach aufspringe und weglaufe sondern sich sittsam melde und frage:

„Herr Punke, darf ich austreten?"

Der Lehrer sagte dies alles in einem erstaunlich freundlichen Tone, daß Elke, der von seinem Bruder Fürchterliches über die Schule gehört hatte – beispielsweise, daß jedes Kind dort zunächst einmal zur Probe Prügel beziehe – langsam die Angst verlor und sogar etwas Zutrauen gewann. Als sie dann endlich, schon nach kurzer Zeit, entlassen wurden, ohne nur einen Strich Schularbeiten zu erhalten, schien die Welt für Elke, wie für alle anderen, in Ordnung zu sein.

In der Tat bewahrheiteten sich die Befürchtungen in den nächsten Jahren nicht.

Hannepu war nämlich ein Lehrer, der in seinen pädagogischen Methoden seiner Zeit weit voraus war – übrigens ohne dies zu wissen, weil er keiner neuen wissenschaftlichen Theorie sondern allein seinem Charakter folgte, und dieser war so geartet, daß er einfach nicht schlagen konnte. Der Stock, den auch er besaß, blieb ungenutzt im Schrank stehen, sehr zum Erstaunen der Kollegen, der Eltern und der Kinder, für die der Lehrer und der Stock zusammen gehörten wie der Pfarrer und

die Bibel.
Was aber tat Hannepu, wenn ein Kind einfach im Unterricht aufstand, für eine Weile wegging und dann ebenso selbstverständlich wieder an seinen Platz zurückkehrte?
Er fragte natürlich:
„Wo bist Du denn gewesen?"
„To Hus!" antwortete der Junge.
„Und wieso?"
„Ick harr Schmach!" lautete die Antwort.
In der Klasse klang Gelächter auf, das sich am Nachmittag im ganzen Dorf fortsetzte, denn Hannepu versäumte es nicht, diese neue Anekdote am Gartenzaun diesem und jenem zu erzählen, bis sie jeder wußte: Hahaha, hest dat all hürt?
Ja, Hannepu regierte seine Klasse mit viel Humor — nichts erfreute ihn persönlich so wie ein gelungener Witz, auch wenn er auf seine Kosten ging — zum Exempel als er Geige übte: Ein kleiner Junge hatte sich unter dem Fenster der Schulstube versteckt und hörte zu.
„Na, wo klingt die dat denn to?" fragte Hannepu, der den Lauscher entdeckt hatte.
„Just so as de Katten, wenn ick se afsupen dei", meinte der Kleine.
Auch in diesem Falle sorgte Punke für rasche Verbreitung der Geschichte im Dorf!
Aber was geschah in der Klasse, wenn wirklich einmal ein schwerer Zwischenfall eingetreten war — eine Schlägerei, beispielsweise oder gar ein — wage ich das niederzuschreiben? — ein Diebstahl?
Dann erlebten die Kinder einen ganz anderen Herrn Punke. Mit ernstem Gesicht betrat er die Klasse, sah hypnotisch in jedes Gesicht:
„Wer hat den Apfelbaum von Frau Mammen geplündert?"
Die Frau war arm, das wußte man — und der Apfelbaum ihre ganze Freude — hier handelte es sich um kein Kavaliersdelikt mehr — das schlechte Gewissen ließ den Übeltäter nicht ruhig auf seinem Platz sitzen, und schon stand Herr Punke vor ihm:
„Du warst das!"
Wie konnte der Junge noch leugnen?
Beschämt gab er zu, daß er den Baum geplündert hatte, gemeinsam mit . . .
Die Strafe, die Punke nun verhängte, war im Grunde gleichgültig (sie bestand meistens im Nachsitzen), aber daß er erwischt wurde, daß er als Dieb entlarvt war — und das von diesem Lehrer — war derart schlimm, daß Punke oft genug nach einiger Zeit Maßnahmen ergreifen mußte, um den Jungen aus der allgemeinen Verachtung herauszuholen, was dadurch geschah, daß er ihm kleine Dienste auftrug:
„Putz mal die Tafel ab!"
„Hol mir meine Brille aus dem Lehrerzimmer!"
„Trag mir die Hefte nach Hause!"
Und so geriet die alte Geschichte langsam in Vergessenheit.

In Punkes Unterricht wurde viel gesungen und gelacht. Er wußte aber auch spannende Geschichten zu erzählen – daneben kam das kleine Einmaleins nicht zu kurz: Hier sorgten Mannschaftskämpfe dafür, daß dieser trockene Stoff doch noch ein bißchen aufgelockert wurde.
Die Kinder kamen kaum dahinter, daß sie ziemlich hart gefordert wurden. Sie alle leisteten das, was sie konnten – für Herrn Punke – und der Lehrer gab jedem das Gefühl, daß er das anerkenne – sogar der Gieselher lebte unter der milden Sonne dieser Herrschaft auf, obwohl er doch in keiner Weise das Ziel der Klasse erreichte.
Focko hatte es einmal gewagt, sich über den Blöden da lustig zu machen – und schon war Punke dazwischen gefahren – aber war dies noch der gute Hannepu, der selbst einen Diebstahl verständnisvoll zu behandeln wußte? Aller Humor war aus seinem Gesicht gewichen, kalkweiß schoß er auf den Jungen los, riß ihn aus der Bank, holte zum Schlag aus – und ließ ihn dann mit einer solchen Gebärde der Verachtung fahren, daß dies mehr traf als die härtesten Prügel – und Focko versuchte nie wieder, an Gieselher sein Mütchen zu kühlen.
Gieselher war geistig zurückgeblieben, und man sah es ihm an: er grinste dümmlich, bewegte sich linkisch und lernte – im Sinne der Schule – einfach nichts. Wenn die anderen schrieben und rechneten, vertrieb er sich die Zeit mit Malereien und wurde für seine Werke von Hannepu sehr gelobt. Ansonsten erhielt Gieselher kleine Aufgaben zugewiesen – dieses oder jenes zu holen, die Blumen zu gießen und die Tafel sauberzuhalten, was er gewissenhaft tat. Der Junge hing mit großer Liebe an seinem Lehrer und dieser sorgte für ihn, auch dadurch, daß er den Schüler öfter sitzenbleiben ließ, so daß Gieselher seine ganzen acht Pflichtschuljahre bei Hannepu durchmachte.
Als der Junge endlich entlassen werden mußte, beschaffte ihm sein Lehrer eine Stelle bei dem Bauern Ibbeken. Da lebte Gieselher mit Pferden und Kühen, fuhr Mist und Heu, arbeitete schwer und bis zum Umfallen, gleichzeitig gewissenhaft, treu . . .
„. . . geht gut mit den Tieren um!" lobte Ibbeken seinen Knecht, wenn er den Lehrer traf.
Daß Gieselher für die anderen weiterhin einfach „der Blöde" war, kümmerte weder den Bauern Ibbeken noch den Lehrer Punke – und den Gieselher am allerwenigsten, denn der bekam davon nichts mit.
Nach der vierten Klasse wechselten die Kinder aus dem Machtbereich des gutartigen Lehrers Punke in den der sagenumwobenen, übelbeleumundeten Laura Altmann über, einer ältlichen Jungfrau (es bestand kein Zweifel, daß sie dies noch war!), die in drakonischer Strenge die ihr anvertrauten Zöglinge regierte.
„. . . aber die Kinder lernen ja was bei ihr", sagte man entschuldigend in Plekkateshem.
Und was war da alles zu entschuldigen!
In dem dunklen Klassenzimmer regierte hinter milchigen Scheiben, die keinen Blick nach draußen gestatteten, der blanke Schrecken. Schon

der Anblick des Fräulein Altmann ließ das Blut erstarren: Das Haar glatt gekämmt und hinten zu einem Knoten zusammengebunden, den Blick starr nach vorne gerichtet, die Mundwinkel nach unten gebogen — so trat sie vor die Klasse, meistens in einem einfachen grauen Kleid, das durch den Schmutz noch etwas dunkler als beabsichtigt gefärbt war, denn Laura Altmann hielt auf Sparsamkeit und wusch deshalb selten ihre Röcke und Blusen, zumal ihr Vorrat an Garderobe gering war. Aber sie hielt auf persönliche Sauberkeit und ging dabei mit gutem Beispiel voran, jawoll, denn nach dem Morgengesang, nach dem Gebet und nachdem sie die Fingernägel der Kinder kontrolliert hatte, ob sie etwa schwarz oder abgekaut wären, nachdem dies also alles absolviert war, ließ sie sich wohl eine große Kumme mit Wasser holen, legte, während die Kinder der Reihe nach vorlasen, Bürste, Seife und Handtuch bereit, zog sich Schuhe und Strümpfe aus und begann ausgiebig, sich die Füße zu waschen, so daß die Seife schaumige Blasen warf, bis des Reibens und Bürstens genug war — ein Mädchen brachte dann die Schale mit dem grauen Wasser fort.
„. . . aber die Kinder lernen ja bei ihr!"
Da saß sie auf der Schreibfläche der vordersten Bank vorne rechts vom Mittelbank auf der Jungenseite (links vom Lehrer befand sich der kichernde Mädchenpulk) und stieß bellend Rechenaufgaben hervor, die dann im Kopf zu lösen waren. Die Kinder standen — wer die richtige Zahl zuerst rief, durfte sich setzen. Einer nach dem anderen nahm Platz — schließlich standen noch einige Jungen. Die letzten drei bekamen eine Strafarbeit auf. Es waren immer dieselben, die dies Schicksal traf — warum beeilten sie sich auch nicht?
„Ihr rechnet auf Seite 15 . . ."
„Fräulein Altmann!"
Susanne, ganz hinten auf der Bank, meldete sich eifrig.
„Was gibt es?"
„Fräulein Altmann, Inge hat geschwatzt!"
Inge bekam einen hochroten Kopf. Fräulein Altmann wandte sich der Übeltäterin zu.
„Was hast Du gesagt?"
„Och", das war alles, was die verängstigte Inge, während sie aufstand, herausbringen konnte.
„20mal: Ich darf in der Stunde nicht schwatzen!" befand Fräulein Altmann.
„. . . aber die Kinder lernen ja was bei ihr!"
Wieder saß sie da, breitbeinig, auf der Schreibfläche des Schülerpults, den Rock über die Knie gezogen, so daß die Jungen mit ihren Blicken die Beine entlangfahren konnten bis . . . war das ein grauer Schlüpfer? War das ein Schatten?
Oder war das?
Die Jungen stießen sich mit den Ellbogen an, während die Hände, wie vorgeschrieben, gefaltet auf den Pultflächen liegenblieben . . . Oder war

das?
„Warum lachst Du?"
Laura Altmann fixierte einen Jungen in der fünften Reihe.
Schweigen.
„Warum lachst Du?"
Schweigen.
„Willst Du wohl antworten?"
Die Lehrerin hatte ihren Platz verlassen und stand nun vor dem Kind, das schlotternd vor Angst aufgesprungen war. Die Stimme hatte die Schärfe eines Säbels – und war genauso drohend.
„Nun, wird's bald?"
Die Kinder in der Klasse saßen zusammengekauert da – keiner wagte aufzublicken: Was würde der sagen?
Würde er versuchen, jemand anderen zu beschuldigen?
Wen traf es als nächstes?
Der Junge schwieg.
Laura Altmann nickte grimmig, als sie spürte, daß aus dem Kind so nicht mehr herauszuholen war.
„Na schön", sagte sie und befahl dann, sich umwendend: „Focko! Den Stock!"
Sofort sprang Focko Umbsen auf, eilte zum Klassenschrank, in dem – neben den Waschutensilien der Lehrerin und einer Klassenbücherei auch der Haselnußstock aufbewahrt wurde, eine schlanke Gerte in handlicher Größe. Ihn brachte Focko der Lehrerin, die den Stock prüfend durch die Luft zischen ließ.
„Hierher!" befahl sie dem Jungen, der immer noch in seiner Bank verharrte.
Gehorsam ging er nach vorn und blieb neben dem leeren Platz in der ersten Bankreihe stehen. Laura faßte ihn nun am Kragen, so daß er vor der Schreibfläche stand.
„Bücken!" befahl sie und drückte ihm den Kopf nach unten, nach unten, nach unten bis er in der Höhe des Sitzes hing, während der Hintern bequem auf der Schreibfläche lag, – sie griff nun in die Hose, zog sie über den Backen stramm und ließ dann den Stock auf den Arsch sausen; mit voller Kraft zischte das Holz, und sie schlug und schlug hart, rhythmisch, schneller, ohne auf den blärrenden Kopf da unten zu achten, schlug und schlug, schlug, schlug bis der Arm erlahmte, sie sich entspannte, ruhig wurde, der Stock fast von selber aufhörte. . .
der Junge konnte aufstehen und zu seinem Platz gehen, wo er sich weinend niederließ, während Focko das Folterinstrument im Schrank wieder verschloß. . .
„Aber die Kinder lernen ja bei ihr!"
Lauras Regiment hatte System. Sie wußte, daß sie niemals die ganze Klasse gegen sich aufbringen durfte. Wenn es auch Momente gab, in denen sich alle fürchteten, sogar Focko, so verstand sie es doch, sich innerhalb und außerhalb ihres unmittelbaren Herrschaftsbereichs eine Partei

zu schaffen, die für sie gutsagte. Sie tat dies durch Vergünstigungen, die sie sorgsam verteilte. Und sie wußte auch, wen ihr Stock treffen durfte und wen nicht. Schließlich hatte sie eine lange Erfahrung gelehrt, daß manche Kinder geradezu darauf warteten, verprügelt zu werden — weil sie die Strafe als gerecht empfanden, meinte Laura Altmann zu anderen, tatsächlich aber weil sich in den Arschbacken dann, wenn der Schmerz verklungen war, ein lustvoll warmes Gefühl breitmachte, ein merkwürdiges Kitzeln, und Laura säumte nicht, diesen Delinquenten so oft, als sie einen Vorwand lieferten, das Vergnügen zu bereiten.
„Immer dieselben!" sagte sie dann und bestätigte damit das geheime Einverständnis zwischen ihr und den Opfern: Prügel, die von dem einen Kind als Erniedrigung empfunden wurden, dienten dem anderen zum Lustgewinn. So widersprüchlich war die Welt der Laura Altmann.
Die Mädchen wurden niemals geschlagen — höchstens gab es mal einen symbolischen Streich in die Hand, denn Mädchen, dies weiß man ja, sind von Natur aus braver, strebsamer, allerdings auch hinterhältiger, auf eine stille Art bösartig — beispielsweise so:
Laura Altmann verschaffte sich einen kleinen Nebenverdienst, indem sie zur Erntezeit einige Gartenfrüchte, Bohnen oder Erbsen, im Dorfe feilbot, und zwar immer ein oder zwei Pfennige unter dem Marktpreis. Nun kam es aber der geizigen Frau darauf an, daß sie zum günstigsten Zeitpunkt verkaufte — deshalb mußte sie die Wochenmarktpreise genau kennen. So schickte sie denn die zuverlässigsten und besten Mädchen (und nur diese waren vertrauenswürdig genug!) bis nach Syassenssiel mit dem Auftrag, Preise zu erkunden.
Oh, wie schnöde wurde Laura Altmann hintergangen! Wie ruchlos mißbrauchten die Mädchen das in sie gesetzte Vertrauen: Laura Altmann erfuhr niemals, daß sie stets ihre Ware nicht zwei, nein fünf, gar zehn Pfennige billiger anbot, als sie am gleichen Tage auf dem Markt zu haben war. Manchmal aber, und dies war der Gipfel der Tücke, war sie sehr viel teurer, und dann blieben natürlich die Kunden aus, worüber sich Laura sehr wunderte — auf die Idee, daß sie von den Mädchen, von Mädchen!, hintergangen worden sein könnte, ist sie zeit ihres Lebens nie gekommen, so sehr war sie davon überzeugt, daß diese brav und sittsam seien — im Gegensatz zu den Jungen — aber auch nicht zu allen, denn es gab leuchtende Vorbilder der Tugend. Christoph Iben mag hier genannt werden.
Gott, war der Junge lieb!
Ganz der Vater!
Naja, kein Wunder — kam eben aus guter Familie, einem Pastorenhaus, und die Kinder sind ja intelligent und folgsam, ganz wie sich das gehört.
Der mußte einfach auf das Gymnasium!
Bei dem Fleiß und bei der Aufmerksamkeit!
Und immer brachte er die Blütenbegonien nach den Ferien gut gepflegt zurück.
Genauso wie die Mädchen.

Laura Altmann verschönte die Klasse nämlich durch zahlreiche Töpfe mit roten Blütenbegonien. Wenn die Ferien nahten, gab sie die Pflanzen Kindern mit, denen sie besonders wohl wollte, meistens waren dies Mädchen, und Christoph Iben gehörte dazu.
Focko Umbsen war auch einer der Auserwählten.
Nun, das würde sicherlich kein großer Gelehrter werden – aber der Vater besaß ja einen Hof, und ein tüchtiger Bauer galt auch was!
Focko Umbsen war der Laura Altmann zum ersten Male sehr angenehm aufgefallen, als ihr der Vater nach einem Schlachtfest als kleine Probe eine vorzügliche Mettwurst und einen Braten hatte schicken lassen, wie das so bei Nachbarn üblich ist, und Focko hatte gleich einen passablen Aufsatz geschrieben, und auch im Diktat hatte er sich gebessert (bei 40 Heften kann man ja mal Fehler übersehen, nicht?), und dann hatte sie dem Jungen das Amt übertragen, den Stock zu warten, und nun erst lernte sie seine Zuverlässigkeit schätzen, denn niemals mehr kam es vor, daß der Stock angeschnitten war, so daß er mitten im Schwung oder beim ersten Schlag zerbrach, und Ersatz war so rasch nicht zu beschaffen. Focko hatte das Marterwerkzeug stets in Ordnung und rasch bereit, wenn sie es wieder einmal brauchte. Und mehr noch: Wenn sie einmal während des Unterrichts die Klasse verließ, um draußen ihr Pfeifchen zu rauchen, dann erwies sich Focko – ganz im Gegensatz zum Iben, wie man leider sagen muß – als ein zuverlässiger Aufpasser, der jeden Ruhestörer der gnadenlosen Strafe auslieferte. Aber Focko wurde noch übertroffen von Elke Rethelsen. Dies war nun schlechterdings ihr liebster Schüler. Und dies seit langem.
Der Elke war eine richtige Führernatur!
Auf den hörte auch der Focko Umbsen, jawohl!
Und wenn der Emil Janßen nicht parrierte, dann . . .
aber Laura war stets zur Stelle, ehe ihr Liebling Elke Prügel bezog –
daß nur dem kleinen Rethelsen nichts passiert!
„Kinder kennt Ihr schon die Geschichte von Didde und Gerold?"
Und Laura erzählte ausführlich von den Helden der Familie Rethelsen und niemals – und sie erzählte die Geschichte oft – vergaß sie darauf hinzuweisen:
„. . . und unser Elke ist ein Urururur-Enkel dieses Rethelsen!"
Elke war schlechthin ihr Vertrauter.
In seiner Gegenwart rauchte sie sogar ungeniert Pfeife!
Er durfte die Hefte zu ihr nach Hause bringen und bekam sogar zur Belohnung gelegentlich ein Glas selbstgemachten Saft.
Stets war es Elke, der an der Tür stand, um beim Beginn des Unterrichts ihr Kommen anzukündigen.
Und so war es natürlich, daß er – dies war die höchste Gnade, die Laura Altmann gewähren konnte – immer dann, wenn sie hingebungsvoll, den Spiegel vor dem Gesicht, vor der ganzen Klasse in der Nase bohrte, nach vorne gerufen wurde, um die wichtige Frage zu klären, ob sich in den Tiefen des Riechorgans noch ein lohnender Popel befand.

..... aber die Kinder lernen ja was bei ihr!" sagte man in Plekkatesheim über die Lehrerin Laura Altmann.

XI. Das Denkmal

Endlich war der große Tag angebrochen!
Vor langen Jahren hatte der Östringer Heimatbund – unter Assistenz des Heimatdichters Hermann Ullmers – beschlossen, jenen letzten friesischen Freiheitskämpfern ein Denkmal zu errichten, die im Winter 1514 der Übermacht des Grafen von Oldenburg erlagen.
Der Ort war rasch gefunden.
An der Straße von Plekkateshem nach Syassenssiel befand sich einer jener seltsamen „Jedutenhügel", deren es früher mehrere im Land gab, aber die meisten hatte man zwischenzeitlich abgetragen; nur zwei oder drei waren noch vorhanden: kreisrunde, etwa drei bis vier Meter hohe Kuppen, die einstmals künstlich aufgeschichtet wurden – wann und zu welchem Zweck ließ sich nicht mehr genau ausmachen. Man nahm an, daß hier einmal die Wachtposten standen, die den Horizont nach den Segeln der feindlichen Normannen absuchten und daß auf diesen Hügeln die Warnsignale abgebrannt wurden.
Jedutenhügel hatten etwas Geheimnisvolles: Hier raunte die Vergangenheit, das Gras flüsterte der hehren Helden hohes Lied und die hohen Bäume rauschten von ihren Taten. Der Ort, so befand der Heimatdichter Ullmers, war überaus geeignet. Überdies lag er günstig zur Straße, war leicht zugänglich, und der Eigentümer, Karl Rethelsen, ließ sich leicht bewegen, das Stück Land an die Gemeinde zum Besten des Östringer Heimatbundes und seines Denkmals abzutreten. Vielleicht hoffte der Bauer, man werde Didde und Gerold an dieser Stelle in Stein oder Bronze verewigen, zumal Ullmers im entscheidenden Gespräch mit dem Großvater auf Ohlhamm – natürlich in der guten Stube – auf diese Geschichte hinwies, aber der Gedanke wurde nicht laut geäußert und Karl Rethelsen war viel zu vornehm, um ausdrücklich darauf zu bestehen. Es wäre aber doch ein guter Vorschlag gewesen, so gestand er seinen Enkeln Theodor und Elke ein, und die nickten.
Schwieriger als die Grundstücksfrage gestaltete sich die Finanzierung des Kunstwerks selbst. Zwar griff Ullmers mit großer Geste in seine mächtige Geldbörse, aber er holte nur ein Goldstück hervor: eins! Die anderen brachten nicht mehr zusammen – wenn da nicht Bernhard Hayessen mit einem namhaften Betrag ausgeholfen hätte, wäre man mit dem Denkmal zum 400. Jahrestag der großen Niederlage kaum zurande gekommen, aber der Grandseigneur im fernen Oldenburg ließ sich nicht lange bitten.
Den Künstler schlug wiederum Ullmers vor. Er war auf dem Gebiet der bildenden Kunst sehr bewandert – so hatte er (als Eigentümer eines großen Marschenhofes konnte er dies) mehrere Bilder in Auftrag gegeben, die die Vergangenheit lebendig werden ließen. Sie zeigten genau den Bruderkuß von Didde und Gerold und eine Thingversammlung der alten Germanen. Niemand widersprach, als Ullmers den Bildhauer de Jong aus Düsseldorf ins Gespräch brachte. Der hatte sich in der Fachwelt

empfohlen durch ein geschmackvolles Kriegerdenkmal, das einen eben von der tödlichen Kugel getroffenen Soldaten darstellte, wie er im Zusammenbrechen von einem vollbusigen Engel aufgefangen wird, der — darauf deuten die mächtig ausgebreiteten Flügel hin — im Begriffe steht, mit dem Helden gen Walhalla zu fliegen.
Ein anderes Werk zeigte einen Krieger, der, die Fahne in der Faust, mutig durch den Kugelhagel bergan stürmte: Mir nach! Die Statue war so lebensecht, daß nicht einmal die Löcher in der Fahne, von feindlichen Kugeln gerissen, fehlten. Dieser Künstler wurde also durch Beschluß des Östringer Heimatbundes dazu ausersehen, ein Denkmal für jene letzte Schlacht zu schaffen.
Das Modell, das de Jong in Syassenssiel vorstellte, überzeugte Ullmers und alle anderen: Nicht sterbend, nicht vergehend zeigte der Künstler die friesische Freiheit, nein: aufrecht trutzig, unverwundbar! Der Künstler hatte nämlich aus Gips einen überlebensgroßen Friesen hergestellt, der sein Kinn kühnlich gen Süden reckte — mit gerader Nase, hoher Stirn und wallendem Haupthaar stand er da, ein gewaltiger Recke gekleidet in ein pelzverziertes Hemd, vor sich in der rechten Faust den Morgenstern — die stachelbewehrte Kugel ruhte lässig auf dem Grund — und am linken Arm den runden Schild der Germanen: Lat se kamen!
(„Könnte der Elke sein!" tröstete sich Großvater Rethelsen.)
Die Östringer waren hingerissen!
Sie bestellten das Werk sofort und legten gleichzeitig fest, daß die Enthüllung am Fest Christi Himmelfahrt des Jahres 1914 stattfinden sollte. Man wollte sich gleichzeitig untertänigst unterwinden und Seine Königliche Hoheit, den Großherzog von Oldenburg, zu diesem historischen Ereignis einladen.
Als vom Hof die Nachricht eintraf, daß Seine Königliche Hoheit huldvollst geruht hätten, die Einladung nach Plekkateshem anzunehmen, kannte der Eifer keine Grenzen mehr. Überall wurden Girlanden gebunden, mit denen man den Platz schmückte, und in der Schule ließen Herr Punke und Laura Altmann patriotische Gedichte auswendig lernen — nach der Art: „Der Kaiser ist ein lieber Mann und wohnet in Berlin. . ." Falls der Großherzog sich nach den Leistungen der Schule erkundigen sollte, wollte man ja zeigen, wie eifrig die Kinder gelernt hatten — für Kaiser, Großherzog und Vaterland.
Man erwartete den Landesherrn auf dem alten Dorfplatz vor der Pastorei. Hier stand der Gemeindevorsteher Gerdes — im ungewohnten Gehrock mit Zylinder auf dem Kopf — und neben ihm Pastor Iben, ebenfalls im schwarzen Lutherrock, etwas rückwärts gestaffelt Bauer Rethelsen mit seinen beiden Enkeln, als Landeigentümer hatte er hier seinen Platz!, und dann die übrigen Dorfhonoratioren und ringsherum die schwirrende und wirrende Dorfjugend, mit schwarz-weiß-roten und blauroten Fähnchen in der Hand.
„Hei kümmet all", sagte Iben zum Gemeindevorsteher mit einem etwas ironischen Lächeln — der Pfarrer hatte sich merkwürdig zurückgehalten

bei all dem Trubel, aber er war eben ein Sonderling, ein guter Prediger, sagte man, und deshalb wohl auch der zahlreiche auswärtige Besuch, aber ein Spötter dazu – und in diesem Falle ein stummer Fisch.
Man hörte jetzt ganz deutlich den Motor des großherzoglichen Autos – und dann traf er tatsächlich ein:
Ein schwarzes Fahrzeug hielt an, während der Motor knatternd erstarb, ein blau uniformierter Chauffeur im Auto, ein Lakai sprang vom Sitz neben dem Fahrer, öffnete den Schlag auf der rechten Seite – der GROSSHERZOG!
Er stand da in voller Größe – in der Uniform eines preußischen Generals mit dem blitzenden Pour-le-Merite am Hals, hinter sich einen Adjudanten, ebenfalls in Generalsuniform, dünn lächelnd –
„Ah, Herr Gemeindevorsteher. . ."
Gerdes, den Zylinder in der Hand, verbeugte sich tief und stellte vor:
„Herr Pfarrer Iben – Herr Rethelsen – Herr . . ."
Großherzog Friedrich August drückte jedem die Hand, schenkte allen ein freundliches Lächeln und folgte dem Pfarrer, neben dem roten Teppich gehend (neben!), zum geräumigen Pfarrhaus. Hier hatte man für den Landesherrn und seine Begleitung (man war überrascht, daß das Gefolge nur aus einem Offizier bestand) einen Begrüßungstrunk vorbereitet.
Die Dorfjugend sah nur den grauen Rücken eines Generalmantels und eilte deshalb rasch zum eigentlichen Schauplatz des großherzoglichen Besuchs – zum Judetenhügel.
Friedrich August Gottorp betrat unterdessen die Diele der Pastorei, dann den Saal, der festlich für diesen Besuch hergerichtet war, ließ sich erleichtert in dem Sessel nieder, der ihm zugedacht war, offenbar eine Art Ersatzthron, während sich die Menschen um ihn drängten: Gemeindevorsteher, Amtshauptmann, Gemeinderäte, Pastoren – furchtbar.
Generalmajor v. Jordan – so hieß der Begleiter – bestritt unterdessen die Unterhaltung mit den übrigen Herrschaften des Hauses, während Wein gereicht wurde –
„auf das Wohl Eurer Königlichen Hoheit!"
Das war die Stimme des Hausherrn, der so seinen „summus episcopus" begrüßte.
Der Großherzog hatte gar nicht zugehört.
Was ging ihn dies eigentlich an?
Sein Vater – ja, sein Vater, der hatte ganz aus seinem Beruf gelebt: Wir, von Gottes Gnaden Erbe zu Norwegen, Großherzog von Oldenburg, Herzog von Oldenburg, Schleswig-Holstein, Stormarn und der Dithmarschen, Fürst von Lübeck und Birkenfeld, Graf von Oldenburg und Delmenhorst, Herr zu Jever und Kniphausen – er war dies alles wirklich gewesen, aber der Sohn? Jetzt?
Die Gedanken des Landesherrn kreisten um Autos und Schiffsmaschinen – wie gerne wäre er Ingenieur geworden, er war es ja schließlich auch, wenn auch nur ehrenhalber, denn als ein Gottorp konnte er sich

ja schlecht einem Ingenieur-Examen unterwerfen. Und nun regierte er als Großherzog, Herr in einem Ländchen von der Größe eines Regierungsbezirks, in dem er die Staatsgewalt auch noch mit einem Landtag teilen mußte — und ein Fürst, dessen Autorität von einem großen Teil der Bevölkerung bestritten wurde — oh, diese Sozialdemokraten.
„. . . und möge auf ewig unser geliebtes Heimatland mit dem hochverehrten Hause der Gottorps verbunden sein!“
Ach ja, lieber Herr Gemeindevorsteher, was kosten solche Phrasen? Der Großherzog nickte freundlich zu der Rede, die ihm offenbar gehalten wurde. Friedrich August Gottorp empfand solche Auftritte als peinlich, denn war nicht alles leeres Ritual?
Der Großherzog haßte diese Rolle des Pfingstochsen!
Er suchte den Feierlichkeiten zu entgehen, wo dies nur möglich war — ins Theater kam er so spät, daß die Landeshymne nicht mehr gespielt werden konnte und grundsätzlich unangemeldet. Und seine Besuche beim Schauturnen des Oldenburger Turnerbundes geschahen auch „incognito“, also dergestalt, daß man von ihm keine Notiz zu nehmen brauchte.
Warum zwang man ihn zu diesem Leben auf dem Podest?
Das war ein gefährlicher Platz für einen Mann, der Sorgen in seiner eigenen Familie hatte — zuerst die Tochter, die gegen den Willen des Vaters einen Preußenprinzen heiratet — und dann die Großherzogin — Friedrich August wurde rot vor Scham und Zorn, wenn er an den Zeppelinfahrer, Freiherr v. Buttenfeld, dachte: schneidig, amüsant, ein guter Tänzer, all das, was er nicht war, gesellig dazu, witzig, mit angenehm schmeichelnden Umgangsformen und der schmeißt der Großherzogin aus seinem Luftschiff eine Flasche Sekt vor die Füße; als sie im Park sitzen, friedlich den Tee einnehmen ein tiefes Brummen, eine Riesenzigarre oben am Himmel und dann plumps! eine Pulle im weichen Gras, Sekt und die Großherzogin winkt hinauf, so daß die Lakaien es sehen, die ganze Stadt dies wenig später weiß, — nicht auszudenken!
Die Verschnaufpause im Pfarrhaus war beendet. Draußen warteten die blumengeschmückten Chaisen auf den Landesfürsten und das nun tatsächlich ansehnliche Gefolge. Es ging hinaus zum Jedutenhügel. Der Platz an der Straße war begrenzt von girlandengeschmückten Stangen und blauroten Fahnen. Hoch oben auf dem Hügel ragte das — noch verhüllte — Denkmal auf. Drunten befand sich die kleine Bühne mit dem Sessel für den Landesherrn und den Stühlen für die anderen Honoratioren, gegenüber ein Rednerpult und ringsum die Dorfjugend mit Fähnchen und vor dem Hügel ein kleiner Kinderchor, geleitet von Herrn Punke — und natürlich — wieder der rote Teppich!
Friedrich August Gottorp schritt zum Podest und nahm in dem Sessel Platz, steil aufgerichtet, ein Bein etwas vorgestellt, so hörte er jene Rede des Gemeindevorstehers, an der Herr Punke lange gedrechselt hatte:
„Königliche Hoheit!
Es ist mir der ehrenvolle Auftrag zuteil geworden, Euer Königliche Ho-

heit im Namen der Gemeinde Plekkateshem ehrerbietig zu begrüßen und gleichzeitig Euer Königlichen Hoheit für höchst eigenes Erscheinen zur Einweihung des Friesendenkmals untertänigsten Dank abzustatten. Wir, die wir hier versammelt sind, wollen das Gelöbnis der Treue und Liebe zum Fürstenhaus ganz besonders dadurch zum Ausdruck bringen, daß wir mit erhebender Begeisterung in den Ruf einstimmen:
Seine Königliche Hoheit, unser allverehrter und geliebter Landesvater, Großherzog Friedrich August – er lebe hoch, hoch, hoch!"
Die Männer rissen bei diesen Rufen die Hüte und Mützen vom Kopf, und die Jungen warfen ihre Kopfbedeckungen gar hoch in die Luft und fingen sie wieder auf – und wer eine fremde erhaschte, begann sogleich eine Balgerei mit dem Eigentümer.
Während Lehrer Punke die Dorfjugend mit einem strengen Blick zur Ordnung mahnte, trat Pastor Chemnitz aus Asmundeshem an das Rednerpult. Der Großherzog zog fragend die Augenbrauen hoch – warum nicht Iben?
„Kleine Dorfintrige", flüsterte der allgegenwärtige v. Jordan seinem Gönner ins Ohr, „Chemnitz will Kirchenrat werden – und hier kann er glänzen!"
Der Großherzog nickte ausdruckslos.
Wie er das haßt!
Nun hatte er sich schon zum zweiten Male die Liebe und Treue zum großherzoglichen Hause anhören müssen – und warum? Weil sie alle was wollten – Beförderungen, Titel, Orden – Vorteile in jedem Falle, auch der also, und deshalb wurde der Iben zurückgedrängt. . .
Chemnitz gab sein Bestes!
„Die einen guten Kampf gekämpft!"
Unter dieses Motto stellte er seine Rede. Mühelos gelang es ihm, den Bogen zu schlagen von jenen friesischen Freiheitskämpfern, von Didde und Gerold (Verbeugung zum alten Rethelsen) zu jenen glorreichen Tagen, in denen das neue Reich gegründet wurde, nunmehr herrlich beschirmt nicht nur durch die Fürsten sondern das ganze Volk, durch alle aufrechten Patrioten und dieser Herrlichkeit erfreuen wir uns so lange, als wir auf Gott trauen und hoffen, so lange fürchten wir nichts auf der Welt, wie Bismarck richtig gesagt hat. . .
Bismarck!
Der Großherzog zog bei der Erwähnung dieses Wortes die Augenbrauen etwas hoch. Nein, mein lieber Chemnitz, die Beförderung ist nicht mehr drin – erst vordrängeln und dann hier in einer oldenburgischen Gemeinde in Gegenwart des Großherzogs Bismarck erwähnen – das hätten Sie wissen müssen, lieber Chemnitz, daß dies nicht erwünscht ist.
Die Rede war beendet.
Während sich nunmehr Arbeiter an der Umhüllung des Denkmals zu schaffen machten, trat ein schmächtiges Mädchen im weißen Kleidchen auf die Bühne, um den Prolog aufzusagen, den der Heimatdichter extra zu diesem Anlaß geschrieben hatte:

„Schön ist's und deutscher Männer wohl geziemend
bei frohem Fest, bei lustgem Waffenspiel,
und wenn der Becher rings die Herzen labt
daß sie zu höhrer Weihe Lust
auch in die Zukunft ihre Blicke lenken,
erhebend an den Vätern ihre Seele.
Wohlan, so möge auch heute denn geschehn
der Vorzeit Bild, es mag auch uns erstehn,
auf daß die Weihe unserm Fest nicht fehle."

Und in diesem Stile ging es weiter und weiter: Die Schilderung begann bei jenen ersten Friesen, die das Land dem Meer abrangen und setzte sich fort über den Kampf Didde und Gerolds (schon wieder) bis hin zum Untergang der alten Herrlichkeit, und hier endlich war der Augenblick gekommen: Die Hülle, die das Denkmal umgab, konnte fallen, während Pastor Chemnitz den Rütlischwur aufsagte.

Und es war immer noch nicht Schluß: Ein abgedankter Leutnant meldete dem Großherzog:

Jugendwehr von Plekkateshem zum Vorbeimarsch bereit!

Friedrich August Gottorp sah fragend seinen Begleiter an, während er nickte. Auch diesmal wußte der Kammerherr bescheid:

„Leutnant v. Niemitz drillt hier die Jungen vormilitärisch, ist Angestellter in der Bleihütte. . ."

Und da waren sie schon: Vorneweg der Offizier und dann in Dreier-Kolonne die Gruppe der Jungen: Wie sie die dünnen Beinchen schmissen und die Holzgewehre festhielten. Und dazu spielte die Feuerwehrkapelle schmetternd:

Heil Dir, oh Oldenburg. . .

Der Festakt war zu Ende. Der Großherzog ging noch einmal um das Denkmal herum. Der Künstler wurde ihm vorgestellt.

„Ausgezeichnetes Werk, Herr de Jong, wirklich, ausgezeichnetes Werk!" lobte der Landesvater, und der Angeredete verbeugte sich tief.

„Ich danke Euer Königlichen Hoheit ergebenst! '

Damit war das Gespräch beendet.

Das Auto des Großherzogs fuhr vor. Friedrich August Gottorp nahm selbst am Steuer Platz — dem Chauffeur blieb die Aufgabe, vorne die Kurbel zu drehen, bis der Motor lief — endlich konnte der Großherzog die Kupplung kommen lassen, der Fahrer sprang auf den Sitz neben dem Landesherrn, während General v. Jordan im Fond Platz (neben dem Lakaien) genommen hatte — ein huldvolles Winken — und alles war Vergangenheit.

Die Rethelsen kehrten irgendwie unzufrieden nach Ohlhamm zurück. Der Großvater zog sich sofort maulend in seine Stube zurück. Theodor aber las anderntags seinem Bruder Elke vor, was die Lokalzeitung zu diesem Ereignis geschrieben hatte:

„Der Schwarm hat sich verlaufen. Stolz ragt das Mal in die Höhe. Ernst ist der Blick der Heldengestalt gerichtet über das Land. Ernst stimmt

sein Anblick den Beschauer, der seinen Blick zu dem Mal wendet. Dankbar soll es uns stimmen, wenn wir das Denkmal schauen. Doch auch einen Vorsatz sollte es in uns reifen lassen, die wir der weihevollen Feier beiwohnten, den Vorsatz, in der Treue und Liebe zur Freiheit und Heimat denen nachzueifern, die vor 400 Jahren ruhmvoll unterlagen, und an die uns jener Recke erinnern soll."
Theodor hatte diesen Absatz mit einer merkwürdigen Betonung vorgelesen.
„Was denkst Du?" fragte Elke.
„Ich denke, daß es um ein Land schlecht bestellt ist, dessen Helden aus Stein sind."
„Ich verstehe Dich nicht!"
„Hast Du Dir diesen Großherzog genau angesehen?" fragte Theodor den Bruder. „Dann hast auch gesehen, daß das ein Mann ohne Kraft ist, ohne Überzeugung, gelangweilt und ängstlich — ein Niemand, jemand, der längst abgedankt hat, ein aufgeblasener Ballon — der dich so gern beschützt? der?"
Theodors Worte waren der blanke Hohn.
„‚Der Schwarm hat sich verlaufen und die Girlanden flattern sinnlos in den Schmutz' . . . so hätte der Mann schreiben sollen. Aber was wir brauchen, sind nicht Helden aus Stein sondern aus Fleisch und Blut, Männer, die sich der Größe Deutschlands verschrieben haben, und möge auch eine ganze Welt gegen uns stehen, germanische Recken ja, aber lebende Recken, die ihre Kraft und Treue der welschen Tücke entgegenwerfen — das ist es, was wir brauchen!"
So sprach Theodor. Und in dieser Weise redete er noch oft auf den Bruder ein, bis er seine Koffer packte, um nach Göttingen zu fahren, der Student der Rechtswissenschaft.
„Sie haben von Didde und Gerold gesprochen", bemerkte Theodor als er sich auf dem Bahnsteig von Elke verabschiedete. „Das ist unser eigentliches Denkmal: Der Glaube an den eigenen Mythos, das Vertrauen auf das Schicksal, was immer dies bringe, auch wenn es der Untergang ist — wir stehen! Insofern gilt unser Recke da oben!"
Elke nickte zu alledem.
Und schwieg.
Wie hätte er auch in Worte fassen können, was ihn bewegt hatte, als die Männer die Hüte abnahmen und die Jungen ihre Mützen in die Luft warfen.
Vor dem Großherzog?
Nein, nicht doch: Als dies geschah, stellte sich der kleine Rethelsen vor, daß diese Huldigung ihm gälte, und er fühlte, wie eine wohlige Wärme das Rückgrat hinunterrieselte, wie er größer wurde, straffer, stärker — all diese Menschen meinten doch eigentlich ihn, den wirklichen Erben des großen Namen Rethelsen, der neue Didde und der neue Gerold!
Und so war sein Geist weit geöffnet wie eine Grootdör zur Heuernte, als Theodor ihm seine giftigen Phrasen einträufelte — und mochte der Bru-

der auch sich meinen, den strammen Korpsstudenten, den weiland Einjährig-Freiwilligen, den Mann, dem sich demnächst als Assessor und Leutnant der Reserve alle Türen öffnen würden – Elke dachte in diesem Punkte anders: Denn er war Erbe auf dem Hof, der künftige Grundbesitzer und damit bestimmt, jene Rolle zu spielen, die das Schicksal den Rethelsen vorbestimmt hatte.

Theodor?

Nun ja, Theodor war in Göttingen und weit weg.

An Theodor dachte Elke nicht.

XII. Gewitter

Der Kaufmann Bernhard Hayessen in Oldenburg hielt auf Pünktlichkeit: Um genau acht Uhr morgens saß er in der Veranda seines Hauses an der Staulinie (im Winter im Eßzimmer) am Frühstückstisch und ließ sich von seiner Frau heißen Kaffee, dazu Ei und Graubrot mit Butter und Honig servieren. Neben dem Gedeck lag die Zeitung, in der er den Wirtschaftsteil mit den Kursnotierungen zuerst aufzuschlagen pflegte; die las er dann leise murmelnd und rechnend.

Um genau neun Uhr fand sich der Prinzipal im Comptoir am Stau ein, ein dunkler Raum in einem großen Lagerhaus, wo er auf einem hohen Hocker Platz nahm – ihm gegenüber der Angestellte Mühsam, ein dürres Männchen mit einer schmalen Brille auf dem bartlosen Gesicht, aber mit einer bemerkenswert tiefen Stimme. Das mächtige Pult war ursprünglich einmal dafür bestimmt gewesen, daß man stehend daran arbeite, aber in der Zwischenzeit waren diese spartanischen Sitten außer Gebrauch gekommen, deshalb waren Hocker angeschafft worden, die man sehr hoch drehen konnte, so daß die Kaufleute, die sich dieser Möbel bedienten, recht oben schwebten und immer, wenn sie aufstehen wollten, ein paar Kreise drehen mußten. Das kam dem Ansehen des Standes zugute, denn auf diese Weise hatte der Verkäufer gegenüber dem Kunden, wiewohl sitzend, eine recht hohe Position – in jeder Beziehung. Probleme gab es allerdings seit Einführung des Telefons, wozu sich neuerdings auch Bernhard Hayessen hatte verstehen müssen. Dies befand sich nämlich an der Wand, die dem Pult gegenüberlag. Wenn es bimmelte, was selten geschah, mußte der Herr Mühsam (Hayessen selbst mied das Gerät, so gut es ging) erst einige Umdrehungen mit dem Hokker machen, bevor er am Boden war, dann durch den Raum eilen, den Hörer abnehmen. Während dieser ganzen Zeit murmelte er aber schon in seinem tiefen Baß sehr langsam, um verständlich zu sein:

„Hier Firma Bernhard Hayessen. . .“

Bei dem Anrufer kam allerdings nur das Zischen der letzten Silbe an, und dieses „ßen“ wurde in diesen Jahren zum akustischen Markenzeichen der Firma.

Die Arbeit am Vormittag dauerte bis Viertel vor Eins. Dann begab sich der Kaufmann Hayessen, zu Fuß natürlich, wieder vom Stau in sein Haus an der Staulinie, wo das Mittagessen auf ihn wartete, stets ein Menü mit zwei Gängen: Also Erbsensuppe und Arme Ritter oder Brauner Kohl und Milchreis oder Buttermilch und Pfannkuchen – alles möglichst kalorienreich und vitaminarm, so richtig die deutsche Hausmannskost.

Ein Mittagschlaf schloß sich an – und um drei Uhr saß Hayessen wieder an seinem Pult bis zum Abend, denn um Punkt sieben Uhr stand das Abendbrot auf dem Tisch. Danach zog sich der Familienvater in das Wohnzimmer zurück, wiederum mit einer Zeitung, und trank, während er gelangweilt in dem Journal blätterte, eine halbe Flasche Weißwein,

nie mehr. Mit der auf diese Weise hergestellten Bettschwere ging er zur Ruhe.
Dieser Tagesablauf wurde nur selten unterbrochen: Einmal durch die Urlaubsreise, die er sich mit der ganzen Familie einmal im Jahr leistete, dann durch gelegentliche geschäftliche Fahrten nach Brake oder Elsfleth, die immer notwendig wurden, wenn er ein Schiff mit seiner Fracht erwartete.
Schließlich bildete das Weihnachtsfest noch einen bedeutenden Einschnitt in diesem regelmäßigen Zeitablauf, denn zu dieser Gelegenheiten lud Bernhard Hayessen alle, die irgendwie zur Familie zählten, in sein Haus ein. Der sonst so sparsame Hausvater verwandelte sich nun in einen spendablen Gastgeber. Das große Essen, das er gab, ließ nichts zu wünschen übrig: Ein Glas Sekt zu Begrüßung im Salon, dann im Speisezimmer Suppe, Fisch mit Weißwein, Geflügel mit Rosé, Braten mit Rotwein, Süßspeise, Käse und zum Abschluß Mokka mit Zigarren, nun wieder im Salon und im Wintergarten; für die Damen ein Likör – so umständlich dinierte man bei den Hayessens einmal im Jahr, wobei die üblichen Tischreden die Zeit verkürzten. Tante Amalie, die Sängerin, zum Abschluß einige Proben ihrer Kunst gab, und der gesellige Onkel Berthold durch locker erzählte Anekdoten seine Beliebtheit noch steigerte. Übrigens gaben Küche und Keller des Hauses leicht her, was an einem solchen Nachmittage verschmaust und vertrunken wurde. Die Hausfrau hatte auch ein ausreichend bestücktes Service aus englischem Steingut sowie ein geschmackvolles Kaffeegeschirr aus sehr dünnem Porzellan in ihren Schränken, ganz zu schweigen von den hauchdünnen, handgeschliffenen Gläsern für den Wein, den Sekt und den Likör zum Schluß, Gläser, die herrlich klangen, wenn man mit ihnen auf die Gesundheit des Hausherrn und seiner Familie anstieß. Nur die Dienstboten – zwei Dienstmädchen, die im Hause wohnten, und eine Zugehfrau – reichten für die Arbeit nicht aus, so daß zusätzliche Kräfte engagiert werden mußten. Für den Kaufmann war ein solches aufwendiges Fest Gelegenheit, sich erneut als pater familias zu erweisen, denn darauf legte er erstaunlicherweise Wert, obwohl dies, in seinem Verständnis, nur Pflichten und keine Rechte brachte. Denn seine Vorrangstellung bedeutete doch in erster Linie, daß diejenigen in der Familie, die unverschuldet in Not geraten waren, Anspruch auf seine finanzielle Hilfe hatten – das galt für den erfolglosen Arzt Onkel Berthold ebenso wie für die Sopranistin Amalie, die nur sehr wenige Lieder beherrschte, nicht genug für eine Laufbahn als Konzertsängerin. Wenn sie kamen, war ihnen ein Darlehen sicher (sofern sie nicht zu oft erschienen); Bernhard Hayessen achtete scharf darauf, daß ihm für die verauslagte Summe ein Schuldschein ausgestellt wurde, den er aber, sobald der Bittsteller das Haus verließ, brummend zerriß, jedenfalls nie einforderte.
In seiner Fürsorge ging Bernhard Hayessen sogar so weit, daß ein entscheidender Grundsatz seines Lebens in Frage gestellt wurde, der da lautete: Jeder, der arbeitet, verdient Respekt und Achtung. Dies galt für

Herrn Mühsam und den Lagerarbeiter Jan, beide ebenfalls Objekte seiner Mildtätigkeit, ebenso wie für Onkel Berthold, der doch immerhin in seinem Sprechzimmer auf Patienten wartete und die wenigen, die kamen, versorgte (so weit es das Morphium zuließ, dem der Arzt verfallen war, aber das wußte der biedere Bernhard Hayessen nicht, und als er es erfuhr, gab er kein Geld mehr). Es traf auch für Tante Amalie zu, die sich redlich Mühe gab, allerdings erfolglos. Aber arbeitete der Vetter Luitpold Barnow?

Das war ein gut aussehender junger Mann, der zwar sein Examen als Ingenieur so gerade eben bestanden hatte, seither aber ohne regelmäßige Arbeit existierte, vielmehr als Projektemacher sein Glück zu machen versuchte. Vetter Luitpold stand stets vor bedeutenden Erfindungen, die er zum Patent anmelden wollte, was leider Geld kostete – indes. . . Meistens brütete er ausgesprochen verrückte Ideen aus, aber einmal war er tatsächlich am Rande des Erfolgs: Diesmal handelte es sich um eine Schiffschaukel, die nicht nur hin- und herschwang, sondern sich in einem vertikalen Kreis drehte. Das Modell hatte er in einem Garten aufgestellt, damit es ausprobiert werden könnte – aber wer sollte das Risiko eingehen? Luitpold Barnow war jedenfalls nicht mutig genug, sich seiner eigenen Erfindung anzuvertrauen. So befestigte er an dem Gerüst ein Schild mit der Aufschrift:

Schiffschaukel
Benutzung verboten
Lebensgefahr

Das Unvermeidliche geschah: Jungen der Nachbarschaft erspähten das Kirmesgerät und konnten der Versuchung nicht wiederstehen – prompt landeten sie mit dem Käfig auf einem benachbarten Schuppen, glücklicherweise ohne sich zu verletzen. Luitpold Barnow wußte immerhin, daß sein Gerät verbesserungswürdig war, und er verbesserte es dergestalt, daß es als betriebssicher gelten konnte – da stellte sich heraus, daß solche Schiffschaukeln seit langem existierten; von einem Patent konnte keine Rede mehr sein! Geblieben ist von den Produkten seiner Phantasie eine Spielregel, die sich jedoch nicht kommerziell ausnutzen ließ, nämlich eine Abart des Rommée, bei der es nicht nur darauf ankam, Reihen zusammenzusetzen, sondern sie den Mitspielern unter bestimmten Voraussetzungen zu klauen.

Dieser Luitpold Barnow konnte auf regelmäßige Zahlungen rechnen, wenn er im Hause Hayessen vorstellig wurde, ja, er war der einzige, der zusätzlich zum Tee oder gar zum Mittagessen eingeladen wurde – vielleicht amüsierten den nüchternen Kaufmann die technischen Spinnereien seines Vetters. Vielleicht meinte er, daß er seine Frau Eleonora mit diesem Besuch erfreute, und in der Tat: Sie lebte auf, wenn Vetter Luitpold mal wieder einsprach; vermutlich hätte sie bei jedem Besuch ähnlich erfreut gestrahlt, denn sie führte in dem Haus ein recht freudloses Dasein, das zwischen Stickkorb und Heine-Lektüre nutzlos dahindämmerte.

Lebensinhalt des Kaufmanns Bernhard Hayessen waren seine Kinder: Hajo, der Erbe und Nachfolger, dem er eine gesunde Firma hinterlassen wollte, und die Töchter Lulu und Louisa, die einmal sorgenlos von dem Ertrag ihres Erbes leben sollten. Für sie häufte er Mark auf Mark zusammen, kratzte und schabte er, wo es nur ging, und für sie — so sgate er — verzichtete er auch auf das aufwendige Leben, das er sich hätte leisten können — wozu nutzlose Ausgaben? Es gab noch einen Grund für das solide Leben: Mehr Aufwand hätte mehr Öffentlichkeit bedeutet — und diese scheute der Kaufmann Hayessen sehr. Ihm genügte der gelegentliche Abend in der „Union" (die vornehme Casino-Gesellschaft mied er) und — eben — das alljährliche Familienfest. Was konnte er mehr tun? Er hätte um den Titel eines „Kommerzienrats" einkommen können (unter gleichzeitiger Zusicherung einer entsprechenden Spende, versteht sich), aber dann hätte der Kaufmann Hayessen bei der Verleihung des Titels den üblichen Kotau vor dem Großherzog machen müssen, er!; der doch in die nächste Seitenstraße entwich, sobald die Kutsche des Landesherrn nahte, denn nichts war dem wohlhabenden und selbstbewußten Patriezier verabscheuungswürdiger als die arbeitslose Existenz von Landstreichern und Landesfürsten samt ihrem uniformierten und adeligen Anhang — in diesem Punkt war Bernhard Hayessen unerbittlich. Staubuttjer arbeiteten gelegentlich, wenn Arbeit da war, aber ein Großherzog?
Pünktlichkeit und Fleiß — das waren die Säulen, auf denen die Welt und die Firma ruhten, und Zuverlässigkeit und Treue waren die Streben, die das Gebäude zusammenhielten, Diskretion schließlich die Zier; Solidität außen und innen — die Losung des Hauses.
Und das Unternehmen wuchs.
Schon hatte Bernhard Hayessen eine neue Lagerhalle am Stau bauen müssen, aber dies reichte nicht mehr aus, ja, die Stadt Oldenburg wurde als Standort zu eng. Er überlegte, ob er mit seiner Firma nach Bremen übersiedeln sollte, vielleicht sogar nach Sankt Petersburg (denn mit Rußland verband ihn eine ganz irrationale Liebe, die ihn sogar verleitet hatte, Aktien einer Eisenbahngesellschaft dort zu kaufen — ein Vabanquespiel, das er sonst nie einging, nur in diesem Falle!) — endlich war die Gründung einer eigenen Reederei im Gespräch, um die hohen Frachtraten zu sparen — wenn Frieden blieb.
Mit Sorge registrierte Bernhard Hayessen die alljährlichen Krisen, die stets an den Rand eines neuen Krieges führten, und er versah die diesbezüglichen Zeitungsmeldungen stets mit bitteren Kommentaren über Person und Politik des Kaisers, die, wenn sie öffentlich geworden wären, wohl leicht zu Verfahren wegen Majestätsbeleidigung geführt hätten, aber der Kaufmann beschränkte seine Ausführungen auf die Öffentlichkeit der Familie, weiter drangen seine Sorgen nicht. Noch etwas geschah: Der Getreideimporteur, der wußte, wie stark Deutschland von Einfuhren abhängig war, legte sich einen Lebensmittelvorrat für mehrere Monate an — falls ein Krieg ausbrechen sollte. Er sorgte also vor —

die Uniform eines Reserveoffiziers, die auf dem Boden dahinmottete, ließ er aber stets unbeachtet, ebenso den Säbel, den er aus jungen Jahren noch hatte, denn eins war sicher: Eine Uniform würde er nicht wieder anziehen – einmal weil er zu alt dafür war und dann überhaupt.
Aber die Uniform lag auf dem Boden. Überhaupt sah man viele Uniformen – Infanterie am Pferdemarkt, Dragoner in Osternburg und Artillerie an der Ofener Straße – und zu Großherzogs Geburtstag oder Kaisers Geburtstag waren die Soldaten der Garnison auf dem Pferdemarkt aufmaschiert in blauen Röcken und die Offiziere mit hohen Federbüschen auf den Helmen; dazu spielte die Musik flotte Märsche – ein buntes Bild, das die Oldenburger sehr liebten, auch Lulu und Louisa, die keine Parade ausließen.
Es war Jahr für Jahr dasselbe.
Dieselben Paraden. Dieselben Ansprachen. Dieselben Umzüge am Sedantag mit den weißgekleideten Mädchen und Lampions in den Händen, die Jungen mit Fackeln...
Immer dasselbe.
Kaufmann Hayessen auf dem Wege zu seinem Comptoir, Mutter Hayessen mit Minna zum Einkaufen und sieh mal dort – die Großherzogin, auch mit Einkäufen beschäftigt, eine Zofe im Gefolge, just wie alle anderen...
Immer dasselbe.
Und doch brütete in dieser Welt der Ordnung und der Pünktlichkeit das Unheil, blitzte die unterschwellige Drohung gelegentlich auf – in einer Zeitungsmeldung vielleicht; anläßlich eines Streiks in Varel oder in Delmenhorst, vielleicht auch in der neuen Blei- und Zinkhütte bei Plekkateshem...
Der Sommer war schwül, heiß – kaum daß die luftigen Sonnenschirme den blaßen Teint der Damen zu schützen vermochten, wenn sie, hinter den kräftig voraufschreitenden Männern, zum Ammerländer hinaus spazierten oder zum Ziegelhof und dann dunkle Wetterwolken am Horizont
– ERZHERZOG FRANZ JOSEF IN SERAJEWO ERMORDET –
die sich aber zu verflüchtigen schienen
– DER KAISER AUF NORDLANDREISE –
sich dann wieder hoch auftürmten, in unheimlicher bedrückender Stille aufstiegen, den Himmel verfinsterten –
– DER KAISER HAT BEFOHLEN, DAS DEUTSCHE HEER UND DIE KAISERLICHE MARINE KRIEGSBEREIT AUFZUSTELLEN –
Kaufmann Hayessen ging, wie immer, ins Comptoir: Er stellte seine Zuverlässigkeit und Treue einer Welt entgegen, die im Begriffe war, aus den Fugen zu geraten – und da kamen sie ihm entgegen, die Mädchen der Caecilienschule, seine Töchter mitten unter ihnen – und dahinter, daneben, dazwischen die Jungen des Gymnasiums, der Oberrealschule und des Lehrerseminars und warfen die Mützen in die Luft, als ob es zu einem Fest ginge:

Oh Deutschland hoch in Ehren,
Du heilges Land der Treu,
hoch leuchte deines Ruhmes Glanz
in Ost und West aufs neu,
Du stehts wie deine Eichen fest
gen Feindes Macht und Trug,
und wie des Adlers Flug vom Nest
geht Deines Geistes Zug,
Haltet aus, haltet aus,
lasset hoch das Banner wehn,
zeigt der Welt, zeigt der Welt,
daß wir treu zusammenstehn. . .

Die jungen Leute — Kinder fast — krähten das Lied in schrillen Tönen, weil einer den anderen überschreien wollte vor Begeisterung, und sie zogen dahin unter schwarz-weiß-roten und blauroten Fahnen, ein Fahnenmeer, zogen dahin über die Wälle der kleinen Residenzstadt zum Elisabeth-Anna-Palais, drangen in den Garten ein, und da standen sie und sangen:

Deutschland, Deutschland über alles,
über alles in der Welt,
wenn es stets zu Schutz und Trutze
brüderlich zusammenhält
Von der Maas bis an die Memel,
von der Etsch bis an den Belt,
Deutschland, Deutschland über alles,
über alles in der Welt. . .

Aus den Fenstern im Dachgeschoß des roten Schlosses, das normalerweise, den Blicken der Untertanen im Park verborgen, dahinträumte, lugten die Lakaien des Großherzogs auf die seltsame Versammlung dort unten, von wo es herauf krähte:

Heil Dir, oh Oldenburg,
heil Deinen Farben,
Gott schütz dein edles Roß,
er segne deine Garben,
heil Deinem Fürsten heil,
der treu dir zugewandt,
der dich so gern beschützt,
mein Heimatland. . .

Der Himmel hatte sich unterdessen vollends verfinstert. Blitze zuckten durch die Dunkelheit des Tages — der Donner fiel unvermittelt ein und begrub das Singen der jungen Leute unter sich; schon tröpfelten die ersten davon, ängstlich, weil man sich doch auf verbotenem Terrain befand und weil es gleich pladdern würde, auch weil es Zeit wurde, nach Hause zurückzukehren: Mutter könnte sich Sorgen machen. Dichter folgten die Blitze, härter dröhnten die Donnerschläge — hatte es eingeschlagen?

Zum Herrn erhebt die Herzen,
zum Herrn erhebt die Hand
Gott schütze unser treues geliebtes Vaterland...
Von vorne klang es trotzig, fast drohend zu den Lakaienköpfen oben im Dachgeschoß des Schlosses empor, denn der Großherzog wollte sich nicht zeigen, die Begeisterung seiner Untertanen nicht zur Kenntnis nehmen,
Es sind die alten Schwerter noch,
es ist das deutsche Herz...
Schwere Tropfen zerplatzten auf dem glühendheißen Sandweg, durchschlugen die dünnen Hemden der Jungen, prallten auf die breitkrämpigen Hüte der Mädchen – rette sich wer kann vor dem Wolkenbruch, der sich nun ankündigte, und der Posten am Eingang zum Park zog sich in sein schwarz-weiß-rotes Schilderhäuschen zurück.
Es zwingt uns keiner mehr ins Joch,
wir halten aus wie Erz...
Und da lief die ganze Gruppe, die letzten noch übriggebliebenen rannten unter dem schweren Regen zur Stadt hin, suchten Schutz in Hauseingängen und unter Dachvorsprüngen. So quälten sie sich sprungweise nach Hause, einzeln und in Gruppen, vorbei an den Kasernen der Infanterie und der Artillerie, die ihre Mäuler weit aufgerissen hatten, um eine ganze Generation zu verschlingen – mit solchem Appetit, daß sie bald an Verstopfung litten, denn die Züge konnten die Todesfracht nicht mehr rasch genug an die Front befördern.
„Keine Freiwilligen mehr",
so verkündeten bald Schilder an allen Kasernen.
Für die Jungen, die an dem Umzug zum großherzoglichen Palais teilgenommen hatten, kam die Mitteilung zu spät.
Sie fuhren alle – pünktlich – in ihr Verderben.
Der Kaufmann Bernhard Hayessen blieb zurück.
In stillem Staunen stand er da und sah machtlos zu, wie sich seine Welt in einem Feuerwerk von Begeisterung und Jubel auflöste – Krieg, das bedeutete für ihn, daß seine Schiffe nicht mehr deutsche Häfen erreichten;
Krieg, darunter verstand er, daß es keine Ware mehr gab; Krieg, der drückte sich für ihn aus in steigenden Preisen und stockendem Handel; Krieg machte all das, was für ihn bislang wichtig war, zur sinnlosen Hülle eines sinnlosen Lebens: Pünktlichkeit, Fleiß, Treue – was war dies noch, wenn es keinen Weizen mehr gab...
Bernhard Hayessen sah keinen Grund zur Begeisterung.

XIII. Spiritismus

Auch der organisierte Völkermord wurde zur Routine. Die aufregenden Tage der Mobilmachung waren schnell verrauscht. Bald fuhren die Truppenzüge nicht mehr am hellen Tage, verabschiedet mit tönenden Reden und klingendem Spiel, geschmückt mit dem Grün heimatlicher Wälder und mit Blumen an den Gewehren.

Jeder Stoß ein Franzos.

Jeder Schuß ein Russ.

Gott strafe England!

Das stand — in der allerersten Zeit — mit Kreide an den Viehwaggons, mit denen die Männer an die Front geschafft wurden.

„Hoffentlich kommen wir noch rechtzeitig!"

So das Stoßgebet einzelner Leutnants der Reserve.

„Mach Deinen Eltern keine Schande!" hieß es mitunter beim Abschied, wenn andere zuhörten.

„Mach Deiner Schule keine Schande!" meinten die zurückbleibenden Gymnasialprofessoren, die im übrigen ihrer patriotischen Pflicht Genüge taten, indem sie nun noch intensiver den Caesar und den Thukydides durchnahmen.

„Wie damals die alten Römer, müssen wir heute . . ."

leiteten sie ihre kurzatmigen Analogien ein.

Die Begeisterung dieser ersten Kriegstage schien alle Risse und Abgründe im deutschen Volk beseitigt zu haben.

Und doch!

Die patriotische Stimmung endete in der Residenzstadt selbst ziemlich exakt an der Amalienbrücke. Dahinter begannen die Siedlungen der Arbeiter — und hier blieb es stumm. Zwar rückten die jungen Männer widerspruchslos ins Feld, aber von irgendeiner Hochstimmung konnte keine Rede sein.

„Das sind ja keine Deutschen!" schimpfte Theodor Rethelsen, der sich natürlich freiwillig gemeldet hatte, aber zunächst dazu verurteilt wurde (so sein Ausdruck), Rekruten auszubilden. Er besuchte gelegentlich — in vollem Wichs — die Familie Hayessen, übellaunig von Vater Hayessen empfangen.

„Diese Männer haben nicht die Bohne patriotisches Bewußtsein — total durch die Sozialdemokratie versaut!" sagte der junge Leutnant zu dem Kaufmann, der zu solchen Ausfällen schwieg.

„Sie sollten mal sehn, wie die grüßen!" ereiferte sich der junge Mann.

Vater Hayessen erkundigte sich nach dem Befinden des Großvaters, nach dem Hof — mehr um vom Thema „Krieg" abzulenken, aber Theodor Rethelsen tat ihm nicht den Gefallen. Dem Großvater gehe es gut, berichtete er, aber er sei eben alt, auf dem Dorfe, wie soll man sich ausdrücken, zurückgeblieben, jedenfalls habe er die Größe seiner Zeit nicht begriffen — denn . . .

„stellen Sie sich vor, Herr Hayessen, als die Mobilmachung kam, da ging

bei uns der Bauernvogt von Hof zu Hof und machte das Ereignis bekannt — das ist ein alter Mann, und der hat vier Jungs, alle mußten sie ins Feld, und statt stolz zu sein, — jedenfalls brach der bei unserm Hof zusammen, weinend, Heulkrämpfe hatte der: Onkel Rethelsen — nu mak, wat Du wullt, sagte er, derart resigniert . . . naja, die Schule, keine nationale Erziehung, nur dieser Punke oder wie der heißt, kann ja nichts davon werden. . ."
„Und Ihr Großvater?" fragte Hayessen.
„Ja, bedenken Sie — der hat versucht, mich freistellen zu lassen, aber ich habe den Antrag zerrissen, habe mich freiwillig gemeldet, allerdings nicht, um diese Gestalten da zu Soldaten zu machen, aber als Offizier muß ich gehorchen, auch wenn ich lieber an der Front wäre. . ."
„Soso", brummte der alte Hayessen und entschuldigte sich.
Der junge Rethelsen war der einzige Offizier, der in das Haus der Hayessen kam. Luitpold Barnow hätte noch Zutritt gehabt, aber der befand sich in Wilhelmshaven; der junge Ingenieur hatte sich zur neuen U-Boot-Waffe gemeldet. Diese modernen Boote, die unter statt auf dem Wasser fuhren, beschäftigten sofort seine Phantasie, und er setzte Himmel und Hölle in Bewegung, um auf ein solches Schiff zu gelangen — da war er nun — weit fort und ließ auch kaum etwas von sich hören.
Und sonst?
Die Kasernen der Stadt faßten natürlich nicht die Soldaten, die zusammengezogen wurden; man wich auf Einquartierungen in der Stadt aus. Die Hayessens hätten Anspruch auf Offiziere gehabt, denn das Haus bot den notwendigen Komfort, aber Vater Hayessen, möglicherweise durch den Leutnant Rethelsen hinreichend abgeschreckt, tat etwas sehr Ungewöhnliches. Er ging sofort nach der Mobilmachung in die Kaserne, ließ sich beim Quartiermeister melden und verlangte:
„Keine Chargen bitte!"
Der Quartiermeister glaubte nicht recht zu hören.
„Wie bitte?"
„Keine Chargen bitte!" erklärte Kaufmann Hayessen kategorisch.
In dem Hause Hayessen meldeten sich mithin gemeine Soldaten, biedere Männer vom Lande, gelegentlich ein Gefreiter, vielleicht mal ein Unteroffizier. Sie bezogen zu zweit die freundlichen Zimmer im Dachgeschoß, die sonst der Sohn und Erbe Hajo bewohnt hatte, aber der war ja nun selbst im Feld. Die Soldaten machten sich in seinem Reiche breit, so weit der Dienst in der Kaserne dies zuließ — und dann packten sie eines Tages ihre Sachen zusammen, ließen sich von Mutter Hayessen noch mit warmen Socken und Pulswärmern versehen, und meldeten sie sich zum Abschied beim Hausherrn:
Auf Wiedersehen, Herr Hayessen!
Auf Wiedersehen, Frau Hayessen, und vielen Dank!
Auf Wiedersehen, Fräulein Hayessen!
Auf Wiedersehen, Fräulein Hayessen!
In der Nacht donnerten die Waggons in die Ferne.

Auf Nimmerwiedersehen.
Dann kam eine Karte. Aus Belgien. Die nächste war in Frankreich geschrieben worden. Marne. Aisne. Antwerpen.
Viele Namen. Viele Tote.
Dann hörte jemand von der Familie Hayessen einen bekannten Namen beim Kaufmann, wenn er Schlange stand, las es in der Zeitung, in den Verlustlisten, in den Anzeigen — manchmal kam auch ein Brief von Verwandten: möchte ich Ihnen mitteilen, nachdem er bei Ihnen so gute Tage verlebt hat — auf dem Felde der Ehre — gefallen. . .
Bernhard Hayessen nahm dies alles mit unbewegter Miene wahr, aber die Familie beobachtete, wie er immer mehr in sich hineinkroch. Zum Weihnachtsfest 1914 verbot er, im Salon des Hauses einen Tannenbaum aufzustellen, aber er ließ es zu, daß Louisa in ihrem Zimmer eine Fichte aufbaute und mit silbernen Kugeln schmückte. Louisa und Lulu feierten dies Weihnachtsfest noch voller Hoffnung, während ein Stockwerk tiefer die Eltern in stummer Trauer um die verharrten, die allzu kurz Gäste in ihrem Hause geblieben waren.
Somme. Verdun, Chemin des Dames.
Namen des Heeresberichtes. Und dann die Verwundeten, die, zerfetzt von Granaten, zerfressen vom Gas, nach Oldenburg zurückkehrten — glücklich, daß sie noch lebten.
Darunter ein richtiger General!
Er fuhr im Rollstuhl durch die Stadt — halb gelähmt, schwer verletzt. Die Oldenburger staunten die Exzellenz an wie ein achtes Weltwunder: Ein Adliger! General! — und verwundet?!
Christoph Iben bemerkte gelegentlich, das sei doch ein anständiger Kerl, man könne schließlich nicht alle über einen Kamm scheren — Hayessen zuckte zweifelnd die Achseln: Dies war halt die Ausnahme — aber man sehe sich die anderen an, diese jungen Freiherrn, Barone, und Grafen — sie waren doch alle nach einer Anstandsfrist unversehrt von der Front zurückgekehrt, natürlich mit dem Eisernen Kreuz I. Klasse auf der Brust, und mit dem ehrenvollen Auftrag, ihre Fronterfahrungen den Rekruten der nächsten Jahrgänge zu vermitteln. Das aber überließen diese Herren gerne den Unteroffizieren — sie selbst flanierten durch die Stadt, tadellose Uniform, blitzende Ordensschnalle, Mütze korrekt — äh! — und kokettierten mit den Mädchen, so daß die Oldenburger die Lange Straße „Chemin des Dames" nannten — nach einer Gegend in Frankreich, über die gerade die Feuerwalze hinwegging, wo diejenigen starben, die vor kurzer Zeit auf den Oldenburger Kasernenhöfen geschliffen wurden, daß ihnen das Wasser im Arsch kochte, wo diejenigen sterben würden, die jetzt mit der Zahnbürste irgendwelche Klosetts putzten, darunter die Söhne der guten Bürger, Abiturienten, demnächst Leutnants und Kompanieführer, schmale, jungenhafte Gesichter in einer viel zu weiten feldgrauen Uniform, in den Augen das Grauen der Front, verzweifelte Hoffnung, dies drückte die Fotografie aus, die letzte — denn bald waren auch sie tot, gefallen:

Rekrut, Kompanieführer, tot – mit Gott für Kaiser und Vaterland!
Und dann kroch die Not ins Land.
Der Hunger, schon immer steter Gast in vielen Familien, beherrschte zunächst die Arbeitersiedlungen in Osternburg. Fast unbemerkt schlich er über die Hunte, drang in die Häuser der guten Bürger ein und ließ sich schließlich sogar am Tisch der Wohlhabenden nieder.
Bernhard Hayessen, der vorsichtig wägende Kaufmann, hatte zwar mit einem Krieg von mehreren Monaten Dauer gerechnet und auch eine gewisse Verknappung bei Importwaren für wahrscheinlich gehalten, aber daß der Orlog Jahre dauern und daß es schließlich nichts mehr geben würde – außer Steckrüben nichts mehr! – dies hatte auch ein Kaufmann Hayessen nicht einkalkuliert. So mußte er zunächst auf seinen Wein verzichten, dann auf den Braten am Sonntag. Bald begann Mutter Hayessen, den Hausbewohnern die Brotscheiben vorzuzählen – Brot von immer minderwertigerer Qualität, belegt mit Marmelade aus Steckrüben und Wurstersatz aus Steckrüben –
„Wie gut, daß wir das noch haben!" sagte sie oft und oft, denn in wie vielen Häusern Oldenburgs war selbst dies nicht mehr vorhanden; es hieß, daß in manchen Familien Kartoffelscheiben aus dem Müll der Reichen verschmaust würden!
„Das haben wir noch nicht nötig!" meinte Mutter Hayessen, wenn sie die fettlosen Steckrübenstäbe mit einer silbernen Kelle auf die Teller aus englischem Steingut schöpfte. Der Eichentisch war mit einer Damastdecke belegt, wie im Frieden!
Man hungerte bei Hayessens mit Messer und Gabel.
Bernhard Hayessen versuchte trotz alledem, sein altes Leben fortzusetzen, aber im Comptoir gab es so gut wie nichts zu tun und die Zahlenkolonnen, die er zusammenrechnete, hatten keinen Sinn – es gab keine Getreidelisten und Frachtraten mehr! Mutter Hayessen verkroch sich in ihre Stickerei und in ihre Lektüre, und die Töchter? Lulu, die Ältere, schlich durch das Haus, suchte den Soldaten das Leben so angenehm wie möglich zu machen, jeden Wunsch von ihren Augen abzulesen, so weit die Erfüllung möglich war, während Louisa ihre Finger über das Klavier gleiten ließ – der Klavierlehrer selbst war eingezogen, kurz bevor sie mit dem Studium Chopins beginnen konnte. Es reichte aber für Mozart-Sonaten, ja, Mozart, viel Mozart, denn auch ihr Sinn stand nicht mehr, wie kurz vor dem Krieg zur Tanzstundenzeit, nach Schlagern wie „Püppchen, Du bist mein Augenstern" oder nach Walzern von Franz von Suppé – diese Noten blieben jetzt unbeachtet im Schrank. Und beide Schwestern hatten Angst um den Bruder Hajo, der irgendwo im Schützengraben lag.
Manchmal trafen kurze Briefe ein:
„Mir geht es gut. . ."
Als er das schrieb, lebte er also noch, aber das war 14 Tage her – vielleicht war er schon verwundet, wie so viele?
„Der Schuß ging glatt durch das Bein; aber mir geht es gut."

Und da war er auf Heimaturlaub. Schlank, ernst, gelegentlich scherzend, mehr um seine Schwestern aufzuheitern als um seine wahre Stimmung auszudrücken. Gar kein Held — wie gut!
Der Abschied war furchtbar.
Die Eltern Hayessen, die Schwestern zählten in der Nacht jeden Radstoß des sich entfernenden Zuges, mit dem Hajo wieder an die Front zurückfuhr, und sie begegneten sich alle am andern Morgen bleich, übernächtigt und stumm, denn man bewahrte vor allem Haltung.
Haltung bewahren!
Gelegentlich kam Christoph Iben ins Haus. ehemals Schüler des Gymnasiums, Tanzstundenpartner der Louisa und nun, nach dem knapp bestandenen Abitur, Soldat, formal Einjährig-Freiwilliger, aber was sagte das? Nach ein paar Wochen Grundausbildung im Grüßen und Parademarsch ging es ja hinaus; es folgte etwas Gefechtsausbildung und dann war bereits irgendeine Gefahrenlage da, die die Führung dazu zwang, die jungen Männer ins Feuer zu schicken, praktisch unvorbereitet — aber das Deutschlandlied auf den Lippen, wie in Langemarck, ach, die Zeiten waren längst vorbei.
Man ging hinaus, weil man keine andere Wahl hatte. Weil es so befohlen war.
Pflicht.
Christoph Iben erzählte der Tanzstundenfreundin einiges von Kant, dessen Philosophie zum Bildungsgang gehörte und die ihn besonders fasziniert hatte.
Er tue seine Pflicht.
Genügte das?
Pflicht für wen oder was?
Christoph Iben beantwortete diese Frage nicht. Er sagte weder „für Deutschland" noch gar „für den Kaiser", das schon gar nicht — er sagte nichts oder wenig — aber daß Louisa diese Frage stellte!
Lulu hatte anderes zu tun.
Bei einer Freundin lernte sie das Tischrücken kennen. Das war eine tolle Sache — auch Louisa konnte sich dieser Mode nicht ganz entziehen. Bald saßen die Mädchen mit einem ganzen Schwarm von Freundinnen in ihrem Zimmer um einen dreibeinigen, gefugten Tisch, der nicht genagelt sein durfte (an keiner Stelle) und legten die Hände gespreizt an die Kante und zwar so, daß sich jeweils die äußersten Finger berührten. Dann dachten alle sehr angestrengt und konzentriert:
„Spiritismus — komme — in — den — Tüsch!"
Und in der Tat — wenn sich alle konzentrierten und keine abgelenkt war, kam der Spiritismus, kribbelte in den Fingern und der Tisch begann zu tanzen — zunächst neigte er sich nach einer Seite und schlug dann krachend mit einem Bein auf, und wenn man Glück hatte, wenn ein besonders gutes Medium dabei war — dann konnte es geschehen, daß die ganze Gesellschaft. . .
„Spiritismus — komme — in — den — Tüsch!"

. . . mit dem Möbelstück durch das Zimmer tanzte wie eine Gruppe Derwische!
Nicht nur das!
Der Tisch konnte reden.
Man konnte ihn fragen:
„Wieviele Blumentöpfe hat Lulu?"
Die zahllosen Geranien, Pelagonien, Kalas, und wie die Pflanzen auf den Blumenfenstern und in den Ständern heißen mochten, waren die ganze Freude der Tochter Hayessen; jeden Tag machte sie mit einer Gießkanne die Runde, drehte sie die Töpfe um, prüfte sie die Erde, beseitigte sie eventuelles Unkraut — aber zählen? Nein, gezählt hatte Lulu die Töpfe mit Sicherheit nie . . .
„Spiritismus — komme — in — den Tüsch!"
Und bald begann das Kribbeln in den Fingern, und dann erzählte der Tisch — bums — bums — bums — laut kreischten die Mädchen die Ziffern, die sich durch diese einfache Methode ergaben — siebzig — einundsiebzig — zweiundsiebzig — dreiundsiebzig — vierundsiebzig — fünfundsiebzig — sechsund — nein? nein!
Der Tisch stand.
Fünfundsiebzig Töpfe also!
Schon schwärmte die ganze Gesellschaft aus — in alle Zimmer und zählte, zählte nochmals, aber es stimmte:
Fünfundsiebzig Blumentöpfe besaß Lulu.
Nun wußte sie es.
Schwieriger war es schon, wenn der Tisch schreiben sollte: Da galt dann folgendes: Ein Bums war ein „a", zwei Bumser waren ein „b" und so weiter. Bei diesem Verfahren konnte man allenfalls ein Wort herausbringen, und das war mühsam genug.
Aber dennoch: stellen wir eine Frage!
Die Mädchen hatten ihre Finger bereits um den Tisch gelegt und überlegten.
Die schnippische Else Brandt — genannt Elsa von Brabant — schlug vor:
„Wo ist Elke Rethelsen?"
Alle stimmten juchzend zu — auch Lulu, wenn sie auch etwas verlegen lächelte, aber man muß ja Spaß vertragen können und hätte sie sich gewehrt, dann wäre sie zum Gegenstand des allgemeinen Spotts geworden.
„Warum besucht er Euch denn?"
„Wann war er das letzte Mal da?"
„Kommt er oft?"
„Naaa — und wann ist denn Verlobung?"
Richtig — er hatte sie mal besucht, um Grüße von Theodor zu bringen, der von der Front geschrieben hatte — besonders Lulu sollte er grüßen, hatte er mit einem Lächeln gesagt. Und dann war er wiedergekommen und hatte Schinken mitgebracht, Würste.
„Zinsen für moralische Hypotheken — kleine Geschenke erhalten die Freundschaft, und mir tut's nicht weh!"

Mutter Hayessen war für die Schätze dankbar. Ihrem Mann sagte sie nichts davon, aber der bemerkte kaum noch, was um ihn herum geschah, und die Anwesenheit des jungen Bauern nahm er mit bemerkenswertem Gleichmut hin.
Also: Wo ist Elke Rethelsen?
Der Tisch begann zu tanzen. Die Buchstaben waren schwer zusammenzubringen, aber schließlich hatte es die lustige Gesellschaft heraus:
„Im Kuhstall."
Unten klingelte es. Lulu verließ die lachende Runde — und kehrte mit Elke Rethelsen zurück.
Der Tisch hatte sich also geirrt.
Nochmal. Zur Probe.
Nun stellte man die Frage, wieviel Kleingeld Elke wohl in seiner Tasche haben könnte.
„Spititismus — komme — in — den — Tüsch!"
Elke saß neben der Tür an der Wand und beobachtete das hopsende Möbel mit den angestrengt dreinschauenden Mädchen ringsum. Er zählte die Bumser — acht, neun, zehn, elf — zwölf? zwölf? Der letzte Schlag war ganz leise und unsicher gekommen — sollte er gelten?
Elke mußte nun seine Geldbörse öffnen und dann zählten sie alle mit Eifer — und in der Tat: Es waren elf Münzen — und eine Briefmarke.
Der Tisch war sich offenbar nicht sicher, ob die Briefmarke mitzählte!
So weit das Gesellschaftsspiel.
Manchmal trieb man es weiter. Die Mädchen versuchten, mit Hilfe des Tisches Gegenwart und Zukunft zu erhellen — Louisa widerstrebend, Lulu mit halber Überzeugung dabei. Es begann so harmlos. Man fragte, wer sich als nächste verloben würde und erhielt zur Antwort:
„Elsa!"
Aber natürlich — Elsa war doch schon so gut wie versprochen — das heißt, wenn er nicht . . . das Unaussprechliche, fast Unausweichliche wurde auch in dieser fröhlichen Runde zur Gegenwart, erstickte das Lachen der Mädchen, und in das beklemmende Schweigen hinein schlug Elsa vor, den Tisch zu fragen, wer als nächster — als nächster nicht zurückkehren werde — von der Front — wißt Ihr. . .
Es war dunkel geworden, und man hatte noch nicht die Petroleum-Lampen angezündet, so daß sich die Mädchen nur noch als Schatten wahrnahmen — und Elke war an der Tür kaum zu sehen — und so schlossen sie den Ring, um den Tisch zu fragen, wer als nächster aus dem Kreis ihrer Freunde und Brüder an der Front sterben würde.
„Spiritismus — komme — in — den — Tüsch!"
Und schon, wie von ungehemmtem Wunschdenken bewegt, begann der Tisch, sich zu bewegen, wankte er hin und her — da, die ersten Bumser, jetzt müssen wir zählen: ein „H" — weiter: nur ein Schlag, also ein „a" — Hans? nein, ein „j" diesmal und dann, der Tisch war kaum zu halten, so heftig krachten die Beine auf den Fußboden, heftiger, schwerer — schien das Haus zu heben? — ein „o" — und wie von einem Faustschlag

getroffen splitterte ein Tischbein weg, so daß die schwere Platte zu Boden fuhr, wie eine Rampe aufragte –
„Hajo."
Lulu stürzte weinend aus dem Zimmer, Louisa ihr nach – betreten verkrümelten sich die anderen Mädchen – Elsa unterdrückte ein fast sieghaftes Lächeln nur mühsam, also nicht Hans, wie sie gefürchtet hatte – nicht Hans!
Im Hause Hayessen begann ein nervenzerfetzendes Warten.
„Der blöde Tisch!"
Das mochten sich Lulu und Louisa alle Tage neu sagen und immer wieder, und doch zuckten sie jedesmal zusammen, wenn der Briefträger kam – da, ein Couvert – eine fremde Handschrift? Nein, diesmal nicht, vielmehr – nur Geschäftspost, eine Hypothekensache für den Vater – und wieder warten, warten. . .
Elsa kam vorbei, weinend: Ihr Hans sei schwer verwundet, liege im Lazarett; man habe Hoffnung, stehe in dem Brief. . .
Aber was wollte das sagen!
Lulu war verzweifelt – sie hatte doch dies alles heraufbeschworen mit dem Tischrücken, hatte mitgemacht – und alles.
Wie gut, daß Elke ihr beistand.
Er konnte tatsächlich seine Abreise um einige Tage verschieben. Und war so verständnisvoll; sprach ihr Mut zu: denn eine jede Kugel, sie trifft ja nicht!
Und außerdem – wer glaubt schon an solchen Quatsch!
Elke wußte vom Aberglauben auf dem Dorfe zu erzählen; wie der alte Jan Krankheiten besprochen habe – und man sagte, daß es auch geholfen habe, aber besser sei es doch, zum Arzt zu gehen – überhaupt glaube ich nur, daß ein gutes Stück Rindfleisch eine vorzügliche Brühe gibt – nicht mehr!
Der junge Bauer fuhr wieder fort – in sein fernes Dorf; und zum ersten Male spürte Lulu so etwas wie Einsamkeit mitten in ihrer Familie, ja, sie versorgte sogar die Soldaten nicht mehr in der gewohnten Weise, aber da tauchte er wieder auf, und sie freute sich, freute sich auch, als er ihr (endlich!) einen Heiratsantrag machte, dem die Mutter gerne
– aber da bist Du doch versorgt! –
der Vater mehr gleichgültig zustimmten.
Und so siedelte Lulu Hayessen bald als Frau Rethelsen nach Ohlhamm über.
Zum ersten Male waren die Familien nun auch verwandtschaftlich miteinander verbunden.
„Ich hoffe ja, daß das gut geht", schrieb zweifelnd Bruder Hajo aus dem Felde.
Ach, wer hatte noch Hoffnung?

XIV. Landleben

„Dat is die 'n lüttje Fru!"
So sagte man im Dorf Plekkateshem von der jungen Frau Rethelsen. Aber sie brauchte ja nicht mit anzufassen. Dafür arbeiteten auf dem Hof Ohlhamm eine zierliche Mamsell und eine große, derbe Großmagd, die mit mächtiger Stimme die Küche regierte und die anderen Mägde, drei zumindest noch, an die Arbeit schickte: zum Kühemelken, Schweine füttern, Unkraut jäten — je nachdem, was anlag.
Das Dorf auf der hohen Wurt, auch der Hof Ohlhamm selbst, waren Lulu Rethelsen, geb. Hayessen, zunächst anheimelnd vorgekommen — und der mächtige Mann neben ihr, sehr angesehen im ganzen Ort, wie sie bald erfuhr, gab ihr das Gefühl von Sicherheit inmitten dieser kleinen und, wie sie bald bemerkte, hochkomplizierten Welt.
Denn schärfer, als dies in der Stadt bewußt werden konnte, waren auf dem Dorf arm und reich voneinander getrennt.
Wer wußte in Oldenburg — von den Bürgern — etwas über das Elend der Glashüttenarbeiter in Osternburg?
Wann kam man an den Herrenweg?
Niemals!
Das heißt: Einmal war Lulu dort gewesen; mit ihrer Mutter — damals, als die Geschichte mit den Strümpfen passierte. Im Haushalt der Hayessens waren Strümpfe verschwunden, weg, gestohlen, vielleicht auch andere Wäsche, aber wer wußte dies so genau, jedenfalls hatte man einen Dieb im Haus — und Frau Hayessen ermittelte auch die Täterin: Emma Schulze — und die war doch als junges Mädchen schon bei den Hayessens in Stellung gewesen und so ehrlich — der konnte man bares Geld hinlegen, und sie nahm es nicht — und die jetzt.
Frau Hayessen wollte mit der Frau sprechen — allein und bei ihr zu Hause, denn sie konnte sich dies einfach nicht vorstellen, und so ging sie denn hinaus nach Osternburg, Tochter Lulu an der Hand — oh, wenn sie das Kind doch nicht mitgenommen hätte, aber wer konnte das ahnen!
Der endlose Herrenweg — eine schmutzige Straße mit kleinen, grauen Häusern links und rechts, vor denen rachitische, schmuddelige Kinder spielten; hinter blinden Fenstern hing Wäsche, schließlich Emma selbst — verängstigt, stumm vor panischem Schrecken. Sie öffnete die Tür und wies auf die enge Wohnküche hin, wo Frau Hayessen auf einem harten Holzstuhl Platz nahm, vor sich ein viereckiger Tisch. Ein Küchenbuffet aus Tannenholz stand an der Wand, neben dem Herd der Torfkasten mit einem Kissen drauf, dessen gesticktes Muster nicht mehr zu erkennen war — Frau Hayessen blickte stumm in die Runde, während Emma, die Schürzenzipfel in den Händen wringend, auf das vernichtende Urteil wartete.
Lulu konnte sich nicht mehr daran erinnern, was die Frauen gesprochen hatten, aber sie nahm den entsetzten Blick ihrer Mutter wahr — und die

Verzweiflung jener Frau, die einmal ein so nettes, und ehrliches Mädchen gewesen war und nun gestohlen hatte — gestohlen hatte, weil sie, nachdem sich der Mann im Dienste der Glashütte die Lunge aus dem Leib geblasen hatte, nicht mehr wußte, wie sie ihre Kinder und sich nähren und kleiden sollte — Hunger, Not — und dann dieser Überfluß im Hause der Hayessens — kam es denn da auf ein paar Strümpfe an?
Nein, ganz sicher nicht — aber Sie hätten doch was sagen können!?
Betteln?
Das ließ Emmas Stolz nicht zu — aus dem Überfluß etwas fortnehmen, das war möglich, wenn es auf ehrliche Weise nicht möglich war, die Familie zu versorgen — aber betteln?
Niemals!
Frau Hayessen verließ das Haus der Glasbläser-Witwe sehr viel unsicherer, als sie gekommen war, während Emma beim Abschied sogar etwas lächelte. Von nun an erhielt die Arbeiterin von den Hayessens Wäsche und Kleidung; sie brauchte nicht mehr zu stehlen, und die Arbeitsstelle blieb ihr auch erhalten.
In diesem einen Fall, so erinnerte sich die jetzige Bäuerin, war ihr das Elend in der Residenzstadt Oldenburg, jene andere Stadt, bewußt geworden — sonst, so meinte sie, gab es halt Häuser, wo man bescheidener lebte — dort gab es nur einen Dienstboten und nicht zwei, wie bei ihren Eltern, und man fuhr auch nicht alljährlich auf Urlaub und so — aber Nahrungssorgen? Nichts zum Anziehen? Kein Geld für neue Schleifen und für dies und das? Das gab es doch nicht!
So war das in der Stadt.
Auf dem Lande waren die Gegensätze viel offensichtlicher, enger — dafür aber vielleicht auch menschlicher — vielleicht!
Die Rethelsens galten als reich und angesehen, so viel war klar. Die Ibbeckens auch. Und die Umbsens und wie sie alle hießen — sie besaßen zumindest einen großen Hof, den sie mehr verwalteten als bewirtschafteten, handelten mit Rindern und Pferden und brauchten nicht nach der Mark zu schauen.
Wenn Lulu Rethelsen bei den Ibbeken und bei den Umbsen und wo auch immer zu Gast war — und dies geschah nach einem bestimmten Turnus — dann staunte sie immer wieder über die feinen Damasttischdecken, das auserlesene Meißner oder Fürstenberger Porzellan (wo sie zu Hause „nur" englisches Steingut hatten!), das reichverzierte Silber und die handgeschliffenen Gläser, aus denen man ausgesuchten Rheinwein oder tiefroten Port trank. In den großen Häusern der Residenz konnte es nicht üppiger zugehen als auf einem Marschenhof, wenn die Damen ihr Kränzchen hatten oder wenn ein Familienfest sie alle vereinte. Da war sie einigermaßen froh, daß sie bei alledem mithalten konnte, denn sie fand in den Schränken und Truhen von Ohlhamm genügend Tischwäsche, Silberbesteck und Porzellan vor — das, was sie als Aussteuer mitgebracht hatte, schien ihr geradezu minn zu sein!
Der Ratter hatte dies alles nicht — nicht mehr.

Der Mann war Lulu aufgefallen, als sie zur Kirche ging. Ein schwerfälliger Herr im grünen Loden, der plump genug an einem Handstock ging, wobei er den linken Arm stets auf den Rücken gebogen hatte — die Mundwinkel hingen bei ihm tief herunter — verbittert und böse schaute er aus schmalen Augenspalten heraus, die man unter dem Schirm seiner Mütze kaum wahrnahm.
„Mojn!" brummte er, wenn die Bäuerin vorbeikam.
„Tach auch!" sagte Lulu und ging weiter.
Sie fragte ihren Mann nach dieser Erscheinung, aber der lachte nur:
„Ach — der Ratter!"
Frau Ibbecken, mit der sich Lulu etwas näher anfreundete, gab ihr Aufschluß:
„Der Ratter war einmal einer der reichsten Bauern der ganzen Marsch — niemand weiß mehr, wieviele Höfe ihm gehört haben mögen — es mögen fünf gewesen sein, vielleicht auch mehr, weniger keinesfalls. Aber er trank, und, was mehr war, er spielte — und so ging ein Hof nach dem anderen weg — bis er schließlich nur noch so viel Geld hatte, um in Asmundeshem eine Kneipe pachten zu können — aber hier war er bald sein bester Gast, und so ging auch das schief, und nun lebt er im Armenhaus der Gemeinde, völlig mittellos — und nicht einmal bedauert von den anderen, die noch dasitzen, auch spielen und trinken, aber die mehr Glück haben — jedenfalls nicht so heruntergekommen sind. . ."
Lulu Rethelsen wunderte sich über den bitteren Ton, den die Gertrud Ibbecken hier anschlug, aber die fing sich sofort wieder:
„Der Ratter wohnte übrigens mit dem Minister zusammen — kannten Sie noch den Minister?"
„Minister?"
„Naja, man sagt, daß sich jemand zum Minister frißt — und deshalb hieß er Minister. Der ging nämlich von Hof zu Hof, arbeitete und erhielt dafür sein Essen, auch mal Kleidung, eine abgelegte Hose oder so, und im Armenhaus wohnte er ja umsonst, wirklich schade, daß Sie ihn nicht mehr kennengelernt haben — seinen Namen weiß ich gar nicht, jedenfalls als er starb — er ist nämlich vor kurzem gestorben — und deshalb nahm ich an, daß sie ihn noch erlebt hätten. Also: als er starb, räumte man sein Zimmer aus — und was fand man in seinem Strohsack? Einen harten Gegenstand, eine Kassette und darin siebentausend Mark in bar! Stellen Sie sich diese Überraschung vor: da bettelte der Minister in der ganzen Gemeinde und schlief auf einem Vermögen. Und niemand wußte, woher er das Geld hatte. . ."
„Vielleicht gestohlen?" mutmaßte Lulu.
„Nein, ganz gewiß nicht — siebentausend Mark, das wäre aufgefallen, und dann war er der ehrlichste Mensch der Welt, der niemals. . . nein, nicht gestohlen — man weiß es nicht, und nun kommt das Schönste: Erben waren auch nicht da!"
„Keine Erben?"
„Die Gemeinde hat in ganz Deutschland gesucht — keine Verwandten

festzustellen. Naja, so wanderte die schöne Summe in den Staatssäkkel — wenn das der Ratter gewußt hätte!"
Irgendwie waren die Verhältnisse auf dem Lande klar wie auf einem Holzschnitt: Wer etwas gelten wollte, mußte Land und Geld haben — und wer dies nicht besaß, war nichts; aber niemand — dies war die andere Seite — brauchte sich seiner Armut zu schämen. Auch das Betteln hatte in Plekkateshem eine andere Funktion als in Oldenburg — es nahm gewisse ritualisierte Formen an und war einfach eine Form der Fürsorge für diejenigen, die sich anders nicht zu erhalten wußten. Wer Land hatte, konnte auch geben, ohne daß er deshalb ärmer wurde: Da durfte dieser den Rasen im Bauerngarten mähen und das Gras mit nach Haus nehmen — das entlastete den bäuerlichen Haushalt um eine lästige Arbeit, und das bißchen Heu konnte man bei 30 oder 40 Hektar Weideland gut entbehren, da wurde einem anderen gestattet Falläpfel aufzusammeln. Das waren meistens Kinder, die so ihren Vitaminbedarf deckten — wie überhaupt das Äpfelklauen zu den Abenteuern der Dorfjugend gehörte, man nahm dies hin, und in aller Regel traf es keinen Armen.
Arm und reich waren im Dorf Plekkateshem sozusagen zwei Seiten einer Medaille, das leuchtete rasch ein, doch Lulu mußte erst mühsam lernen, daß ein Armer im Dorf — wie der Ratter oder der Minister — eine völlig andere Position hatte als der Arme in der Siedlung.
Der Janßen beispielsweise.
Lulu spürte den Unterschied an der Art, wie ihr Mann die Namen aussprach:
Von Ratter redete er im Tone der amüsierten Überlegenheit. Und der Minister war ihm in seiner Art sogar lieb, denn der war ein Witz — gewesen. (Leider muß man sagen „gewesen", denn die Originale sterben aus.)
Den Namen Janßen sprach Bauer Rethelsen ganz anders aus. Hier schwang Mißtrauen in diesen beiden Silben mit — sogar etwas Haß — und Angst. Ja, die Angst war ganz deutlich zu spüren, Angst vor diesem Mann, der seine Stelle auf dem Hof verlassen hatte, um Arbeiter in der Blei- und Zinkhütten AG zu werden, deren Schornsteine in der Ferne schwarzdrohend qualmten — und der wohnte nun in der Siedlung, in einem Häuschen, wie sie Lulu vom Herrenweg in Osternburg her kannte: eng mit Waschküche und Stall hinten und einem kleinen Gärtchen, und dieselbe Not, denn die Hütte lag still, weil keine Erze mehr hereinkamen. Der Sohn Emil war im Feld — wovon sollten die Janssens leben?
Aber sie bettelten nicht!
Und Rethelsen dachte nicht daran, in diesem Falle etwas für diese armen Menschen zu tun, obwohl der alte Janssen doch früher auf Ohlhamm gearbeitet hatte. Aber daß er in die Fabrik gegangen war, kreidete ihm der Bauer als Verrat an.
Ibbecken dachte da anders; er beschäftigte den ehemaligen Landarbeiter gelegentlich, so daß dieser und seine Frau wenigstens nicht verhungerten.

„Aber der ist doch Sozialdemokrat!" brummte Rethelsen den Bauern an.
„So?" fragte der nur zurück und redete weiter vom Wetter.
Der Riß, der Oldenburg und Osternburg trennte, verlief hier nicht zwischen arm und reich, sondern zwischen dem Dorf und der Siedlung, zwischen Hof und Fabrik — zwischen Vergangenheit und Zukunft. Sagte jedenfalls Ibbecken, aber das war ein Außenseiter, den man nicht ernst nahm!
Und dann war da noch ein anderer Riß, tief und fast unüberbrückbar — und der war für Lulu sehr viel spürbarer und schmerzlicher. Der Riß zwischen Mann und Frau.
Zwar schliefen sie zusammen — aber dies war auch die einzige Gemeinsamkeit, und sie war auf das Notwendige beschränkt: Es galt nämlich, einen Erben zu zeugen, vielleicht auch noch einen zweiten Jungen, sozusagen als Ersatz für den Fall, daß der eine starb oder aus der Art schlug — aber nicht mehr: Denn je mehr Erben, desto höher die Belastung im Falle einer Erbauseinandersetzung und desto größer das Risiko, daß die Familie den ererbten Besitz nicht mehr halten könne.
Deshalb also übte der Bauer in diesem einen Punkte Zurückhaltung, — doch nur seiner eigenen Frau gegenüber, denn die eventuellen Alimente konnte der Hof allemal tragen, und überdies mußte die Vaterschaft ja erst nachgewiesen werden! Und die Gelegenheiten, die sich beim Andelfest hier und beim Strandrosenball dort, vor allem aber anläßlich des Jahrmarktes in Plekkateshem selbst ergaben, waren zahlreich und verlockend, der Alkohol hatte eventuelle Barrieren zu rasch und gründlich hinweggespült, als daß irgendein Bauer — Ibbecken ausgenommen — sie hätte verstreichen lassen — aber werfen wir eine Forke Heu über diese Geschichten.
Wenn man von dieser einen — sozusagen naturnotwendigen — Gemeinsamkeit absieht, so lebten Bauer und Bäuerin auf dem Hofe ein paralleles Leben — nur die Mahlzeiten führten sie zusammen an einen Tisch, meistens jedenfalls, und dann deutete die Bäuerin ihre dienende Rolle im Hause damit an, daß sie dem Hausherrn die Schüsseln reichte und den Kaffee einschenkte. Und daß sie schwieg, wenn der Mann redete, niemals widersprach, wenn er etwas behauptete und sorgsam auf die Dienstboten acht hatte, daß sie nichts versahen.
„Aber hältst Du denn dies Leben aus?" fragte Louisa die Schwester, als diese einmal die Familie in Oldenburg besuchte.
Lulu erzählte, indem sie antwortete, von dem großzügigen Haus, von dem herrlich blühenden Garten mit den Rosen und den mächtigen Dahlien darin — und daß sie stets satt zu essen hätten, mehr als dies, denn an Milch, Speck und Kartoffeln sei niemals Mangel, auch nicht an Schlagsahne und Braten und infolgedessen auch nicht an Kaffee für sie und Zigarren für ihn. All diese Herrlichkeiten, die der Krieg vom Markt gefegt hatte, waren für den normalen Untertanen des Großherzogs unerreichbar, auch für die Hayessens, denn sie hatten nur Geld, aber die

Rethelsens verfügten über Naturalien, und seien es Steckrüben (die man anstelle des fehlenden Kraftfutters für das Vieh angebaut hatte, die aber nun so etwas wie ein Grundnahrungsmittel für alle geworden waren). Sie teilten davon reichlich mit — gegen Bezahlung, wenn Städter auf's Dorf kamen und umsonst, wenn es sich um die Verwandtschaft handelte. Lulu, die dies ihrer Schwester erzählte, erweckte in Louisa den Verdacht, daß sie den Bauern nur geheiratet habe, um ihre Familie durch die schwere Zeit zu bringen — vielleicht eine nicht ganz falsche Idee. Aber sie wurde nicht ausgesprochen, von niemanden, auch nicht vom Vater Hayessen, der seinen Schwiegersohn mit hoheitsvoller Höflichkeit behandelte, wie einen Mann, den man nun einmal ertragen müsse, aus mancherlei Gründen, aber wohl auch wegen der Speckseiten, die er im Koffer mitzubringen und in der Küche abzuliefern pflegte. Dieses Schweigen erleichterte es der Familie Hayessen, über manches hinwegzusehen. Lulu brauchte weder sich noch ihren Mann zu rechtfertigen, wozu sie kaum in der Lage gewesen wäre.
Was hatte sie denn erwartet?
Liebe?
Zärtlichkeit?
Mit Zärtlichkeit kann man keinen Ochsen verkaufen und mit Liebe kein Schwein schlachten.
Lulu mußte lernen, daß sie allenfalls Selbständigkeit in ihrem Bereich — Küche und Garten — erwarten durfte, wenn alles nach den Wünschen des Hausherrn klappte, mehr nicht.
Der Bauer ging seine eigenen Wege und fragte seine Frau nicht, brauchte dies auch nicht zu tun.
Er ging, wenn er ging. Aufs Feld. Ins Wirtshaus. Egal. Lulu gewöhnte es sich bald ab, ihren Elke danach zu fragen — sie bekam eh keine Antwort.
Ob er spielte?
Ob er trank?
Ob er gut verkaufte?
Wie war überhaupt ihre wirtschaftliche Lage?
Ja, Elke spielte im Wirtshaus — gelegentlich, mehr um Kontakt zu seinen Nachbarn und Standesgenossen zu halten als aus Leidenschaft und auch niemals sehr hoch — höchstens um einen Pfennig. Da er nicht schlecht spielte, hielten sich gelegentliche Verluste in Grenzen, manchmal strich er auch einen Gewinn ein, aber darauf kam es nicht an. Und wenn er mal im Zuge war, konnte es auch später werden, vor allem dann, wenn sich ein Skat an eine Versammlung der Genossenschaft oder des Bürgervereins anschloß. Dann trank er auch ein Bier oder einen Korn mehr, so daß er mit schweren Schritt die Hofstelle wieder betrat, aber, wie gesagt, dies hielt sich in Grenzen, so daß Lulu sich nicht zu beklagen brauchte — das Schicksal eines Ratter stand ihr offenbar nicht bevor.
Über die wirtschaftliche Lage des Hofes ließ sich nur schwer etwas sa-

gen. Rethelsen behandelte die Städter, die aufs Land kamen, um Pferdebohnen und vielleicht ein paar Kartoffeln zu organisieren, mit der Würde eines Mannes, der es nicht nötig hat, mit solchen Schnorrern überhaupt zu sprechen, und so waren denn auch seine Preise. — Und daran, daß sie gezahlt wurden — selten in bar, meistens in wertvollem Familienschmuck und ähnlichem — sah Lulu, wie groß die Not überall war.

Eigentlich mußte es ihnen gut gehen, aber Vater Hayessen wiegte bedenklich das Haupt, wenn die Rede auf den Geschäftsmann Rethelsen kam. Offenbar traute er diesem unsoliden Wohlstand, gegründet auf der allgemeinen Not, ebensowenig, wie er dem Schwiegersohn zutraute, daß er das ihm zufallende Vermögen gut anlegte, in festverzinslichen Papieren, wie es sich gehörte, besser noch in Grund und Boden, denn das konnte ihm niemand wegnehmen — aber stattdessen — was machte er?

„Er wird durch den leichten Verdienst verführt " meinte der erfahrene Kaufmann, aber er sagte nichts weiter, so daß Lulu so schlau war wie vorher — aber sie dachte auch nicht darüber nach: Das waren Wirtschaftsfragen, von denen Frauen nichts verstanden.

Viel mehr bedrückte Lulu etwas anderes — etwas, was sie kaum aussprechen konnte, weil sie es noch nie erfahren hatte, was aber sehr fehlte — fehlte, wenn ihr Mann abwesend war, sei es in der Wisch, um die Knechte zu kontrollieren;

fehlte, wenn er da war, neben ihr brutal schnarchte;

fehlte: Liebe und Zärtlichkeit.

Da bildeten die regelmäßigen Kaffeekränzchen im Kreise der Bauersfrauen keinen Ersatz.

„Haben Sie schon gehört. . .?"

Der Syabbe Knabbe hatte sich verlobt. Und mit wem? Mit der Gesche Meienkoop, aber wer ist das? Ja, die ist die Kusine von Wilhelmine Frust und die kommt an . . . und die kommt an . . . und die kommt an . . . achso, ja die — also die hat sich mit dem Knabbe verlobt und wann wollen die heiraten?

Und so weiter.

Lulu Rethelsen verstand zunächst nichts; später konnte sie die im Kränzchen ausgetauschten Informationen nach und nach entschlüsseln; sie lernte die Familien kennen und erfuhr, was die Namen bedeuteten — aber all das interessierte sie immer noch wenig.

Schwester Louisa verwies sie auf den Pfarrer Iben.

Den berühmten Iben.

Es war für Bürger des Oldenburger Landes ein wichtiges Bildungserlebnis, den Pastor Iben in Plekkateshem gehört zu haben. Er galt als ein ausgezeichneter Kenner Goethes und als ein Bewunderer Bachs. Und so waren seine Predigten: Seine Sprache wurde mit der des Dichterfürsten verglichen.

„Ihn mußt Du hören!"

Und Lulu besuchte die Kirche.

Sie ließ sich von dem Kleinknecht Jan fahren. Die Chaise hielt auf dem Platz vor dem Kirchhof, den man in Plekkateshem als „die Anlage" bezeichnete. Hier befand sich hinter zwei Lebensbäumen ein Denkmal auf den Krieg von 1870/71, mit einem Eisernen Kreuz aus Marmor obenauf. Mächtige Kastanien bedeckten mit ihren dunklen Schatten ein Torhaus.
Lulu Rethelsen ging an den Gräbern mit den weißen Trauerrosen vorbei zur Kirche, ließ sich von dem holzgetäfelten Inneren aufnehmen. Da saß sie nun in dem unbequemen Stuhl der Rethelsens und wußte nicht, wie sie sich benehmen sollte, weil die Lehne mehr drückte als stützte, während Liturgie und Predigt kein Ende zu nehmen schienen. Die hohe Holzplanke ringsum nahm ihr die Sicht – die mochte ja gut sein für die Bauern früher, aber jetzt? Sie hätte allzugerne näher hingesehen, wer denn in dem Schiff säße und wieviele von auswärts gekommen waren – doch als das letzte Amen verklungen war und sie die Tür öffnete, strömten die Besucher bereits hinaus, vor ihr aber stand, noch im Talar, der untersetzte Pfarrer Iben und streckte ihr die Hand hin:
„Freut mich, daß Sie uns besuchen, Frau Rethelsen!"
Sie lächelte freundlich, und dann ließ sie sich die Kirche zeigen – was blieb ihr übrig? Iben unterstellte einfach, daß sie das alles interessierte, wann die ersten Steine aufeinandergeschichtet wurden, und dann – „schauen Sie – das letzte Werk Münstermanns – der hatte seine Werkstatt in Hamburg, aber das, was von ihm erhalten blieb, findet sich nur hier im Oldenburgischen, und sein letzter Auftrag war dies hier!"
Lulu Rethelsen sah den Altar hinauf. Sie betrachtete die sehr entfernten kalkweißen Holzplastiken mit ihren dünnen Leibern und spinnenartigen Fingern.
„Manierismus", ordnete Iben ein. Dann setzte er fort:
„Oben haben Sie den Christus als Triumphator, darunter die vier Evangelisten und dann unten Moses und Johannes den Täufer, die Künder des alten und des neuen Bundes sozusagen. Und die Bilder – ganz oben eine Madonna – eine Kopie natürlich – und in der Mitte der Verklärung Christi – ebenfalls ein Duplikat sozusagen, denn das Original hängt irgendwo in Italien – und unten eine Darstellung des Abendmahls, die ist aber von einem heimischen Maler, was Sie an der primitiven Machart erkennen können."
„Oh ja", sagte Lulu, um etwas zu sagen. Iben wandte sich zum Gehen und verwies noch auf die Orgel, ein Werk des Orgelbauers Kayser mit 36 Registern – ein sehr schönes Instrument, befand der Pfarrer.
Draußen der Friedhof mit seinen weißen Trauerrosen und dahinter die Eschen, die Kastanien, das graugrüne Dach der Pastorei.
„Ich werde erwartet", sagte Lulu zum Abschied und dankte für die Führung.
Sie fuhr nach Ohlhamm zurück.
Über dem grünen Land stand schwarz der Qualm der Blei- und Zinkhütte.

XV. Rentenmark

„Verdammt!"

Elke Rethelsen stand — mit hochrotem Gesicht — im Wohnzimmer des Hofes Ohlhamm. Es war noch immer eingerichtet wie eh und je mit dem großen Ohrensessel vor dem Fenster, dem runden Tisch in der Mitte, den weichgepolsterten Stühlen ringsherum und der tief herabhängenden Petroleumlampe, dem Sofa mit der geschwungenen Rückenlehne an der Wand, der Anrichte und mit den Familienbildern neben der großen Landschaftsdarstellung — eine gute Stube wie viele.

„Verdammte Scheiße!"

Der junge Bauer schlug mit der Faust auf den Tisch, deren Kelimdecke im Schein der warmen Herbstsonne rot und braun leuchtete. Lulu, von diesem Zornesausbruch überrascht, machte sich verlegen am Ofen zu schaffen. Rethelsen beachtete seine Frau nicht. Er zerknüllte einen schmutzig-grauen Schein in der Faust und riß dann mit plötzlichem Schwung die Decke vom Tisch, schleuderte sie zu Boden — dann war seine Energie verbraucht. Während Lulu ging, um ein Mädchen herbeizurufen, die die Trümmer einer Vase auflesen und die Decke wieder auflegen sollte, sackte der mächtige Bauer in dem Ohrensessel zusammen.

„Rentenmark — was für ein Name!" stöhnte er still in sich hinein — und verfiel in dumpfes Grübeln.

Seit der Hochzeit mit Lulu Hayessen hatte sich alles recht gut angelassen. Zwar kehrte Hajo — nach einer leichten Verwundung — lebend in die Heimat zurück, wo er „unabkömmlich" gestellt wurde, weil er seinem Vater zur Hand gehen mußte; dafür erhielt Elke aber kurze Zeit später die erfreuliche Nachricht, daß sein Bruder gefallen sei.

„,. . . mit dem Deutschland-Lied auf den Lippen. Er war einer der Besten, ja, der Beste überhaupt in unserer Kompanie, denn er war furchtlos im Kampf gegen den Feind, und im Verkehr mit den Kameraden hilfsbereit bis zur Selbstaufgabe. . ."

Das hatte irgendein unbekannter Leutnant geschrieben. Elke interessierten die näheren Umstände nicht, die in diesem Falle umständlich dargestellt wurden — bis hin zum Herzschuß, der den sofortigen Tod zur Folge hatte — vielmehr rechnete er sich insgeheim aus, wieviel ihm und dem Hof nunmehr erspart blieben, denn jetzt war er —

ELKE RETHELSEN

— alleiniger Erbe, uneingeschränkt — und das in einer Zeit, in der die Stadtbewohner hungerten, also leichtes Geld zu machen war.

Großvater Rethelsen — immer noch lebend — mißtraute dem Schleichhandel ebenso, wie er seinem Erben offenbar keinen großen Kredit einräumte, denn er dachte nicht daran, sein Zimmer zu räumen, um als Propretär nach Oldenburg zu ziehen — und die Gegenwart des alten Mannes hinderte Elke daran, in Spekulationen sein Heil zu versuchen, aber der Großvater wurde immer hinfälliger, bald verließ er kaum noch sein Zimmer — und schließlich war er tot!

. . . und immer noch Krieg.
An wievielen Fronten wurde gekämpft?!?
Und im Innern schienen selbst die Sommer trübe zu sein, überschattet vom Hunger.
Hohlwangige Kinder schauten im Dorf verständnislos hinter dem Leichenwagen her, der die sterblichen Überreste des Großvaters in die Familiengruft fuhr, dahinter, schier und glatt wie Zuchtvieh, die Bauern der Marsch, allen voran — stolz aufgerichtet — Elke Rethelsen, neben ihm, mit bekümmertem Gesicht, Lulu, denn sie hatte den alten Herrn wirklich gern gehabt, hatte ihn zuletzt gepflegt, ihm das Bett gerichtet und den Nachttopf untergeschoben, als er nicht mehr aufstehen konnte.
Elke Rethelsen überdachte seine Pläne: Vielleicht gelang es, die Hand auf Getreidebestände zu legen, dann später zu verkaufen, natürlich zu einem höheren Preis. . .
„Termingeschäfte sind immer eine böse Sache", warnte der vorsichtige Hayessen, aber er sprach gegen den Wind — und auch vorerst auch gegen die Erfahrung des jungen Rethelsen, denn er hatte doch Erfolg — es florierte alles bestens, konnte gar nicht besser gehen — daran änderte auch die Revolution nichts!
Ach ja, die Revolution!
Als dieser Kuhnt in Wilhelmshaven die Republik Oldenburg-Ostfriesland ausrief, da hatte Elke Rethelsen tatsächlich für einen Augenblick Angst, daß sich die Arbeiter in der Siedlung erheben würden — vielleicht würde man seine Bestände stürmen und plündern, die kostbaren, sorgsam zurückgehaltenen Lebensmittel, aber der neue Gemeindevorsteher, der Sozi Hacke, erwies sich als harmlos.
„In unserem Volksstaat herrschen Recht und Ordnung", tönte der.
Elke erfuhr rasch, daß dieses „Recht und Ordnung" die Güter des Großherzogs ebenso schützte wie sein Eigentum — und dies beruhigte ihn, wenn es ihn auch nicht versöhnte. Vor allem blieb ein gewisses Mißtrauen gegen Leute, die so lange von Sozialisierung und Revolution geredet hatten und nun, an die Macht gekommen, fast konservativ wirkten. Rethelsen verstand dies nicht, und er begriff nicht, wieso Ibbecken sich mit so gefährlichen Leuten einlassen konnte, denn dies tat er, ja, er lud den Hacke sogar auf seinen Hof ein, und dieser „Rote" fühlte sich auch noch geehrt.
Elke schüttelte, in Erinnerung an diesen Vorgang, noch jetzt den Kopf, aber was ihn stärker beschäftigte, waren die rasch steigenden Preise, die Inflation, die jetzt, nach dem Waffenstillstand und dem Friedensschluß, aus dem bereits lebhaften Trab in den Galopp verfiel — und dann begann der Sturz der Mark, und Elke immer dabei, berauscht von den Zahlen, Geschäften, Käufen, Verkäufen — stapelweise trafen auf Ohlhamm die Telegramme aus allen Himmelsrichtungen ein, ein Wirbel von Zahlen, wie besoffen walzte Elke in dem allgemeinen Hexentanz mit, ohne zu verstehen, was überhaupt lief — und vor allem ohne auf jene Symptome zu achten, die die Genesung anzeigten, — so die Anleihe

zum festen Dollarkurs – dann den Sturz der Regierung Cuno – Stresemann wird Reichskanzler – die Rentenmark!

Da war sie: schmutzig-grau, ein Lappen, aber mit einer niedrigen Zahl darauf. Jetzt wurde nicht mehr nach Milliarden und Billionen gerechnet, sondern wieder nach Pfennigen, und nun zeigte es sich, wer in diesen wilden Jahren der Inflation trotz allem solide gewirtschaftet und kühl gerechnet hatte und wer nicht. . .

„. . . Gott sei Dank schuldenfrei!“ sagte Rethelsen, und er meinte damit den Hof. So weit hatte er sich im Zaune gehalten.

Aber alles andere war futsch: das ganze Kartenhaus aus falschen Zahlen und – zuletzt – fingierten Warenlagern, dieses Luftschloß aus Terminen und Krediten brach nun in sich zusammen, denn jene Maschine, die den Wirbel in Gang hielt, die Gelddruckerei, war gezähmt worden.

Doch was sollte werden?

Dem Bauern Elke Rethelsen blieb nichts weiter übrig, als sich auf seinen Hof zu besinnen – auf den Boden, der ihm gehörte und auf die Kühe, die das Gras zu seinen Füßen fraßen, Milch gaben, die Liter für Liter ausgemolken werden mußte, und die er nun, Liter für Liter, verkaufte – für Pfennige.

Im Koben grunzten Schweine; gute, gelbe Schweine wälzten sich in dem braunen Mist, fraßen Kartoffeln und Mehl, setzten Fett an, Gramm für Gramm, Pfund für Pfund, bis dann der große Augenblick kam: Der Schlachter erschien, ein letztes Todesquieken, und das Blut floß in die Kumme – das gab Schmalz und Speck, Wurst und Fleisch, und wieder kam der Pfennig in Ehren.

Das war alles sehr mühsam und überhaupt nicht glanzvoll. Da gab es keine weltweiten Verbindungen mehr: Telegramme aus Frankfurt und Telefonate mit Berlin – bescheiden betrat Jud Lewenstein den Stall:

„Mechte ich sprechen den Herrn Rethelsen!“

Dann besahen sich die beiden Männer das Vieh, handelten ein wenig hin und her, weil es dem Herkommen entsprach, denn sie kannten beide den Marktpreis, und dann war der Viehhändler Eigentümer des Stücks – gegen Bargeld natürlich. Kopfschüttelnd sah Rethelsen der Kuh oder der Sau nach, denn er hatte immer das Gefühl, beschissen worden zu sein, aber wenn er mal den Viehhändler Merck kommen ließ, dann stellte sich heraus, daß mit dem schlechter auszukommen war als mit dem Juden Lewenstein, denn der betrog wirklich, wo er nur konnte – trotzdem: Rethelsen spürte, wie nach jedem Handel der Zorn in ihm hochkroch, und er knurrte immer wieder:

„Scheißjude!“

Vielleicht waren seine Empfindungen auch dadurch begründet, daß er den Händler nicht mehr, wie früher, im standesgemäßen Loden, den Stock in der Hand und das Fernglas vor dem Bauch, empfangen konnte, sondern in der kurzen Stalljacke und in schwarzen Manchesterhosen, dies alles nach Kuh und Schwein duftend, denn Elke Rethelsen, ja, der große Elke Rethelsen – es sei diesem und jenem geklagt – mußte ar-

beiten!
Früher . . . früher hatte der Hof Arbeiter, drei Knechte mindestens und in der Heuernte mehr, je nachdem wieviele man brauchte, jedenfalls genug und das für einige hundert Mark im Jahr und dazu eine abgelegte Hose oder eine Jacke dann und wann.
Dienst-Wechsel war nur einmal im Jahr. Wer eher davonlief, wurde mit der Polizei geholt. So wollte es die Gesindeordnung.
Aber dieses segensreiche Gesetz war mit der Revolution verschwunden. Schlimmer noch: Nachdem der Friede wiederhergestellt, Handel und Wandel wieder in Gang gekommen waren, nachdem sich überdies eine Mark im Umlauf befand, die einen Wert darstellte (wobei sich Elke Rethelsen vergeblich fragte, worin der bestehen mochte), seitdem rauchten auch wieder die Schornsteine der Blei- und Zink AG drohend über dem grünen Marschenland, dröhnten die Niethämmer auf der benachbarten Frerichswerft und quietschten die Kräne im fernen Syassensiel, kurzum: es gab wieder Arbeit in den Fabriken, und wenn die Proleten freitags ihre Lohntüte vor dem Klappfenster des Lohnbüros in Empfang nahmen, war eben mehr darin, als ein Bauer bieten wollte oder auch konnte. Wer gar bei der Blei- und Zink AG fest eingestellt wurde, im Hafen zum Stammarbeiter aufstieg – der bekam dazu, gegen eine vernünftige Miete, ein kleines Häuschen mit Garten.
Was bot der Bauer? Eine Strohschütte über dem Pferdestall oder einen Verschlag im Heu oder, wenns ganz hoch kam, eine kalte, unheizbare Kammer im Stall mit einem braunen Bett darin, einem wurmstichigen Schrank, einem wackeligen Tisch und einem gerade noch tragfähigen Stuhl!
Auf dem Lande blieben mithin nur die Arbeiter, die in der Industrie kein Unterkommen fanden, sei es, daß sie zu alt waren oder aber zu blöd, zu unbeweglich, zu anhänglich – die beweglichen Kräfte gingen fort, und deshalb mußte der Bauer arbeiten, selbst dann, wenn er Hilfe bekam, denn dieser Mann war sicherlich nicht in der Lage, selbständig auch nur eine Furche gerade zu ziehen.
„Sie können Maschinen kaufen – auf Kredit!"
So flüsterte es in den Genossenschaften, und so rieten die Bankbeamten den Bauern.
„Maschinen ersetzen Menschen!"
„Maschinen sparen Arbeit!"
Elke Rethelsen hatte viel Zeit, um über solche Anregungen nachzudenken; wenn er im Sommer, auf dem Heuwender sitzend, mit lautem Hü und Peitschenknall die Pferde antrieb; wenn er im Herbst mit krummen Rücken und klammen Fingern Rüben verzog; wenn er im Winter den stinkigen Kot aus dem Mistgang hinter den Kühen hochforkte, auf eine Schiebkarre warf, die Fuhre den glitschigen, mit Brettern ausgelegten Gang entlangschob, durch die enge, grüne Pforte, immer den Brettersteg entlang und den Misthaufen hoch und höher – und jupps: da rutschte das Zeug hinab, Dünger für das nächste Frühjahr; wenn er Heu vom Bo-

den forkte und den Rindern vor die mahlenden Mäuler warf; wenn er Rüben putzte; wenn er den Kälberstall weißte — bei diesen und vielen anderen Arbeiten, schwer und geisttötend zugleich, hatte er Zeit, über manches nachzudenken — nur abends, wenn er mit schmerzenden Gliedern ins Bett sank, dann konnte er nicht mehr, dann fiel er sogleich in einen tiefen Schlaf, ohne die Frau neben sich zu beachten, die auch ihre Arbeit tat — aber darüber dachte Elke nicht nach, nie!
Der Hof war ja schuldenfrei!
Man konnte sich also was leisten — auch wenn die Bank zehn, ja zwölf Prozent Zinsen verlangte: Die Preise werden ja so bleiben, vielleicht sogar steigen.
Aber die Preise fielen.
Mal war für dieses, mal für jenes Produkt weniger zu erzielen, und der nächste Zinstermin rückte unaufhaltsam heran.
„Brechung der Zinsknechtschaft!" schrie es von roten Plakaten in gotischen Lettern. Das Hakenkreuz tauchte auf. Erste Versammlungen einer neuen Partei in verrauchten Gasthäusern: Die Hitlerbewegung.
Aus Braunschweig kam mit dem Fahrrad ein unscheinbarer Mann in zerschlissenem Zivil, ein ehemaliger Major namens Holtlage. Er warf seinen Rucksack in eine Ecke und trat an das Rednerpult. Elke Rethelsen hörte die endlosen Reden dieses Herrn zunächst neugierig an, dann zeigte er wachsendes Interesse. Hier gab es doch eine Erklärung für all das Ungemach, vor allem für den unglücklichen Ausgang des Krieges mit all seinen Folgen, für die Bedrohung des Privateigentums durch den Bolschewismus — dies alles hatte, so Holtlage, seine letzte Ursache in einer Verschwörung der Juden, die auf einem Prager Friedhof ausgeheckt worden sei. Man verdanke es einem wachsamen zaristischen Polizeiagenten, daß die „Protokolle der Weisen von Zion" der Nachwelt überliefert worden seien. Jetzt wisse man, woran man sei — und es gebe auch das Gegenmittel, nämlich die nationalsozialistische Freiheitsbewegung. Dann kam ein Pastor, der zwar aus dem Dienst entlassen war, aber noch seinen Titel führte, und erzählte davon, wie Juden in Konitz ein Kind geopfert hätten, was er zwar nicht genau wisse, wohl aber gehört habe, zuverlässig gehört habe. Und immer wieder war die Rede von der Zinsknechtschaft, von der Erhaltung einer gesunden, arteigenen germanischen Bauernschaft.
Elke Rethelsen war bald nicht mehr nur Zuhörer in diesen Versammlungen. Er kannte die anderen Bauern besser als die zugereisten Redner, wußte sich geschickter auf das einzustellen, was die Grundeigentümer im Lande dachten und glaubten — und bald war er ein bekannter Diskussionsredner, auf den die anderen hörten.
Es folgten die ersten Einladungen zu Versammlungen, in denen er, der Bauer auf Ohlhamm, als Hauptredner vorgesehen war.
Elke Rethelsen entdeckte in sich die Rednergabe. Und er genoß die wachsende Popularität wie ein Süchtiger: Dies, was ihn umgab und trug, war mehr als jene Pflichtübung, die das Dorf damals dem Großherzog

darbrachte, als das Denkmal eingeweiht wurde. Diesem Herrn damals gebührte die Beliebtheit von Amts wegen, er aber, Elke Rethelsen, hatte sie sich in langer Mühe erworben, nicht zuletzt deshalb, weil er in der Stunde der Not, wiewohl ein Rethelsen, mit zuzufassen wußte. Ja, er kannte aus eigener Erfahrung die Last der bäuerlichen Arbeit – nicht aber der Großherzog, der sich nun, nach dem Ende, durch verfehlte Aktienspekulationen vollends lächerlich gemacht hatte – Schwamm drüber.
Bauer Rethelsen hielt sich niemals lange mit dem Vergangenen auf, denn es ging ja nicht darum, die alte Fürstenherrlichkeit wiederherzustellen. Nicht das war sein Ziel – aber welches denn?
Dem Redner auf Ohlhamm ging es zunächst gar nicht um ein Ziel sondern um den Genuß des Augenblicks, präzise jenes Moments, in dem er, vom Vorstandstisch des Landvolkvereins sich erhebend, zum Rednerpult schritt, einige Papiere aus der Tasche zog, – ganz nebenbei, nur als Gedächtnisstütze für den Fall der Fälle – ausbreitete und dann – Verbeugung zum Vorstandstisch –
„Herr Vorsitzender. . ."
Kopfwendung zum Publikum, während der Blick sich in der letzten Reihe festhakt;
„meine Damen und Herren. . ."
Diese Worte mußten gleichgültig kommen, tausendmal dahergeleiert, Pflichtübung, weil man das so eben macht und der Redner bildet hier keine Ausnahme, aber dann mit mehr Herzlichkeit, Betonung:
„liebe Freunde und Berufskollegen. . ."
Dies die Einleitung. In ihr mußte bereits deutlich werden, daß in diesem Saale alle Menschen zusammengehörten – alle! – im Kampf gegen das System von Weimar und die jetzt maßgebenden Herren, die nicht nur unfähig sind, sondern die überdies dem Diktat der verjudeten Bolschewisten oder – ebenso schlimm – der Plutokraten gehorchen.
„Dies System und die Systemparteien tragen die ganze Schuld an der Misere, die Novemberverbrecher, die Zinshyänen. . ."
Rethelsens Stimme füllte mühelos den größten Saal Östringens; sie klang tief und sonor, aber sie konnte zu peitschenden Höhen aufsteigen, wenn der Redner über den abgewirtschafteten, lebensfeindlichen Kapitalismus höhnte, der sogar den Boden, die Grundlage alles Lebens, vergiftete. . .
Er spielte damit auf einen Vorgang an, der mit der Zinsknechtschaft der Juden offenbar nichts zu tun hatte, in Östringen aber viel böses Blut machte. Schon seit Gründung der Zink- und Bleihütten AG waren die Auswürfe von Schwermetallen Ursache steter Auseinandersetzungen zwischen der Fabrik und den Bauern gewesen.
Nun aber traf es sich, daß eines Tages eine Kuh – mit Schaum vor dem Maul – auf der Weide verendet aufgefunden wurde und daß der Tierarzt nach einer Laboruntersuchung diagnostizierte: Vergiftung durch Blei.
Weitere Fälle dieser Art wurden bekannt, und binnen kurzer Zeit hatte

die Verseuchung des Landes durch die Schwermetalle alle anderen Themen verbannt, sogar die leidige Zollfrage, sonst Dauerproblem in den Landwirtschaftversammlungen, denn die Einfuhren stellten angeblich eine Gefahr für den heimischen Markt dar, aber was interessierte noch der Zoll, wenn das Vieh verendete und die Milch als zu giftig von der Molkerei zurückgewiesen wurde? Binnen kurzer Zeit hatte sich in Plekkateshem eine Kommission gebildet, die alle Schadensfälle registrierte und damit begann, die so entstandenen Ansprüche gegen die Zink- und Bleihütten AG durchzusetzen.

Anfangs machte die Werksleitung gute Miene zum bösen Spiel. Sogar Direktor Niemann kam in eine solche Kommissionssitzung, um mit den Bauern zu diskutieren — aber er stieß auf einen unversöhnlichen Ibbekken, dem weder die Schmisse im Gesicht des Fabrikchefs noch das diskrete schwarz-weiß-rote Ordensband im Knopfloch imponierten. Der Bauer verlangte Wiedergutmachung des Schadens und Behebung der Ursache, nicht mehr und nicht weniger. Niemann, der nur gekommen war, um sich die Sache einmal anzuhören, im übrigen nichts zugestand und schon gar nichts zusagte, verließ die Sitzung mit einer gleichmütigen Miene, aber doch mit harten, eckigen Bewegungen. Draußen allerdings ließ er die Tür seines Automobils zum Zeichen seines Ärgers auter zufallen, als dies an sich nötig war.

Rethelsen war bei dieser Gelegenheit nicht voll zum Zuge gekommen. Das mochte daran liegen, daß Ibbecken zwar kein guter Redner, aber ein ausgezeichneter Kenner der Materie und ein zäher Verhandlungsführer war. Überdies hatte der Bauer von Ohlhamm eine gewisse Scheu, sich in dieser Sache zu exponieren, wenn er auch in seinen Reden kein gutes Wort an der Hütte ließ und sogar einmal Niemann als einen Verbrecher bezeichnete, aber dies war ihm nur herausgerutscht.

Die Kommission der Östringer Bauern erzielte unterdessen Zug um Zug Erfolge. Ibbecken brachte die Geschädigten zunächst dazu, einen Fonds zu bilden, zu dem er selbst mehr beitrug als eigentlich von ihm, dessen Verlust gering geblieben war, erwartet werden konnte. Eine anschließende Erhebung erbrachte, daß dem Bleiausstoß mit Sicherheit 107 Rinder zum Opfer gefallen waren, und schließlich mußte die Hütte offiziell einräumen, daß sie Blei aus ihren Schornsteinen in die Umgebung niederrieseln lasse, womit der Zusammenhang zwischen dem Tod der Rinder und der Bleiproduktion gesichert war.

Jetzt ging es eigentlich nur noch um die Höhe der Entschädigung — die Hütte konnte der vollständigen Niederlage nicht mehr entgehen!

Focko Umbsen schaute wie zufällig auf Ohlhamm vorbei, wo Elke Rethelsen Mist auf eine Schiebkarre forkte.

Die Begrüßung der beiden Schulkameraden war mehr formell als herzlich. Elke hatte für Focko nie sehr viel übrig gehabt, denn der war ihm zu brutal gewesen, aber neuerdings kam Umbsen ihm immer wieder in die Quere, besuchte ihn sogar gelegentlich auf dem Hof — so wie jetzt.

„Du machst Dich!" sagte Focko.

Elke brummte nur etwas in sich hinein.
„Ehrlich!“ bestätigte Focko nochmals, und er setzte nach einer kleinen Pause hinzu: „Jemand möchte Dich sprechen. . .“
„Wer?“
„Herr Direktor Niemann!“
Focko sagte dies so, als ob er Flügeladjutant des Großherzogs sei und die Einladung zu einer Audienz überbringe. Elke dachte an die gelbe Villa in dem großartigen Park westlich von der Hütte, dort, wo man die giftigen und beißenden Abgasschwaden nicht spürte, an die herrliche Freitreppe vor dem breiten Portal mit der geschwungenen Tür — all dies war ihm bislang unzugänglich gewesen wie ein verwunschenes Schloß, auch die rauschenden Festlichkeiten, die dort stattfanden und zu denen er nie eingeladen wurde — dort also?
Ja — dort!
Focko nannte einen Termin. Elke überlegte kurz, ob er sich zieren müsse, schließlich wollte ja Niemann etwas von ihm, und so sagte er seinem Schulfreund, daß er just dann schon etwas anderes vorhabe. Man einigte sich auf einen anderen Tag, eine andere Stunde, aber es sei dringend, betonte Bauer Umbsen nochmals, als er ging.
So kam es, daß Elke in dem schalldicht abgeschirmten Herrenzimmer des Direktors Platz nahm: ringsum dunkle Eichentäfelung und schwere Ledersessel; in einem mächtigen Bücherschrank einige Prachtbände mit Titeln wie „Pioniere der Wirtschaft“ und „Schätze unter der Erde“.
Ihm gegenüber das schmissige Gesicht Niemanns, rosig um eine schwarze Havanna herum lächelnd.
„Nett, Sie kennenzulernen, Herr Rethelsen“, sagte der Direktor freundlich-entgegenkommend, glatt, soweit es die vernarbten Wunden zuließen, dann schenkte er Cognac ein, schob dem Gast ein Glas über den Tisch, auch die Zigarrenkiste, nahm selbst einen Schluck —
„Auf gute Nachbarschaft, Herr Rethelsen!“
„Auf gute Nachbarschaft, Herr Direktor!“
Niemann begann zu plaudern. Vom guten Cognac (die Franzosen haben dieses Warenzeichen im Vertrag von Versailles für sich reklamiert — die haben an alles gedacht, die Burschen!), dann von Zigarren im allgemeinen und Havannas im besonderen, schließlich vom Geschäft, von guten Aufträgen, Marktanteilen, ja, da muß man mal bereit sein, mehr als sonst zu produzieren — und wenn die Kühe mehr Milch geben sollen, dann machen sie auch mehr Mist, so ist es doch, Herr Rethelsen, na denn Prost!
Der Direktor war entschieden guter Laune.
Nun, die Hütte sei natürlich bestrebt gewesen, die Ausschüttungen an Zink und Blei so niedrig wie möglich zu halten, denn schließlich wolle sie ja die Metalle verkaufen und nicht auf die Wiese streuen.
„Aber die Kosten, bester Herr Rethelsen, die Kosten! Die müssen doch in einem bestimmten Verhältnis zum Ertrag stehen — denn die Sache muß sich doch schließlich lohnen, das kann man unter Kaufleuten doch

wohl sagen!“
Niemanns Ton wurde vertraulich.
Natürlich verkenne die Hütte nicht die Probleme der Bauern ringsum und er habe ja auch versucht, die Sache im Geiste der guten Nachbarschaft zu regeln, aber dieser Ibbecken — naja, man soll über Abwesende nicht urteilen — doch unklug sei es schon, was der so mache.
Jetzt beugte sich der Hüttenchef etwas über den runden Tisch, um besser verstanden zu werden, obwohl er noch leiser als sonst sprach, denn Mächtige sind leise, dies wußte er.
„Überzogene Forderungen, bester Herr Rethelsen, bringen nur eines: einen fetten Prozeß, der Advokaten reich macht und sonst nichts bewirkt. Bedenken Sie das Risiko für alle Beteiligten — schließlich wird der gute Ruf dieser Firma in Zweifel gezogen, und das ist für uns ein, na sagen wir, ein sehr empfindlicher Punkt, ja, sehr empfindlich!“
Niemann lehnte sich zurück und sog an seiner Zigarre. Er beobachtete, während die Glut aufleuchtete, ob seine unterschwellige Drohung bei dem im übrigen schweigenden Rethelsen angekommen war, dann beschloß er, daß er diesen Punkt abhaken könne.
„Aber wir wollen ja keinen Streit, weder einen gerichtlichen noch einen außergerichtlichen. — Wir sind bereit, alles im Geiste guter Nachbarschaft zu regeln, bester Herr Rethelsen, und Sie können uns dabei helfen — ja, Sie! Ich habe nämlich von Ihnen gehört, fabelhaft, fabelhaft, wie Sie das machen — die Säle liegen Ihnen sozusagen zu Füßen! Und wenn Sie der Stimme der Vernunft Raum geben, ich meine, wenn Sie zum Frieden sprechen, auch, so wie wir, als Nachbar . . . wenn . . .“
Wieder beugte sich der Hüttendirektor vor und raunte über den Tisch, während Rethelsen sehr genau zuhörte, dann nickte und in die dargebotene Hand einschlug: Der Handel war perfekt.
Niemand wußte, um wieviel reicher der Bauer von Ohlhamm die Direktionsvilla der Hütte verließ, als er gekommen war. Überhaupt sah ihn niemand, ausgenommen Frau Alice Niemann, geb. de Fontenay, die just durch das Foyer trippelte, als sich der Bauer verabschiedete.
„Oh, Du hast einen Gast — willst Du ihn mir nicht vorstellen?“ flötete sie.
Niemann kam der Aufforderung mürrisch nach.
„Ah, der berühmte Herr Rethelsen“, lächelte sie süß-spitzbübisch von unten nach oben — „wie freut es mich, Sie hier im Haus zu sehen. Sie kommen doch wieder?“
Der Direktor bedeutete seiner Frau, daß sie Platz machen möge.
Rethelsen ging die Freitreppe hinunter und bestieg die Kutsche, während sie von der Höhe herab winkte und mit einschmeichelnder Stimme rief:
„Au revoir, Monsieur Rethelsen!“
In den kommenden Wochen stürzte sich Rethelsen in die Diskussion um die Bleihütte.
„Wir müssen uns wehren gegen den verdammten Bleiregen“, brüllte der

Bauer von Ohlhamm so laut in die Versammlungen, daß selbst Ibbecken die Hände zum Klatschen hob, sie aber wieder sinken ließ, als Rethelsen fortfuhr: „Wann tun endlich unsere Politiker etwas? Wozu haben wir sie gewählt?"
Dann sprach er vom Spatz in der Hand, vom mageren Vergleich, der immer noch besser sei als ein fetter Prozeß. Gleichzeitig stellte der bisher konsultierte Anwalt plötzlich einen Interessengegensatz fest und legte das Mandat nieder, und ein Ersatz-Anwalt fand sich nicht so schnell. Als schließlich ein neuer Rechtsbeistand zur Hand war, beurteilte dieser die Lage keineswegs mehr so aussichtsreich wie der alte, und schließlich kam das zustande, was Niemann wollte: Die Hütte zahlte zwar, aber nicht als Schadensersatz sondern aus reiner Nachbarschaft, als freiwillige Leistung, damit die Bauern zusätzlichen Dünger kaufen konnten – ein Rechtsanspruch war damit nicht verbunden!
Und natürlich war die Summe, die so fällig wurde, weit geringer, als die, die Ibbecken erreichen wollte.
Aber wer kümmerte sich noch um den?
Die Bleischadenskommission der Bauern tagte noch hin und wieder. Schließlich löste sie sich auf, weil offenbar nichts mehr zu regeln war, denn die Hütte zahlte das, was sie, aus freien Stücken und jederzeit widerruflich, versprochen hatte, pünktlich und ununterbrochen, so daß die Bauern sich an diese Zuwendung fast gewöhnten, so als sei es eine zusätzliche Rente.
Mochte der Ibbecken tönen, daß alle Landwirte an ihrem Recht verkürzt worden seien!
Elke Rethelsen, nunmehr Vorsitzender des Ortslandvolks, machte sich nicht einmal mehr die Mühe, auf diese Miesmacherei einzugehen, wenn er redete, und er redete oft und öfter in den rauchgeladenen Wirtshaussälen vor Landwirten, bald auch vor arbeitslosen Arbeitern, redete über die Zinsknechtschaft, über die Verschwörung der Juden und die Erhaltung der eigenen Rasse, über Blut und Boden und Bauerntum, redete über die Systemparteien und pries den Führer Adolf Hitler, den Erretter des deutschen Volks aus Schmach und Unglück, und dabei griff er mit der rechten Hand unauffällig zum Revers seiner Jacke, wo seit kurzem das kreisrunde Abzeichen mit dem Hakenkreuz prangte.
Die Arbeit auf dem Hof Ohlhamm machten inzwischen die Heinzelmännchen, vielmehr die beiden Knechte, die Rethelsen eingestellt hatte und bezahlen konnte.
„Den Rethelsen haben sie gekauft!" meinte Ibbecken zornig.
Er sagte dies einmal, vielleicht noch ein zweites Mal in befreundeter Runde in der Gastwirtschaft.
Dann fand man ihn eines Tages mit gebrochenem Nasenbein, übel zugerichtet, blutend, halb bewußtlos im Straßengraben. Focko Umbsen und seine SA-Männer seien das gewesen, sagte der Bauer.
„Der soll nachts von der Straße wegbleiben, wenn er in seinem Dunaß nicht rechts gehen kann!" höhnte Rethelsen.

Die Polizei nahm ein Protokoll auf; der Staatsanwalt in Oldenburg ermittelte gegen Unbekannt – und legte die Akte schließlich erleichtert zur Seite, als morgens die Zeitung verkündete:

HITLER ZUM REICHSKANZLER ERNANNT.

Das Verfahren wurde wegen Geringfügigkeit eingestellt – in Plekkateshem aber rief Elke Rethelsen dem Ibbecken zu:

„Jetzt haben wir die Macht – sieh dich vor!"

Mit breit vorgewölbter Brust ging der Bauer von Ohlhamm durch das Dorf – in der braunen Uniform der SA, gefolgt von Focko Umbsen, und ließ sich zackig grüßen:

„Heil Hitler, Ortsgruppenleiter!"

Denn dies war er.

Jud Lewenstein sagte: „Guten Morgen, Herr Rethelsen."

Aber Elke Rethelsen sah ihn nicht mehr.

XVI. Schweigen

Lulu schüttelte schüchtern den Kopf, wenn sie ihren Mann so sah: in seiner breiten Uniform mit Schulterriemen über dem Braunhemd, Breeches Stiefel an den Beinen und Schirmmütze auf dem Kopf, aber sie tat dies nur hinter seinem Rücken. Doch selbst wenn sie vor seinen Augen gelächelt hätte, so hätte Elke dies kaum bemerkt – er sah nämlich seine Frau kaum noch.
Das war schon seit langem so.
Noch im Krieg hatte sie ihr erstes Kind zur Welt gebracht, einen Sohn, den die Eltern, vielmehr Elke, auf den Namen Hergen taufen ließen – warum? Vielleicht, weil der Bauer noch mehr Nachkommenschaft erwartete und deshalb die traditionsreichen Namen wie „Karl" oder „Theodor" noch aufbewahren wollte – von Elke ganz zu schweigen. Der Junge hieß also Hergen und wuchs als rechter Wildfang auf, auskömmlich versorgt, was Essen und Kleidung anging – ansonsten so gut wie unbeachtet, denn Elke selbst, der Vater, hatte in den ersten Jahren genug mit seinen Spekulationen zu tun, während Lulu dem umfangreichen Haushalt vorstand.
Nach der Inflationszeit, als keine hungrigen Städter mehr kamen, um das Familiensilber gegen einige Kartoffeln einzutauschen, mußte auch Lulu mit zufassen – Elke dankte ihr nie, daß sie unter den Kühen saß, just wie die anderen Mädchen, und die ungewohnte Arbeit des Melkens verrichtete, bei der sie fast mit dem Kuhleib verschmolz, so klein und schmächtig war sie geworden, aber was half es? Elke hätte auch nie zugegeben, daß in dem Hausgarten etwa Arbeit stecke – und doch stand Lulu in jeder freien Minute darin, zupfte Unkraut, hackte den Boden locker, pflanzte und säte. Das begann, sobald der Frost aus dem Boden gewichen war und endete erst mit dem Schnee und, was Lulu nie gedacht hätte, es tat ihr gut: diese Arbeit in der schwarzen, krumigen Erde, dieses Eingehen auf das Leben der Pflanzen, vor allem dieses geduldige Zeithaben des Gärtners. Dies alles brachte ihr Ruhe und Zufriedenheit; dieses Fundament trug manches, so die immer häufigere Abwesenheit des Mannes, der seiner Frau keineswegs sagte, wohin er ging – schließlich konnte sie ja Zeitung lesen, dann diese furchtbaren anderen, ja, man muß schon sagen, Kerle, die in Stiefeln auf die Diele gedröhnt kamen, „Heil Hitler" brüllten, Schnaps soffen und dies schon am Morgen; Focko Umbsen beispielsweise und die anderen, bekannte Schläger darunter –
„Unsere SA!" sagte Elke stolz, als sie gegangen waren, aber Lulu fühlte, daß auch er sich dieser Truppe nicht ganz sicher war, überhaupt spürte sie, daß ihr Mann sich nicht so ungefährdet fühlte, als er sich gab, aber niemals, niemals! hätte sie ihm auch nur mit einer Silbe ihre Beobachtung mitgeteilt.
Wie gut, daß Louisa im Dorf lebte.
Und der Christoph Iben.

Die hatten ja nun geheiratet, und Iben war – nach einigem Schwanken – ebenfalls Pastor geworden, wie sein Vater, der allerdings längst nicht mehr sein Amt ausübte – er konnte zum Schluß die Kirche nicht mehr betreten: Platzangst, konstatierte der Arzt und riet zur Pensionierung. So zog der alte Kirchenrat Hans Iben nach Malente.
„Warum Malente in Holstein?"
„Da kennt mich niemand!" hatte er seiner Schwiegertochter in seltener Aufrichtigkeit gesagt. Anderen wußte er zu erzählen, daß das Haus, das er dort gemietet hatte, besonders preiswert sei. Was er nicht sagte, war, daß dieses klitzekleine Anwesen ganz hinterzu lag, kaum zu sehen von der Straße – und hier wohnte er, versorgt von seiner Frau, nach ihrem Tode von seiner Tochter – und verließ die vier Wände nicht mehr. Sein einziger Außenkontakt waren noch einige Brieffreunde, mit denen er über Goethe und Bach diskutierte, alles andere hatte für ihn keine Bedeutung mehr.
Ibens Nachfolger war Pastor Rauterberg gewesen – ein Sozialdemokrat, wie man meinte, jedenfalls ein Mann, der viel in der Siedlung der Hütte gesehen wurde und der auch wohl mal einen roten Schlips trug, auf jeden Fall an der sozialen Frage interessiert war. Man kann nicht sagen, daß die Bauern ihn vergraulten – sie nahmen ihn kaum zur Kenntnis – aber der neue Pfarrer hatte doch nach einigen Jahren das Verlangen, sich nach einer neuen Gemeinde umzusehen, und so zog er fort. Der neue Pfarrer hieß Dr. Ahrens – jawohl; er hatte den Doctor theologiae und verkehrte nur in höheren Kreisen! Direktor Niemann war des Lobes voll über diesen Mann, der so ungeheuer charmant beim Tee zu plaudern wußte und sich dabei als ein entschiedener Feind sozialistischer Ideen entpuppte: Der Kommunismus (und auch die Sozialdemokratie, das ist doch gleich!) sind die größten Feinde der Kirche! So pflegte er zu sagen, und daß er gleichzeitig gerne von der hehren und gottseligen Begeisterung der Augusttage von 1914 sprach, machte ihn in den Augen des Hüttendirektors noch anziehender. Dieser Mann sorgte dafür, daß die muffige, feuchte Pastorei in Plekkateshem – eine alte Bauerei – ersetzt wurde durch ein modernes Herrenhaus mit Heizung und Badezimmer und einer eigenen Trinkwasserversorgung, denn das Regenwasser wurde vom Ziegeldach aufgefangen, in Zisternen geleitet und dann – natürlich nach einer Filterung – verbraucht: Alles in allem ein Gebäude, das sich an Komfort fast mit der Villa der Niemanns messen konnte, wenn es darin auch keine Eichentäfelung gab, das nicht!
Nun machte dieser Pastor natürlich Karriere: Der Oberkirchenrat ernannte ihn zum Direktor der Inneren Mission, weswegen er nach Oldenburg umzog. Nachfolger des tüchtigen Dr. Ahrens wurde indessen der junge Pfarrer Iben, der nun mit seiner Familie die neue Pastorei bewohnte.
Elke Rethelsen, der zu diesem Zeitpunkt schon ein gesuchter, nationaler Redner war, aber noch nicht eindeutig Mitglied der NSDAP, machte zu diesem Ereignis ein süßsaures Gesicht. Natürlich luden er und Lulu

die Ibens zum Kaffee ein, dann waren sie Gäste in der Pastorei, und so ergab sich ein lockeres hin und her, das aber über gewisse formale Grenzen nicht hinauskam, denn Elke mißtraute seinem Schwager Christoph — und Christoph — verachtete Elke, ja, es muß gesagt werden: er verachtete diesen gespreizten Bauern von Ohlhamm, aber er versuchte, es nicht zu zeigen; nur manchmal vertrat er seine Ansichten, wenn Elke dabei war, schroffer, als er dies sonst zu tun pflegte.
Christoph Iben weckte Mißtrauen.
Nicht nur bei Elke Rethelsen sondern auch bei Direktor Niemann. Das begann damit, daß der neue Pastor offenbar bei weitem nicht so gerne die Einladungen in die Villa des Hüttendirektors annahm wie sein Vorgänger — er kam zwar, aber wie vorgeladen, und auch Elke hatte das Gefühl, daß Christoph es für wichtiger hielt, mit Männern und Frauen in der Siedlung zu sprechen als mit Niemann oder mit ihm oder anderen Leuten, auf die es doch letztlich ankam.
Und dann seine Reden!
Zwar mißbilligte er den Kommunismus durchaus und zeigte auch keine Sympathie für die Sozialdemokraten, aber er billigte doch dem KPD-Führer Emil Janßen so etwas wie subjektive Ehrlichkeit zu. Und wenn man ihn auf die Tscheka, die Zwangsarbeitslager in Sibirien und auf die Hungersnot in Rußland aufmerksam machte, dann sagte er wohl finster:
„Wartet man ab — das bekommen wir hier auch noch!“
Wir! In Deutschland!
Gewiß: Es gab Arbeitslosigkeit — und es gab das Heer der Ausgesteuerten, die von der Wohlfahrt leben mußten, und das bedeutete Hungern. Aber die Rettung war ja schon sichtbar, der Führer in eine bessere Zeit, nämlich Adolf Hitler, der von Gott dazu ausersehen war, das Schanddiktat von Versailles zu zerreißen und Deutschland wieder groß und mächtig zu machen.
So Elke Rethelsen am Kaffeetisch.
Und dazu Christoph Iben: „Gott ist Gott — und Hitler ist die Inkarnation des Teufels!“
Das war zuviel.
Das war einfach zuviel!
Rethelsen drückte sich vor weiteren Treffen mit seinem Schwager — nur Lulu machte noch von Zeit zu Zeit einen Besuch bei ihrer Schwester in der Pastorei, wenn es sich ergab, und sie ging auch mitunter in die Kirche, wo sie mit vielleicht einem Dutzend anderer Zuhörer in dem riesigen Raum saß, während oben an der Orgel der Lehrer und Organist Deodonatus Brumm zum ersten Choral präludierte.
Der Bauer auf Ohlhamm sah diese Verbindung zur Kirche mit Unbehagen — er wußte nicht, wie man in der Partei darauf reagiere, weswegen er ziemlich nervös wurde, als er bei einer Amtsträger-Tagung in Oldenburg vom Gaukulturwart Jann Mayer darauf angesprochen wurde. Aber nein, der Parteigenosse Mayer meinte es doch gar nicht so — ganz im

Gegenteil:
„Wenn wir den Pastoren dazu bekommen — sagen wir — eine Fahne zu weihen, dann stehen wir doch ganz anders da, nicht wahr?"
Rethelsen stammelte etwas von Friedhofsgemüse und jüdischer Religion, aber Jann Mayer machte eine wegwerfende Handbewegung:
„Natürlich alles deutsch: Wir wollen einen deutschen Gott und eine deutsche Religion, und Jesus war schließlich Arier, ist bewiesen, ist das klar!"
„Jawohl!" sagte Rethelsen mechanisch.
„Sehen Sie", nickte Jann Meyer, der sich verstanden fühlte, „da haben wir in Asmundeshem so einen freundlichen Herrn — der hat unsere SA-Fahne geweiht; vielleicht ist das nicht unser Freund, mag sein, aber er hat es doch getan, hat sich für die Ziele unserer Partei eingesetzt — und das im Namen des Vatersss und des Sohnesss und des Heiligen Geistesss — Amen!"
„Jawohl", sagte Rethelsen wieder, nun entschiedener.
„Wenn unsere guten Bürger das sehen, bekommen sie alle ein gutes Gewissen und wählen uns. Wollen wir Geld haben, dann geben sie was, denn sie denken, daß wir die Mächtigen von morgen sind, deshalb muß man sich mit uns gut stellen — die Haltung zuerst und dann die Gesinnung, denn die richtige Gesinnung bringen wir denen schon bei, wenn wir erst an der Macht sind, auch dem Herrn Pastor aus Asmundeshem, wenn er etwa anders gedacht als gesprochen haben sollte!"
„Jawohl!" sagte Rethelsen und sah sich entlassen.
Er ließ also die Besuche seiner Frau in der Pastorei zu und bemühte sich um Gespräche mit Pastor Iben, aber der war unerbittlich.
„Ich war an der Front, mein lieber Elke, aber wo war denn dein Gauwalter Zutschky!"
Elke wußte dies nicht. Iben klärte ihn auf:
„Im Großen Hauptquartier. In der Propagandaabteilung. Dein Gauwalter war das, was wir Frontsoldaten Etappenschwein nannten. Jemand, der sich hinten einen fetten Bauch machte — und nun hält er große Reden."
Der Bauer auf Ohlhamm zuckte mit den Achseln, denn was sollte er seinem Schwager antworten, der schließlich jederzeit sein Eisernes Kreuz hervorholen konnte, was er nicht trug — Kurt Zutschky übrigens auch nicht, aber der hatte keins.
Iben tröstete seinen Schwager.
„Das ist alles Politik — ich verkündige Gottes Wort und mache keine Politik, da will ich mich nicht hineinmischen — aber Ihr solltet mich an dem, was ich tue, nicht hindern."
Elke versicherte nun redselig, daß der Partei nichts ferner liege als das — im Gegenteil: Die NSDAP wünsche eine positive Religion, wolle diese mit allen Kräften fördern und suche deshalb die enge Zusammenarbeit mit deutschgesinnten Geistlichen — welche Partei bitte schließlich um Feldgottesdienste anläßlich von Parteiveranstaltungen?

Iben schüttelte den Kopf.
„Wenn Du deswegen gekommen bist, lieber Elke, so muß ich Dich enttäuschen — ich bin Christ und nicht deutschgesinnt. Vor Gott sind alle gleich — die Griechen und Juden, um mit Paulus zu sprechen; wir kennen keinen Nationalgott. Und was den Gottesdienst angeht, so lade ich Euch zum Gottesdienst ein, den ich sonntagsmorgens um 10 Uhr in der Kirche halte, da könnt Ihr kommen, aber bitte ohne Uniform und vor allem — ohne Waffen! Sag dies Deinem kommandierenden Gauwalter!"
Also nichts zu machen.
Und nun mußte Elke, nach der „Machtergreifung", gute Miene zum bösen Spiel machen. Auch Focko Umbsen fügte sich nur unwillig, als der Befehl kam, daß die SA — zur Kirche gehen müsse.
„Wir — zu diesem Leichenheini!" sagte Focko, aber nicht zu laut, nicht so, daß es Elke hörte, denn Gehorsam war das Fundament der Partei: Führerprinzip — jeder ein Führer, aber es steht immer einer über Dir, und über dem Führer Adolf Hitler steht die Vorsehung.
Sie gingen also zur Kirche. In Uniform. Aber ohne Waffen. Hörten sich das jüdische Gelaber an, während draußen — auch vom Kirchturm herab — die neue schwarz-weiß-rote Hakenkreuzfahne den Sieg der Nationalsozialisten verkündete.
„Sie haben endlich eine volle Kirche!" meinte Ibbecken in diesen heißen Wochen des Frühjahrs 1933 einmal zu Pastor Iben, den er unvermutet in der Laube seines Gartens fand — er ruhte sich hier von seiner Besuchsfahrt durch die Gemeinde aus.
„So lang as dat duert!" antwortete der Pfarrer zweifelnd. Und dann setzte er hinzu, indem er sich zunächst umschaute, ob auch niemand zuhörte (aber im Gebüsch steckte niemand):
„Den Emil Janssen haben sie abgeholt!"
„Ich weiß!" nickte Ibbecken.
Und der Bauer wußte noch mehr. Er kannte das Geheimnis der alten Festungsinsel Oldeoog, die einmal zu Kaisers Tagen im Watt aufgeschüttet worden war, damit einem möglichen Feind die Einfahrt in die Weser versperrt würde — nun verhallten in den feuchten und schmutzigen Kasematten tief drunten die Schreie der gequälten „Schutzhäftlinge", denn die SA hatte — als Hilfspolizei — das Fort zum Konzentrationslager gemacht. Wer Augen hatte, konnte die Versorgungsboote sehen, die tagsüber an der Insel anlegten — ein ganz unüblicher Betrieb, der auch nachts nicht aufhörte, denn dann wurden die neuen Häftlinge angelandet, mit Kolbenstößen eine Rampe hochgetrieben, rasch, rasch, eine steile Treppe hinunter und dann standen sie da, auf dem Grunde des Kessels mit den steilen ausgehöhlten Wänden ringsum, von außen nicht sichtbar, und draußen kündeten Schilder:
„Sperrgebiet
Lebensgefahr
Schußwaffengebrauch".
Das war keine Phrase, wie diejenigen erfuhren, die am Deich wohnten —

mitunter peitschten Schüsse über das Watt oder über das Wasser, mitunter ganze Maschinengewehrgarben: Dann war jemand versehentlich den Schildern zu nahe gekommen — die SA-Posten verstanden keinen Spaß.
Daß Ibbecken dies dem Pfarrer erzählte, war bereits ungewöhnlich. Denn man sprach nicht mehr miteinander. Es sei denn, man war allein, wie hier, und man vertraute sich. Aber sonst verstummte unter dem Knattern der Nazi-Fahnen, unter dem Marschtritt der SA-Kolonnen, unter den Fanfarenstößen der HJ ein ganzes Volk. Jedem saß die Angst vor dem KZ wie ein Kloß im Hals.
Schutzhaft.
Ein neues Wort, das alle Gedanken beherrschte.
Was war denn mit dem redseligen Zahnarzt Dr. Sonntag in Syassenssiel los? Sonst verbreitete er sich, während der Patient offenen Mundes vor ihm saß, gerne über die neuesten Ereignisse des Ortes und dabei fummelte er an den Zähnen herum, bereitete die nächste Attacke mit dem Bohrer vor — bitte nicht lachen, aber spülen, spülen können Sie — warum war der so stumm geworden?
Und der Hacke! Vor wenigen Monaten hatte er noch zu einer Kundgebung der Eisernen Front aufgerufen — und jetzt? Was tat er jetzt? Richtig — der Emil Janssen hatte mit einigen Getreuen, die Rote Fahne hoch, noch am Tage nach der Ernennung Hitlers zum Reichskanzler eine Demonstation gemacht, bis die SA kam und den Trupp auseinanderprügelte, und dann waren Flugblätter aufgetaucht, bei dem Janßen hatte man eine Schreibmaschine gefunden — was wollte der mit einer Schreibmaschine — staatsfeindliche Verleumdung und Hetze war das! und nun hatte man ihn abgeholt.
„Über Art und Dauer der Schutzhaft entscheidet die Geheime Staatspolizei", so hieß es offiziell. Und außerdem wurde verfügt:
„Wenn weitere Flugblätter gefunden werden, dann kommen noch mehr Kommunisten in Schutzhaft."
Hacke war niemals Kommunist gewesen, vielmehr Sozialdemokrat und Gewerkschaftsfunktionär, aber er hatte Angst, und deshalb hielt er still, verkroch sich in seine Wohnung, bis er irgendwo am Deich Arbeit fand — der war mucksmäuschenstill und sprach nicht einmal mehr über das Wetter!
Auch Ibbecken war normalerweise schweigsam. Die Prügel, die er einmal bezogen hatte, waren ihm eine Lehre gewesen. Er wußte, daß er bei dem geringsten Fehler ins KZ wandern würde.
Auch Iben war stumm geworden.
Zuerst hatte er gebrüllt.
Wie ein Feldwebel jagte er eines Nachmittags die wehrbegeisterten Konfirmanden durch den Pfarrgarten:
„In einer Linie vor mir angetreten!"
Denen wollte er zeigen, was es hieß, Soldaten zu sein.
„Stillgestanden!"

Wenn die von Soldatentugend faselten, dann sollten sie mal was erleben.
„Im Laufschritt – marsch linkszwodreivierlinkszwodreivier. . ."
Diese Weichkekse – reden von etwas, was sie nie erlebt haben.
„An den Horizont – marsch, marsch . . . und zurüüüück!"
Oberleutnant Iben, Frontkämpfer und Träger des Eisernen Kreuzes, zeigte den Jungens, was Sache war.
„Hinlegen – auf – hinlegen – auf – hinlegen – auf."
Schließlich war er ja mal Kompanieführer gewesen – Kompanie? Dreißig Mann waren übrig geblieben – von 200!
„In den Liegestütz – achtet auf meinen Daumen!"
Dreißig Mann nach dem Trommelfeuer von wieviel Tagen?
Wie soll man dieser Jugend deutlich machen, was das bedeutet:
Krieg!
„Aufhören!"
Iben brach resigniert die Übung ab. Weckte er nicht so gerade das, was er abblocken wollte – nämlich Begeisterung?
Begeisterung – für was?
Doch nicht für ein solches System!
Die Jungen kehrten schwitzend, aber mit leuchtenden Augen in den Konfirmandensaal zurück. Sie hatten ihren Pastor gründlich mißverstanden.
Iben machte solche Mätzchen nie wieder.
Er versuchte, das, was um ihn herum vorging, nicht zur Kenntnis zu nehmen – einfach das Evangelium zu predigen, aber nichts zu dem zu sagen, was Politik war: Weder zum KZ-Insel Oldeoog noch zu den Hitler-Bildern in der evangelischen Volksschule. Als der Gemeindekirchenrat beschloß, die neue Glocke auf den Namen des Führers und Reichskanzlers Adolf Hitler zu taufen, hatte er weder Kraft noch Mut, dazu „nein" zu sagen. Ja, auch Iben schwieg, obwohl er natürlich weiter redete, wie es seine Pflicht war. Es war, angesichts dessen, was sich um ihn herum abspielte, sozusagen ein schweigendes Reden, und das war schlimmer als ein redendes Schweigen.
Die Angst vor der unsichtbaren, aber allgegenwärtigen Geheimen Staatspolizei ließ die Menschen verstummen – denn wer war ein Spitzel? Wurden nicht die Kinder angehalten, über ihre Lehrer, ja, über ihre Eltern Bericht zu erstatten? Gab es nicht den Kollegen im Betrieb, der selbst davonzukommen suchte, indem er andere denunzierte? Und glaubte nicht mancher Beamter, sich eine Beförderung dadurch zu sichern, daß er besonders gute Beziehungen zur Gestapo unterhielt? Und welcher kleine Unternehmer dachte nicht schon mal daran, den lästigen Konkurrenten von nebenan dadurch auszuschalten, daß er etwas über die bis dahin nicht bemerkte unarische Großmutter mitteilte?
Stumm begegneten sich die Menschen im kleinen Laden, sonst eine Börse der Informationen aller Art; stumm fuhren sie mit der Eisenbahn – und mochten sie sich noch so gut kennen – wer saß denn im Nachbar-Coupé? Stumm stand man nebeneinander auf dem Schulhof,

wenn die Partei wieder einmal zur gigantischen Großkundgebung für den Führer aufgerufen hatte; dann waren sie alle aufmarschiert: Die SA mit Focko Umbsen an der Spitze natürlich, dann die Hitlerjungen in schwarzen kurzen Hosen und braunem Hemd, die Deutsche Frauenschaft, bei der Alice Niemann zur Führerin ernannt worden war, und die BdM-Mädchen in langen Röcken und weißen Blusen — sie alle standen unter den Fahnen und hörten — über Lautsprecher — den FÜHRER, die endlosen Heilrufe einer frenetischen Masse: EIN VOLK — EIN REICH — EIN FÜHRER — nur die Miesmacher standen abseits, wie der Ibbecken, und der Iben, der Kommunist Janßen sowieso, aber der saß ja im KZ und der Jude Lewenstein — wo war eigentlich der Jude Lewenstein abgeblieben? Niemand hatte ihn mehr gesehen, seit langem nicht — sein Geschäft hatte der Viehhändler Merck übernommen. Eines Tages hatte es im Blatt gestanden, nichts weiter, und Lewenstein selbst war ausgewandert? weggezogen? verschwunden? Niemand wagte, überflüssige Fragen zu stellen — daß der Jude fort war, hatte wohl seinen Grund.
„Hoffentlich emigriert", sagte Iben zu seiner Frau Louisa, und er sprach aus, was mancher dachte.
Unter dem Trubel der Feste und Kundgebungen, Aufmärsche und Gautage, in dem grauen Alltag der Dienste in der SA, der HJ, dem BdM, der NS-Frauenschaft, und wie die Organisationen alle heißen mochten, vollzogen sich in Plekkateshem und Syassenssiel bemerkenswerte Veränderungen.
„Reich der Arbeit und des Friedens", verkündeten die Bilder der Zigarettenreklame, die Pastor Iben für seine Kinder sammelte — wegen der bunten Bildchen. Man sah, wie der Führer Kinder tätschelte, Autobahnbaustellen eröffnete und Erntedanktage abhielt. In Plekkateshem bemerkte man anderes: Das KZ Oldeoog wurde aufgelöst — nicht weil die Geheime Staatspolizei darauf verzichtete, unliebsame Personen in Schutzhaft zu nehmen, sondern weil die Insel erneut armiert werden sollte. So verfrachtete man die Häftlinge an andere Orte — niemand wußte wohin — stattdessen rückte Marine-Artillerie an. Der nächste Schritt war der Ausbau der Frerichswerft zu einer Flugzeugfabrik. Wasserflugzeuge, so hieß es, sollten hier hergestellt werden, aber dann verließen bald die ersten Jagdmaschinen die Hallen. Und schon entstand eine neue Siedlung bei Eiswürden mit Mietskasernen im Viereck rings um einen großen Platz — im Mittelpunkt ein HJ-Heim mit besonders hoher Tür, damit die Jungzüge mit aufrechten Fahnen einrücken konnten. Schließlich trafen Arbeitsdienstmänner ein, die die Aufgabe hatten, den Groden vor Plekkateshem einzudeichen, hier sollte ein Flugplatz entstehen — denn wir fliegen gegen Engelland — ahoi!
Im Dorf lernte man inzwischen eine neue Form des Dienstes kennen: Luftschutz. Unter dem Kommando des Kaufmanns de Gode, den der Volksmund zum „General der Finsternis" beförderte, übten die Frauen und Männer von Plekkateshem, wie man Brände mit Hilfe von Sand und

Feuerpatschen bekämpft. Sogar die Attrappe eines Flugzeugswracks war eines Tages zu sehen, das dann angezündet wurde und dekorativ aufbrannte – schließlich würde ja im Krieg die eigene Flak nicht schlafen; und sie wurde nachgerade allgegenwärtig: im weiten Feld entstanden immer neue Feuerstellungen, Unterkünfte, geheimnisvolle Kommandotürme.
Elke Rethelsen, der Ortsgruppenleiter, sah diese Betriebsamkeit mit Mißtrauen. Zunächst war ihm die Masse der neuen Menschen, die in den Ort strömte, unheimlich – man kannte niemanden! Und dann kam noch etwas hinzu: Das bislang abgelegene Östringen wurde nicht nur zu einem Schwerpunkt der Rüstungsindustrie sondern auch sozusagen zu einem Frontabschnitt. Und dies bedeutete, daß auf ihm in besonderer Weise das Auge der Partei ruhte! Er war verantwortlich (glaubte dies zumindest zu sein) für die Stimmung der Bevölkerung – daß sich die Miesmacher nicht allzu breit machten und daß Saboteure und Spione rechtzeitig entdeckt würden! Er trug die politische Verantwortung – und war Schwager eines Pfarrers, mehr noch: Seine Frau besuchte das Pfarrhaus – zwar nur selten und fast heimlich – aber immerhin. Welch einen Eindruck machte dies auf die übrige Bevölkerung!
Inzwischen hatte die Partei nämlich ihre Bemühungen um die Gewinnung der evangelischen Kirche eingestellt. Die deutschgesinnten Pfarrer konnten, wie man feststellte, keinen Einfluß gewinnen, und die anderen beschränkten sich darauf, das Evangelium zu predigen, was doch auch hieß, daß sie sich weigerten, gegen die Juden aufzutreten und für die Aufrüstung, für den Anschluß Österreichs oder des Sudetenlandes oder die Errichtung des Protektorates Böhmen und Mähren oder was sonst gerade auf der Tagesordnung stand, zu predigen, denn – all dies beschäftigte die Pfarrer der Bekennenden Kirche, so nannten sie sich, recht wenig. Sie sagten, daß Christen Gott mehr gehorchen sollten als den Menschen, und Adolf Hitler sei ein Mensch, kein Übermensch, kein Messias, kein Erlöser – allenfalls Staatsoberhaupt, dem man als solchem Gehorsam schulde, nicht mehr.
Mit solchen Leuten ließ sich das neue Deutschland nicht aufbauen! Und mit einem Pfarrer aus dieser Clique verkehrte Lulu Rethelsen, geb. Hayessen!
Wenn sie wenigstens etwas über das verräterische Treiben Ibens berichtet hätte, wann beispielsweise die geheimen Rundschreiben kamen und in welcher Tarnung und ob er Verbindung zu Juden habe . . . aber Lulu wollte ihm weismachen, daß sie den Schwager überhaupt nicht sehe, mit Schwester Louisa aber nur über die Kinder, das Wetter, den Garten geredet habe.
Da erwies sich der Lehrer Deodonatus Brumm als zuverlässiger. Leider mißtraute Iben jedoch seinem Organisten und äußerte sich ihm gegenüber nicht mehr verfänglich, so sehr Deodonatus auch – auftragsgemäß – auf den Führer und die antikirchliche Politik der Regierung schimpfte.

Rethelsen äußerte seine Sorgen im Kreise Alter Kämpfer im Aldesser Hotel Lohmann. Dort brannte in einer getäfelten Halle mit schweren Deckenbalken ein offenes Feuer im Kamin, und darüber prangten germanische Runen, an den Wänden marschierten Soldaten der neuen Wehrmacht, Bauern ernteten reiche Garben, und Arbeiter bedienten mit markigen Händen Maschinen – und dies alles wurde geschützt von blauen Flugzeugen der Luftwaffe. Es war ein sakraler Raum, den Spitzen der Partei vorbehalten, die sich an dieser Stelle regelmäßig, beim „Heiligen Törf", wie man sagte, trafen, um im geselligen Kreis bei stets wachsendem Alkoholkonsum die alte Kameradschaft zu erneuern. Rethelsen traf natürlich auf Focko Umbsen, dann auf August Merck, der jetzt auch einen Milchhandel betrieb. Atze Pulle trat in diesem Kreise auf, ein mächtiger Mann, stets in Loden gekleidet – einer der ganz Alten, der noch der Ortsgruppe München angehört hatte, als die Partei nur aus einer Grundorganisation bestand; nach dem Putsch war er wieder dazugestoßen – man staunte ihn an wie ein Denkmal, wenn er durch die Tür trat mit seinen rotunterlaufenen Augen. Vor allem aber kam der Kaufmann Scholzen, neuerdings Inhaber der früheren Firma Bamberger und Co., Eisenwaren, die er dem Herrn Bamberger, als er auswandern mußte, abgekauft hatte, entgegenkommenderweise, denn sonst wollte ja niemand dies Unternehmen haben, und so sprang er halt ein – dieser Scholzen war als Kreisleiter der wichtigste Mann in dem Zirkel, denn er hatte in allen Zweifelsfragen das Ohr des Gauwalters. Sagte man. Gelegentlich fuhr noch ein Mann zu diesen Kameradschaftsabenden, den niemand kannte und der sich ganz selbstverständlich dazusetzte, etwas außerhalb des Feuerscheins, so daß man sein Gesicht nicht erkennen konnte – in schwarzer Uniform mit den SS-Runen auf den Kragenspiegeln: das genügte, um die übrigen Männer im Kreis von überflüssigen Fragen abzuhalten. Immer, wenn dieser schweigsame Gast da war, kam das Gespräch nur mühsam in Gang, allein Kreisleiter Scholzen versuchte, die anliegenden Themen anzusprechen. Die anderen gaben Antwort, wenn sie gefragt wurden, bis der Ungenannte sich erhob, zur Tür ging, diese hinter sich zuschnappen ließ ... man wartete: war er zum Pinkeln? – nein, draußen klappte eine Autotür, der Motor heulte auf – er fuhr davon, und man war wieder unter sich.
So war das am heiligen Törf.
Rethelsen gehörte normalerweise zu den Redseligsten, ja, er verstand es, auch die Verlegenheit zu überspielen, in die ihn die Anwesenheit des unbekannten Gastes versetzte, indem er erzählte, wie er einen HJ-Aufmarsch gerade jetzt Sonntag auf 10 Uhr angesetzt habe, wobei der Appell direkt vor der Kirche stattfand: Wie gut müssen die zackigen Kommandos unserer Fähnlein mit dem lahmen Gesabbere des Priemels zusammengepaßt haben: Still–ge–standen!!! Amen.
„Ist das nicht Ihr Schwager?" fragte Scholzen in das Gelächter der anderen hinein.
„Ja, leider!" gestand Rethelsen.

„Hm", machte der Kreisleiter vielsagend – und die anderen merkten auf. Ein solches „hm" konnte viel bedeuten. Oder auch nichts. Man wußte es halt nicht.
„Wir müssen den Fall beobachten!" sagte Scholzen nach einigem Schweigen – vermutlich mehr zu dem stillen Gast als zu den anderen.
Er sagte: Fall!
Meinte er den Fall Iben?
Oder meinte er den Fall . . . Rethelsen?
Elke verspürte Angst, erdrückende, erstickende Angst – Angst, die sich weder wegreden noch wegtrinken ließ.
Was sollte er tun?
Ortsgruppenleiter Rethelsen – Schwager eines Mitgliedes der Bekennenden Kirche!
Sollte er sich scheiden lassen?
Während er durch die Ländereien schritt und gelegentlich den Feldstecher hob, um nach den Kühen zu schauen, kamen die Flakstellungen in sein Blickfeld: Dort befanden sich achtacht-Geschütze und dort die schweren Fünfzehner und am Deich hinten gewahrte er die Dreisechser, die tieffliegende Maschinen abwehren sollten. Drüben konnte man die mächtigen Hallen des neuen Flugzeugwerkes ahnen, während das Kreischen der Loren, die Sand auf den neuen Flugplatz beförderten, die Luft erfüllte. Das Motorengeräusch eines gelegentlichen Flugzeugs, das Heulen der Lkw-Motoren – dies alles war die Ouvertüre zu dem neuen Krieg, der in der Luft lag; das wußte er wie alle anderen – und wenn der verloren wurde?
Rethelsen dachte jetzt sogar leiser, so groß war seine Furcht, daß er ertappt würde.
Wenn all dieser Spuk mitsamt den Uniformen, den Fahnen, den schneidigen Märschen, wenn all dies ebenso rasch verschwinden würde, wie er gekommen war?
Elke mußte an einen Witz denken, den ihm Deodonatus Brumm – natürlich zutiefst empört – aus dem Pfarrhaus mitgebracht hatte:
Göring kommt zu Hitler und sagt:
Adolf – ich habe etwas Schreckliches geträumt!
So? Was denn? Will Adolf wissen.
Adolf, ich habe geträumt, das vierte Reich sei angebrochen!
Aber Hermann, tröstet der Führer, das ist doch nicht so schlimm – dann stellen wir uns eben um!
Schon, schon, antwortet Göring, aber dies vierte Reich kam schnell, ganz wahnsinnig schnell, so schnell, daß sich nicht einmal die Lehrer umstellen konnten!
Umstellen!
Hatte Scholzen dem Juden das Eigentum nicht abgekauft und ihm so die Ausreise ermöglicht?
Versteckte sich der Unbekannte in dem Aldesser Kreis nicht hinter seiner Uniform?

„Wenn ich es recht bedenke. . ." murmelte Elke. Er sprach nicht weiter, weil er befürchtete, daß man ihm klammheimlich ein Mikrophon in die Hose praktiziert habe, denn was er hier mit sich abzumachen hatte, wühlte ihn zutiefst auf.
Woher nahm der Iben seine Sicherheit – gut, der war Christ und schied aus, aber Ibbecken? der junge Hayessen? und der abgetakelte Theodor Tantzen – sie alle ohne Macht und Einfluß und doch . . . – warum?
„Gut!" Elke machte kehrt – er hatte sich entschieden. Wenn er sich von seiner Frau scheiden ließe, dann würde er die letzte Brücke abbrechen, die ihn noch mit den anderen verband und über die er im Falle einer „Umstellung" vielleicht flüchten konnte. Und die Partei? Wenn die Partei ihm diese Trennung auferlegen würde? Zwar – mit der arischen Großmutter, ja Urgroßmutter, da stimmte alles, aber was bedeutete das in der Politik, die ja jetzt in privateste Bereiche eingriff – Rethelsen brütete über dem Problem – nicht daß ihm an seiner Frau noch etwas lag, das nicht, aber – die Gedanken kreisten – da kam ihm der rettende Gedanke, ein Satz des Gauwalters Zutschky fiel ihm ein, oft herausgebrüllt in trunken-sieghafter Laune: „Ehre die deutsche Mutter und schaffe keine Martyrer!"
Mutter! Seine Frau mußte Mutter werden, einen Sohn gebären – den Hoferben, nach dem Gewohnheitsrecht der Marsch, das dem Jüngsten den Vortritt ließ – würde die Partei einem Erbbauern die Mutter nehmen? Sicherlich nicht so leicht, nicht so rasch – man würde Zeit gewinnen – Zeit – vielleicht, daß . . .
Aber ein Schnitt mußte gemacht werden, damit nicht aus dem Fall Iben ein Fall Rethelsen werde: Er würde seiner Frau verbieten, die Pastorei jemals wieder zu betreten – und sie mußte diesen Befehl befolgen!
Elke war wieder auf Ohlhamm angekommen, und er traf seine Frau nicht an.
Sie sei in Plekkateshem, sagte die Mamsell.
Bei Ibens?
Schon möglich! war die Antwort, die, wie der Bauer meinte, etwas schnippisch kam, und so begann er seine Wut aufs Feuer zu setzen, sie langsam aufzuheizen, bis sie sprudelnd wie ein Vulkan kochte, nun salzte und pfefferte er das Gebräu, bis es die richtige Schärfe hatte, und just da kam die nichtsahnende Lulu nach Hause. . .
Als das Kind geboren wurde, hieß es, der Mutter ginge es nicht sehr gut – auch der Junge, der unter dem Namen Elmar Rethelsen auf dem Standesamt registriert wurde, schien schwächlich zu sein. Mitten in der Nacht klingelte in der Pastorei das Telefon, Rethelsen war am Apparat – mit erstickter Stimme flüstere er fast in die Muschel:
„Christoph – tut mir leid – aber Lulu, Lulu gehts nicht gut, und das Kind stirbt – meine Frau möchte – möchte, daß Du die Nottaufe vornimmst . . . kannst Du?"
Iben sagte zu und griff nach dem stets bereitstehenden Koffer mit dem

liturgischen Gerät, setzte sich auf sein Fahrrad und fuhr nach Ohlhamm.
Es mußte wirklich schlimm um Lulu und das Kind stehen, wenn der Ortsgruppenleiter selbst nach ihm rief — nach all den Monaten der Stille, des Ausweichens, der Verweigerung.
Vor der Grotdöör blakte eine Lampe, und im Stall war Licht. Die Glastür im Zwischengang war offen — sie mußten hinten im Saal sein — Iben ging durch die Diele, öffnete die Saaltür — und da:
ein Tusch mit dem Akkordeon, rotglänzende, besoffene Gesichter platzten vor Heiterkeit über den gelungenen Witz, und Elke Rethelsen, dick und behäbig, mitten an einer Tafel, bewaffnet mit Messer und Gabel, einem Riesenmesser und einer Riesengabel, lachte mit, befahl dann Stille, wies auf das rosige Spanferkel in ihrer Mitte:
„Schau, Christoph, Dein Täufling!"
Wieder schallendes Gelächter unter den Besoffenen, das den verhöhnten Pfarrer durch die Diele und durch den Stall verfolgte bis hin zu seinem Fahrrad. Wütend, beschämt fuhr Iben davon. Das unbeleuchtete Auto unter den Linden hatte er nicht beachtet. Noch viel weniger den schwarzuniformierten Mann am Steuer, der dem Pfarrer aufmerksam nachsah.
Vielzusehr horchte der einsame Radfahrer auf den neuen Ton, auf die auf und abschwellende Melodie der Sirenen im Land, und er schaute nach den Leuchtfingern der Scheinwerfer, die den Himmel absuchten.
Übung?
Krieg?
Wer hielt dies noch auseinander?

XVII. Kastanien

Das war der dritte Krieg, den Dietrich Hinrichs – genannt „de ol Diederk" – erlebte; und in keinem war er Soldat gewesen!
Damals, als das oldenburgische Infanterie-Regiment gegen Frankreich zog, war er noch so klein gewesen, daß er sich an nichts erinnerte, an reineweg gar nichts mehr: weder an den Auszug der wenigen jungen Männer, die zu den Fahnen eilten noch an die würdigen Soldaten des Landsturms, die auf dem Deich Wache hielten – ob die Franzosen etwa einen Landungsversuch unternähmen, denn in der Nordsee hielt sich damals ein französisches Geschwader auf, das man aber an der Küste nicht zu Gesicht bekam.
Schon nach wenigen Monaten war Friede.
Aus dem Dorf war – gottseidank – niemand gefallen, so daß man das Denkmal mit den Marmorplatten und dem Eisernen Kreuz obendrauf, den tapferen Kriegern widmete. Der Krieg hatte auch die alltäglichen Verrichtungen im Dorf nicht unterbrochen: Man hatte gesät und geerntet, verkauft und gekauft, gearbeitet und gefeiert wie immer, denn das, was dort in Frankreich geschah, war weit, nun ja, es gab jetzt einen Deutschen Kaiser, aber in Berlin – achdumeinegüte! – in Berlin! Für Diederk war Oldenburg schon unfaßbar weit – und da mußte er hin, als er 18 Jahre alt war, um seine zwei Jahre abzudienen.
Er tat dies in der gottergebenen Gelassenheit, die ihm damals schon eigen war als ein Mann, der mit sich und seinem Schicksal nicht haderte, vielmehr das annahm, was ihm bestimmt war – und so wurde er nach der Schule widerspruchslos Kleinknecht auf einem der Höfe in der Umgebung von Plekkateshem und jetzt Soldat – denn man los!
Über die Zeit in der Kaserne am Pferdemarkt ist wenig zu berichten. Die Soldaten erlernten den Parademarsch, um beim Geburtstag des Großherzogs und des Kaisers richtig auftreten zu können, und sie erfuhren auch, wie man Offiziere vorschriftmäßig grüßt. Das war schon mal wichtig. Dann bekamen sie Gewehre in die Hand und übten das Schießen. Zwischendurch gab es lange Märsche, Turnstunden, endlos langweilige Wachen vor der Kaserne, vor irgendeinem Palais, vor dem Zeughaus – überall mußte etwas bewacht werden. Ol Diederk machte das alles mit, auch das Abschiedsfest, bei dem der Hauptmann jedem Soldaten einen Bierhumpen und eine Pfeife mit den oldenburgischen Farben und den Namen aller anderen Soldaten der Korporalschaft überreichte. Die Gegenstände waren nicht etwa geschenkt worden – weit gefehlt: Die Pfennige, die für diese Anschaffungen notwendig waren, wurden jedem Mann, der natürlich freiwillig zugestimmt hatte, während der Dienstzeit vom Wehrsold abgezogen!
Beim letzten Appell auf dem Pferdemarkt hielt der Oberst eine Rede.
„Soldaten!
Ihr kehrt nun in Eure Heimat zurück – als Männer!
Und als Soldaten Seiner Majestät, denn von jetzt ab ist es Eure Pflicht,

wenn das Vaterland Euch ruft, dasselbe mit Eurem Leben zu verteidigen.
Wir wollen alle hoffen, daß uns der Friede möglichst erhalten bleibt. Aber auch im Frieden denkt daran, daß Ihr Soldaten seid.
Wenn Ihr nach Oldenburg zurückkehrt, dann würde ich mich freuen, wenn ich Euch wiedersehen würde – jeden von Euch: Und ich hoffe, daß Ihr mir in die Augen sehen könnt als ehrliche Soldaten, die auch im täglichen Leben ihren Mann stehen!
Ihr müßt Euch nun Arbeit suchen.
Wer keine findet, kann sich an mich wenden – ich werde mich um Arbeit bemühen!
Aber, Kinder, was auch immer jetzt geschieht – haltet Euch fern von der Sozialdemokratie!
Möge niemand von Euch zu den Feinden unseres Vaterlandes überlaufen.
Macht nicht, daß ich schamrot werden muß, wenn ich einen von Euch sehe, weil ich erfahren habe: Der ist Sozialdemokrat!
So, Kinder, und nun: Gott befohlen!"
Das war die Rede des Obristen.
Diederk kehrte nach Plekkateshem zurück und fand das Dorf kaum verändert – im Gemeinderat begann man über den Neubau der Schule zu diskutieren, weil die Kinder in dem alten Haus keinen Platz mehr fanden . . . und weil man eine zweite Klasse einrichten wollte. Bei einer Inspektion hatte sich gezeigt, daß in dem alten, muffigen Klassenraum nicht alle schulpflichtigen Kinder – immerhin über 100 – Platz fanden. Bislang war das nie aufgefallen, weil eben soundsoviele mehr oder minder entschuldigt zu fehlen pflegten, damit zwar in dumpfer Unwissenheit verharrten, aber den eifrigen Kindern doch wenigsten eine Chance gaben. Da aber die Regierung diesen Zustand nun für unerträglich ansah, mußte eine zweite Lehrerstelle bewilligt und ein neues Schulhaus errichtet werden. Das war für Diederk alles hohe Politik. Er kümmerte sich um eine Arbeitsstelle und fand auch rasch eine, da er als fleißig, zuverlässig und anstellig bekannt war. Sozialdemokraten gab es in Plekkateshem nicht, und so kam der ehemalige Soldat in dieser Hinsicht nicht in Versuchung –
Es wäre auch zweifelhaft gewesen, ob er die Sozis überhaupt verstanden hätte, wenn er ihnen begegnet wäre, denn Diederk lebte in einer anderen Welt, die ganz geprägt war vom Wachsen und Gedeihen ringsum, vom Geborenwerden und Sterben, eingebettet in eine ungestörte Natur, in der alles und jedes seinen ihm zukommenden Platz hatte – sein Platz war vorerst im Stall des Bauern Ilksen, wo er für die Nacht einen Verschlag im Heu hatte, und tagsüber arbeitete er ja sowieso – was wollte er also mehr? Diederk hatte zu sich und zur Welt ringsum ein statischsachliches Verhältnis: Er nahm alles hin, ob Freude oder Leid, und überließ das „warum" und „wohin" dem allmächtigen Gott. Genau diese Haltung machte ihn bei den Honoratioren des Ortes beliebt, aber

auch unheimlich, denn einerseits war er zuverlässig kein Revolutionär, aber auf der anderen Seite vertrat er eine gewisse urtümliche Religiosität — und er war von keiner Moral beleckt.

Was die Religiosität anging, so achtete er streng darauf, daß im Herbst eine Garbe des Getreides auf dem Feld blieb und daß bei der Obsternte ein letzter Apfel am Baum hängen gelassen wurde. Ja, noch mehr: Er weigerte sich standhaft, Erbsen, Kirschen und was es auch war, mit Netzen, Klappern, Vogelscheuchen vor Schädlingen zu schützen, denn, dies seine Ansicht, der Mensch müsse so viel anpflanzen, daß für die Vögel auch noch was bleibe. Diese Fürsorge hinderte ihn nicht daran, jedes Huhn, dessen er habhaft werden konnte, ungerührt zu schlachten. Und als eines Tages bei einer Sturmflut ein herrlicher Fasan angetrieben wurde, konnte ihn die Großmutter Iben — damals eine junge Frau — nur mit Mühe daran hindern, das Tier, das sich erschöpft widerstandslos fangen ließ, sofort zu töten. Daß dies sein Recht sei, war ihm selbstverständlich, und deshalb kannte er keinerlei Sentimentalität.

Und nun die Moral!

Es muß gesagt werden: Die Sexualethik Diederks entsprach etwa der des Hahns auf einem Hühnerhof!

Im ganzen Dorf wurden ihm auf diesem Gebiete ungeheure Taten nachgesagt. Es gab einige, die meinten, daß Diederk nur deshalb so mäßig, fast gar keinen Alkohol trinke, um sich nicht um das Vergnügen zu bringen, das er sich regelmäßig nach dem Jahrmarkt oder im Anschluß an Vereinsfeste mit einem willigen Mädchen im Heu zu verschaffen wußte, wobei man es zunächst seiner Jugend zugute hielt, daß er in der Liebe geradezu unersättlich war; aber leider muß man sagen, daß er nach seiner Verehelichung mit der braven Henriette Spohler sein Verhalten kaum änderte.

Nun brachte Henriette in den üblichen Abständen Kinder zur Welt, woraus die neugierige Umwelt schließen konnte, daß Diederk im eigenen Bette nicht untätig war, aber dies hinderte ihn keineswegs am Seitensprung. Ja, als seine Ehefrau längst auf dem Friedhof lag und er schon fast als rüstiger Rentner jenseits von Gut und Böse war, ereignete sich noch folgende Geschichte:

Tante Guste, eine attraktive Witwe, bewirtschaftete ein kleines Anwesen — und nun war Heuernte, da brauchte sie Hilfe. Ol Diederk — nun verdiente er den Namen — war gern bereit:

Aber nein, Guste, dafür nehm ich doch kein Geld!

Was er dann wirklich wollte, ließ Tante Guste weder erröten noch zögern, und so mähte denn Ol Diederk mit kräftigen Strichen das Heu, während ihm der Dorftischler Ottchen Schlau, Erfinder des Perpetuum Mobile, tüchtig zur Hand ging, was Ol Diederk nicht weiter verwunderte. Das Heu war schließlich unter Dach und Fach — und unser Freund machte sich nunmehr auf — gewaschen und gekämmt — um bei Tante Guste den Gegendienst einzufordern.

Indes: er kam zu spät.

Im Heu traf er nicht nur die Witwe an – sondern auch den tüchtigen Ottchen Schlau.
Diederk war empört.
Als am darauffolgenden Sonntag der nichtsahnende Erfinder – im feierlich-schwarzen Sonntagsanzug – von Syassenssiel zurückkehrte, wo er sich über ein Medium mit seiner verstorbenen Frau unterhalten hatte – als der in Gedanken versunkene Tischler also den Deich entlang kam, stand plötzlich Ol Diederk vor ihm, zornrot, und hielt ihm seinen Verrat vor.
Otto versuchte, sich zu rechtfertigen, was ihm nur stotternd gelang, denn er war in Gedanken noch bei seiner Frau, die wohl freundlicher mit ihm geredet hatte, als jetzt Diederk:
Du Bock!
Du Rabenaas!
Du Swien!
Du Dussel!
Und dann war es dem Tischler genug. Er schlug mit der Faust gegen Diederks Schulter, der aber, schon im Fallen, seine Säbelbeine kreisen ließ, so daß beide den Deich hinunterkollerten bis sie unten auf der Straße liegenblieben – das halbe Dorf stand drumherum und amüsierte sich!
So kam diese Geschichte heraus.
Aber wieviel hätte das Heu noch erzählen können!
Diese lebenslang bewahrte Untugend, die in der Jugend natürlich noch viel krassere Formen hatte, wäre fast ein Grund gewesen, den Knecht Diederk nicht in den Dienst der Kirche zu nehmen. Als die Stelle des Gemeindedieners vakant geworden war, hatte Dietrich Hinrichs gerade seine beiden Eltern verloren – kurz hintereinander – was ihm das allgemeine Mitleid einbrachte – und als Erbe die elterliche Kate auf der Dorfwurt. Beides – die Tatsache, daß er Waise geworden war und daß er in der Nähe der Kirche wohnte – sprach dafür, Diederk mit dem Amt des Küsters zu betrauen – hinzu kamen seine bekannte Zuverlässigkeit und Treue, dann war dem Kirchenrat sehr angenehm, daß er nicht einmal wußte, was Sozialdemokratie sei, und es stand auch nicht zu erwarten, daß er jemals mit dieser gottlosen Bewegung liebäugeln würde – nun, und das andere würde sich, so hoffte man damals, mit fortschreitendem Alter geben, kurz und gut: Dietrich Hinrichs wurde von der Kirchengemeinde Plekkateshem als Küster und Kuhlengräber angestellt.
Diederks Weg führte von nun an regelmäßig morgens, mittags und abends von der heimischen Kate, an den mächtigen Kastanien vorbei durch das Torhäuschen aus der Dänenzeit auf den Friedhof und zur Kirche – hier gab es immer was zu tun: Da waren die Wege zu harken, im Herbst mußte Laub zusammengefegt werden, und im Winter hatte er Schnee zu fegen. Diederk mußte natürlich die Gräber ausheben, was bei Frostwetter mit der Spitzhacke geschah. Regelmäßig – mittags und abends – läutete Diederk die Betglocke: Mit schwerem Schlag verkün-

dete sie den arbeitenden Menschen der Gemeinde, daß nun Mittagszeit oder Feierabend sei. Und sonntags mußte er Stunden vor dem eigentlichen Gottesdienst die großen Öfen heizen, die neuerdings in der Kirche standen — riesige gußeiserne Säulen, die wenigstens die Illusion von Wärme gaben — dann die Glocken läuten, damit der Beginn des Gottesdienstes angezeigt wurde, und schließlich, wenn drinnen der Pastor laut das Vaterunser sprach und die Gemeinde murmelnd mitbetete, neunmal die große Glocke anschlagen, neunmal — nicht mehr und nicht weniger, denn neun Bitten zählt das Vater unser. Diederk erreichte dies mit Hilfe von neun Hölzchen, die er neben dem großen Seil auf einem Brett liegen hatte. Wenn es so weit war, schlich er sich aus der Kirche in den mächtigen Turm, stieg mit einem Fuß in die Schlaufe, in die das Glokkenseil auslief, und zog sich mit seinem ganzen Gewicht hoch —
BUMMMmmm m m
dröhnte es hoch oben, so daß die fast zwei Meter dicken Mauern des Turmes zu vibrieren schienen, dann verklang der Ton mehr und mehr, bis nur noch ein ganz leises Summen zu vernehmen war — Diederk hatte inzwischen ein Hölzchen beiseitegelegt und nun stieg er wieder in die Schlaufe
BUMMMmmm m m
so dröhnte es erneut in der Glockenstube, verkündete die schwere Glokke die nächste Bitte des Vaterunsers der Marsch wie schon seit vielen hundert Jahren so auch an diesem Sonntag und am nächsten und am übernächsten — bis an das Ende der Tage?
Als der nächste Krieg kam, war Ol Diederk inzwischen zu alt, um noch ins Feld zu rücken. Aber er sah die anderen, die bedrückt, verabschiedet von der müde winkenden Mutter und von der trotzig-gefaßt dreinblikkenden Ehefrau, mit dem Zug davonfuhren, während die Familie, der nun der Ernährer und Beschützter fehlte, zurückblieb, oft genug in bitterer Not verkam.
Und er erlebte, wie der alte Pastor Iben, dessen beide Söhne, Hans und Christoph, ebenfalls im Feld standen, immer stiller wurde, immer gebückter dahinschlurfte, kaum ansprechbar. Manchmal redete er mit dem Kirchendiener:
„Der Cordsen hat geschrieben. Schauen Sie!"
Und Ol Diederk las:
„Meine Frau schreibt mir, daß sie und die Kinder keine Kohlen mehr haben und auch kein Holz. Ich stehe hier bei 20 Grad Kälte im Schützengraben, das macht mir nichts aus, aber ich ertrage es nicht, wenn ich weiß, daß meine Kinder und meine Frau frieren . ."
„Ja, das ist so", sagte Diederk, der die Cordsens natürlich kannte — redliche Arbeitsleut waren das, alles was recht ist.
„Wie vielen geht es so", brummte Iben, schon im Davongehen.
Und Diederk läutete zweimal am Tag die Glocken, sonntags nochmals zusätzlich zum Gottesdienst und dann beim Vaterunser neun schwere Schläge — und immer galt ein Schlag der Bitte:

„Unser täglich Brot gib uns heute!“
Er schaufelte die Gräber aus – für die Alten und für die Jungen, auch für den kleinen Dirk Cordsen, der – laut Totenschein – an irgendwas gestorben war, aber Diederk wußte, weswegen er dem kleinen Jungen hier das letzte Bett bereitete: Der Hunger – keine Milch mehr, keine Kartoffeln – doch das war nicht amtlich!
In der Siedlung stand es schlimm.
Um die Kate des Küsters herum sah es besser aus: Da wuchsen Kartoffeln und Kohl, pickten Hühner im Mist, den die Schweine und die eine Ziege reichlich lieferten – wer eine kleine Landwirtschaft hatte, brauchte auch in diesen schweren Zeiten kaum etwas zu fürchten – allenfalls die Kälte, denn Feuerung war natürlich knapp, Torf und auch Kohle, aber tagsüber arbeitete man sich warm und abends zogen sich Diederk, seine Frau und die Kinder die Decken weit über die Ohren.
So überstand er den Krieg – glücklicher als mancher andere, aber auch bei Ol Diederk hatte sich die Stimmung verändert. Man habe jetzt eine Republik sagte man ihm, doch das verstand er nicht – aber er erfuhr, wie die anderen, daß die Mark nichts mehr wert war – und er sah, wie an der Batteriestraße die Mietskasernen des Kaufmanns de Gode, genannt Jan Wichtig – weil er jedem Verein im Dorf angehörte und natürlich auch jedem Vorstand – wie also die dreistöckigen Klötze dieses plötzlich wohlhabenden Mannes in die Höhe wuchsen, die die übrigen bescheidenen Katen weit überragten, und Diederk vor allem die Sicht auf Kirche und Kastanien versperrten.
Das war neu!
Immer, so weit er zurück denken konnte, hatte er vom elterlichen Hause aus den schiefergedeckten Kirchturm von Plekkateshem und die mächtigen Kastanien davor gesehen, die seit über 100 Jahren emporwucherten. Jetzt, wo sich die Stadthäuser zwischen die heimische Kate und seinen Arbeitsplatz geschoben hatten, wurde ihm erst bewußt, welche Pracht sich jeweils zu Füßen der Kirchwurt entfaltete, vor allem im Frühjahr, wenn die schwarzschattenden Bäume über und über mit weißen Blütendolden übersät waren – bis hin zur höchsten Spitze, und dahinter der blauschwarze Turmhelm, über allem der Himmel, blau mit weißen Wolkengebirgen – es gab Menschen, die dies Bild fotografieren wollten, aber was dabei herauskam, entsprach nicht der Wirklichkeit. Nicht besser erging es den Malern, die sich mit ihrer Staffelei vor der Blütenpracht aufbauten – das Original ließ sich nicht kopieren. Ol Diederk empfand, ohne sagen zu können, weshalb dies so war, Befriedigung darüber, daß ihm seine Kastanien nicht genommen wurden – daß sie nicht verfügbar, handhabbar wurden, einzige Schöpfungen blieben, menschlicher Phantasie unzugänglich – und waren doch so gewöhnlich!
Die Kastanien trösteten ihn in einer Welt, in der er sich nicht mehr zu Hause fühlte – die ihn arg bedrängte. Da blickte er ja nicht nur auf die Mietskasernen im Dorf mit ihren brutal-schwarzen Brandmauern – in

der Ferne stiegen die Rauchwolken der Zinkhütte empor, giftige Dämpfe, wie man sagte — und was dann noch dazukam: Das Neue wuchs frech empor und das Hergebrachte wurde schwach wie der alte Iben, der aus einer unerklärlichen Angst heraus die Kirche nicht mehr betreten konnte, sich deshalb pensionieren lassen mußte und nach Holstein verschwand — ein unbegreifliches Ende, wie Diederk fand. Dann folgten neue Pfarrer, in raschem Wechsel, bis der junge Iben gewählt wurde — und der zog schon in die neue Pastorei ein, die so gar keine Ähnlichkeit mit dem ehrwürdigen Bauernhaus hatte, in dem der Kirchenrat noch alt geworden war.
In dieser Unruhe hielt sich Ol Diederk an sein Gesangbuch. Es war das einzige Buch, das er besaß. Der alte Jüchter hatte es ihm zur Konfirmation geschenkt, weil die Eltern keins kaufen konnten, und Diederk hatte sich damals überhaupt nicht gefreut. Es lag halt herum, bis er Küster wurde und er gewohnheitsmäßig das Buch mit zur Kirche nahm, wenn Gottesdienst war: so wurde ihm diese Sammlung altertümlicher, ihm nur halb verständlicher Choräle mit den feierlichen Noten drüber immer wichtiger. Und als der alte Iben fortzog, nahm er sich ein Herz und bat den Kirchenrat darum, einen Spruch in das Buch zu schreiben. Der Pfarrer schrieb: „Wie lieblich sind Deine Wohnungen, Herr Zebaoth." Ol Diederk nickte dazu, und der alte Iben hatte für einen Augenblick das Gefühl, daß er durchschaut und verstanden worden sei. Der Sozialdemokrat Rauterberg trug diesen Vers ein: „Gott ist die Liebe. Und wer in der Liebe bleibt, der bleibt in Gott und wir in ihm." Ol Diederk bedankte sich artig, aber als er alleine war und den Spruch nochmals überlas, zuckte er kaum merklich mit den Achseln. Dr. Ahrens nahm das Buch würdevoll entgegen, las die Sprüche seiner Vorgänger, nickte und setzte dann in markiger Handschrift dazu: „Ein feste Burg ist unser Gott." Und so weiter. Ol Diederk fand an seiner Sammlung inzwischen Gefallen und bat jeden, der in „seiner" Kirche predigte, um eine Eintragung, und so geriet denn eines Tages auch folgende Entgleisung auf die Seiten dieses Gesangbuches: „Wer irgendetwas tut, das Christentum herabzusetzen, begeht ein Hochmutsverbrechen gegen die Zivilisation der Menschheit." Dies hatte, so die Erläuterung, der englische Historiker Macauley gesagt, aber das war Ol Diederk egal — seine Gedanken gingen andere Wege und welche, das wurde offenbar, als der junge Iben seinen Küster einmal fragte, was er denn von der Predigt eines Kollegen halte, die er eben gehört habe. Ol Diederk schloß bedächtig die Kirche ab, denn dies war stets seine letzte Amtshandlung an einem Sonntag nach dem Gottesdienst, und sagte dann sehr bestimmt:
„De regt mi jo nich up!"
Christoph Iben mußte noch lange über diese merkwürdige Antwort nachdenken, und ihm schien es, als ob Ol Diederk hier die ganze vielbändige Existentialtheologie in einem kurzen plattdeutschen Satz zusammengefaßt habe. Vielleicht dachte er auch zu viel in diese wenigen Worte hinein — niemand weiß das, denn weiter hat sich der alte Kuhlen-

gräber nicht geäußert.
Das Leben von Ol Diederk floß ebenmäßig dahin: Seine Frau starb — von ihrem Mann tief betrauert, obwohl er sie, an bürgerlichen Maßstäben gemessen, nie sonderlich gut behandelt und schon gar keinen Sinn für eheliche Treue entwickelt hatte. Die Kinder wurden selbständig, heirateten, hatten ihrerseits Kinder — Ol Diederk wurde älter, gebrechlicher, und schließlich kam der Tag, an dem er seinen Kirchenschlüssel, seinen Spaten und seine Spitzhacke samt den Brettern für die Gräber einem Nachfolger übergeben mußte; er war nun Rentner, aber immer noch führte ihn sein Weg täglich zum Friedhof, nunmehr allerdings, um mal mit diesem, mal mit jenem zu schnacken und eines der Iben-Kinder auf den Arm zu nehmen.
Der alte Kirchendiener gehörte mit zum Dorfbild: In seiner grünen Lodenjacke mit schwarzen Hosen darunter und groben, stets ungeputzten Schuhen an den Füßen, einer schwarzen Schirmmütze auf dem Kopf, sah man ihn täglich durch den Ort schlurfen, denn zu tun hatte er so gut wie nichts mehr, seit ein Sohn die kleine Kate übernommen hatte, so daß er hier nur noch ein Zimmerchen hinter dem Stall bewohnte, aber er hatte ja nie mehr gehabt — weniger sogar: ihm ging es gut und doch nicht gut, denn die Welt — was war das für eine Welt geworden?
Mißmutig sah Ol Diederk die Hakenkreuzfahnen, dann die gröhlende SA-Kolonne und schließlich die Pimpfe, die BdM-Mädchen; Soldaten kamen, für die ein Barackenlager bei der Nobiskuhle, einer alten Brake, aufgebaut wurde, dort wohnten und exerzierten sie — Ol Diederk kannte das von seiner Zeit. Im Feld draußen machten die grau uniformierten Männer Übungen mit Platzpatronen, und die Kinder sammelten nicht mehr Kastanien, wie noch vor wenigen Jahren, sondern Patronenhülsen — und spielten Soldat. Pfarrer Iben, de jung Iben, versank in schweigsame Einsamkeit — Ol Diederk sah das wohl — und suchte sein Heil in ausgedehnten Spaziergängen auf dem Groden, wo ihn niemand sah und hörte — und beim Skat abends im Bahnhof Plekkateshem und in Eiswürden, von wo er oft genug schwankend nach Haus zurückkehrte.
Was für ein Leben für einen Pfarrer!
Predigten vor einer leeren Kirche — mit der Ehefrau, dem Küster und vielleicht noch Oma Frerichs als einzigen Besuchern — Ol Diederk kam auch nicht mehr; schützte seine Schwerhörigkeit vor.
Der Groden wurde eingedeicht und sollte Flugplatz werden, aber die Ingenieure aus dem Binnenland hatten die Entwässerung vergessen.
„Dor muttn Siel hen!“ sagte Ol Diederk mal einem dieser feinen Herrn, als er zuschaute, wie Sand aufgespült wurde, und der Ingenieur ebenfalls da stand.
„Nana, das überlassen Sie man ruhig uns!“ sagte der — ihm waren schon mehr Leute aus dem Dorf mit ungebetenen Ratschlägen auf die Nerven gefallen.

Und im Herbst war der bislang harte und glatte Rasen ein einziger Sumpf.
Nun wurde das Siel gebaut.
Es hieß, das halbe Dorf müsse abgerissen werden — auch die Kirche werde ihren Helm einbüßen, um eine Einflugschneise zu schaffen.
Und dann kam der Krieg.
Der dritte, wie gesagt, in Diederks Leben. Und zum ersten Male befand er sich sozusagen an der Front.
Bereits am ersten Tage gab es Alarm. Stundenlang saßen die Dörfler in den wenigen Kellern, die zur Verfügung standen, und warteten.
Es geschah nichts. Hinterher hieß es, Wilhelmshaven sei von den Tommies angegriffen worden, aber die feindlichen Flugzeuge seien wieder abgedreht —
abgeschossen! behauptete die Propaganda, doch wer glaubte ihr? Die jungen Männer waren verschwunden — nachundnach zu einer Übung eingezogen und nun kämpften sie in Polen. Fahnen wehten von den Dachluken der Häuser, eine riesige Hakenkreuzfahne schmückte auch den Kirchturm, aber diesmal war die Begeisterung über die Siege befohlen, gemacht — in den Herzen herrschte dumpfe Verzweiflung, und Iben trank immer mehr, denn die Verhöre durch die Geheime Staatspolizei fanden in kürzeren Abständen statt. Und dann war er krank — Ol Diederk sah das wohl, und er spürte tief drinnen: Dieser Mann war am Ende!
War nicht auch das Dorf am Ende?
Zwar war von dem großen Flugplatz nicht mehr die Rede, seit sich die Luftwaffe in Holland und Frankreich breit machen konnte — aber in der Nähe lag die große Flugzeugfabrik und drüben der Hafen, überhaupt zeigten gelegentliche Bombenabwürfe feindlicher Flieger, was noch übrig blieb, wenn der Feind einmal zuschlagen sollte; und die Einflüge mehrten sich, während die eigene Flak auffällig verstummte.
Das war nicht mehr die Welt des alten Diederk — aber die Kastanien standen noch da, groß und ernst, im Frühjahr überflutet von den weißen Kerzen, ein leuchtendes Gebirge vor schwarzem Schiefer und blauem Himmel. Doch was war, wenn sie einmal sterben sollten? Das war der Gedanke, den der frühere Küster und Kuhlengräber ungeachtet der Angst und Zerstörung ringsum wälzte — der Gedanke an jene ferne Zeit, in der diese Kastanien nicht mehr existieren würden, in hundert Jahren vielleicht, vielleicht auch etwas früher, vielleicht auch etwas später. Und jetzt, angesichts des Unterganges ringsum, dachte Ol Diederk nicht nur — er handelte: Noch einmal griff er zum Spaten, grub in den Pastoreigarten vier Löcher und setzte vier junge Kastanien ein — in Reih und Glied, wie sich das gehörte, vier Pflänzlein, die sich irgendwo entwickelt hatten (vielleicht hatte er sie auch für diesen Zweck gehegt) — als Ersatz für jene Bäume, die noch in ihrem tiefgrünen Flor standen und noch keinerlei Anzeichen von Altersschwäche zeigten, pflanzte sie, damit sich auch in hundert und zweihundert Jahren die

Menschen an den Bäumen freuen konnten, pflanzte sie gegen Tod und Zerstörung seiner Zeit, pflanzte sie, obwohl er selbst, ein alter Mann, nicht mehr erleben konnte, wie sie sich zu ihrer stolzen Höhe entwikkeln würden, pflanzte sie für jene Menschen, die er nicht kannte, und für jenen Frieden, den er selbst nicht erlebte — pflanzte! Dies war das Vermächtnis des alten Diederk, Küster und Kuhlengräber in Plekkateshem. Tag für Tag schaute er nach den Kastanien, und als ihn ein Schlaganfall lähmte und verstummen ließ — da lasen ihm die Kinder seinen letzten Wunsch von den Augen ab: Sie setzten ihn in einen Bollerwagen (denn in den bösen Nachkriegsjahren hatte man kein anderes Fahrzeug), stützten ihn mit Kissen ab — und fuhren ihn die Straße entlang, die er jahrzehntelang gegangen war, zum Friedhof, zu den alten Kastanien, die wie eh und je in ihrer Blütenpracht aufragten. Daneben standen die jungen Bäume, die sich inzwischen kräftig entwickelt hatten, so richtig in die Flegeljahre gekommen waren — auch mit weißen Kerzen übersät und mit gesundem grünem Laub — so bildeten sie alle ein grünes Dach über dem unversehrten Dänentor und schirmten die mächtige Gaukirche gegen die Welt da draußen ab.
Ol Diederk sah dies alles; er versuchte mit den Lippen Worte zu formen, aber es gelang ihm nicht, und so schwieg er, schaute nur auf die riesigen Bäume, schaute aus schmalen, kleinen Augen, die in seinem wulstigen Gesicht fast verschwanden, schaute weit über seinen Tod hinaus in eine ferne Zukunft — in die Zukunft seiner Kastanien.

XVIII. Ängste

Endlich bot sich die Gelegenheit, den Pfarrer Iben unauffällig wegzuschaffen!
Deodonatus Brumm hatte durch intensive Befragung von Schülern, die unverständlicherweise noch den Konfirmationsunterricht besuchten, herausbekommen, daß der Priemel im Unterricht gesagt hatte:
„Am Krieg sind nicht die Juden schuld, sondern wir!"
So!
Deodonatus Brumm hatte dies Elke Rethelsen erzählt, sicherlich auch Focko Umbsen.
Elke mußte also tätig werden und die Gestapo unterrichten. Und die würde Iben in Schutzhaft nehmen. Das war ganz klar — fraglich blieb nur, ob es gut war!
Die Lage stellte sich schon einigermaßen kompliziert dar. Der Krieg hatte wunschgemäß begonnen: Blitzsieg in Polen, Blitzsieg in Norwegen, Blitzsieg in Frankreich, Blitzsieg auf dem Balkan. Blitzsieg in Nordafrika — und morgen die ganze Welt!
Elke hatte während all dieser Siege das Gefühl, als ob er über brüchiges Eis gehe — irdenwas stimmte nicht bei all den Erfolgsmeldungen.
Beispielsweise hörten die Einflüge der Engländer nicht auf — im Gegenteil: Nachdem erste Angriffe abgewehrt worden waren, kamen sie nun ziemlich regelmäßig — man sah es an den Kondensstreifen hoch am Himmel, und die eigene Flak schwieg.
Beispielsweise war die Stimmung der eigenen Bevölkerung keineswegs zuversichtlich — und sie konnte auch nicht durch Möbelverkäufe in Oldenburg gehoben werden. Große Mengen gebrauchter, zum Teil sehr schöner alter Möbel wurden angeboten — aus jüdischem Besitz, wie man sagte — doch wo waren die Juden? Man flüsterte sich zu, daß sie mit Schiffen auf See gefahren und ins Wasser geschubst würden; jedenfalls waren sie tot oder so gut wie tot, sonst würde man die Haushaltsgeräte doch nicht verkaufen. Manche kauften trotzdem, andere kauften nicht — deswegen; und guter Laune war niemand, die einen, weil sie ein schlechtes Gewissen hatten, und die anderen, weil sie die Allmacht der Gestapo fürchteten.
Beispielsweise drückte jene schwüle Erwartung — was geschah nun? Niemand erwartete den Friedensschluß — irgendwo mußte doch der nächste Schlag erfolgen: Kommt jetzt die Landung in Großbritannien? Greift Rommel in Ägypten an? Das Drama „III. Reich" stand vor seiner Peripetie, und daß der rasche Balkanfeldzug nur das Vorspiel sein konnte, war allen klar.
Da geschah es!
Mitten in einer hellen Mainacht wurden die Bewohner von Pleckatesheim durch lautes Knallen geweckt.
Was war das?
Man hatte nicht Alarm gegeben — also Bomben konnten es nicht sein!

Wieder krachte es – drüben, auf der anderen Seite, in Bremerhaven.
Und dann wußte man es – die Nachricht sprang von Haus zu Haus, von Mund zu Mund:
Die BREMEN brennt!
Niemand, der sich nicht rasch einen Mantel übergeworfen hätte, hastig in die nächste Hose gefahren wäre – und zum Deich.
Da standen schon andere.
Aber man sah nichts.
Nebel? Rauch?
Die BREMEN lag unsichtbar drüben am Kai. Und das Krachen ging weiter, als ob Granaten in die Luft gingen.
Hatten die Munition auf dem Schiff gelagert?
Die hatten Munition auf dem Schiff gelagert!
Obwohl keiner etwas wahrnahm, verharrten doch alle auf den einmal eingenommenen Posten.
Dort drüben geschah etwas Unerhörtes!
Das Luxusschiff des Norddeutschen Lloyd, Krönung des deutschen Schiffbaus und Symbol des Friedens, stand in Flammen.
Die BREMEN, das glückhafte Schiff, Trägerin des Blauen Bandes, sie hatte siegreich die schwersten Atlantik-Orkane bestanden – nur das Porzellan war zu Bruch gegangen – und sie war glücklich trotz britischer Blockade bei Kriegsbeginn von New York in den Heimathafen zurückgekehrt – sie war allen, die sie Tag für Tag neben dem Schwesterschiff „Europa" sahen, Symbol einer großen Hoffnung: Es wird wieder gut. Und in dieser Maiennacht stand das Schiff in Flammen – wie?
Englische Flugzeuge waren es diesmal nicht gewesen – Sabotage? War dieses hochorganisierte III. Reich nicht in der Lage, die BREMEN im eigenen Hafen zu schützen?
Pscht – ich bin ja schon still, aber denken, nein, nicht einmal denken darf man dies, denn man könnte sich verplappern.
Am nächsten Morgen sah man das Wrack: Die glanzvolle BREMEN lag nun, rauchgeschwärzt und verwüstet, vor aller Blicke – bis sie in den Hafen verholt wurde.
Das Ereignis konnte nur bedeuten: Die Sache geht schief.
Als Wochen später die Radioempfänger und die Zeitungen den Angriff auf die Sowjetunion hinausschrieen, senkte sich eine tiefe, unausgesprochene Depression auf das grüne Land, obwohl die Sonne hell lachte. Nein, es gab nicht die geringsten Sympathieen mit Rußland – aber die Angst war allgegenwärtig, so selbstsicher und marktschreierisch die Propaganda sich auch geben mochte – Elke machte sich nichts vor – vor allem: er selbst hatte Angst.
Wie weit hatte er sich mit der Sache eingelassen?
Wo stand er überhaupt?
Traute man ihm?
Es war immer derselbe Punkt: Schwager eines Pfarrer der Bekennenden Kirche und dann verbunden mit einer wohlhabenden Familie, die, um

das mindeste zu sagen, niemals mit den Nazis sympathisiert hatte, sicher nicht — Hajo war ja nicht einmal SA-Mann und sagte auch nicht „Heil Hitler!"
Und nun kam dieser Deodonatus Brumm mit einer solchen Nachricht daher.
Vielleicht — so Elkes Erwägung — konnte er Iben opfern, seine Position mithin stärken — aber so, daß es nach außen nicht auffiel?
Die Gestapo ließ sich auffällig viel Zeit. Elke erwartete jeden Augenblick, daß die Nachricht käme, den Iben hätten sie abgeholt — aber der fuhr noch immer mit seinem Fahrrad durch die Gemeinde, von Haus zu Haus, redete mit diesem und jenem — äußerst unerfreulich, dieses Treiben!
Sonst waren die doch fixer bei der Hand, wenn es einzugreifen galt. Da hatte jemand in der Siedlung Feindsender gehört — und der war schon weg. Und ein anderer hatte den Gauwalter bei seinem Spitznamen genannt: Kutti Kattun. Auch dies hatte genügt. Ein dritter schließlich war durch einen politischen Witz aufgefallen — er wurde nachts abgeholt. Konzentrationslager.
Und Iben?
Richtig: Es gab in der Pastorei Hausdurchsuchungen. Dann war der Pfarrer auch zur Vernehmung nach Wilhelmshaven befohlen worden, mehrfach sogar.
Aber er war zurückgekehrt.
„Sie kennen den Wahlspruch unseres Gauwalters?" fragte Kreisleiter Scholzen eines Tages seinen Parteigenossen Rethelsen, als sie am Heiligen Törf saßen.
„Ehre die deutsche Mutter und schaffe keine Märtyrer!"
Das war es also!
Draußen herrschte grimmige Kälte.
Am Heiligen Törf wollte nicht die rechte Gemütlichkeit aufkommen — auch nicht bei dem reichlich eingeschenkten, sehr nördlichen Grog — der Unbekannte trank nicht. Die Gedanken der Anwesenden streiften weit. Elke war aufgefallen, daß der Name Moskau seit einigen Tagen im Wehrmachtsbericht nicht mehr vorkam — und dabei stand — nach den Propagandaphrasen zu urteilen — der Einmarsch in die Hauptstadt der Sowjetunion unmittelbar bevor. . .
Dafür erörterten die Zeitungen ausführlich die Erfolge der Japaner gegen die Amerikaner, mit denen Deutschland nun auch im Kriege lag, aber die Amis waren ja weit und überdies im Pazifik beschäftigt.
Man brach früher auf als sonst.
Draußen herrschte ein kristallkaltes Wetter. Die Sterne glitzerten vom Himmel. Der Motor des Unbekannten heulte auf — und dann verschwand das Gefährt — fast unbeleuchtet — in der Nacht. Elke ging zu seiner Chaise, als Scholzen auf ihn zutrat, und, sich umschauend, flüsterte:
„Was machen wohl unsere Soldaten draußen?"

„Heil Hitler!“ brüllte Focko Umbsen von seiner Kutsche her und ließ die Peitsche knallen.
„Heil Hitler!“ riefen Scholzen und Rethelsen zugleich.
„Wir haben doch Zellstoffe gesammelt!“ sagte Elke unsicher.
„Gewiß – hoffentlich rechtzeitig!“ nickte Scholzen und sah Focko nach, dessen Wagen rumpelnd durch die Nacht fuhr.
„Der Führer hat doch auch dies sicherlich vorausgesehen!“ meinte Elke weiter.
Scholzen sah seinen Parteigenossen einen Augenblick an, weil er nicht wußte, wie er diese Worte deuten sollte.
„Sicher hat der Führer dies vorausgesehen – und er wird die Krise auch meistern; unser Gauwalter hat dem Führer geschrieben!“
„Was?“
„Ich weiß nicht!“ Scholzen hatte sich nun entschlossen, dem Parteigenossen Rethelsen nicht weiter zu trauen.
„Heil Hitler!“ sagte er unvermittelt.
„Heil Hitler!“ antwortete Rethelsen und wickelte sich in seine Decken. Auf dem Nachhausewege sann er darüber nach, was Scholzen ihm sagen wollte – doch offenbar dies: Der Krieg ist verloren, weil der Angriff auf Moskau gescheitert ist. Und dann das andere: Wir müssen uns umstellen!
Aber wie?
Die Zeiten wurden härter. Jetzt kamen nicht mehr einzelne Gruppen feindlicher Flugzeuge von Zeit zu Zeit, sondern fast täglich riesige Flotten, die hoch droben wie silberne Punkte am Himmel entlangzogen – und der Brandgeruch zerstörter Städte drang bis Plekkateshem, der Rauch verfinsterte selbst die grüne Marsch – und was die von den Einsätzen heimkehrenden Feuerwehrmänner zu erzählen wußten, ließ Elke das Blut in den Adern gerinnen.
Die Zeiten wurden härter – und verlangten Bekenntnisse.
Gauwalter Zutschky war in Berlin gestorben und nach einem Staatsakt in der Reichshauptstadt nach Oldenburg geschafft worden, wo er die letzte Ruhe fand.
Um ihn wurde es allerdings nicht ruhig.
„Den haben die Nazis umgebracht“, sagte man im Dorf. Das sagte man auch von Udet. Und von Mölders. Und von vielen anderen.
„Der hat sich in seinem Dunaß aufgehängt“, wußten andere zu berichten.
Zutschky soff, und zwar unmäßig viel – war bekannt, das hatte er schon im Frieden getan, warum sollte er jetzt, im Kriege, damit aufhören?
Der hatte sich halt zu Tode gesoffen!
Das war eigentlich die plausibelste Version. Aber manche gingen in ihren Vermutungen noch weiter – allerdings nur dann, wenn sie ganz sicher waren, daß sie nicht abgehört werden konnten und daß der Gesprächspartner verschwiegen war:

„Der war doch schließlich durchgedreht!"
???
„Na, der lief nackt durch die Wälder!"
Bei Uhlhausen, das wußte man, hatte sich der Gauwalter inmitten umfangreicher Fischteiche eine Sommerresidenz angelegt — die erste Bude hatte er sich selbst zurechtgezimmert; damals war er noch ein kleiner Kaufmann in Oldenburg und im übrigen Propagandaredner der NSDAP; inzwischen war aus dem Wochenendhäuschen ein bedeutsamer Gebäudekomplex geworden mit einer Führerschule der NSDAP — und einem Wohngebäude für den Gouverneur, das allen Komfort aufwies, natürlich auch ein Kaminzimmer mit einem Hakenkreuz als wichtigstem Schmuck, und ringsherum weitläufige Wälder! Hier also war es geschehen, daß der Gauwalter nackt durch die Wälder lief — warum?
„Der hat doch die Syphilis gehabt — hat er sich in Afrika geholt."
Dort war er in der Tat gewesen — vor dem ersten Weltkrieg. Und die Blutmythologie des Gauwalters war vielen besonders ekelhaft und unverständlich vorgekommen — deshalb also! Deshalb also hatte die SS ihn nach Berlin geholt und ihm dort die letzte Spritze gesetzt!
Elke Rethelsen erfuhr von alledem nichts. Aber er mußte an die Bemerkung Scholzens denken, an den Brief, den der Gauwalter an den Führer geschrieben hatte — was stand in diesem Brief?
Sollte er zum Frieden geraten haben?
Focko schien diese Vermutung zu bestätigen, als er in seinem besoffenen Kopf eines Tages auf den verstorbenen Gauwalter zu sprechen kam:
„Der ist für ein Staatsbegräbnis noch gerade rechtzeitig gestorben — glaub mir: Wir können in dieser Zeit in unseren Reihen keine Defaitisten und Miesmacher dulden — wir nicht!"
Umbsen trank einen geziemenden Streifen aus der Flasche und fuhr dann fort:
„In Krisen zeigt sich, wer für uns ist und wer gegen uns — und damals, im vergangenen Winter, war eine Krise, aber der Führer hat sie mit eisenharter Faust gemeistert, er wird auch die Zukunft meistern, und wer weich wird, muß eben die Faust spüren, denn wir, Elke, wir werden nicht weich!"
Elke spürte, daß er vor Focko Angst hatte — aber er versuchte, dies Gefühl zu verdrängen, sich starr aufzurichten — wovor sollte er, der Ortsgruppenleiter, sich fürchten? Andererseits: Worauf konnte er sich verlassen?
Der neue Gauwalter, ein ehemaliger Zuchthausdirektor, war bei weitem nicht so zugänglich wie sein Vorgänger — der Klimasturz war sehr spürbar, auch innerhalb der Partei. Wenn es jetzt noch eine Rücksicht gab, dann die auf die Stimmung in der Bevölkerung, die dumpf-ergeben war — aber wie lange blieb das so?
Vor allem: Wer traute noch den Erfolgsmeldungen aus dem Osten, wo die deutschen Divisionen zwar der Wolga zustürmten, aber was dann?

In der Schule sang man:
„Wenn Mauern fallen, stehen andere vor uns auf,
doch wir nehmen alle in unserm Siegeslauf!"
Und draußen zogen sowjetische Kriegsgefangene durch das Dorf – halbverhungert; die fast schon Gestorbenen schleppten die Männer im letzten Glied mit, denn niemand durfte im Lager zurückbleiben. Ringsherum tanzten die johlenden Kinder, die von Deodonatus Brumm aufgehetzt wurden:
Untermenschen!
Die Erwachsenen sahen scheu auf die graue Kolonne, die da zum Flugplatz schlich, um irgendwelche gleichgültigen Arbeiten zu verrichten. Manche legten Kohlrübenscheiben – mehr hatten sie selbst nicht – oben in die Mülleimer, denn immer wieder geschah es, daß einer der Russen aus der Kolonne ausbrach, in einen Mülleimer grabschte, bis ihn ein Bajonettstich der Wache ins Glied zurückzwang. Andere rissen Gras aus und aßen das. Ein Mann – der Posthalter – zeigte eines Tages auf einen Birnbaum, der mit herrlichen Früchten eng besät war, als sich die Kolonne des Todes an ihm vorbeischleppte und im Nu waren die Iwans in seinem Garten, schüttelten den Baum, rissen die Früchte herunter, klaubten sie vom Boden auf und stopften sie in den Mund, in die Taschen –
scharf peitschte der Schuß durch die Stille des Dorfes; ein Gefangener brach zusammen, wurde aufgefangen, ins Lager getragen – eine Blutspur hinter sich herziehend. Wieder einer, den die Kameraden nackt auf einer Schiebkarre durch das Dorf zum Friedhof karrten, denn dort befand sich das Massengrab für die Russen, dort verschwanden sie – namenlos und sprachlos – bedeckte der grüne Marschenboden die grauen Fremden, die hier in Plekkateshem am organisierten Hunger starben.
Elke sagte dazu kein Wort – er wagte es nicht, aber er war froh, als die letzten Russen mit einem Autobus abtransportiert wurden, weil inzwischen Paratyphus im Lager ausgebrochen war.
Man sagte, daß sie alle ermordet worden seien.
Der Fahrer des Busses habe sich angesteckt und sei gestorben. Schuld sei der Lagerkoch gewesen, der die Rationen verschoben habe.
So das Gerücht.
Während Elke bei den Lager-Russen nur untätiger Zuschauer war, wurde dies bei den Ostarbeitern anders, die jetzt in Massen ins Land kamen und auf den Höfen Sklavenarbeit verrichteten. Hier galt es, den Standpunkt des Herrenmenschen zur Geltung zu bringen und dies bedeutete:
Primitive Unterbringung und schlechtes Essen.
Das war Vieh – nichts weiter.
Bei Focko Umbsen hatte das keine Not. Der pferchte seine Fremdarbeiter in ein feuchtes Nebengebäude, in dem er einige roh zusammengezimmerte Bettstellen hatte unterbringen lassen, dazu Strohsäcke und Pferdedecken – und was das Essen anging, so mochten sie Pferdeboh-

nen schmausen oder wässrige Suppe. Elke mühte sich, diesem Vorbild nachzueifern, obwohl er in seiner staatsbürgerlichen Tätigkeit von seiner Frau Lulu keineswegs unterstützt wurde, denn er hatte den Verdacht, daß sie den Arbeitern manches Stück Speck zusteckte.
Der Bauer stellte sie zur Rede, und sie stritt gar nichts ab, hatte nicht einmal ein schlechtes Gewissen:
„Ich möchte, daß unserm Hergen auch geholfen wird, wenn er in Not ist!“
Elke verschluckte sich vor Zorn. Dann wandte er sich ab. Es hatte doch keinen Zweck — totale Humanitätsduselei.
Schlimmer noch: Was sollte er gegen einen Ibbecken unternehmen, der auch so handelte, wenn er nicht einmal auf seinem eigenen Hof für Ordnung sorgen konnte.
Und wie stand er vor Focko da!?
Eisenharte Faust!
Elke griff immer öfter zur Schnapsflasche, denn auch die Nachricht, daß Iben nunmehr im Krankenhaus liege, brachte ihm kaum Erleichterung, denn inzwischen hatte Hajo Hayessen Oldenburg verlassen und sich auf Neu-Jerusalem eingerichtet — als Bauer. Noch so einer!
Der Sommer des Jahres 1942 verging.
Wieder Herbst, wieder Winter — eiskalte Stürme jagten über die Marsch, und in den Wehrmachtsberichten ein Name:
Stalingrad.
Das Weihnachtsfest — Julfest, sagte Elke Rethelsen — wurde finsterer als sonst. Auf Ohlhamm zündete man die Adventskerzen in umgekehrter Reihenfolge an: Erst vier, dann drei, dann zwei, dann eine — denn das Licht nahm ab, aber am Heiligen Abend erstrahlte der Tannenbaum mit seinen unzähligen Lichtern als Symbol der Lichtfülle in dieser Welt.
An diesem Tage erhielt der Ortsgruppenleiter die Nachricht, daß Iben gestorben sei.
Endlich!
Lulu weinte.

XIX. Stinken-Hinnerk

Stinken-Hinnerk, gefolgt von seinem Adjutanten Willy, stapfte grimmigen Gesichts die Batterie-Straße entlang in Richtung Dänentor.
Er trug eine schwarze Windjacke mit gelben Schulterstücken und undefinierbaren Rangabzeichen auf dem linken Ärmel. Im Gürtel seiner kurzen Hose steckten sehr sichtbar kleine Astgabeln mit Einweckgummis daran — Flitschen. Nicht zu sehen waren die Kluten, die er in den Hosentaschen trug — nur daß sie ausgebeult waren, bemerkte man sehr gut — und in der Hand hatte Stinken-Hinnerk einen Weidenknüppel, einen von der guten Sorte, der schon weh tat, wenn man scharf hinsieht.
Willy war ähnlich kostümiert, aber er sah keineswegs mutig aus. Trotzdem folgte er seinem General, jawohl, Stinken-Hinnerk (der als Heinrich Spohler im Standesamtsregister geführt wurde, aber allgemein, wohl wegen seiner gelbbloden Haare, nach einem sehr verbreiteten Unkraut genannt wurde) war nämlich Chef eines Clubs, also einer Bande von Dorfjungen. Er hatte für diesen Nachmittag die allgemeine Mobilmachung befohlen, aber seine Gefolgsleute waren entweder nicht erschienen, oder aber sie hatten sich entschuldigt:
„Ich darf nicht!"
„Muß noch lernen!"
„Hab Dienst in der HJ!"
Stinken-Hinnerk hatte sich von diesen Feiglingen keineswegs von seinem Vorhaben abbringen lassen.
„Ihr Arschgeigen!"
„Jammerlappen!"
„Judensau!"
„Hau doch ab zu Mutti — hast ja Angst!"
Mit solchen Kraftausdrücken hatte sich Stinken-Hinnerk so in Wut hineingeredet, daß er schließlich — allein mit Willy — aber sehr gut ausgerüstet, den Feldzug eröffnete.
Vor dem Pastoreigarten stand Thomas Iben. Stinken-Hinnerk, gewichtig vorwärtsschreitend, rief ihn an:
„Kommst mit? Wir hauen Volker Brumm den Arsch voll!"
Thomas schüttelte schüchtern den Kopf und zog sich dann vorsichtshalber in den Garten zurück, denn von seinem Posten aus konnte er sehen, wie hinter den Lebensbäumen in den Anlagen einige Jungen hervorlugten, und in den dicken Kastanien beim Dänentor steckten auch einige — und wo verbargen sich noch welche?
Stinken-Hinnerk marschierte stracks in sein Unglück — allein übrigens, denn Willy, der die Nachhut dieser Zwei-Mann-Armee gebildet hatte, achtete jetzt zunehmend auf Abstand — auch er traute offenbar dem Gebüsch in den Anlagen nicht, und da — als die feindliche Armee aus ihren Stellungen hervorbrach, gab er Fersengeld, rannte er so schnell er konnte, nach Hause — seinen General und Oberbefehlshaber den feind-

lichen Fäusten und Knüppeln überlassend.
Aber Stinken-Hinnerk wehrte sich.
Thomas Iben konnte von seinem Platz aus beobachten, wie sich die Jungen des feindlichen Clubs auf den einsamen General warfen, wie die Fäuste flogen — ein scheinbar unentwirrbares Knäuel von Armen, Beinen, kurzen Hosen und bunten Hemden vor der ehrwürdigen Einfahrt zum Friedhof zu Füßen der Kastanien — dann stob die ganze Meute auseinander: Der eine trug den Knüppel, der andere eine Fletsche, und der dritte ließ das gelbe Rangabzeichen Hinnerks im lauen Sommerwind wehen — um den geschlagenen, nun vor Wut und Erbitterung heulenden degradierten General kümmerte sich niemand mehr, nur Thomas Iben sah erschüttert, wie diese Jammergestalt an ihm vorüberzog — mit langen Rissen in der Windjacke und in der Hose, blutigen Schrammen im Gesicht — und mit leeren Händen: Zu Hause mochte der gestrenge Vater nachholen, was die Feinde etwa versäumt hatten!
Den eigentlichen Sieger — nämlich Volker Brumm — hatte Thomas Iben während der Kampfhandlungen nicht bemerkt — vielleicht steckte er irgendwo in einer Kastanie und dirigierte von dort aus das Geschehen — denn irgendwer mußte ja das Kommando zum Angriff gegeben haben, und dann waren die Jungen derart plötzlich davongestoben, daß auch diesmal jemand befohlen haben mußte, mit der Prügelei Schluß zu machen.
Das konnte niemand anders sein als Volker Brumm.
Er war auch General und führte inzwischen den größten Club des Dorfes.
Was war ein Club?
Im Grunde nichts weiter als die Fortsetzung der Hitler-Jugend mit anderen Mitteln, nur daß hier die Spontanietät zu ihrem Recht kam.
Einmal in der Woche, so wollte es die Vorschrift, kamen die Jungen in der Deutschen Jugend und später in der Hitlerjugend zusammen — die Mädchen im BdM.
Unter dem Kommando von Jungzugführern lernten die Jungen so wichtige Dinge wie Strammstehen, Rühren, Marschieren, Grüßen, aber sie mußten auch boxen, sich im Gelände bewegen und erhielten gelegentlich sogar ein Gewehr in die Hand gedrückt, allerdings noch ohne Munition. Trotzdem waren alle stolz, die einmal einen richtigen Karabiner berühren durften — denn in der Welt draußen war ja von nichts anderem die Rede als von Kampf und Krieg, von Bomben und Granaten, von Panzern und Flugzeugen — und die feindlichen Bomberflotten am Himmel waren ebenso selbstverständliche Gegenwart dieser Jungen wie die Flakgeschütze ringsum.
Die Teilnahme an der HJ war Pflicht: Dienst, so sagte man. In einem Club machte man freiwillig mit.
Zu einem Club gehörten immer ein General und eine Bude. Der General ernannte sich selbst. Wenn er eine Bude hatte — oder eine Gelegenheit wußte, wo eine solche zu bauen war — dann fanden sich auch bald an-

dere Jungen – nie Mädchen – ein, die sich dem General unterordneten. Der Oberbefehlshaber machte einen von ihnen zum Korporal, die anderen waren Soldaten. Das war die ganze Hierarchie. Manchmal benötigte der Chef eines solchen Clubs neben dem Korporal noch einen Adjutanten. Das konnte zwei Gründe haben: Entweder ein solcher Club bestand nur aus drei Jungen – dann war es schlecht möglich, daß es neben dem General und Korporal nur noch einen Soldaten gab – also wurde der dritte Adjutant, womit die Armee eben auf Soldaten verzichtete. Der zweite Grund kam seltener vor: daß ein Club zu groß wurde, so daß eine zweite Unteroffiziersstelle geschaffen werden mußte.
Alle diese Clubs – deren es eine große Anzahl im Dorfe gab – führten einen ständigen Krieg aller gegen alle, der mitunter sogar den Verkehr im Ort behinderte, dann nämlich, wenn die Front quer über eine Straße lief. Während der Schlachten standen die Jungen der einen Partei hier, die der anderen etwas weiter weg, und beide Seiten bewarfen sich nach Kräften mit Kluten, immer aber aus respektvoller Entfernung, so daß man den feindlichen Geschossen ausweichen konnte. Das hatte natürlich zur Folge, daß auch die eigenen Kluten meistens vor der feindlichen Linie zerplatzten. – Immerhin war die Spannung groß, so daß sich solche Klutenschlachten manchmal über ganze Nachmittage hinzogen. Ja, es konnte vorkommen, daß Erwachsene versehentlich getroffen wurden – und die beschwerten sich dann bei Deodonatus Brumm, was zwecklos war. Denn in der Schule betrachteten die Lehrer dieses militärische Treiben der Jungen mit Wohlwollen.
„Der Führer braucht eine Jugend, die das Waffenhandwerk lieben gelernt hat – und wie kann dies besser geschehen als durch solche Spiele!" betonte Lehrer Brumm – und was wollten die Mütter dagegen sagen? Sollten sie etwas gegen das Soldatentum äußern? Ausgerechnet jetzt, während draußen an den Fronten der totale Krieg tobte, drinnen aber die Gestapo über die Moral der Heimatfront wachte? Bald beschwerte sich niemand mehr über die wilden Spiele der Kinder, und die Klutenschlachten nahmen weiter ihren Lauf.
Volker Brumm blieb es vorbehalten, in das anarchische Geschehen im Dorfe so etwas wie eine Linie hineinzubringen.
Warum gerade Volker?
Sicherlich auch deswegen, weil er hinten im Schulgarten, fast außerhalb des Dorfes und gedeckt durch zahlreiche Obstbäume (von denen man manchen Apfel herunterstiebitzen konnte) über ein ideales Gelände zum Budenbau verfügte.
Zum anderen aber auch deswegen, weil sein Vater ein gefürchteter Lehrer und Parteigenosse war, und Volker setzte sich mit dieser Rolle seines Vaters eben dergestalt auseinander, daß er sich zum General ernannte. Ach was: General!
Irgendwie hatte Volker mitbekommen, daß zweierlei notwendig ist, um die bisherigen Rollen zu sprengen und um der Erste zu werden: Man muß mehr bieten als die anderen – und man muß große Ziele anstre-

ben, die natürlich auch große Mittel erfordern. Ein drittes bekam Volker mit: Es kommt nicht auf die Muskelkraft allein an, sondern darauf, daß man auf die Eigenart des Gegners eingeht, genau weiß, wen man vernichten kann und wen man gewinnen muß – und wie!
Dies alles war ihm natürlich nicht bewußt – aber er handelte nach diesen Maximen, als er daranging, seinen Club aufzubauen.
Da war, wie gesagt, zunächst ein Stück Wiese, gegen die Außenwelt gedeckt durch einen breiten Zuggraben und zur Schule hin abgesichert durch die Obstbäume. Hier entstand die erste Erdhöhle, die Volker zusammen mit Gerd Pump baute; das war ein Junge aus der Nachbarschaft, Kind eines Matrosen, also arm und dankbar, daß Volker Brumm ihn beachtete. Der wurde Korporal des neuen Clubs.
Die Aktivität auf dem Wiesenstück lockte weitere Jungen, und schon ließ Volker die nächste Grube ausheben – der erste Bunker wurde nun sein Stabsquartier, während das nächste Bauwerk als Mannschaftsunterkunft diente. Aber damit nicht genug: Alsbalde entstand, ebenfalls in der Erde, eine Nähstube, denn Volker legte großen Wert auf zumindest gleiche Abzeichen. Dafür brauchte man jemanden, der sie an die Jacken nähte, und der mußte ja irgendwo geschützt seinen Platz haben; deshalb die Nähstube. Oben auf den Bunkern bauten die Jungen unterdessen – immer unter Volkers Anweisung – aus Brettern ein Geschütz auf. Eine lange Bohnenstange stellte das Rohr dar. Aus Brettern wurde ein Splitterschutz gebaut, und die Räder eines ausgedienten Kinderwagens bewirkten, daß man die Kanone richten konnte, was ungeheuer Spaß machte: Immer wenn sich ein Flugzeug am Himmel zeigte, stürzte die Besatzung in die Feuerstellung und brüllte aus Leibeskräften:
Bumm – bumm – bumm!
Gleichzeitig wirbelte das Geschütz mal in diese, mal in jene Richtung, ragte das Rohr mal hoch oben in die Luft, mal tief nach unten in die eigene Stellung, und zum Schluß war die feindliche Maschine natürlich abgeschossen; man konnte an der Bohnenstange wieder einen weißen Ring anbringen, wie das bei den großen Vorbildern auch war, denn alle hatten dies beim Tag der Wehrmacht gesehen, als die Flakstellungen ihre Tore öffneten und zu Besichtigung und Erbsensuppe einluden.
Auch daß Flugzeuge mit Rauchfahne herunterkamen, irgendwo im Watt aufschlugen – das war zwar ein seltenes Bild, aber einige hatten das doch schon beobachtet.
Volkers Club übertraf, schon wegen dieser Anlage, an Größe und Ausstattung bereits alle anderen Gruppen im Dorf, und so widersprach niemend, als der General für seine Truppe eine Bezeichnung in Anspruch nahm, die den Vorrang vor allen anderen deutlich machte:
SS-Totenkopf-Division.
Jochen de Gode, der Kaufmannssohn, hatte ebenfalls einen Club, aber der war sehr viel bescheidener und kleiner. Die Bude befand sich im Garten eines Hauses, das seinem Vater gehörte, aber von einer entfernten Tante bewohnt wurde – der Garten war der gewöhnliche Spielplatz

Jochens. Und da im Laden auch jetzt im Krieg Kistenbretter in Massen abfielen, in denen genügend Nägel steckten, die noch brauchbar waren, bildete für ihn die Errichtung einer Bude keine Schwierigkeit. Einige Bonbons, aus dem Geschäft geklaut, taten ein übriges — und schon war der Club zusammen.
Aber dies war keine Kampfgemeinschaft.
Und so erschrak Jochen (zu dessen Gefolge auch Thomas Iben gehörte) nicht schlecht, als eines Tages SS-General Volker vor seiner Tür stand, gefolgt vom Adjutanten Gerd.
„Darf ich reinkommen?" fragte Volker höflich. Um ehrlich zu sein: Die Pracht dieser Bude hatte ihn für einen Augenblick unsicher gemacht: Hier gab es ein kleines Häuschen, von innen mit Sackleinwand ausgekleidet und mit richtigen Tischen und Bänken — da nahmen sich seine Erdhöhlen doch recht schäbig aus — und so schöne Reklamebildchen wie Jochen — alles Überbleibsel aus dem Überfluß des Friedens — hatte er schon gar nicht.
„Schön habt Ihr es hier!" sagte Volker zum bescheiden schweigenden Jochen. Und dann setzte er hinzu:
„Schade, wenn das alles kaputt ginge!"
Die Drohung war unüberhörbar, aber Volker war nicht gekommen, um Jochen zu drohen. Im Gegenteil — er machte einen Vorschlag.
Es ging um folgendes:
Volkers großer Plan bestand darin, den Eiswürdern mal gründlich den Arsch voll zu hauen. Denn nicht genug damit, daß sie jeden Jungen aus Plekkateshem, den sie zu fassen kriegten, verprügelten — sie machten den Kindern aus dem Dorf auch eine Badestelle streitig, und dann störten sie, wenn es darum ging, in den Eiswürder Gärten Äpfel zu klauen — und Äppelklauen, das gehörte nunmal dazu; das war die übliche Mutprobe eines Jungen. So sagte sogar Deodonatus Brumm — bis sein eigener Obstgarten geplündert war, seitdem unterließ er solche Ermutigungen. Gut, es ging um die Obstgärten und schließlich — Volker holte zum großen Schlag aus:
‚Das sind ohnehin alles Kommunisten!"
Um ein so großes Vorhaben ins Werk setzen zu können, wie es ein allgemeiner Krieg gegen Eiswürden nun einmal war, mußten die Clubs in Plekkateshem zusammenstehen. Stinken-Hinnerk habe dies nicht begreifen wollen — deshalb habe sich seine Truppe aufgelöst. Aber mit Jochen sei das ja was anderes.
Volker irrte sich nicht.
Jochen hatte überhaupt keine Lust, sich selbst und seine Bude in Gefahr zu bringen. So einigte man sich rasch:
Jochens Club wurde in die SS-Totenkopf-Division eingegliedert, wobei Jochen den Rang eines Korporals bekleidete, vor allem aber zuständig war für Materialnachschub. Er hatte also für Bretter, Nägel und Sackleinwand zu sorgen, denn Volker wollte auch so eine Bude haben wie sein neuer Freund, und Jochen wußte sich sehr rasch dem SS-General

unentbehrlich zu machen. Die anderen Mitglieder seiner Truppe verloren sich in dem übrigen Gewimmel auf der Wiese.
Jochen war also gekauft worden.
Mit Harm Beck am Bahnhof verfuhr Volker anders. Nicht daß Harms Truppe seiner Division auch nur in etwa gewachsen gewesen wäre — weit gefehlt, aber er wohnte zu weit weg, so daß er im Falle eines Sieges nicht hätte kontrolliert werden können. Schließlich legte Volker auf den Nachweis Wert, daß man mit ihm reden könne und daß er keineswegs darauf aus sei, alle anderen Clubs gleichzuschalten. Also kamen er und Harm in einer Konferenz, zu der auch Jochen hinzugezogen wurde, überein, daß Harm zwar selbständig bleiben solle, aber dem Oberbefehl Volkers unterstellt sei und vor allem zusammen mit dem Kommandeur der SS-Totenkopf-Division gegen Eiswürden ziehen wolle. Dies versprach Harm — und hatte dafür seine Ruhe, und auf die kam es ihm wohl an. So war Volker Brumm unumschränkter Herrscher der Jungen in Plekkateshem und sein Stabsquartier hinter den Obstbäumen Mittelpunkt eines weiträumigen Imperiums. Alle warteten nun auf den großen Schlag gegen die e[illegible]schen Eiswürder — aber Volker zögerte.
Aus verschiedenen Gründen. Einmal macht Besitz träge: jetzt, wo Volker der unumstritten Erste im Dorfe war, fand diese Position ihren Ausdruck in einer Bude, die mit dem von Jochen organisierten Material errichtet wurde und größer zu werden versprach als alles, was bislang gesehen wurde — mit Vorraum, einem großen Zimmer und einem zweiten Raum, der als Magazin dienen konnte. Auch verfügte der SS-General, wiederum dank Jochen, gelegentlich über Bonbons. Schließlich genoß Volker einfach, daß er Macht ausüben konnte: Befehle geben, strafen oder begnadigen — ganz nach Laune, denn sein Wille war im Dorf Gesetz.
Der zweite Grund war die Angst — eine uneingestandene Angst zwar, denn niemals hätte Volker sich oder gar andern zugegeben, daß er Schiß habe, aber trotzdem die höchst wirksame Furcht vor dem Unbekannten — denn er wußte von Eiswürden nichts: weder wieviele Clubs es dort gab noch wer ihre Chefs waren — halt, einen kannte er: Hermann Pulsen, ein breitschultriger, stämmiger Junge, dessen Vater in dem Rufe stand, Kommunist zu sein, eine höchst zweifelhafte Existenz also — aber sonst kannte er niemanden, nicht einmal dem Namen nach. Nun verfügte er zwar über eine starke Armee, aber vielleicht waren die anderen noch stärker?
Schließlich war da noch ein organisatorisches Problem. Seine Division war inzwischen sehr zahlreich — wie stark sie wirklich war, wußte auch Volker nicht, weil viele Jungen mal kamen, dann wieder gingen. Wie aber eine solche Masse ins Gefecht führen, ohne befürchten zu müssen, daß einige überhaupt nicht erschienen — die gescheiterte Mobilmachung Hinnerks war hier ein trauriges Exempel menschlicher Feigheit — oder daß die Mehrzahl der Jungen bei der ersten Krise in der Schlacht das Hasenpanier ergriff? Mit anderen Worten: Volker fühlte, wie sehr er in

seiner SS-Totenkopf-Division mit Führungsproblemen zu kämpfen haben würde — sobald er mit seiner Truppe auf fremdem Gebiet angriffe. Tatsächlich riskierte er keinen Ausmarsch.
Andererseits aber war der SS-General der Gefangene seiner eigenen Propaganda. Er bot den anderen Jungen ja nicht nur ein Stück Wiese, wo sie sich tummeln konnten, sondern zeigte ihnen ein großes, erstrebenswertes Ziel, nämlich den Eiswürdern den Arsch voll zu hauen, und wußte überdies — so hatte es jedenfalls den Anschein — den Weg, der dorthin führte. Volker spürte, daß sein Ansehen den Zenit erreicht hatte, als er Stinken-Hinnerk so vernichtend schlug — die Eingliederung Jochens in seinen Club und der Vertrag mit der Gruppe am Bahnhof waren Folgen dieses Sieges — nun aber ging es nicht weiter und nichts war für den Zusammenhalt der Division tödlicher als dieser Mangel an einer deutlichen Zielsetzung.
Der Sommer brachte zunächst einige Ablenkungen mit sich: Da zogen die Jungen an ihre Badestelle im Reith, schwammen, sonnten sich und beobachteten die gelegentlichen U-Boote, die von der Werft seewärts zogen. Manchmal lag auch ein Geleitzug aus Norwegen auf Reede; dies alles nahm die Phantasie bis zu einem gewissen Grade gefangen. Schule und HJ-Dienst lenkten auch ab, aber schon wühlte der Feind — in Gestalt von Stinken-Hinnerk. Der hatte sich inzwischen in der HJ hochgedient und war zum Vertrauten des Fähnleinführers Erich Klapp geworden, der in Volker eine gewisse Konkurrenz sah. Aus dieser Deckung heraus verkündete Stinken-Hinnerk jedem, der es wissen wollte, daß Volker ein Feigling, Jochen jedoch ein weißer Jude sei. Im übrigen werde er, Hinnerk, demnächst auf dem Groden eine neue SS-Division aufbauen, irgendwo auf einem wilden Stück Land, schön dicht am Wasser, damit man baden oder Butt pricken könne, je nach Laune.
Das war schon eine üble Drohung. Stinken-Hinnerk gehörte fraglos ins KZ, aber Volker konnte ihn jetzt nicht einmal mehr gefahrlos verprügeln lassen, denn das hätte unter Umständen Strafexerzieren im HJ-Dienst gekostet — einen Grund hätte Fähnleinführer Erich schon gehabt und sei es der, daß die Füße beim Antreten nicht einen Winkel von 45 Grad sondern nur einen von 40 Grad bildeten — Gründe ließen sich für denjenigen, der wollte und die Macht hatte, immer finden — wer wußte dies besser als General Volker?
Um der Entscheidungsschlacht mit den Eiswürdern auszuweichen, gab es eigentlich nur das Mittel, mit der alten Politik fortzufahren: Volker überhörte also die beleidigenden Äußerungen Hinnerks und bot ihm eines Tages sogar an, als Korporal in seine Armee einzutreten.
Als Korporal!
Volker hatte nicht damit gerechnet, daß er auch Gefangener der von ihm aufgebauten Hierarchie war. Gerd Pump war nämlich auch Korporal — und wie lange schon! Und hatte immer treu seinem General gedient. Und dann waren da Willy und Otto und August und. . . Keiner von ihnen hatte Volker jemals als Feigling bezeichnet und die Disziplin

in der Truppe zu unterwühlen versucht; keiner hatte je angekündigt, einen eigenen Club aufbauen zu wollen — und der Groden stand schließlich allen offen! Und ihnen sollte nun ausgerechnet Stinken-Hinnerk vor die Nase gesetzt werden?
Volker löste das Problem, indem er Gerd Pump zum Major machte, ein neuer Rang, die anderen zu Korporalen und Stinken-Hinnerk lediglich als Gefreiten einstellte, jedoch mit dem Versprechen, ihn so rasch als möglich zu befördern. Auf diese Weise besänftigte er zwar die Meuterei in den eigenen Reihen, aber er bohrte den Stachel, der in Hinnerks Seele stach, nun noch tiefer, statt ihn herauszuziehen. Da dieser aber gute Miene zum bösen Spiel machte (im Ernst hätte er einen eigenen Club kaum zusammengebracht und dazugehören wollte er auch), hatte es anfangs den Anschein, als ob von dieser Seite keine Gefahr mehr drohe, denn nunmehr unterlag Hinnerk auch der Divisionsdisziplin, was bedeutete, daß er bei neuen skandalösen Äußerungen etwa unter dem Beifall fast aller Jungen des Dorfes sozusagen legal Prügel bezogen hätte.
Wie aber den Angriff auf Eiswürden hinausschieben?
Der Zufall wollte es, daß im Sommer eine bislang unbekannte Jungenschar an der Badestelle auftauchte. Sie wurde auch von den Eiswürdern belästigt, und deshalb fand sie sich rasch mit Volkers Soldaten zusammen. Ihr Führer hieß Jonny, und der wohnte in einer neuen Siedlung im Süden von Syassenssiel, genannt Klein-Rußland, weil die Leute dort in dem Rufe standen, schmutzig und unordentlich zu sein (allen Siedlungen und Dörfern in Östringen hingen solche und ähnliche Vorurteile an). Als nun die Badezeit sich ihrem Ende zuneigte und damit das Problem der weiteren Kriegführung wieder in den Mittelpunkt der Diskussion rückte, hatte Volker die brillante strategische Idee: Ein Bündnis mit Klein-Rußland! Eiswürden sollte gleichzeitig von Plekkateshem und von Klein-Rußland angegriffen und im Sturm genommen werden — diesen Gedanken trug der General seinem Stab vor, und der war begeistert, allen voran Jochen, der als einziger verstand, daß dieser Plan zunächst einmal Frieden bedeutete — später . . . später . . .
Aber wie sollte Volker die Verbindung mit seinen neuen Freunden aufrechterhalten? Es ging darum, daß jemand gefunden werden mußte, der sozusagen durch die feindlichen Linien schleichen konnte, um mit Jonny Kontakt aufzunehmen, aber wie? Es gab zwar einen Weg durch das Reith, der um Eiswürden herumführte, aber der Zufall eröffnete eine weit bessere Möglichkeit.
Eines Nachts wachte Stinken-Hinnerk mit rasenden Zahnschmerzen auf. Er mußte in der Schule fehlen und stattdessen nach Eiswürden laufen, denn dort wohnte der Zahnarzt, ein langer, dürrer Mensch und Schrekken aller Kinder, unberechtigterweise übrigens, aber dies erfuhren die Patienten erst, wenn sie dort waren und vergeblich auf das Wimmern der Leidensgenossen warteten. Stinken-Hinnerk ging also zum Zahnarzt und wußte hinterher allerlei zu berichten, vor allem aber, daß Eiswür-

den völlig leer sei. Ganz klar, denn die Jungen befanden sich, genau wie in Plekkateshem, in der Schule.
„Und Donnerstag muß ich wieder hin!" stöhnte Stinken-Hinnerk, indem er sich die Backe hielt.
Dies brachte Volker auf den entscheidenden Gedanken. Er rief den Gefreiten beiseite und eröffnete ihm seinen Plan: Stinken-Hinnerk sollte, nach seiner Sitzung beim Zahnarzt, nach Klein-Rußland gehen, warten, bis in der Schule Pause war und dann mit Johnny verabreden, wo und wann der SS-General sich mit seinem Verbündeten treffen könnte, damit das Bündnis gegen Eiswürden auch formell abgeschlossen werde – er wisse Bescheid, denn sie hätten schon mal am Strand mit ihm drüber geredet.
Stinken-Hinnerk stimmte zu – und wieder kam sich Volker ungeheuer schlau vor: Sein gefährlichster Rivale sah, daß der General Ernst machte und wurde gleichzeitig zum Komplizen seiner Pläne. Schließlich würde eine so mutige Tat, wie sie Stinken-Hinnerk jetzt vorhatte, eine baldige Beförderung rechtfertigen, denn bislang hatte es noch niemand von den Jungen gewagt, am hellen Tage durch Eiswürden zu gehen.
Es ging alles nach Wunsch.
Stinken-Hinnerk kam beim Zahnarzt bald dran und er konnte sich ungesehen durch Eiswürden schleichen – die zwölfjährige Tochter des Doktors beachtete er nicht weiter. Johnny machte er leicht ausfindig – er war auf dem Schulhof in Klein-Rußland unverkennbar der Mittelpunkt. Was aber das Treffen mit Volker anging, so schien er zu zögern: Er schob Dienst vor und noch einiges – dann sagte er für nächste Woche zu: Freitagnachmittag an der Badestelle, nein, etwas weiter südlich. Dort befinde sich eine kleine Hütte, gebildet aus vergessenen Reithfiemen.
Daß Stinken-Hinnerk vor diesem Treffen noch einmal zum Zahnarzt befohlen worden war und deshalb ein letztes Mal die gefährliche Wanderung in die Siedlung antreten mußte, war weder dem Botschafter noch dem General bedenklich: Was zweimal so sichtlich gutgegangen war – sollte das beim dritten Male schief gehen?!
Eine harte Faust riß dem ahnungslosen Stinken-Hinnerk den rechten Arm nach hinten, als er das Haus des Zahnarztes verließ, dann steckte er im „Schwitzkasten" und wurde so, bewegungsunfähig, hinter das Gebäude geschleppt und auf eine Bank gestoßen.
Vor ihm standen zwei kräftige Jungen.
„Na, nun spuck mal aus!" sagte der eine. Stinken-Hinnerk wußte, wer da sprach: Hermann Pulsen.
Und er hatte Angst.
Zugleich glomm in seinem hintersten Gehirnwinkel so etwas wie Hoffnung auf – war das die Gelegenheit zur Rache?
Nun hatte Stinken-Hinnerk niemals planmäßig auf diesen Moment hingearbeitet. Er sah sich lediglich nach seiner Niederlage vor dem Dänentor nicht nur degradiert, sondern auch ausgeschlossen – deshalb suchte

er Verbindung zu den HJ-Führern; deshalb seine ohnmächtig-wütenden Ausfälle, die Volker Brumm so ernst genommen hatte; deshalb unterwarf er sich dem gefürchteten SS-General sogar als Gefreiter – nur mit der vagen Chance auf Beförderung; und deshalb hatte er seinen Auftrag, die Verbindung mit Johnny herzustellen, bis jetzt loyal ausgeführt, eben wegen der Aussicht auf Beförderung – aber dies war nun eine andere Situation.
Und eine Gelegenheit.
„Sag uns zunächst mal, wie Du heißt!" forderte ihn der Junge auf, den Hinnerk für Hermann Pulsen hielt (und er war es tatsächlich).
„Sag ich nicht!" sagte der Gefangene trotzig.
„So! Er will uns nicht sagen, daß er Stinken-Hinnerk ist – oder Heinrich Spohler, wie hättest Du es gerne?"
„Warum fragst Du denn!" schmollte der Angesprochene, schon weniger widerstrebend.
„Und was wolltest Du hier?"
„Zum Zahnarzt, habt Ihr doch gesehen!"
„Und wir haben auch gesehen, daß Du beim letzten Male rechts rum gegangen bis und nicht links rum – was wolltest Du hier in der Siedlung?"
Jetzt war der Punkt gekommen, wo sich Stinken-Hinnerk entscheiden mußte. Er schwieg. Hermann Pulsen schüttelte bedächtig den Kopf.
„Er will uns nichts sagen!" meinte er gleichmütig zu seinem Begleiter. Dann hielt er dem Gegner seine Faust vor die Nase.
„Darfst mal dran riechen!"
Hinnerk verspürte einen Nasenstüber, der bewirkte, daß ihm das Blut im Riechorgan zusammenströmte.
„Na?" erkundigte sich Hermann nach dieser Aufmunterung.
„Ich wollte – ich wollte –"
Hinnerk verstummte erneut – sein Kampf war noch nicht beendet. Wenn es nun herauskam, daß er alles verraten hatte?
Aber wie?
Hermann Pulsen erriet den Kampf in der Seele seines Gefangenen.
„Nun spuck schon aus – wir verpfeifen Dich nicht!" sagte er.
Und Stinken-Hinnerk begann zu erzählen – zunächst stockend, dann immer eifriger, und schließlich hatte er sich alles von der Seele geredet: seinen ganzen Zorn, seine Wut, alle seine Informationen.
Hermann Pulsen hörte sich die Enthüllungen an und nickte zu allem.
„Gut", befand er schließlich, „dann hau man ab – wir sagen nichts, aber Du auch nicht – klar?"
„Klar!" sagte Hinnerk und gab Fersengeld.
Und so geschah es, daß Volker Brumm in sein Unglück lief. Als er, begleitet vom treuen Gerd, durch das Reith schlich, um sich mit Johnny zu treffen, da sah er sich plötzlich umstellt, ergriffen, davongeschleppt und schließlich gefesselt – hilflos stand er Hermann Pulsen gegenüber, der ihn in jener Schilfhütte, in der er sich mit Johnny treffen wollte, höhnisch begrüßte:

„Das war wohl nichts?“
Volker schwieg beschämt. Er ließ über sich ergehen, was in dieser Situation unvermeidlich war: den Spott und Hohn, mit dem ihn die Eiswürder übergossen, die Prügel, die er ohne jede Gnade bezog – bis sich sein zusammengekniffenes Gesicht zu einem weinerlichen Wimmern verzog – Hermann Pulsen wollte seinen Feind ganz unten haben; und er hatte es geschafft – spätestens zu dem Zeitpunkt, als das Gros der Eiswürder Armee auf dem Platz erschien, geschmückt mit den Trophäen eines offenbar vollständigen Sieges: Uniformstücke aus der Schneiderei der SS-Totenkopf-Division, Sackleinwand aus den Vorräten, die Jochen besorgt hatte – und vor allem mit den Trümmern des Flakgeschützes, das Hermann Pulsen allerdings verächtlich betrachtete:
„Naja, die Räder können wir gebrauchen!“ befand er.
Volker und Gerd (der weniger mißhandelt worden war, aber Zeuge des Geschehens wurde) konnten nach Hause laufen – und dann sahen sie, was geschehen war: Während der General sich als Gefangener in den Händen des Feindes befand, waren die Eiswürder auf die Stellung der SS-Totenkopf-Division losgestürmt. Die tapferen SS-Recken hatten, da ihr Befehlshaber weit weg war, die Flucht ergriffen (wobei Jochen die stiebitzten Bointjen dem allgemeinen Inferno entzog), so daß die Feinde das Lager kampflos einnehmen und zerstören konnten.
Dies war das Ende.
Volker selbst baute nie wieder einen eigenen Club auf. Hie und da entstanden neue Organisationen, aber sie blieben klein und unbedeutend – gingen schließlich ganz ein, auch deshalb, weil die Jungen neben der Schule und dem HJ-Dienst kaum noch Zeit hatten, sich ihren privaten Schlachten zu widmen. Ein anderes Hindernis waren die Tiefflieger, die jede längere Wanderung zu einem Wagnis auf Leben und Tod machten, und schließlich bildeten die ersten Flüchtlinge aus dem Osten größere Attraktionen, denn sie mußten vom Bahnhof abgeholt und untergebracht werden, kurz und gut: die Clubs gerieten in die Vergessenheit, weil nun der Krieg unmittelbar nach dem Dorf griff und damit auch die Interessen der Dorfjugend völlig absorbierte.
Volkers totale Niederlage wurde verschlungen durch die sich abzeichnende totale Niederlage des Deutschen Reiches.

XX. Bomben

Monatelang, fast jahrelang war man es gewohnt, hoch oben am Himmel, außerhalb der Reichweite der eigenen Flak, die feindlichen Bomberpulks ziehen zu sehen — auf dem Wege nach Berlin. Man stand dann wohl im Garten, allenfalls unter der Tür (zum Schutz gegen eventuelle Granatsplitter, falls die Geschütze doch schießen sollten) und schaute dem Schauspiel zu. Nur wenn die Flieger zurückkamen, suchte jeder eine Deckung auf: die einen ihren Luftschutzkeller, der noch besonders abgestützt worden war, damit er nicht unter der Last des einstürzendes Hauses zusammenbräche, die anderen einen Bunker — und der war feucht und kalt; die Arbeiter von Eiswürder schließlich und andernorts flüchteten in einfache Splittergräben (sofern nicht das Wasser knietief darin stand), denn nun geschah es, daß die zurückkehrenden Flugzeuge die Reste ihrer tödlichen Lasten kurz vor dem Erreichen der See irgendwo ins Gelände warfen, wobei sie meistens Wiese und Watt, gelegentlich aber auch ein Haus trafen.
Alles in allem aber lief der Luftkrieg ab, als ob die Menschen unmittelbar an der Küste nicht betroffen seien. Zwar sank eine Großstadt nach der anderen im Innern des Reiches in Schutt und Trümmer — Andeutungen las man im Wehrmachtsbericht, mehr darüber hörte man durch Gerüchte, aber Bremerhaven — vielmehr Wesermünde, wie es jetzt hieß — konnte dies alles nicht betreffen.
„Bremerhaven brauchen die doch!" sagte man sehr leise und nur zu ganz Vertrauten — aber es war die allgemeine Überzeugung.
Die Fliegeralarme waren inzwischen so häufig und ausgedehnt, daß niemendem mehr zugemutet werden konnte, immer und während der ganzen Zeit im Bunker oder Splittergraben zu hocken. Deshalb sendete der Rundfunk regelmäßig Luftlagemeldungen, so wie heutzutage eben das Wetter mitgeteilt wird. Nur sehr selten hieß es:
„Über dem Reichsgebiet befinden sich keine feindlichen Verbände."
Öfter noch gaben Sprecher in geschäftsmäßigem Tone an:
„Feindliche Bomber im Raum Borkum in Richtung Osnabrück."
Und so weiter.
Jeder konnte hören, ob der Alarm ihn betraf oder nicht. Borkum — das war ja weit entfernt, wenn wir bei diesem Beispiel bleiben wollen.
Im Garten von Elke Rethelsen befand sich ein kleiner Betonklotz, der kaum sichtbar aus der Erde ragte und von Gebüsch umgeben war. Hierhin flüchtete der Ortsgruppenleiter mit seiner Frau und dem Jüngsten, Elmar, wenn die Flieger mit einem hohlen Dröhnen über Plekkateshem hinwegflogen. Elke hatte sich in der langen Routine des Luftkrieges beruhigt und war jetzt überzeugt, daß Bremerhaven — und auch die Umgebung — ausgespart würden.
Er sagte sich: Die Alliierten brauchen den Hafen!
Mit anderen Worten — Parteigenosse Rethelsen zweifelte am Endsieg! Vielmehr: er war ganz sicher, daß der Krieg verloren sei. Die Niederlage

von Stalingrad hatte dies ganz deutlich gezeigt. Und in Frankreich war den Feinden — die Invasion gelungen.
Wie sollte das noch gut gehn?
„Wenn wir die Wunderwaffen, von denen die ersten schon im Einsatz sind, an die Front bringen, werden wir die Feinde werfen — so schnell können die gar nicht laufen, wie wir sie bei der Büx kriegen!"
So tönte Ortsgruppenleiter Rethelsen, wenn er sonntagsmorgens um 10 Uhr, neben sich den unerbittlichen Focko Umbsen, die Parade der Hitlerjungen abnahm. Da marschierten sie, die Jungzüge des Fähnleins. Die Pimpfe warfen die nackten Beinchen, ließen die Ärmchen taktmäßig und zackig hin und her schaukeln und streckten ihre mageren Gesichtchen dem örtlichen Parteiobersten entgegen:

„Wir Jungen schreiten freudig
der Sonne zugewandt —
wir sind ein neuer Frühling,
ins deutsche Land."

Rethelsen hatte seine braune Uniform an, und durch das Dorf trug seine Stimme:
„Ein Hundsfott der, der nicht an den Führer glaubt. Ein Verbrecher am deutschen Volke der, der an dem Endsieg zweifelt. Wir Nationalsozialisten wissen, was wir der hart ringenden Front hier in der Heimat schuldig sind. Wir werden nicht zulassen, daß irgendjemand wieder den Dolchstoß von hinten führt. Wir rufen allen unseren Feinden zu: Lewer dod as Slaw!"
Dann ging er nach Hause und stellte das Radio an:
„Feindliche Verbände befinden sich im Raum Hamburg mit Kurs Südost. . ."
„Berlin!" murmelte Rethelsen.
Wie sollte er da rauskommen?
Vorsorglich hatte er Lulu erzählt, daß er den Christoph Iben vor den Fängen der Gestapo gerettet habe.
„Der wäre doch drin gewesen, wenn ich nicht für ihn gut gesagt hätte!"
So Elke Rethelsen — und Lulu hatte diese Äußerung sogleich zu Bruder Hajo getragen, dieser zu Louisa, allerdings mit einer zweifelnden Seitenbemerkung: Ob das wahr ist? Louisa glaubte dies nur zu gerne, trotzdem traute sie ihrem Schwager nicht. Außerdem war das jetzt ja ziemlich unwichtig. Sie hatte genug damit zu tun, Lebensmittel zu organisieren, denn die begannen, knapp zu werden — und von Elke Rethelsen war nichts zu erwarten.
Deodonatus Brumm wurde eingezogen.
Dies war ein erstaunliches Ereignis, denn der begeisterte Nationalsozialist war bis dahin an der Heimatfront unentbehrlich gewesen; schließlich brachte er den Kindern mit Erfolg bei, daß Luther von den Juden, Goethe aber von den Freimaurern umgebracht worden sei. Überhaupt begleitete er jedes negative Ereignis der deutschen Geschichte mit dem Kehrreim:

„Und das haben die verdammten Juden getan!"
Nun wurde er Soldat – und verabschiedete sich von den Schulkindern mit einer fulminanten Rede:
„Lebt und lernt für den Führer!"
Elke Rethelsen ließ ihn gerne ziehen – ein Aufpasser weniger. Gefährlicher aber war Focko Umbsen, der neuerdings ein feindseliges Schweigen an den Tag legte, nur trank – mochten die Götter wissen, woher der den Schnaps bekam – jedenfalls flatterte ihm die Fahne stets voran.
Am Heiligen Törf herrschte, wenn die Getreuen zusammenkamen, eine merkwürdige aufgekratzte Stimmung – keiner wollte dem anderen zugeben, daß er Angst hatte; nur der schweigsame Zeuge hatte sein Verhalten nicht geändert – er ließ sich auch durch Alarme nicht abhalten, diese Treffen zu besuchen, registrierte die Bomber hoch oben mit einer gewissen Gleichgültigkeit, als ob ihn das ganze nichts anginge.
Der Volkssturm wurde gegründet.
Ausgerüstet mit Jagdgewehren und rostigen Bajonetten exerzierten die letzten Männer, die noch im Dorf waren, unter den scharfen Augen von Focko Umbsen, und am Rande lagen die kostbaren Panzerfäuste, mit denen einige gelegentlich schießen durften.
Wieder Parade. Diesmal Hitlerjugend und Volkssturm gemeinsam.
Wieder eine Rede des Ortsgruppenleiters.
Und in der Luft die silbernen Pulks der Anglo-Amerikaner.
Der Krieg rückte näher.
Und dann war er unmittelbare Gegenwart – fiel er vom Himmel – in jener Nacht, als Bremerhaven unterging.
Alles kam auf einmal.
Als die Sirenen heulten, hingen die „Tannenbäume", jene Leuchtkörper, die das Ziel markierten, bereits in der Luft und erleuchteten den Weg zum Bunker taghell.
Aus dem Radio belferte eine Stimme: „Großangriff auf Wesermünde – Großangriff auf Wesermünde – Großangriff auf Wesermünde. . ."
Und dann hörte Elke Rethelsen in seinem Bunker das Rauschen der Bombenteppiche, die auf die unglückliche Stadt niederregneten, dazwischen das Krachen der Sprengbomben. Wie ein schwerer Gewitterregen, so hörte sich dieser Angriff an, aber was da niederprasselte, waren Magnesium und Phophor, was da durch die Luftklappen des Bunkers kroch, war der Brandgeruch einer Stadt, die in Flammen stand und in deren Kellern Menschen um das letzte bißchen Atemluft rangen, in deren Straßen schattenhafte Gestalten um ihr Leben rannten – hin zum Hafen, nur fort – dort wurde schon einer weggerissen, in eine Seitenstraße, verschwand ein Mensch in den Flammen, ein anderer war, eine lebende Fackel, im weichen, brennenden Asphalt steckengeblieben – Menschen wurden gebraten und geröstet, verdampften in der Hitze, so daß säuglingsgroße Leichen in den Hauseingängen übrig blieben, Menschen, hohläugig vor Angst, drängten sich in die Hafenbecken, im Teich

des ehemaligen Holzhafens, weil sich hier, unmittelbar über der Wasseroberfläche, noch etwas Sauerstoff befand, während der ungeheure Dom aus Qualm und Dreck die ganze Stadt überwölbte und, ein höllischer Wirbelwind halbe Bücher als Zeugen der Vernichtung ins Land hinaustrug.
Als Elke Rethelsen nach der Entwarnung aus dem Bunker trat, stand er vor einer Rauchmauer.
Brannte Ohlhamm?
Er rannte hinüber, aber in dem Dunkel zeichnete sich die Masse der Hofgebäude ab — unversehrt. Der Bauer lief in die Scheune, kletterte durch das Heu, fragte die Fremdarbeiter (die natürlich an Ort und Stelle geblieben waren) — endlich hatte er die Gewißheit: Sein Hof war erhalten geblieben.
Da klingelte das Telefon.
Jemand bellte in die Sprechmuschel:
„Die Kurze Straße ist getroffen!"
„Schwer?" fragte Rethelsen zurück.
„Sprengbomben — alle Häuser weg; wir suchen nach Überlebenden!"
Aber es gab keine Überlebenden, wie Elke Rethelsen sofort bemerkte, als er den Unglücksort erreichte. Eine ganze Serie von Sprengbomben hatte eine Häuserzeile, sechs einstöckige Gebäude, ausgelöscht — nur eine breite Furche mit Trümmern und Mauerresten war geblieben und darin mal hier ein Kopf, dort ein Bein, ein Arm, ein aufgerissener Rumpf, aus dem stinkend die Gedärme quollen. Diese Leichenteile suchten die Feuerwehrmänner in den Trümmern, um sie in Särgen zu sammeln — die Reste von 37 alten Männern, Frauen und Kindern, die in den Kellern gesessen und gewartet hatten, bis der eine große Schlag kam, jener letzte Knall, den sie vielleicht noch gehört hatten — und dann war da nichts mehr. Elke Rethelsen wandte sich ab.
Dies also war der Krieg!
Jetzt, nach fünf Jahren, mußte er erfahren, mit eigenen Augen sehen, daß die Wirklichkeit dieses Orlogs nichts mit den glänzenden Paraden zu tun hatte, die es vordem gab und deren schwacher dörflicher Abglanz der Vorbeimarsch der HJ und des Volkssturms waren.
Daheim erwartete ihn Kreisleiter Scholzen.
„Nun — Parteigenosse Rethelsen?"
Der Ortsgruppenleiter stattete, so gut er es vermochte, seine Meldung ab.
„Naja", nickte Scholzen, „ist ja nicht allzuviel passiert — was Wesermünde betrifft, so sind die Hafenanlagen intakt und, die Bombenwürfe in Eiswürden galten vermutlich dem Flugzeugwerk — indes: sie haben nicht getroffen!"
Der Kreisleiter lächelte etwas. Rethelsen überlegte, was Scholzen damit sagen wollte, aber er kam nicht dazu, den Mund aufzumachen, denn der Kreisleiter erhob sich:
„Sie müssen jetzt die Trauerfeier organisieren!

Heil Hitler!"
„Heil Hitler!" sagte Elke mit gewohnt strammer Stimme.
Trauerfeier!
Für 37 alte Männer, Frauen und Kinder, zerrissen und zerfetzt von sechs Sprengbomben. In einem Krieg, der bereits verloren ist. Still, Parteigenosse Rethelsen, der Endsieg ist sicher!
So verloren, daß der Feind sich jetzt schon die Hafenanlagen für seinen Nachschub sichert. Und daß er darauf verzichtet, eine Flugzeugfabrik zu zerstören. Eine Flugzeugfabrik allerdings, in der – aus Materialmangel – eh nichts mehr produziert wird; in der die Angestellten Romane lesen und nur dann eifrig zu arbeiten scheinen, wenn Vorgesetzte durch das Büro gehen – aber die kommen selten, wissen ja selbst, was los ist – nur der Schein muß gewahrt bleiben: Räder müssen rollen für den Sieg!
Trauerfeier!
Was sollte er denen sagen, die diese 37 Menschen verloren hatten?
Scholzen hatte gut reden:
„Sie müssen jetzt die Trauerfeier organisieren!"
Elke zuckte verzweifelt mit den Achseln. Er war ratlos, denn zum ersten Male hatte er das Empfinden, daß seine Phrasen wirkungslos bleiben mußten angesichts der Realität draußen.
„Ich könnte mit Louisa sprechen!" sagte Lulu still.
Rethelsen nickte.
Es war unvermeidlich, mit der Pfarrfrau, die jetzt die Kirchengemeinde verwaltete, zu reden – schon wegen des Grabes, das auszuheben war. Mochte Lulu dies tun.
So ließ er es geschehen, daß Lulu das Pfarrhaus von Plekkateshem betrat und regelte, was zu regeln war: Ein Massengrab, gewiß, dann zuerst die Trauerfeier der Partei auf dem Marktplatz in Eiswürden, Zug zur Kirche und hier kirchliche Trauerfeier mit Pastor Renken. . .
„Renken?" fragte Elke.
„. . . er ist der einzige!" sagte Lulu zur Erklärung. Sie ahnte, was ihr Mann dachte: Renken war als Deutscher Christ in den Krieg gegangen, verwundet auf seine alte Pfarrstelle in Asmundeshem zurückgekehrt – nun stand er in dem Rufe, daß er sich der Bekennenden Kirche angeschlossen habe, jedenfalls sollte er sich geändert haben. . .
„Also Renken!" stimmte Elke zu.
Der Ortsgruppenleiter Rethelsen hatte das unangenehme Gefühl, einer antinazistischen Kundgebung zugestimmt zu haben, als er die schweigsame Masse vor sich auf dem Marktplatz sah – niemals waren auf Befehl der Partei so viele Menschen „freiwillig" zusammengekommen wie diesmal – und dabei hatten die Parteigenossen doch ausgestreut, sie hätten Verständnis dafür, wenn der eine oder andere nicht könne, aber nein, sie kamen alle, ungeachtet der Fliegergefahr – und gingen auch alle mit in die Kirche!
Elke hatte gespürt, wie wenig überzeugend seine Rede gewesen war. Deshalb gab er während des Trauerzuges hinter den Särgen, in denen die

Bruchstücke der Menschen lagen, politische Kommentare von sich:
„Wir lassen den Feind tief nach Europa herein, um ihn desto sicherer zu vernichten, denn wir haben die Wunderwaffen. . ."
Die Menschen ringsherum schwiegen — sie schwiegen ein widerborstiges, ablehnendes Schweigen, bewahrten eine feindselige Stille, die sie unangreifbar machte — nur die schlurfenden Schritte waren hörbar und die immer eifrigere Stimme Elkes tönte:
„Niemals werden die Plutokraten und die verjudeten Sowjets Gelegenheit haben, Europa zu knechten!"
Glockenläuten zerschlug seine Rede und zwang auch ihn, seine Suada zu unterdrücken.
Renken empfing die Gemeinde am Dänentor mit bloßem Haupt, das schwarze Barett in der Hand. Dann führte er den langen Zug in die Kirche.
Alle folgten — auch Elke Rethelsen, nur Focko Umbsen blieb draußen. Er spuckte verächtlich aus und ging zu seinem Hof.

XXI. Polenblut

Was Focko Umbsen vorbrachte, wäre normalerweise nicht einmal eine komische Wirtshausgeschichte gewesen:
Auf dem Hofe Ibbecken hatte ein Pole ein deutsches Mädchen geküßt.
Nichts weiter?
Nein, nichts weiter.
Ibbeckens Großknecht, ein etwas dummer Mensch, aber getreuer SA-Mann in der Schar Focko Umbsens, dieser Erich Schaffer hatte die beiden gesehen, wie sie dicht aneinandergeschmiegt hinter einem Ständer am Heu lehnten.
Erich Schaffer war ein großer Mensch mit einer mächtigen Hakennase und einem blöden, breiten Grinsen, mit Händen wie Bratpfannen, die an langen, dünnen Armen viel zu tief an seinem Körper entlangschlenkerten — ein häßlicher Mann also, der vermutlich noch nie ein Mädchen geküßt hatte.
Aber ein deutscher Mann mit Rassebewußtsein.
„Na, hab ich Euch!" sagte er, als er die Szene genugsam beobachtet hatte.
Darauf war er zu Focko Umbsen gegangen.
Der hatte zunächst die Magd angehört.
Das Mädchen machte ihr Pflichtjahr auf dem Hof. Die Eltern waren ehrsame Bauern, vor allem die Mutter hatte sich in der NS-Frauenschaft hervorgetan.
„Aber Wilma, das hast Du doch nicht freiwillig getan?" fragte Focko das schiere Mädchen, als er sie vernahm. Wilma hatte ihn angetroffen, als er die Pferde anschirren wollte.
„Ganz gewiß nicht!" heulte sie und ließ sich die Liebkosungen des SA-Führers gefallen —
Im Heu kamen sie überein, daß der Pole versucht habe, das deutsche Mädchen zu vergewaltigen.
„Mach Dir nichts draus — ich bieg das schon wieder hin!" sagte Focko, als er sich die Hose wieder hochzog.
Damit stand fest: Der dreckige Pole hatte versucht, ein deutsches Mädchen zu vergewaltigen.
„Die Polen werden überhaupt reichlich frech!" sagte Focko, als er Elke den Fall vortrug.
Dem Ortsgruppenleiter war unbehaglich zumut. Aber Kreisleiter Scholzen war nicht zu erreichen.
„Hier muß ein Exempel statuiert werden!" sagte Focko dringlich.
Elke Rethelsen rutschte auf seinem Sitz hin und her. Draußen schien die Frühlingssonne und ließ den Schnee schmelzen.
Exempel statuieren?
Die Zeitung lag auf dem Tisch — der Wehrmachtsbericht nannte Namen deutscher Städte.
„Wir müssen geschlossen für den Endsieg eintreten — ohne Zögern und

Schwanken!" sagte Focko und kniff die Augen zusammen, als ob er Elke ins Visier nähme.
„In Ordnung", brummte der Ortsgruppenleiter endlich.
Focko stand auf.
„Heil Hitler!" brüllte er und riß den rechten Arm hoch.
„Heil Hitler!" sagte Elke möglichst zackig.
Ein merkwürdiger Betrieb setzt ein. Lastwagen rasten von Hof zu Hof.
„Alle Polacken aufsteigen!"
Gehorsam kletterten die Fremdarbeiter auf die Fahrzeuge, empfangen von grinsenden SA-Männern.
Und dann ging es über glitschige Feldwege zum nächsten Hof. Bis die Fuhre voll war.
An der Franzosenschanze – vielmehr dort, wo diese früher gestanden hatte – wurden die Fuhren abgeladen. Focko sorgte für Ordnung:
„In einer Linie vor mir angetreten – na wird's bald – ihr solltet endlich deutsch lernen, Ihr Hurenböcke, Ihr Dreckskerle, Ihr Schweine. . ."
Langsam bildete sich ein Karree – und in der Mitte der Galgen: zwei senkrechte Balken, ein Holz quer darüber und in den Winkeln Stützen – das war's. Natürlich lehnten Leitern an dem Gerüst.
Der beschuldigte Pole wurde von SA-Männern mit Kolbenstößen in die Mitte des Karrees gestoßen. Da stand er mit gesenktem Kopf und hängenden Schultern.
Elke Rethelsen baute sich vor dem Galgen auf.
„Was jetzt folgt, ist hart, aber gerecht. Ihr genießt hier im Reich so etwas wie Gastrecht – aber wer sich nicht fügt, muß erfahren, daß wir hart und unerbittlich zurückschlagen können und dies auch tun. Dieser Mann. . ."
– Elke zeigte auf den Gefangenen –
„. . . dieser Mann hat es gewagt, ein deutsches Mädchen anzurühren. Ich habe Euch gesagt, wer es auch nur wagt, ein Mädchen scheel anzusehen, ist des Todes. Dieser Mann hier hat nicht nur ein deutsches Mädchen scheel angesehen, er hat es sogar angefaßt – zu verführen versucht.
Deshalb unser Urteil – und das kann angesichts der Schwere des Verbrechens – nur so lauten: Tod!"
Elkes Stimme trug weit. Man hörte sie weit über das Karree der Polen hinaus bis zum Deich, wo sich, scheu und stumm, die Menschen aus dem Dorf zu versammeln begannen, um zu sehen, was sich an der Franzosenschanze abspielte.
Der Pole zuckte bei dem Wort „Tod" zusammen.
Die SA-Männer neben ihm grinsten.
Jetzt trat Focko vor:
„So, ihr habt's gehört. Und nun zwei Freiwillige vor!"
Schweigen in der Runde. SA-Führer Umbsen genoß die Stille. Er fletschte die Zähne:
„Ihr Schweine habt mich wohl nicht verstanden – na schön, dann will ich das deutlicher sagen: Wenn Ihr Drecksäue meint, daß wir uns unsere

Finger an solch einem Miststück schmutzig machen, so irrt Ihr Euch — das könnt Ihr Kanaillen selbst machen, deshalb nochmals: Freiwillige vor!"

Niemand meldete sich.

„Nicht so drängeln!" höhnte der Bauer.

Noch immer meldete sich kein Pole — nicht einer war bereit, den Landsmann aufzuhängen.

Focko nickte grimmig.

„Na schön — dann werde ich zwei bestimmen!"

Mit langsamem Schritt ging er die Reihen entlang — einmal in der Runde.

„Habt Ihr es Euch überlegt?" fragte Focko nochmals. Dann:

„Ich zähle bis drei — eins — zwei — und — — — drei!"

Die Frist war abgelaufen — jetzt mußte eine Entscheidung fallen. Focko ging auf einen Polen los, der direkt vor ihm stand:

„Du!" sagte er.

Dann sah er sich lange um. Schließlich sah er einen geeigneten Mann am linken Flügel.

„Und Du!"

Die beiden Fremdarbeiter traten vor.

Focko befahl:

„Los — hängt den Kerl da auf!"

Die beiden Polen standen auf ihren Plätzen und bewegten sich nicht.

„Na — wird's bald — Bewegung!" brüllte Focko aus Leibeskräften — aber die beiden Polen standen wie Säulen.

Elke überlegte, wie er das Spiel beenden könnte — den total betrunkenen, amoklaufenden Focko von seinem Vorhaben abzubringen aber ihm fiel nichts ein: wer hier nicht mitmachte, zweifelte am Endsieg, und wer am Endsieg zweifelte, war des Todes — der Werwolf wachte!

Focko schien unsicher zu werden. Das hatte er offenbar nicht erwartet. Er kaute einen Augenblick lang auf seiner Unterlippe, schaute den Delinquenten und das Exekutionskommando an, blickte in die Runde, sah zu seinen grinsenden Gefolgsleuten (von denen einer gerade heimlich zu einem Flachmann griff) — dann nickte er.

„Aufhängen!" befahl er und wies auf die beiden Polen, die noch immer vor der Front standen.

Schon schleppten kräftige Männer sie zum Galgen, zerrten sie, indem sie die Leitern als Gleitbahnen benutzten, nach oben, schon lagen die Schlingen um die Hälse — einige heftige Bewegungen der Gliedmaßen, dann hingen die Leiber still an dem Gerüst.

„Die nächsten bitte!" brüllte Focko und wies auf die erhängten Männer.

Immer noch Schweigen in der ganzen Front.

Elke Rethelsen wurde es übel. Wollte Focko das Spiel wiederholen? Und wie oft?

Hilfeflehend sah er sich um — bestand eine Chance, daß er entfliehen konnte, weg aus diesem schrecklichen Karree, weg von den Leuten, die

schreckerstarrt auf dem Deiche zuschauten . . . und schon schritt Focko wieder die Front entlang, sahen seine Augen suchend die Reihen entlang. . .
wie konnte dies verhindert werden?
Vielleicht waren in wenigen Wochen schon die Amerikaner da?
Und was dann?
Wie sollte er dies rechtfertigen?
Endlich:
Ein Auto. Elke hörte das Motorengeräusch — ein Auto, das konnte nur ein Führer sein, denn wer fuhr sonst Auto — endlich —
Wieder standen zwei Polen vor dem Galgen, schweigend, wie die anderen.
Der Wagen hielt. Elke sah sich nochmals um.
Kreisleiter Scholzen saß in dem Auto, das von dem Unbekannten chauffiert wurde, und winkte — Elke verließ erleichtert das Karree, in dem die SA-Männer gerade die nächsten beiden Polen griffen.
„Was gibt es hier?“ fragte Scholzen den Ortsgruppenleiter, als dieser an das Auto herangetreten war.
Elke Rethelsen berichtete kurz von dem Vorkommnis.
Scholzen sah zu dem Ungenannten. Der schien nur in die Ferne zu blikken. Dann sagte der Kreisleiter ein Wort:
„Aufhören!“
Als der Befehl Focko Umbsen erreichte, zerzappelte neben den vier anderen gerade jener Mann sein Leben, der das Mädchen geküßt hatte — SA-Männer hatten ihn nun doch ermordet.
„Ihr werdet noch an mich denken!“ schrie Focko, als die Polen wieder abrückten — er schrie es aus Leibeskräften, wütend und ängstlich zugleich.
Scholzen winkte Rethelsen zu sich, während der Unbekannte den Motor anließ und davonfuhr. Elke fühlte sich unter den Fittichen seines Kreisleiters wohl — er brauchte nicht zurück zur Franzosenschanze, zurück zu den fünf Leichen, die hoch am Galgen hingen, zurück in den Machtbereich Fockos und seiner Männer.
Und so hörte der Ortsgruppenleiter nicht, wie der SA-Sturmführer den Parteibonzen nachrief:
„Mit Euch rechnen wir auch noch ab — dies war nur das Vorspiel!“

XXII. Fahnenjunker Erdmann

Der Fahnenjunker Erdmann trug stets eine tadellose Uniform: eine fleckenfreie Jacke mit dem Eisernen Kreuz am Hals, tadellose Breeches mit hellbraunem Sitzleder, tiefschwarzglänzende Stiefel und Pistole an der Seite. So saß er neben seinem Fahrer im Kügelwagen und musterte mit unbewegtem Gesicht die übermüdeten, abgerissenen Landser ringsum, die nun schon seit Tagen Östringen überfluteten — auf der Flucht nach Norden.

Die Front war ganz nahe.

Man hörte sie Tag und Nacht — ein dauerndes dumpfes Grummeln wie fernes Gewitter — und im Dunkeln blitzte es auf. Schon längst waren die Schulen geschlossen worden. Die Tiefflieger jagten jeden, der sich im Freien bewegte, auch Kinder, so daß die Schüler nicht mehr sicher die Klassen erreichen konnten. Dafür prangten jetzt hoch auf den Dächern der Schulhäuser mächtige rote Kreuze — man erwartete also Verwundete. Und in den mit Brettern zugenagelten Schaufenstern der Läden leuchteten rote Plakate:

„Feiger Gedanken
bängliches Schwanken,
weibisches Zagen
ängstliches Klagen
wendet kein Elend,
macht uns nicht frei.
Allen Gewalten
zum Trotz sich erhalten,
nimmer sich beugen,
kräftig sich zeigen,
rufet die Arme
der Götter herbei."

Aus den letzten noch intakten Radios dröhnte ununterbrochen — zwischen den Luftlagemeldungen — das Lied:

„Oh Deutschland, hoch in Ehren
du heilges Land der Treu. . ."

Die Menschen in Östringen ließen das über sich ergehen. Seit die Magazine geöffnet worden waren — seit der Sonderzuteilung an Reis, Butter und Mehl — seit diesem Zeitpunkt wußten alle, daß das Ende gekommen war: Lebensmittelkarten hatten keine Bedeutung mehr, weil es nichts mehr gab — und für wie lange nicht? Es war, als ob man vor einem tiefen Abgrund stünde: dort gähnte das Nichts, genannt „bedingungslose Kapitulation".

„Was ist das?" hatte Louisa Iben einmal den Pfarrer Renken gefragt. Der hatte nur gelacht, mit den Achseln gezuckt und gemeint:

„Dann geht nichts mehr — kein Telefon, keine Post, kein Motor — es bleibt halt alles stehn!"

Voerst rollten wenigstens noch einige Räder — nämlich diejenigen einer

Division, von der man nicht genau wußte, ob sie zur SS gehöre oder nicht. Die Einheit sollte sich über die Weser in Sicherheit bringen: Lastwagen füllten den Ort an, standen in den Scheunen und unter den dichten Kastanien an der Kirche, damit sie tagsüber gegen Fliegersicht gedeckt seien. Nachts setzten Prähme über den Strom, viel zu wenige – und so entstand ein Stau in Plekkateshem, überall lagen Soldaten in den Häusern, in Sesseln und auf Teppichen, schliefen, dösten, endlich mal einige Stunden Ruhe. Louisa Iben wollte den Landsern die Betten zur Verfügung stellen, aber die lehnten ab:
„Dann wachen wir nicht wieder auf!"
Ohlhamm lag glücklicherweise etwas abseits, so daß Elke Rethelsen nicht allzuviel unter dieser Invasion litt – nur gelegentlich meldete sich mal jemand bei ihm und verlangte Wasser, kriegte er auch, aber keinen Kaffee, wie in der Pastorei, wo Louisa beständig Muckefuck kochte (echten Kaffee gab es natürlich nicht, und auch der Ersatz war knapp genug, aber die Soldaten brachten immer neuen!). In Ohlhamm war nicht allzuviel los, umso erschreckter war Elke, als sich der geschniegelte Fahnenjunker Erdmann bei ihm meldete.
Es war nicht üblich, daß sich Wehrmachtsoffiziere um Parteifunktionäre kümmerten, und dies war dem Ortsgruppenleiter einerseits ganz recht – andererseits fühlte er sich irgendwie im Stich gelassen, denn die Soldaten sorgten sich ausschließlich darum, möglichst rasch fortzukommen. Und wenn sie weg waren? Wer schützte dann Ohlhamm und Elke Rethelsen – beispielsweise vor den Polen, die sich jetzt schon zusammenrotteten, weil sie spürten, daß die Partei hier im Frontgebiet nicht mehr allmächtig war? Der Autoritätsverfall wurde überdeutlich, und das machten sich die Fremdarbeiter doch tatsächlich, frech wie sie waren, zunutze! Rethelsen sah in der Anwesenheit der Soldaten einen Schutz, und im übrigen war der Ortsgruppenleiter froh, wenn man ihn vergaß – und nun dieser Fahnenjunker Erdmann. Er saß kerzengerade auf einem der gepolsterten Stühle in dem Wohnzimmer des Großvaters.
„Parteigenosse Rethelsen – es ist kein Geheimnis, daß die Division nach Norden abzieht; wir sind die letzten Goten und werden uns in Schleswig-Holstein zum Endkampf stellen – und seien Sie versichert, daß wir Schwarzen stehen werden wie der schwarze König Teja!"
„Ganz sicher!" meinte Elke Rethelsen sehr unsicher.
„Es wird darauf ankommen, daß dieser Brückenkopf bis zur letzten Patrone und bis zum letzten Mann verteidigt wird – Sie, Parteigenosse Rethelsen, garantieren dafür, daß die Absetzbewegung dieser Division in die neuen Bereitstellungsräume gedeckt wird und daß Sie den Feind hier aufhalten, so lange dies geht, wenn es sein muß mit heißem Wasser und Küchenmessern. Jeder, der die weiße Fahne zeigt, wird vor ein Standgericht gestellt. Kampf um jeden Meter Boden und um jedes Haus – das ist die Parole!"
„Jawohl", nickte der Ortsgruppenleiter.
„Gut!" fuhr der Fahnenjunker fort. „Ich freue mich, daß Sie das auch

so sehen – ich bin nämlich der Führer eines Sonderkommandos mit dem Befehl, all die Elemente auszumerzen, die sich dem Siegeswillen unserer Truppe entgegensetzen – und damit meine ich Deserteure ebenso wie Saboteure und Miesmacher, egal ob sie Angehörige der Wehrmacht sind oder nicht."

Fahnenjunker Erdmann griff zackig in die Brusttasche und zog ein Papier hervor, das mit Stempeln und Unterschriften versehen war.

„Führerbefehl!" knallte der Soldat hart heraus.

Elke flimmerte es vor den Augen – er konnte vor Aufregung nicht lesen, stattdessen sah er vor sich die Bilder, die ihm gelegentlich geschildert wurden – Soldaten an Bäumen hängend wie reife Früchte und um die Brust Schilder: Ich hänge hier, weil ich ein Feigling bin.

Erdmann riß den Ortsgruppenleiter aus seinen Träumen. Er nahm das Papier an sich und teilte mit:

„Ich bleibe, bis der letzte Mann der Division übergesetzt ist. Inzwischen werde ich die Verteidigungsvorbereitungen inspizieren, wenn Sie gestatten!"

„Aber natürlich", versicherte Elke.

„Wer befehligt den Volkssturm?"

„SA-Sturmführer Umbsen!" teilte Elke mit – ihm wurde übel vor Angst bei dem Gedanken, daß sich dieser Greifer mit dem brutalen Focko zusammentun könnte. Wie sollte er die nächsten Tage überstehen? Hie Focko mit dem Fahnenjunker Erdmann, dort die Polen – und wo gab es den Fluchtweg?

Jedenfalls ging der unheimliche Besucher erstmal ab. Es war vielleicht Zeit gewonnen – vielleicht: Elke zweifelte daran, denn er konnte sich lebhaft vorstellen, zu welchen Beschlüssen die beiden kommen würden und die Ausführung würde vermutlich davon abhängen, wie rasch ihre letzten Hemmungen durch den stets vorhandenen Schnaps weggespült würden.

Und in der Tat!

Umbsen begrüßte in dem Fahnenjunker einen Geistesverwandten – einen Mann, der unbeirrt an den Endsieg des Führers glaubte und bereit war, ohne Rücksicht und ohne Schwanken die Moral der Heimatfront zu stützen – mit allen Mitteln. Zwar stieß sich Erdmann zunächst an dem Schmutz und an der Unordnung auf dem Umbsenhof – aber nun, es war schließlich Krieg und dann – er brauchte Fockos Männer.

Die überstürzte Absetzbewegung hatte es nämlich mit sich gebracht, daß dem Fahnenjunker die Henkersknechte abhanden gekommen waren – jetzt rächte es sich, daß er stets allein mit dem Fahrer in einem Kübel gefahren war, die ihm unterstellten Soldaten aber im Laster hinterher, denn irgendwo hatte er den Lkw aus den Augen verloren, und nun war der fort – Fahnenjunker Erdmann wurde den Verdacht nicht los, daß sich die Männer aus dem Staube gemacht hatten, um der verbrecherischen Pflicht quitt zu werden. Nun stand er allein – mit einem verschmutzten, übermüdeten und unwilligen Fahrer – und besaß zwar ei-

nen Befehl, der ihm alle Vollmachten gab – selbst Generäle durfte er aufhängen, wenn er wollte! – aber ihm fehlten die Männer, mit denen er sich auch durchsetzen konnte: Und die konnte ihm Focko stellen.
„Großartig!" fand Erdmann jene Geschichte mit den Polen an der Franzosenschanze, jawohl, denn hier hatte ein echter Nationalsozialist gehandelt – schließlich verdienten die Polacken nichts besseres – Prost! – und ich hätte sie alle aufgehängt – Prost! – alle aufgehängt – Prost! – ohne Ausnahme – Prost!
Erdmann lallte weiter mit schwerer Zunge, redete sich immer tiefer in einen Blutrausch hinein und erzählte, wie er Deserteure und Miesmacher aufgeknüpft habe, so daß sie hübsch langsam verröchelten –
„. . . nicht so einfach Genick weg und aus – die sollen doch was davon haben . . . hahaha. . ."
Focko fand das auch sehr komisch.
Was allerdings diese Polengeschichte anging – man hatte dem SA-Führer die Sache zwar nicht offiziell zum Vorwurf gemacht, aber ihm war doch aufgefallen, daß immer mehr zuverlässige Männer aus dem Sturm in die Wehrmacht eingezogen wurden, Männer, die Focko ausdrücklich reklamiert hatte, aber was half's.
Erdmann erkannte unschwer, daß hier ein Saboteur am Werke gewesen sein mußte, aber wer?
Damit kam man zur Sache.
Focko nahm Papier und Federhalter, stellte ein Glas Tinte zurecht, und nun begannen die beiden eine Liste der Todeskandidaten zusammenzustellen – eine lange Liste, und an ihrer Spitze stand in der ungelenken Handschrift des betrunkenen Umbsen:
Elke Rethelsen.
Dieser hatte inzwischen wieder Besuch: Hajo Hayessen, begleitet vom Rechtsanwalt Uhlhorn aus Syassenssiel.
Wieder saß man im Wohnzimmer auf Ohlhamm. Draußen leuchteten die Wiesen im frischen Grün eines neuen Jahres – der Himmel war von tiefhängenden Wolken bedeckt: Tiefflieger waren deshalb im Augenblick nicht zu befürchten – und dies machte den Besuch des Bauern von Neu-Jerusalem und des Rechtsanwalts, zur Zeit Hilfspolizist, möglich.
Hajo ging stracks auf das Ziel los:
„Elke, der Krieg ist verloren – wir wollen nicht, daß in Östringen noch gekämpft wird."
Elke zuckte hilflos mit den Schultern – er sagte aber nichts.
„Wir haben ein Komitee gebildet", fuhr Hajo fort, „und haben Kontakt mit dem Feind aufgenommen. Wir haben ihm die Kapitulation angeboten."
„Wie?" stieß der Ortsgruppenleiter hervor.
„Ist egal", meinte Hajo wegwerfend. „Wir haben also dem Feind die Kapitulation angeboten – und zwar im Einverständnis mit dem Kampfkommandanten."
„Die Wehrmacht gibt auf?" fragte Elke verwirrt.

„Die Weser ist vermint und die Schiffe kommen nicht mehr rüber — also bleibt der Rest der Division hier. Befehlshaber in Östringen ist ein Oberst Kammer — ein verständnisvoller Mann!" Hajo lächelte etwas, als er das sagte. Nun, man mußte ihm etwas auf die Sprünge helfen, aber schließlich hatte er der Kontaktaufnahme mit dem Feind zugestimmt — wie gut daß das Telefon noch funktionierte!
Die Frage war bei dem Unternehmen eigentlich gewesen, vor wem Kammer mehr Angst hatte: Vor dem Fahnenjunker Erdmann und der Partei oder vor dem Sieger und denjenigen, die nach der ohnehin unvermeidlichen Kapitulation das Sagen haben würden — und Oberst Kammer hatte sich nach einigem Schwanken dazu entschlossen, auf die Kräfte der Zukunft zu setzen — und das waren offensichtlich diese Honoratioren, denn sie hatten den derzeitigen Feind auf ihrer Seite.
Und so war es zu einer Absprache dieses Inhalts gekommen:
Hajo Hayessen und seine Freunde neutralisierten die Partei — Oberst Kammer dagegen machte den Fahnenjunker Erdmann unschädlich. Hajo wußte, daß er bei Elke auf keinen Widerstand stoßen würde — und bei Scholzen noch weniger. So war er nicht überrascht, als der Ortsgruppenleiter hervorstieß:
„Was bin ich noch?"
„Ortsgruppenleiter — Goldfasan — Bonze — wie Du willst —", Hajo spielte seine Überlegenheit voll aus, „aber immerhin noch berechtigt, Deinem Kettenhund Focko Befehle zu geben!"
„Befehle — Focko — was denn?"
„Beispielsweise, daß er hier antanzen soll. Und daß er Ruhe halten soll mit seinem Volkssturm und vor allem mit seinen SA-Schlägern!"
„Ich? — Das heißt doch, daß ich am Endsieg zweifle!?"
„Genau das — los — ruf ihn an!"
Elke zierte sich, wand sich — schließlich schloß er einen Kompromiß: Scholzen — Kreisleiter Scholzen!
Er griff zum Telefon — ließ es läuten — nochmals —
Hajo erhob sich:
„Lulu und Elmar nehme ich mit!" sagte er zu Elke. Der hörte nicht — er drehte verzweifelt Scholzens Nummer. Vergeblich —
Elke stand allein da — und mußte sich entscheiden.
Hajo ging und Uhlhorn, der Hilfpolizist, folgte ihm. Elke sah verzweifelt, wie Lulu und Elmar zu ihnen in die Kutsche stiegen: Hü — und ein letztes Trappeln.
Er war allein.
Allein in dem riesenhaften Anwesen von Ohlhamm, allein inmitten undefinierbarer Geräusche: Da arbeitete das Balkenwerk in der Frühjahrsfeuchtigkeit, raschelten die Mäuse und Ratten, rasselten Ketten im Kuhstall — und dann noch manches andere — Elke Rethelsen fand nicht mehr die Kraft, irgendetwas zu tun: er wartete — wartete darauf, daß etwas passierte: daß die Garben eines Tieffliegers das Strohdach zerfetzten, racheschnaubende Polen den Hof in Brand setzten — oder der be-

trunkene Focko mit seiner SA-Bande eindrang, um für irgendetwas abzurechnen – Elke sah keinen Ausweg, denn selbst wenn er über das Feld fortgelaufen wäre – wohin? Wo hätte er Schutz vor den Fliegern finden können? Was würde geschehen, wenn ihn die Polen aufspürten? Und wie konnte er einem Focko entkommen?

Die Zeit verging – und niemand kam.

Die Wolken hielten die Tiefflieger ab, und die Polen blieben aus.

Und Focko?

Hatte er nicht den Namen Elkes an die Spitze seiner Todesliste gesetzt? Auch er war allein – und wartete: Auf den Fahnenjunker Erdmann. Der war nämlich, nachdem er seine Uniform geordnet hatte – zum Kampfkommandanten Kammer gefahren.

„Auf Vordermann bringen!" hatte Erdmann gesagt.

Und nun saß er im Zimmer des Obersten Kammer.

„Warum setzt die Division nicht mehr über?" fragte der Fahnenjunker. Kammer zuckte mit den Achseln: „Minen", sagte er knapp.

„Umso besser – desto mehr Kräfte stehen uns hier zur Verteidigung Östringens zur Verfügung!"

„Verteidigung?" fragte Kammer.

„Herr Oberst – ich will Ihre Frage nicht verstehen!" drohte der Fahnenjunker und zog sein Papier aus der Tasche. Er übergab es dem Kommandanten.

„Ich habe alle Vollmachten – alle!" setzte er hinzu und nahm das Papier wieder an sich.

„Verteidigung! – Östringen ist Festungszone, und wir werden diesen Raum verteidigen. Wieviele Geschütze?"

„Einschließlich Flak – zwölf", berichtete Kammer gehorsam.

„Wieviele Panzer?"

„Nur fünf."

„Na, ist ja prächtig – reicht für einen Gegenangriff – die werden sich wundern!"

Der Oberst hatte die Zeit gebraucht, um sich über das, was nun zu geschehen hatte, ins Reine zu kommen. Erdmann stand inzwischen an der Karte und entwarf strategische Pläne.

„Der Volkssturm hält hier die Front, dann im Morgengrauen Feuerschlag aus allen Rohren hierhin und sofort anschließend Panzervorstoß in Richtung Asmundeshem, und dann weiter nach Süden, immer hinein mitten in den Feind – Sturmzeit?"

„Morgen – fünf Uhr!" sagte der Oberst, immer noch am Tisch sitzend.

„Ausgezeichnet!" Erdmann kehrte auf seinen Platz zurück, schlug die Beine übereinander – dann setzte er erneut an:

„Übrigens – ich mache mir Sorgen – über die Moral, naja der Truppe auch, aber vor allem der Zivilbevölkerung – ich meine – Sie kennen meine Vollmachten – wir müssen dafür sorgen, daß wir keine Laumänner hinter uns lassen, keine Miesmacher, keine Saboteure, nur der eiskalte, fanatische Wille zum Endsieg. . ."

Kammer hatte sich eine Zigarette in den Mund gesteckt und die Schachtel wieder in eine offene Schublade gelegt — plötzlich hielt er in seiner Bewegung inne . . .
„Entschuldigung — auch eine Zigarette?"
„Gerne — nur mit einer völlig geschlossenen Heimatfront können — können —"
Erdmann hielt inne, denn er starrte in den Lauf eines Wehrmachtsrevolvers —
„— Herr Ob —"
Der Schuß saß auf kürzester Entfernung in der Brust des Fahnenjunkers und ließ den Leib in sich zusammenknicken — Erdmanns Finger, die bereits an der Pistolentasche lagen, lösten sich — dann schoß Kammer erneut und wieder — bis das Magazin leer war und der Fahnenjunker leblos auf dem Teppich lag. Der Kampfkommandant ging um den Schreibtisch herum und drehte den Körper mit dem Fuß um: tot!
Mit zwei Schritten war er an der Tür, riß sie auf und winkte einen Unteroffizier herbei.
„Schaffen Sie die Leiche weg — von Tieffliegern erschossen, klar?"
„Melde gehorsamst: Von Tieffliegern erschossen!" echote der Mann.
Kammer verließ sein Zimmer, um zum Hof Neu-Jerusalem zu fahren. Vor dem Haus sah er den Fahrer des Fahnenjunkers in seinem Kübel — er lag über dem Steurrad und döste. Kammer tippte ihm auf die Schulter:
„Sie können ins Quartier fahren — Fahnenjunker Erdmann hat ein anderes Kommando."
„Jawohl, Herr Oberst!" sagte der Fahrer und ließ den Motor an.
Aus dem Bericht des Unbekannten schloß Focko, daß sein neugewonnener Freund tot sei: die Schüsse, dann die Nachricht, daß der Fahnenjunker fort sei: das war denn doch deutlich, da blieb für den SA-Sturmführer kein Zweifel übrig.
Plötzliches Mißtrauen glimmte in den Augen Umbsens auf — er musterte den Fahrer vor sich:
„Kenne ich Sie von früher?"
„Ich glaube nicht!" sagte der gleichgültig.
„Woher kommen Sie?"
„Aus Sachsen!"
„Aber Sie sächseln nicht!"
„Mein Vater war Beamter — mal hier, mal da, so entwickelt sich kein bestimmter Dialekt."
Der Fahrer wollte gehen, aber Focko fragte noch:
„Wie heißen Sie?"
„Was liegt daran, daß ich Ihnen einen Namen sage — wissen Sie ob's der richtige ist?" lächelte der Fahrer, und Focko fuhr zusammen.
„Kennen Sie Aldessen?"
„Nein."
„Was wissen Sie vom — heiligen Törf?"

„Von – was?“ wunderte sich der Fremde.
„Vom heiligen – ist schon egal. . .“
Für Focko stand jetzt fest, wer hier als Fahrer die Dinge beobachtete: derselbe Gang, dieselbe Bewegung, bei dem SA-Mann stellte sich das bekannte Gefühl der Erleichterung, das Bewußtsein weichender Angst, ein, als der Motor ansprang, das Auto anrollte und mit dem Unbekannten verschwand.
Nun war Focko also allein – und kein Schnaps.
Der SA-Führer irrte ruhelos durch das Haus, suchte in allen Ecken – hier war noch eine Pulle mit einem Restchen, dort lutschte er noch einen Tropfen aus einem Glas. Endlich wurde es dämmrig – er konnte sich hinaustrauen, schließlich wußte er Umwege, die kaum begangen waren, jedenfalls kannten die Soldaten diese Padds nicht, und von ihnen schien jetzt die größte Gefahr auszugehen.
Er ging nach Ohlhamm, dort war die Grootdör verschlossen: Focko riß am Griff und schlug mit einem Stein wütend gegen das Holz, dann schlich er um das Haus. Alle Türen waren verrammelt, auch die zum Mistgang der Kühe, auch die Klappe, die zum Schweinekoben führte. Wieder schlich er um das Haus herum.
„Elke!“
Focko gröhlte dies Wort durch die Nacht – verzweifelt, angstzerrissen.
„Elke!“
Keine Antwort.
Drinnen hörte er die Bewegung der Kühe – das Scharren der Ketten.
Ein Pferd wieherte.
„Elke – zeig Dich!“
Wieder schlich Focko um das Haus.
Was war das?
Ein Fenster stand etwas vor – man konnte den kleinen Finger hineinschieben – es war offen: daß er das übersehen hatte!
Das Haus stand leer.
Focko durchsuchte alle Räume: Niemand da.
In Elkes Wohnzimmer stand ein leeres Glas – irgendein Saft und nicht ein Tropfen Alkohol. Focko ließ es fallen – egal.
Das Radio spielte leise – Marschmusik – er dreht an einem Knopf, und da dröhnte es ihm in Überlautstärke in die Ohren – Sondermeldung – ist der Führer gefallen. . .
„Heil Hitler – Scheiße. . .“ sagte Focko, als ihm klar geworden war, was er da soeben vernommen hatte.
Er ging in den Stall und suchte sich dort beim Schein einer Petroleumfunzel einen passenden Strick, in den er, wie schon so oft, eine Schlinge legte.
Und dann suchte er sich tastend einen Weg nach oben: die erste Leiter, noch eine –
mit zitternden Händen befestigte er das Seil hoch oben im Dachgebälk mit guten Knoten an einer soliden Strebe, dann legte er sich die Schlau-

fe um den Hals. . .
„Elke. . ." so zitterte sein Ruf durch die weite Scheunenhalle.
„. . . ich habe doch nur Befehle ausgeführt – gib mir nen Schluck – bitte . . ."
Focko streckte die Arme aus, als ob Elke ihm mit einem Glas entgegenkäme – da polterte die Leiter mit so lautem Krach nach unten, daß die Kühe für einen Augenblick im Wiederkäuen innehielten.

XXIII. Nordwest

Es war alles in Ordnung!
Einen Augenblick lang hatte Elke sich und seinen Hof verloren gegeben: Als Focko Umbsen um das Haus schlich und nach ihm rief. Wollte die SA den Ortsgruppenleiter holen?
Dann hatte Elke Rethelsen bemerkt, daß der SA-Häuptling allein war und offensichtlich um Hilfe rufen wollte — der Bauer wagte nunmehr den Sprung aus dem Fenster und die Flucht in das rettende Dunkel.
Von der anderen Seite der Graft aus hörte er, wie Focko das angelehnte Fenste öffnete und in das Haus schlüpfte. Nun wartete er — jeden Augenblick mußten doch die Flammen aus dem Dach schlagen, denn daß der SA-Führer nunmehr aus Wut mindestens den Hof anzünden würde (er konnte dies ja später umherstreunenden Polen zur Last legen), schien ihm ganz sicher zu sein — aber es ereignete sich nichts: Der Hof lag da als ein dunkler Schatten, ruhig, mächtig, gedrungen.
Elke traute sich nicht zurück, denn er sah und hörte von Focko nach einer Weile nichts mehr. Irgenwo schien Licht zu brennen — vielleicht im Stall, ja, ganz sicher — also war er noch dort, wartete. Rethelsen schlich sich davon und machte sich auf den Weg nach Neu-Jerusalem. Erst am nächsten Tage kehrte er in sein Haus zurück — mit Hajo Hayessen — und gemeinsam entdeckten sie die Leiche Fockos, wie sie hoch oben im Dach hing — der war also tot; wie gut!
Elke Rethelsen saß, wie einst, auf seinem Hof Ohlhamm und wartete. Er war nun nichts mehr als Bauer — aber das immerhin noch. — Und wer Bauer war, hatte einen ganz erheblichen Vorzug: Er war Selbstversorger, verfügte über Milch und Fleisch und konnte „kompensieren", wie man das nannte. Das Volk hungerte wie einst — im ersten Weltkrieg — ja, noch wesentlich schlimmer, denn jetzt kamen aus dem Osten die Flüchtlinge hereingeströmt, und sie benötigten Platz und Nahrung; viele hungrige Mäuler, gänzlich mittellos und ihr Vorhandensein trieb den Wert eines halben Pfundes Speck fast ins Unvorstellbare.
Insofern war der Bauer also ganz zufrieden.
Aber die Situation war dennoch recht heikel, ja, sehr viel schwieriger zu bewältigen als damals nach dem ersten Weltkrieg, denn damals . . . kurz und gut: Im Kaiserreich hatte es weder Konzentrationslager gegeben noch waren Juden vergast worden, und überdies gab es wenigstens im größten Teil des Reichs keine fremde Besatzung, man war also unter sich — und nun?
Ganz klar, daß Elke Rethelsen von den Konzentrationslagern erst nach dem Kriege etwas durch die Presse erfahren hatte, denn schließlich sprach man über dieses Thema im Dritten Reich nicht — es gab ja keine Pressefreiheit wie jetzt! — und was die Juden anging, so hatte er dies natürlich auch nicht gewußt und das, was geschehen war, auch nicht gebilligt, ganz im Gegenteil — er war schon immer dagegen gewesen und hatte den Posten des Ortsgruppenleiters lediglich angenommen, um

Schlimmeres zu verhüten: Wer hatte denn den Iben vor dem Zugriff der Gestapo geschützt? Wer hatte dafür gesorgt, daß am Ende in Östringen nicht mehr gekämpft wurde?
Wer war diesem verbrecherischen Focko Umbsen nicht immer wieder in den Arm gefallen — und dies unter großem persönlichem Einsatz?
Natürlich hatte der Bauer auf Ohlhamm, als die erste Hausdurchsuchung stattfand, alle Nazi-Erinnerungen beseitigt: Hakenkreuzfahnen, Hitlerbilder und „Mein Kampf" lagen in der tiefen Graft, lange bevor die Jeeps mit kreischenden Bremsen auf dem Hofplatz Halt machten, Soldaten mit Gewehren im Anschlag heraussprangen und das Haus umstellten.
Elke zitterte, als die ganze Familie — auch Hergen, der sich selbst entlassen hatte und inzwischen zu Hause eingetroffen war — in der Diele zusammengetrieben wurde. Dann kramten die Soldaten in allen Winkeln, beschlagnahmten ein Jagdgewehr und ein langes Messer — dies war alles, was sie fanden. Erleichtert hörte der Bauer sie davonfahren. Er wußte, daß sie Scholzen abgeholt hatten — der befand sich in einem Internierungslager in Koblenz, und es hieß, daß er ziemlich hungern müsse. Auch die eine oder andere Nazigröße verschwand für eine Weile — nur Elke blieb ungeschoren. Offenbar glaubten die Amerikaner dem ehemaligen Ortsgruppenleiter, was er so gerne jetzt erzählte, wie er damals dem Gauleiter und so weiter — sie glaubten ihm, weil er in Hajo Hayessen einen Schutzengel hatte, denn der Bauer von Neu-Jerusalem war der neue Vertrauensmann der Besatzungsmacht und als solcher zum Landrat eingesetzt worden.
Und weil die Liste der Todeskandidaten, die man auf dem Umbsen-Hof gefunden hatte, zur Genüge bewies, daß er nicht nur ein Mitläufer war, sondern sogar — in der Uniform eines Ortsgruppenleiters — Widerstand geleistet hatte!
Elke Rethelsen konnte also davon ausgehen, daß die Besatzungsmacht ihm aus seiner Funktion als ehemaliger Amtsträger der NSDAP keine Schwierigkeiten machen würde, aber es gab da andere Probleme, die insbesondere mit den Flüchtlingen zusammenhingen. Die ersten hatte der Ortsgruppenleiter noch selber in die Häuser eingewiesen, wobei er besonders die Siedlung bedachte, denn dort saßen eh alles Kommunisten. Jetzt, nach der Kapitulation der Wehrmacht, schwoll der Strom der Vertriebenen aus den Ostgebieten an, bedauernswerte Existenzen, die mit nichts ankamen — richtige Gräfinnen besaßen mitunter nicht einmal mehr einen Kochtopf — und dann kam eine Verwaltung dazu, die das Problem einfach nicht bewältigte. Das waren eben nicht diese Fachleute wie früher sondern Männer, die von der Besatzungsmacht und von Hajo Hayessen — Gott sei's geklagt — eingesetzt waren, und die hielten sich mitunter überhaupt nicht an Recht und Gesetz — und der Emil Janßen schon gar nicht!
Seinen Posten als Bürgermeister hatte dieser ehemalige, vielleicht auch gegenwärtige Kommunist zwei Umständen zu verdanken: Einmal hatte

er im Konzentrationslager gesessen und war deshalb als Nazigegner bekannt, und zum anderen besaß er in dem neuen Landrat einen ebenso großzügigen wie zuverlässigen Freund, denn Hajo deckte auch Vorgänge wie diese – selbst wenn sie Elke Rethelsen betrafen:

Da trippelten eines Tages zwei ältere Damen über den Hofplatz zur Grootdör – Köfferchen in der Hand: Sie seien vom Wohnungsamt eingewiesen. Elke fertigte die Eindringlinge noch vor der Grootdör ab: Das müsse ein Irrtum sein, denn der Hof sei bereits überbelegt; außerdem beabsichtige sein Sohn Hergen zu heiraten und damit seien die Zimmer im Dachgeschoss belegt und die Jungenskammer im Stall, nein meine Damen, es geht wirklich nicht – vielleicht versuchen Sie es nebenan – . . . und schon stöckelten die beiden Frauen, die offensichtlich einmal bessere Tage gesehen hatten, über den holprigen Platz davon. Bauer Rethelsen grinste seinen Sohn Hergen an, als sie widerspruchslos verschwanden – so macht man das! Ehefrau Lulu hatte sich während der Szene in die Küche zurückgezogen.

Bald darauf fuhr ein Auto vor: Emil Janßen kam, sichtlich wütend, auf die Scheune losmarschiert.

„Ah – Sie. . ." so wollte Elke gerade den Bürgermeister anreden, um ihm sogleich seinen Platz anzuweisen – den im Stall nämlich, beim Vieh und nirgends anders, als ihm der Ankömmling schon entgegenbellte:

„Sie wollen die beiden alten Damen nicht hereinlassen?"

„Welche Damen?"

„Die Schwestern Trautwein meine ich – warum haben Sie die nicht ins Haus gelassen?"

„Aber – wir haben doch keinen Platz!" sagte Elke, nun schon in der Defensive und dann drehte er sich um, denn Emil Janßen stampfte bereits durch den Stall am Vieh vorbei auf die Wohnungstür zu.

„Keinen Platz?" brüllte er. Dann war er in der Diele und riß die Türen auf.

„Was ist das?"

„Unser Schlafzimmer!" sagte Elke, der dem Bürgermeister nachgekommen war.

„Und das?"

„Mein Wohnzimmer!"

„Und das?"

Emil Janßen versuchte eine Tür zu öffnen – aber sie war verschlossen.

„Der Saal – aber das ist kein Wohnzimmer!" sagte Elke.

„Darf ich hineinsehen?" fragte der Bürgermeister tückisch.

„Ich muß mal nach dem Schlüssel sehen – Hergen hast Du den Schlüssel?"

Hergen besaß keinen, aber er wollte mal nachschauen. Emil Janßen sah die beiden Bauern verächtlich von oben nach unten an, dann nickte er:

„Geben Sie sich keine Mühe!" lächelte er – und trat mit einem gezielten Fußtritt die Tür ein, die splitternd aufflog.

„Sieh einmal da!" staunte der Gemeindevorsteher. „Ein Wohnzimmer,

und dort hinten?"
„Die alte Schule!" sagte Elke.
„Zwei Zimmer – genau richtig für die Damen – hier werden sie wohnen, Herr Rethelsen – und wenn ich irgendeine Klage höre, komme ich wieder – aber Sie sollten sich das nicht wünschen – klar?"
Die Situation war in der Tat klar. Die Schwestern Trautwein zogen auf Ohlhamm in diese beiden Zimmer ein, die natürlich reichlich groß und unzweckmäßig waren – und wenn Lulu nicht unterderhand geholfen hätte, so wäre es ihnen schlecht ergangen, denn woher sollten die mittellosen Flüchtlinge Bettdecken und Küchengeräte herbekommen. Und was Lebensmittel anging, so waren sie auf die Karten angewiesen und auf das, was Lulu Rethelsen nach dem Essen den beiden gelegentlich zusteckte, aber, wie gesagt, Elke durfte dies nicht wissen, denn sein Zorn war riesengroß, zumal die eigentliche Niederlage – später erfolgte, als der Bauer mit einer umfangreichen Dienstaufsichtsbeschwerde in der Kreisstadt auftauchte, um sie dem Landrat zu überreichen: Amtsanmaßung, Sachbeschädigung, Beleidigung und viele andere Delikte waren dort aufgeführt. Vergeblich. Hajo lächelte nur, als der empörte Rethelsen ihm das Schriftstück übergab:
„Janßen ist einer meiner besten Bürgermeister!" sagte er. Und sprach dann vom Wetter.
Elke begriff, daß er anders vorgehen müsse. Und die Gelegenheit ergab sich.
Das war am Tage nach Hergens Hochzeit. Elke hatte seinem Sohn eine Bauerntochter ausgesucht – nun, Irma war nicht sehr attraktiv, aber sie galt als fleißig und brachte vor allem einige Hektar mit. Was jetzt zählte, waren die Speckseiten, die man auf den schwarzen Markt werfen konnte. Das Fest wurde ganz groß gefeiert – auf der Diele hatte man für die Gäste gedeckt – wieviele es waren, wußte nachher niemand mehr ganz genau – und dann gab es Suppe, danach Gänsebraten, Schweinebraten, Rindsbraten und dazu Kartoffeln, Rotkohl, Erbsen, Möhren, Pudding und abschließend echten Kaffee mit Apfelkuchen und Torte und Schlagsahne und Zigaretten und Zigarren und dies alles im Überfluß, bis niemand mehr etwas essen oder trinken konnte. . .
In dieser Nacht lief in Plekkateshem ein Transport mit 170 Vertriebenen ein – Männer, Frauen und Kinder – und dies bedeutete für Bürgermeister Janßen, daß er für 170 Menschen nicht nur Wohnraum sondern auch Nahrung besorgen mußte, aber wie?
Nun war es möglich, die Klassenräume der Schule wenigstens so weit herzurichten, daß die Vertriebenen dort eine oder zwei Nächte zubringen konnten – es war da sogar warm, und allein dies registrierten die Menschen dankbar – aber sie hatten Hunger, und der meldete sich nun, wo die Strapazen der Fahrt überstanden waren, mit elementarer Gewalt.
Hunger!
Bürgermeister Janßen saß in seinem Büro und hatte – nichts! Es gab

keine Magazine, keine Lagerbestände – und auf dem schwarzen Markt irgendetwas zu organisieren, war so rasch nicht möglich, vor allem aber: Womit?

Emil Janßen war verzweifelt.

Er rief seinen Landrat Hayessen an – und der wußte Rat. Zwar verfügte er nicht über irgendeinen schwarzen Bestand, aber er erinnerte sich an die Hochzeit des Hergen Rethelsen.

So klingelte auf Ohlhamm das Telefon.

Elke Rethelsen war glücklich, den armen Menschen einen Gefallen tun zu können – und er ließ die Reste des Festes auf einen Lastwagen, den Janßen vorbeischickte, verfrachten – es war genug, um 170 Menschen davon zu sättigen!

„Man hatte ja damals nichts!" pflegte Elke Rethelsen mit bedauerndem Achselzucken zu sagen, wenn er später diese Geschichte erzählte – und er berichtete oft von seinen guten Taten.

Er tat dies aus zwei Gründen:

Einmal bewiesen Anekdoten dieser Art, daß er ein soziales Gewissen hatte – denn schließlich verpflichtete nach der neuen Auffassung das Eigentum zu einer sozialen Haltung – und zum andern zeigte der Vorgang doch auch, daß er wieder wer war.

Die Zeit der Zigarettenwährung und des Schwarzen Marktes bildete eine Ausnahmesituation – ähnlich der nach dem ersten Weltkrieg, die durch eine Währungsreform jederzeit beendet werden konnte – und was sollte dann aus dem Bauern werden? Aber es gab ja andere Möglichkeiten, auch wenn Elke Rethelsen zunächst der Weg in eine der neuen Parteien versperrt war, aber man könnte beispielsweise – beispielsweise. . .

stand da eines Tages in dem Kreisblatt, daß Elke Rethelsen zum Vorsteher des Deichbandes gewählt worden sei.

Deichgraf!

Das war eine Funktion, von der man bis dahin wenig wahrgenommen hatte – die Deiche waren da, und das war es denn auch!

Dies sollte sich ändern.

Elke Rethelsen wußte dies neue Amt publikumswirksam darzustellen, wobei er die Möglichkeiten der neuen „Pressefreiheit" sehr rasch begriff und nutzte.

Die Deichschau wurde zu einem wichtigen öffentlichen Akt!

Früher gingen die Verantwortlichen die Deiche tatsächlich ab – dies war nun nicht mehr der Fall. Jetzt fuhr die Wagenkolonne des Deichgrafen und der zuständigen Beamten die Wege am Deich entlang, an der Spitze der neue weiße Mercedes Rethelsens. Dann hielten die Fahrzeuge – der ganze Pulk kletterte den Deich hinauf, und hoch oben erklärte der Deichbandvorsteher, welche Schäden vorhanden seien und wie sie beseitigt werden könnten. Bei Fied Maaßen in Aldessersiel war die Butterkuchenstation: Hier hatte der Wirt Kaffeetassen aufgestellt – und nun wartete er, zusammen mit den Reportern der beiden Lokalzeitungen, auf den Deichgrafen mit Gefolge.

Endlich waren sie da.
Elke Rethelsen gab bereitwillig Auskunft:
„Die Deiche sind in keinem guten Zustand — was Wunder: Die langen Kriegsjahre — da hat ja kein Mensch an die Deiche gedacht — und nun haben wir zunächst die dringensten Schäden repariert, Schützengräben auf den Deichkappen beseitigt und ähnliches gemacht, aber es bleibt noch viel zu tun, denn bislang haben wir Glück gehabt, daß wir keine wirklich große Flut erleben mußten — aber, meine Herren, die Jahrhunderflut kommt bestimmt."
Und sie schrieben jedes Wort begierig auf, die Reporter, und tippten nachher in die Maschine:

Deichbandvorsteher Rethelsen:
Deiche in schlechtem Zustand

„Bislang haben wir Glück gehabt" — Warnung vor Jahrhundertflut
Und dies zweimal im Jahr: Zum Frühjahr, wenn die Winterschäden festgestellt wurden, und im Herbst, wenn die Deiche sturmfest sein mußten. Immer wieder schrieben die Zeitungen:

Rethelsen appelliert an die
Regierung: Mehr Geld für Deiche

Jahrhundertflut kann unvorstellbare Katastrophe bringen
Um den Mann in dem weißen Mercedes begannen sich Anekdoten zu ranken.
Beispielweise diese: Eines Tages erzwang er sich den Zugang zum Minister, indem er im Vorzimmer Posten faßte mit dem Bemerken:
„Ich warte!"
Als die Vorzimmerdamen ihn darauf hinwiesen, daß es lange dauern könne, packte er demonstrativ Thermosflasche samt Butterbrot aus:
„Das macht nichts!"
Der Minister war daraufhin für den Deichgrafen zu sprechen.
Ob es stimmte?
Elke Rethelsen jedenfalls stellte im Gespräch fest, daß man es nunmehr ja wieder mit vernünftigen Leuten zu tun habe. Damit meinte er den neuen Gemeindedirektor in Plekkateshem und auch den neuen Bürgermeister, denn Emil Janßen war längst abgewählt — seine Methoden waren allzu robust gewesen! — Auch Hajo Hayessen hatte sich wieder auf seinen Hof zurückgezogen — die Politik überließ er anderen, und das waren solche, mit denen sich Elke recht gut verstand, zumal er, was allgemein überraschte, als Deichgraf unkonventionellen Lösungen durchaus positiv gegenüberstand.
So war er es, der den Deichband dazu veranlaßte, an bestimmten Abschnitten neue Methoden der Ufersicherung zu erproben, ja, an einer Stelle setzte er es sogar sehr gegen den Widerstand konservativer Bauern durch, daß der Deich aus Gras und Erde ersetzt wurde durch eine Betonmauer, die überdies so konstruiert war, daß sie die Wellen zurückwarf, wodurch sie der Brandung die Wucht nahm.
Beton im Deichbau!

Das Problem wurde heiß diskutiert – bis die Bewährungsprobe kam. Tagelang stürmte es aus Südwesten – warm und feucht kam es vom Antlantik her und das Wasser lief bei Ebbe nur schlecht ab, aber niemand hatte große Befürchtungen: Es weht halt öfter so bei uns! Und doch war Elke Rethelsen auf dem Posten – mit seinem weißen Mercedes fuhr er die Schwachstellen der Deiche ab und kontrollierte die Posten – obwohl er an sich nicht zuständig war und doch nahm er sich dies Recht heraus, respektiert von den Beamten der Kreisverwaltung, freudig begrüßt von den Bediensteten der Gemeinden und den ehrenamtlichen Wächtern, denn Elke hatte stets eine Flasche dabei und teilte daraus reichlich und gerne aus – und einen Witz hatte er auch immer parat.
Dann kam die Nacht – und mit ihm der Nordwest!
In unheimlicher Schwärze dehnte sich das Wasser vor dem Deich. Es lief immer höher auf. Ein Junge, der bei Niedrigwasser zur Grodenkante von Aldessen gelaufen war, konnte den heranrollenden Wellen nicht mehr entkommen – so sehr er auch rannte – hilflos hörten die Männer am Deich, wie seine gellenden Schreie vergurgelten, und dann war es still, nur der Wind heulte über dem Meer, dessen breite Wogen jetzt die Böschung des Deiches hinaufliefen – lange Wellen, ganz aus der Tiefe des Atlantiks kommend, brachen sich hier an den Dämmen Östringens, immer neu, immer neu – und immer höher! Der Sturm drückte inzwischen die Bäume in den Klei, riß armdicke Äste aus den Kronen, jagte Dächer wie Skatkarten durch die Luft – und Elke Rethelsen preschte unermüdlich mit seinem verbeulten weißen Mercedes durch die tiefverschlammten Kleinwege, fragte hier, ordnete dort, ohne Rücksicht auf sein Fahrzeug, ja ohne Rücksicht auf die eigene Person. . .
Längst waren die Deichschaarts geschlossen. Es hatte sich herausgestellt, daß hier und da die Bohlen fehlten, mit denen die Tore verriegelt werden konnten, aber Elke Rethelsen wußte Rat: Er kannte die Sägereien, die die richtigen Balken auf dem Platz hatten, und er sorgte dafür, daß die Chefs sie ohne weitere Formalitäten herausgaben. Kaum war dies vorbei, gab es erneute Schwierigkeiten: Bei Aldessen rissen die Brecher die Grasnarbe weg – schon wühlte sich das Wasser tief in den Klei des Deiches hinein.
„Sandsäcke, um Gottes Willen: Sandsäcke!"
Lastwagen trafen ein – Männer kamen und mit ihnen Sandsäcke. In Plekkateshem und in Aldessen erwachten uralte Traditionen aufs neue: Frauen saßen in den Küchen und schmierten Brote – man brachte aus den Häusern Margarine und Wurst, denn die Verteidiger hatten nichts zu essen, weil niemand an Feldküchen gedacht hatte. Furchtsame Menschen, die das Wasser nicht kannten, ließen in den Garagen die Autos an, um rasch auf die Geest zu entkommen – wie sollten sie wissen, daß es für sie ebensowenig ein Entkommen gegeben hätte wie für den Jungen auf dem Groden . . . und nur eine Frau dachte daran, ihre Badewanne mit Wasser zu füllen, für den Fall des Falles.
„Sandsäcke – wo sind, verdammt nochmal – Sandsäcke?"

Bei Aldessen war die Krise da!
In endloser Kette standen die Männer aus dem Dorf im Klei – Sandsäcke flogen von Hand zu Hand und dann mit Schwung hinein in den fast unersättlichen Schlund, der sich dort im Deich aufgetan hatte und in dem das Wasser gefährlich kochend gurgelte. In der Kette der schmächtige Pfarrer Pohl, obwohl doch seine Hände sich an dem groben Stoff blutig rissen – der war es gewohnt, mit griechischen und hebräischen Vokabeln umzugehen und nun dies? Da sackte er zusammen. Man trug ihn zurück in das Pfarrhaus und weiter:
„Mehr Sandsäcke und schneller!"
Aber es waren keine Säcke mehr da – kaum noch und wenn die alle gefüllt und in den Deich geworfen waren – und wenn dann die klaffende Wunde nicht geschlossen werden konnte. . .
Elke Rethelsen hatte einen Blick auf die Laster geworfen und war dann nach Syassenssiel gefahren. Mit quietschenden Bremsen hielt er vor einem Hafenschuppen.
„Aufmachen!" befahl er.
„Das ist ein Zollager!" sagte ein Mann, der es offensichtlich an dieser Stelle zu sagen hatte.
„Und was ist da drin?" fragte der Deichgraf.
„Säcke – ganz gewöhnliche Säcke!"
„Eben – und die brauchen wir, wenn wir nicht absaufen wollen, also machen Sie auf!"
Der Mann schien sich das zu überlegen, da kam ein Beamter in grüner Uniform – Zollamtsvorsteher und Amtmann Gras.
„Natürlich können Sie die Säcke haben", sagte er beflissen, „aber bitte kommen Sie mit in mein Büro – nur ein Formular."
„Meinen Sie, daß die See wartet, bis ich hier Ihren Papierkrieg hinter mir habe?" schnauzte Rethelsen. Dann befahl er einem Mann, der ihm gefolgt war:
„Knacken Sie das Schloß!"
Und der ließ sich das nicht zweimal sagen.
„Aber was Sie hier machen, das ist. . ."
„Diebstahl, Einbruch, Sachbeschädigung, und wenn Sie weiter flennen auch noch Beamtenbeleidigung – das können Sie mir alles morgen erzählen: Für mich ist das ein übergesetzlicher Notstand – Wiedersehen, wir holen den Rest, sowie wir einen Laster haben!"
Und ab ging er – mit den Säcken.
Endlich Sandsäcke!
Elke Rethelsen stand auf der Deichkrone und sah in die schwarze See. Er konnte sich gegen den Wind kaum halten, aber er stand, stand auf glitschigem Grund, neben sich den schwarzen Abgrund – der drohende Bruch – die Deichkrone dort mochte noch eine Hand breit sein –
„Wie lange steigt das Wasser noch?" fragte jemand den Deichgrafen.
„4.11 Uhr", sagte Rethelsen mechanisch.
Das waren noch 45 Minuten – und so lange hielt der Damm an dieser

Stelle nicht – und wenn der Deich hier brach, das Wasser in die Marsch schäumte?
Die Menschen am Deich waren alle wach und gewarnt – denen drohte keine Gefahr, aber was war mit jenen, die dreißig, vierzig Kilometer weit im Moor ruhig schliefen und sich keiner Gefahr bewußt waren, obwohl sie tiefer wohnten, also gefährdeter waren – was war mit ihnen?
Noch 40 Minuten!
Elke Rethelsen glaubte zu beobachten, wie der Schwung der Kolonne nachließ – die Säcke nicht mehr ganz so schnell in dem Loch verschwanden – machte sich Resignation breit? Ahnten diese Männer, daß alles umsonst gewesen war?
„Der Wind – was ist mit dem Wind?"
„Der Wind wird schwächer!"
„Das sind Böen – der kommt gleich wieder!"
Elke wurde an das Funkgerät gerufen. Ein Feuerwehrmann begleitete ihn.
„Wichtige Mitteilung aus dem Kreishaus!" sagte er.
„Ich höre", brüllte Elke in den olivgrünen Kasten.
„Hören Sie – die Flut steigt nicht mehr!"
„Was?" schrie der Deichgraf ungläubig.
„Die Flut steigt nicht mehr!"
Alle hörten es mit, die bei dem Feuerwehrfahrzeug standen. Und mit der Geschwindigkeit des Nordweststurms breitete sich die Nachricht bei den Männern aus, die nun mit neuem Schwung ihre Sandsäcke griffen und dem nächsten zuwarfen:
Die Flut steigt nicht mehr!
Das hörten die Frauen in den Küchen. Sie ordneten jetzt alles auf Platten und machten sich bereit, den Imbiß an Feuerwehrmänner abzuliefern, damit die Sackwerfer endlich einen Bissen in den Magen bekämen:
Die Flut steigt nicht mehr!
Mit einem Aufatmen sah Elke Rethelsen, als er auf seinen Posten zurückkehrte, die Nachricht bestätigt – er konnte dies leicht an dem angetriebenen Reith ablesen – das nun am Deich liegen blieb und so den höchsten Stand des Wassers markierte, denn inzwischen ging das Meer zurück – in steter, majestätischer Ruhe: Der Deichbruch war abgewendet worden.
Erschöpft warf sich Elke Rethelsen in die völlig verschmutzten Polster seiner weißen Limousine und fuhr dem heimischen Hof entgegen, hier war gottseidank nichts geschehen; nicht einmal einen Baum hatte der Sturm entwurzelt.
Die Lokalzeitungen würdigten am anderen Tag den selbstlosen Einsatz des Deichgrafen, der mit seinem weißen Mercedes überall zugleich war – auch seine Auseinandersetzung mit dem Zollamtsleiter hatten die Reporter glücklicherweise mitbekommen – vor allem aber schrieben sie:
„. . . die bisherigen Deichbaumaßnahmen haben es mit sich gebracht,

daß an den bislang gefährdetsten Punkten unseres Deichsystems keine nennenswerten Schäden eingetreten sind. Dies zeigt, mit welcher Sachkenntnis Deichbandsvorsteher Rethelsen die beschränkten Deichbaumittel eingesetzt hat, denn wenn diese vorausschauenden Maßnahmen nicht geschehen wären, so hätte es bei uns leicht so kommen können wie in Holland, wo die Katastrophe noch unabsehbar ist. . ."

Rethelsen nickte, als er dies las und schaute nach dem Namen des Schreibers – und dann sah er eine Zeile, die ihn vollends davon überzeugte, daß dieser Redakteur Förderung verdiene:

„. . . ob dies allerdings die von Rethelsen so oft beschworene Jahrhundertflut war, vermögen wir alle nicht zu sagen."

Der Deichgraf faltete das Blatt zu und griff nach der Kaffeetasse.

„Lulu", sagte er dann, „pack mit bitte meinen Koffer – ich muß nach Hannover!"

XXIV. Ein Skatspiel

Fied Maßen war Eigentümer einer jener kleinen Pinten hinter dem Deich, die früher einmal die Fischer mit Seilen, Netzen, einigen Lebensmitteln und Schnaps versorgt hatten.
Wieviel Armut mochten die roten Mauern gesehen haben!
Man erzählte sich, daß die Familienväter in den Katen links und rechts von dieser unscheinbaren Pieselei wintertags, wenn der Sturm über die Marsch raste und die Flut gegen den Deich anrannte, Grassoden wegriß, Buhnen zerstörte und die Grodenkante zerbröckelte – daß die Familienväter in solchen Augenblicken der Todesangst hoffnungsfroh zum Fenster hinausschauten und ihrer hungernden Familie sagten:
Heute schneidet der Herrgott Brot!
Denn für Deicharbeiter gab es nur sommertags Arbeit und Lohn – im Winter lebten sie von den Erträgnissen des Gartens, der Landwirtschaft und den – Ersparnissen, wie die Obrigkeit höhnisch sagte. Aber der Garten war klein und brachte bei dem harten und feuchten Boden nur unzuverlässige Erträge, die Landwirtschaft bestand aus einigen Grabenrändern, die der Mann gepachtet hatte, und vielleicht einem Deichlos, und die Ersparnisse – woher denn Ersparnisse?
Pastor und Vogt waren der Meinung, daß es den Deicharbeitern wesentlich besser gehen würde, wenn jene kleine Pinte am Deich nicht gewesen wäre; diese Lasterhöhle und dies Saufloch, denn dorthin wanderte sehr oft der magere Lohn einer schweren Woche.
Und wie oft mochte die Obrigkeit recht mit ihren Vorwürfen haben!
Nun aber sah man dem kleinen Häuschen mit seinem tadellosen Reithdach, den hohen Frontfenstern im roten Ziegelwerk und den niedrigen Seitenwänden nichts mehr von der Not an, die hier einmal zu Hause war – im Gegenteil: Es war ein idyllisches Fleckchen Erde, liebenswerter noch durch die Linden dicht vor der Hauswand, durch die schmale Bank neben der Haustür – Fied Maßen hatte wenig verändert – nur der Mist war fort, überhaupt war alles blitzsauber.
Das war nicht immer so.
Als die Ingenieure der Tiefbaufirma Bruncken AG ein Plätzchen suchten, wo sie sich ungestört unterhalten konnten, liefen um die unscheinbare Gastwirtschaft von Aldessersiel die Hühner herum, und damals lag noch ein Misthaufen neben dem Haus – dort wo später der kleine Sommergarten mit den vier Tischen angelegt werden sollte – es ging hier also recht ländlich zu. Fied Maßen – nur an seine Deicharbeiter und Fischer gewöhnt – staunte nicht wenig, als eine Gruppe besserer Herren im Anzug und weißem Hemd, Schlips um den Hals, lärmend bei ihm einfiel, sich an dem runden Tisch vor dem Buffet breit machten und lauthals nach Schnaps und Bier verlangte.
Fied Maßen wienerte hinter dem altmodischen Tresen verlegen seine Gläser, während er gleichzeitig das Bier einzapfte, sehr um eine leuchtendweiße Blume bemüht, und den Korn eingoß. Er kramte mit Eifer

und musterte dabei mißtrauisch den eigenen Raum wie ein Fremder: Da waren die alten Stühle, tiefbraunes Holz mit geflochtenen Sitzen, dann die ebenso braunen Tische mit den weißen Deckchen darauf und den Blümchen (Wilma — seine Frau — liebte Blumen!)
Der Tresen mit der Zapfsäule war ebenfalls sehr dunkel, nur das Tropfblech und das Spülbecken blitzten. Das Buffet hinter ihm wirkte auf den Piesel — trotz der gedrechselten Säulchen — schäbig und altmodisch.
Endlich war das Bier fertig. Er brachte die Getränke auf einem Tablett — und er hatte sogar ein kleines Deckchen darunter gelegt.
„Na, denn Prost, Herr Wirt", riefen die Gäste fröhlich. Fied Maßen hatte das Gefühl, daß sie die Schäbigkeit des Gastraumes nicht wahrnahmen. Mehr noch: Ihnen gefiel es hier offenbar!
In diesem Moment kamen einige Arbeiter in die Gaststätte — mit grauen Gesichtern und nur notdürftig gereinigten Händen, an Hosen und Jakken hing noch der Klei, in dem sie eben gestanden hatten.
„Moin Fied!"
„Moin Anton, Moin Willi, Moin Otto — och und Du büst ok dor. . ."
Fied kannte sie alle und war froh, jetzt nicht mehr so auf die Fremden achten zu müssen. Seine Stammgäste ließen sich von den Ingenieuren nicht stören — sie bestellten Korn und Bier, erzählten vom Wetter, von den jüngsten Granatfängen und was sie gebracht hatten, und dann hatte jemand geheiratet, mußte vielmehr hihihi. . .
Fied hatte sich dazu gesetzt und erzählte munter mit — der ganze Dorfklatsch wurde ausgebreitet, und dabei vergaß er völlig die ungewohnten Herren in seinem Rücken!
„Herr Wirt!"
Endlich: Die wollten zahlen.
„Können wir hier was zu essen haben?"
Fied dachte angestrengt nach: Wenn er ablehnte, so hatte er Gäste verloren, und das ging gegen sein Geschäftsprinzip, und wenn er zusagte — so fragte er sich, ob den Herren das schmecken würde, was er zu bieten hatte und überhaupt. . .
„Ich muß meine Frau fragen!" sagte er und flüchtete in die Tiefen des Hauses. Dann kam er zurück:
„Granat!" sagte er einsilbig.
„Granat?" fragte einer der Ingenieure.
„Kennst Du doch, belehrte ihn ein anderer, das sind die kleinen roten Krebse, die Sie hier fangen; werden lebend gekocht. Eine Spezialität des Landes!"
„Dann nehmen wir sie!" entschied ein dritter.
„Wie teuer sind die?" fragte der Zweifler.
Fied Maßen nannte einen Preis — und sie waren es zufrieden. Und wie schmunzelten sie, als sie sahen, was auf sie zukam:
Eine große Glaskumme mit rosaroten glänzenden Krebsschwänzen, dazu ein Korb mit viel Schwarzbrot und ein ganzes Stück Butter, Rührei

natürlich und dann Tee, richtig auf einem Stövchen und goldbraun!
„Sind ganz frisch", sagte Fied noch, „heute morgen vom Wattheiligen gefangen!"
„Von wem?"
„Och — das ist ein Mann auf Oldeoog, den nennen wir so — aber er bringt den Granat immer ganz frisch an Land, wissen Sie, und deshalb kaufe ich gerne bei ihm."
Die Ingenieure hörten nicht mehr zu: Sie widmeten sich der Mahlzeit und langten tüchtig zu.
Und endlich zahlten sie.
Aber sie kamen wieder!
Fied Maßen wurde im weiten Umkreis zu einem Begriff, ohne daß er sehr viel dazu tat. — Er sorgte nur stets für ganz fangfrischen Granat und reichte dazu viel Butter, Schwarzbrot und Tee auf einem Stövchen, natürlich auch Bier, wenn die Gäste dies so wollten.
Da saßen sie denn, die Herren in den feinen Anzügen, neben den Arbeitern in verdreckter Arbeitskleidung, die sich zunächst durch das neue Publikum nicht abschrecken ließen, vermutlich weil es eine zweite Pieselei weit und breit nicht gab, und die Gäste von außerhalb suchten offenbar geradezu diesen Kontakt mit dem Arbeitsvolk — sie staunten die Männer vom Deich an wie Zoobesucher Affen betrachten, nur nicht so auffällig.
Fied Maßen behandelte sie alle gleich:
„Tach, Willi, Moin Anton, Tag Otto — Guten Tag, Herr. . ."
Ein Fremder hatte die Gaststube betreten und wurde von Fied mit Handschlag begrüßt. . .
„. . . Herr . . . sagen Sie nichts, gleich komme ich drauf — Herr . . . Sie waren doch schon mal hier? Ich kenne Sie doch? . . . Herr . . ."
„Möller", half der Gast ein.
„Ach ja, Herr Möller", Fied Maßen schlug sich vor die Stirn, „wieso bin ich nicht gleich darauf gekommen — natürlich . . . bitte Herr Möller . . ."
Es war diese — stets wiederholte — Szene, die Fied Maßen ebenso berühmt machte wie der Granat. Später gab es noch in seinem Restaurant Seezunge und überhaupt alles, was man in einem gepflegten Gasthaus erwarten konnte, vorzüglich zubereitet von der stets unsichtbaren Frau Wilma. Die Deicharbeiter hatten inzwischen allerdings das Feld geräumt — auf die Dauer vertrugen sich die Herren in Maßanzügen nicht mit den Männern im kleiverdreckten Blauen; nicht deshalb, weil die Ingenieure und Direktoren an der Anwesenheit der Arbeiter Anstoß genommen hätten — im Gegenteil: sie bedauerten sehr, daß sie wegblieben — aber de lüttje Lüe fühlten sich nicht mehr wohl, und so blieb einer nach dem anderen fort.
Fied Maßen war das nicht recht, weil er so manchen alten Freund einbüßte, aber die neuen Gäste brachten natürlich weit mehr Geld in die Kasse, und so ließ er das denn geschehen. Er sorgte jetzt dafür, daß die Umgebung des Hauses ansprechender wurde, auch erweiterte er den

Gastraum durch einen Anbau. Schließlich kamen noch Besprechungszimmer hinzu – für diejenigen, die unter sich sein wollten. Aber was sich auch immer in und an dem Haus änderte – eins blieb: Der Granat, fangfrisch mit viel Butter und Schwarzbrot, dazu Rührei und Tee – dies war das Hauptangebot. Fied Maßen galt nicht umsonst in ganz Östringen als der beste Granatkenner. Als Bauunternehmer Alfons Bruncken, Mehrheitsaktionär und Geschäftsführer der Bruncken Hoch- und Tiefbau AG, zusammen mit seinem Freund Scholzen – Inhaber der Firma Scholzen – Maschinenbau – die Gastwirtschaft Maßen betrat, befand sich nur ein Gast im Raum – er saß an dem großen runden Tisch gegenüber dem Buffet, vor sich die unvermeidliche Schale Granat nebst Zubehör und dazu eine Flasche Mineralwasser. Der Mann war eingetreten – ein ganz gewöhnlicher Gast, wie sie jetzt oft kamen – aber er hatte, trotz aller Bemühungen, ja Verrenkungen Fieds, seinen Namen nicht nennen wollen, so daß die Begrüßungszeremonie irgendwie zerflatterte, ja, peinliche Formen annahm – aber der Fremde hatte sich im übrigen freundlich verhalten, rasch bestellt, und nun saß er da und verzehrte sein Mittagsmahl.
Scholzen stutzte kurz, als er den Mann an dem Tisch sah, aber da sich der Unbekannte um die Eintretenden nicht kümmerte, gingen sie rasch durch die kleine Tür neben dem Buffet, um in den vorbestellten Clubraum zu gelangen – ein kleines Zimmerchen mit etwa zwölf Plätzen, wo für vier Personen gedeckt war – Pastor Hosemann erwartete sie bereits. Scholzen und Bruncken begrüßten ihn wie alte Freunde.
„Waren eben noch auf dem Deich – viel zu tun; ist ja alles erst notdürftig geflickt", sagte Bruncken.
„Naja, nur das Geld fehlt!" bemerkte Scholzen.
„Sicher – jetzt geht es wieder um Geld!" warf Hosemann ein.
„Hat ja sein Gutes, daß wir wieder mit Geld rechnen – war doch nichts damals – Sie mit Ihren Carepaketen und ich mit den geklauten Ami-Reifen. . ." Scholzen erinnerte sich wehmütig.
„Die Carepakete waren an mich persönlich gerichtet!" giftete Hosemann sofort und übergangslos – er war an seiner empfindlichsten Stelle getroffen.
„Ich sag ja nichts anderes – aber meine Reifen waren aus dem Ami-Depot reell geklaut und die Ersatzteile auch und das Benzin auch – Mann, alles geklaut – was war das für ein billiger Betrieb!"
„Und alle Löhne in Reichsmark!" träumte Bruncken.
Fied Maßen platzte in diese Träume von der guten alten Schwarzmarktzeit mit einer Runde Bier und Korn.
„Auf Kosten des Hauses!" sagte er dazu.
Nach dem allgemeinen Prost wandte sich die Runde den Gegenwartsproblemen zu.
„Wenn der Rethelsen Erfolg hat", brummte Bruncken, „dann haben wir einiges zu erwarten."
„Da hat uns der Herrgott Brot geschnitten!" nickte Scholzen dem Pa-

storen zu.
„Lassen Sie Gott aus dem Spiel – ich bin hier nicht als Pastor!" erwiderte dieser schlecht gelaunt.
„Auch als Pastor – aber nicht nur!" Scholzen widersprach mit deutlicher Freude. „Wenn wir die Deiche neu bauen, dann können Sie helfen, wenn es um Grundstücke geht – schließlich ist die Kirche der größte Grundeigentümer der Gemeinde – oder?"
„Bis zu einem gewissen Grade – sicher!" nickte der Pfarrer. „Aber, hier bin ich nur als Zuhörer, verstehen Sie?"
„Damit die Weihe diesem Fest nicht fehle?" zitierte Bruncken.
„Es ist so –" Hosemann wand sich „– mein Schwiegervater ist heute nicht abkömmlich, aber er möchte unterrichtet sein – und so hat mich Rethelsen eingeladen, damit ich mir das hier anhöre – mehr nicht!"
„Sehn Sie, Herr Pastor, so kommen wir auf einen Nenner: Bruncken baut, Ihr Schwiegervater fährt Sand und Erde, ich stelle die Maschinen – fehlen nur noch die Aufträge, die muß uns der Deichgraf geben."
„Zu den üblichen Konditionen?" fragte Bruncken.
„Was mich angeht: ja!" nickte Scholzen, „aber wenn es ein dicker Fisch ist – von mir aus auch mehr!"
„Er wird mehr haben wollen", vermutete der Bauunternehmer, „denn sein Sohn kann nicht wirtschaften – der säuft – und so braucht der Deichgraf Geld, um den Hof zu sanieren; Rethelsen wird ja auf seine alten Tage nicht Mist karren wollen!"
„Gott behüte!" höhnte Scholzen und verbeugte sich dann gegen den Geistlichen: „Entschuldigung, Herr Pastor!" aber der reagierte nicht.
Draußen fuhr ein Wagen vor. Scholzen ging ans Fenster und schaute auf den Parkplatz:
„Das ist Rethelsen – man sieht's an dem weißen Mercedes!"
Das Gespräch verstummte für eine Weile – dann öffnete sich die Tür: Elke trat ein – mit hochrotem Gesicht und schwerfälligem Gang; hinter ihm Fied Maßen mit der unvermeidlichen Schnapsflasche.
„Tachauch!" stieß der Deichgraf hervor und dann unvermittelt an Scholzen gewandt:
„Kennen Sie den Mann da vorne?"
Der Kaufmann schüttelte den Kopf.
„Ich dachte, ich hätte ihn schon mal gesehn. Na, ist auch egal – wolln erst mal einen nehmen – prost, meine Herren!"
Man prostete sich zu.
Fied Maßen stand unterdessen mit einem Block bereit. Man war sich über das Menü rasch einig:
Blumenkohlcreme, dann Seezunge mit grünem Salat und Butterkartoffeln, anschließend einen Pudding, dazu eine Flasche Weißwein – na – nehmen wir die Nummer 23 – das wär's.
Die Herren waren unter sich.
„Gut", berichtete Rethelsen, „ich habe Erfolg gehabt – und auch nicht. Zunächst das Erfreuliche: Die Landesregierung will praktisch alle Dei-

che neu bauen. Das gibt ein Zehn-Jahresprogramm mit zehn bis zwölf Millionen jährlich. . ."
Die Zuhörer sahen sich erstaunt an.
„Donnerwetter", entfuhr es Bruncken.
„. . . aber wir müssen teilen. Irgend so einem Beamten ist es aufgefallen, daß in diesem Deichband immer die Firma Bruncken das billigste Angebot abgab. . ."
„Der verfluchte Jürgens!" warf Bruncken ein, den Namen seines Konkurrenten nur mit Verachtung nennend.
„. . . es müssen also weitere Firmen an den Aufträgen beteiligt werden, mindestens noch eine, besser aber zwei oder gar drei — wegen der Optik."
Rethelsen endete und löffelte seine Suppe.
In der folgenden Stunde berieten die Männer, wo zunächst gebaut werden müsse, wie die Lose aufzuteilen seien und so fort. Hosemann wollte wissen, wie hoch die Deiche sein sollten, während Scholzen lebhaft von neuen Raupen und Baggern erzählte, die, bei gleicher Aufwendung, mehr leisteten. Rethelsen hörte uninteressiert zu, während er die Gräte seiner Seezunge abschabte.
„Ansonsten bleibt alles beim alten?"
Scholzen fragte den Deichgrafen direkt. Der nickte:
„Ich denke ja!"
Damit war diese Frage geregelt. Und den Beteiligten war auch klar, daß Rethelsen mit den anderen Firmen ähnliche Absprachen getroffen hatte wie mit ihnen — deshalb verlangte er nicht mehr.
Fied Maßen hatte die Mahlzeit selbst serviert — das machte er bei wichtigen Gästen immer so, vor allem dann, wenn in den Hinterzimmern Gespräche geführt wurden, die niemand sonst hören sollte — und auf Fieds Diskretion konnte man sich verlassen. Die Männer fanden nichts dabei, daß der Gastwirt gelegentlich auch mal eine Feststellung machte, eine Frage stellte, kurzum, sich in das Gespräch mit einmischte, und so wußte er zum Schluß alles, was er wissen mußte — nämlich wo und wann gebaut wurde und welches Land benötigt wurde.
Man bestellte Kaffee und dazu Cognac.
Dann nur Cognac.
Hosemann erhob sich, als zum Thema Deichbau offensichtlich nichts Neues mehr zu sagen war.
„Mann, Herr Pastor, nu seien sie man kein Fisch", dröhnte Bruncken, „wir wollen nur nochn lüttjes Spiel machen."
„Nein danke, meine Herren", erklärte Hosemann stehend, wenn auch leicht schwankend, „ich fasse des Teufels Gebetsbuch — so sagte man in meiner schlesischen Heimat — nicht an."
Er ging.
Bruncken — ein leidenschaftlicher Skatspieler — teilte aus. Fied Maßen setzte sich dazu — so waren sie vier, wie bei einem richtigen Preisskat.
„Was macht denn Dein neuer Nachbar?" fragte Scholzen den Deichgra-

fen.
„Der Lummen?"
„Ja, der!"
„Arbeitet!" sagte Rethelsen grimmig – und alle lachten. Sie sahen den dürren Mann vor sich, wie er mit nichts aus Schlesien gekommen war, und nun hatte er sich in der Kate des Hofes Ohlhamm eingenistet – und arbeitete.
„Na denn man los!"
Die drei Spieler schauten einen Augenblick angestrengt in die Karten und dann sagte der erste: achtzehn, zwanzig, eins, zwei, null. . . und so ging es fort; Zahlen wurden genannt, Karten flogen auf den Tisch, mal leise schleichend, mal mit Donnergetöse, und dann zählten sie die Augen: 40 – 44 – 54 – 57 – 60 – Arsch gespalten!
Und das kostete natürlich eine Runde.
Und weiter: Aus jedem Dorf ein Hund, stöhnte jemand. Der nächste verkündete: Caro war ein Hühnerhund. Wieder fielen die Karten: Hier auf dem Tisch – da sterben sie!
„Mensch, hast Du nicht gemerkt, daß ich die Zehn rauschnibbeln wollte?"
„Aber das wäre doch sowieso nicht gegangen!"
Und das kostete natürlich eine Runde.
Und noch eine Runde.
Und noch eine.
Elke schwankte bedächtig hin und her – mit hochrotem Kopf saß er da und starrte in die Karten.
„Mann, wir spielen Quiek!"
Der Deichgraf stampfte und rollte wie ein Schiff im Nord-Sturm – dann sank er von seinem Stuhl zu Boden – da lag er, steif und starr, die Glieder von sich gestreckt.
„Oh – ist der besoffen!" brummte Bruncken.
„Eine Bierleiche – wir haben eine Bierleiche!" jubelte Scholzen, der nun auch die Karten beiseitelegte und zum Nebentisch ging. Er nahm die weiße Tischdecke herunter und legte sie auf den reglosen Elke Rethelsen. Dann streute er Blumen, die er herumstehenden Vasen entnahm, darüber.
„Wir haben die Leiche geschmückt – jetzt fehlt noch die Leichenrede", bemerkte Scholzen. Man stritt sich eine Weile, wer sie halten sollte, während Fied Maßen eine Kanzel aus Stühlen zurechtbaute. Indessen gröhlte Bauunternehmer Bruncken aus vollem Halse – und die anderen fielen ein:

„Kein schönrer Tod in dieser Welt
als wer im Schnaps ersoffen,
Ein solcher Mann auf Erden zählt –
ihm steht der Himmel offen.

Und wer dem Hergott bittend naht,
gefällt von dem Delire,

versichert sei er seiner Gnad;
kredenzt ihm Wein und Biere!

Das ist Gewohnheit Tag und Nacht,
hier wie im Paradiese:
drum, wer die Zeit im Suff verbracht,
kommt auf die Himmelswiese."

Gesenkten Blicks und mit gefalteten Händen trat Scholzen an das Rednerpult.
„Liebe Trauergemeinde",
er sah mit frommen Augenaufschlag in die Runde — die übrigen Skatspieler hatten inzwischen Platz genommen —
„wir nehmen heute Abschied von unserem lieben Freund — ja, ich möchte sagen: unserem teuren —"
„viel zu teuer!" brüllte Bruncken dazwischen.
„viel zu teuren Freund Abschied, aber wir können sagen, daß er auf eine würdige Weise von uns gegangen ist, denn er wird auch diese Zeche nicht bezahlen — wie so viele andere nicht.
Ist er aber ein Zechpreller?
Mitnichten, meine Freunde, denn bedenken wir, inmitten des Lebens sind wir vom Tod umfangen, und ein Vollrausch ist eine gute Entschuldigung, schließlich leben wir alle aus der Gnade, und unser Bruder hat die Gnade des Deliriums empfangen, und deshalb braucht er auch für seine Schulden nicht aufzukommen.
Wie auch! Lehrt uns nicht die Heilige Schrift zu leben wie die Lilien auf dem Felde — sie säen nicht, und sie ernten nicht, und unser himmlischer Vater ernährt sie doch: Also hat unser Freund nie gesät — aber er hat geerntet, viel geerntet, aber er hat aus der Fülle auch abgegeben und deshalb wollen wir ihm nicht gram sein.
Nun tragen wir Leid, schweres Leid, um unseren lieben Toten — denn wenn er uns auch gute Prozente gekostet hat, so wußten wir doch stets, woran wir waren und wie hoch die anderen boten, und wir wußten dies vor der Angebotseröffnung. Was aber wird nun — da er tot ist?"
„Red nicht solchen Stuß", brummte Bruncken, der bereits wieder nach den Karten schielte — „los wir spielen weiter!"
„Nein, Du bist nicht tot", fuhr Scholzen ungerührt fort, „du lebst und zwar im Himmel — trittst vielleicht jetzt mit bloßem Haupte vor den Thron des Allmächtigen, und der fragt dich: ‚Elke Rethelsen — wo ist Dein Schwager Iben?' "
„Das geht nun aber zu weit", protestierte der Bauunternehmer, „wir wollen nicht in der Vergangenheit herumrühren!"
„‚Ich habe ihn nicht ins KZ gebracht', wirst Du sagen. Und Du hast auch Focko Umbsen nicht aufgehängt und hast auch — richtig: Du hast nichts getan, nur geredet, viel und laut geredet — möge dir unser Herrgott deine Reden nicht anrechnen — jetzt, wo Du eine Ewigkeit schweigen wirst!"

„Quatsch doch nicht so", schloß Bruncken jetzt die Rede Scholzens, die feierlicher geraten war als es dieser beabsichtigt hatte, „morgen ist Rethelsen wieder wohlauf."
Sie versuchten, das Spiel fortzusetzen, aber es ging nicht.
So brachen sie auf.
Doch wohin mit der Schnapsleiche?
Scholzen und Bruncken versprachen dem Wirt, sich des Betrunkenen anzunehmen und schleppten ihn zum Wagen des Bauunternehmers, wo Elke Rethelsen mit einiger Mühe auf den Rücksitz geschoben werden konnte – dann ging es, den Schluckpadd entlang, nach Ohlhamm – Bruncken vorweg und dann Scholzen, beide in Schlangenlinien fahrend, aber sie kamen glücklich an.
Bald standen sie auf dem Hofplatz. Nichts rührte sich. Die Hofgebäude waren kaum als Schatten wahrzunehmen. Mit der Taschenlampe suchten sie eine offene Tür – alles verrammelt.
„Wir können jetzt keinen wecken", sagte Scholzen mit schwerer Zunge und Bruncken stimmte zu. Er hatte inzwischen eine Schiebkarre gefunden und begann nun, den regungslosen Deichgrafen aus seinem Auto zu zerren.
„Hat mir wenigstens nichts vollgekotzt", stellte der Bauunternehmer zufrieden fest.
Scholzen hatte inzwischen einen Heuschober gefunden, dessen Ostseite zwar offen stand – aber er war überdacht. Dahin zog jetzt die Karawane – mit der Taschenlampe leuchtete Bruncken den Weg aus – so – noch ein bißchen weiter – noch ein bißchen weiter – es ist genug: Und nun kippten sie die Fracht in das weiche und duftende Gras. Scholzen warf noch drei Hände Heu auf den Körper – Bruncken drei Arme voll: er mußte stets übertreiben.
„Naja, da kann er gut schlafen – man sieht ihn auch nicht gleich!" meinte Bruncken und wies auf den Heuberg, der zwischen Elke Rethelsen und dem Hofplatz lag, denn sie hatten ihn möglichst versteckt – damit er unbemerkt ins Haus schleichen könne – ist ja blamabel, sowas, nicht?
„Möge er zu einem besseren Morgen erwachen!" sagte Scholzen feierlich.
Dann fuhren die beiden Kaufleute nach Hause.
Der Zufall wollte es, daß Fied Maßen am folgenden Tag seine Gastwirtschaft geschlossen hatte und tagsüber mit Wilma in Oldenburg Einkäufe machte. Sie gingen noch ins Kino, tranken etwas und kehrten spät in der Nacht zurück, so daß ihnen der weiße Mercedes erst im Laufe des folgenden Vormittags auffiel.
„Den hat's aber erwischt", meinte Fied, unternahm aber nichts.
Was Bruncken anging, so erinnerte der sich am nächsten Tag an nichts mehr. Scholzen litt an Kopfschmerzen, Übelkeit und konnte sich kaum bewegen; überdies ging in seinem Geschäft alles drunter und drüber.
„Nicht mal einen Tag kann ich zu Hause bleiben!" schimpfte er und

fuhr dazwischen, daß sich alle duckten.
Erst am folgenden Tag fiel ihm diese versoffene Geschichte ein – wie war das doch – um Gotteswillen – wat hebbt wi dor mokt – und – er griff nach dem Hörer, wählte die Nummer Rethelsens – Lulu meldete sich:
„Moin, Moin – is de Diekgraf dor?“ fragte Scholzen betont gut gelaunt.
„Nein, mein Mann ist noch in Hannover!“ antwortete die Frau.
„In? Wo? Hannover?“ Scholzen stammelte – ein schrecklicher Verdacht regte sich in ihm – dann legte er mit einigen entschuldigenden Worten auf.
Augenblicke später standen er und Brunken im Heuschober und kratzten das Gras beiseite – da lag der Deichgraf Elke Rethelsen noch so, wie ihn die Betrunkenen vorgestern hingelegt hatten – tot.

XXV. Die Vergantung

Hergen Rethelsen war nun Bauer auf Ohlhamm.
Der mächtige Mann ging nach dem Tode seines Vaters mit noch schwererem Schritt durch die Scheune und durch den Berg, schwang sich noch behender in den Sattel eines seiner Reitpferde und ging noch höhere Hindernisse an.
Bauer auf Ohlhamm!
Ein Leben lang hatte er auf diesen Augenblick gewartet.
Was zählte jetzt noch das Leben voller Erniedrigungen, das er bis zu diesem Augenblick erduldet hatte?
Und es war wirklich ein Leben voller Kümmernisse gewesen, das Hergen bis zum Tode seines Vaters geführt hatte – voller Zurücksetzungen und Unterdrückung.
Elke Rethelsen hatte den ersten Sohn zunächst gar nicht wahrgenommen: kommen ja noch mehr.
Dann hatte er gelernt, daß der Junge auf dem Hofe gute Dienste leisten konnte, denn anstellig war er ja nun einmal!
Und so hatte Hergen nach der Volksschule die Stelle eines Jungknechts bekleidet – aber während seine Altersgenossen das erste eigene Geld nach Hause brachten, mußte er noch um Taschengeld betteln:
„Kriegst ja mal den Hof."
Das war aber gar nicht mehr so sicher, seit der Bruder Elmar auf der Welt war – der jüngere erbte ja in der Marsch üblicherweise. Und wenn da noch einer kam – dann blieb Hergen halt auf Ohlhamm – als Onkel, der für seinen Lebensunterhalt arbeiten mußte.
Die Militärzeit schien dem gedrückten Jungbauern Erleichterung zu bringen, denn sie entfernte ihn von dem Vater, von Ohlhamm und stellte ihn in eine neue Welt, unter neue Menschen und vor neue Aufgaben. Aber wieder waren da Vorgesetzte, die kommandierten: Linksum, rechtsum, halt, und was es für Befehle noch geben mochte – der Soldat Rethelsen konnte seinen Mut beweisen, seine Kraft, seine Geschicklichkeit, – mündig wurde er in dem Riesenapparat der Wehrmacht nicht.
Nach der Kapitulation tauschte Hergen Rethelsen die Uniform gegen einen Zivilanzug (mit Hilfe einiger Speckstücke, die er von zu Hause geschickt bekommen hatte) – und traf so wieder auf Ohlhamm ein.
Das alte Leben begann.
Der Bauer Rethelsen bestimmte, wann Hergen aufzustehen und wann er ins Bett zu gehen habe; er verfügte, wann gefüttert und gemolken wurde und welche Arbeiten in welcher Reihenfolge zu verrichten waren. Mehr noch: Der Vater suchte und fand auch für seinen Sohn eine Frau – eine dickliche, häßliche Bauerntochter, die Hergen nie gewollt hatte – aber sie brachte die erwünschten Jück mit, und so wurde die Ehe eben geschlossen. Von nun an lebte das Ehepaar in den Zimmern im Dachgeschoß – und Hergen wurde vom Vater nicht mehr so streng beaufsichtigt wie früher.

Überhaupt wurde der Bauer lascher. Das hing damit zusammen, daß er öfter den Hof verlassen mußte, seit er Deichgraf geworden war. So konnte er das, was auf Ohlhamm geschah (und unterlassen wurde) nicht mehr so genau bestimmen, ja, er bemerkte manches nicht mehr, denn der Bauer war selbst dann, wenn er zu Hause war, mit seinen Zahlen und Kontoauszügen beschäftigt — Dinge, von denen Hergen nichts verstand und nichts verstehen wollte.
Er traf sich lieber in der Reithalle mit seinen Kameraden: Hier trainierte man eine Weile nach dem Kommando eines Reitlehrers, und nachher kam man zu einem fröhlichen Umtrunk zusammen — ja, das war eine nette Gesellschaft; und man war unter sich: lauter Bauernjungs, mit dem Boden und den Pferden eng verwachsen. Man sprach über Turniere hier und Turniere dort, über Preise und Ehren, natürlich über Pferde, immer wieder über Pferde, nur über Pferde.
Während dieser Stunden in der Reithalle lebte Hergen auf, denn hier war er von seinem kommandierenden Vater und von seiner häßlichen, übrigens stets betrunkenen Frau gleich weit entfernt — er sah und hörte nichts von ihnen, träumte sich vielmehr in den vierbeinigen Pferdehimmel hinein, was ihm umso besser gelang, je mehr er getrunken hatte, so daß er stets mit Schlagseite nach Hause kam.
So lange der Alte lebte, mochte dies alles noch angehen, denn der hielt die Zügel in der Hand und sorgte auch dafür, daß Verluste, die auf dem Hof entstanden, anderweitig stets ausgeglichen wurden — und Verluste entstanden leider, schon dadurch, daß Hergen kein guter Kaufmann war, Ware also leicht zu billig weggab, weil er den richtigen Preis nicht kannte, sich auch nicht dafür interessierte: wer sein Freund war — und das konnte jeder sein, der großzügig ausgab — bekam, was er haben wollte, billig oder umsonst. Auch wenn sich der Vater noch so sehr aufregte — mochte er doch! Wenn er betrunken war, dann hatte Hergen sehr viel Mut, und wenn er nüchtern war, ließ sich der Fehler nicht mehr gutmachen.
Dem Deichgrafen glitten die Dinge aus der Hand, denn auch mit dem andern Sohn hatte er Pech: In einer weichen Stunde hatte er dem vereinten Druck seiner Frau und Hajo Hayessens nachgegeben, und Elmar zum Gymnasium geschickt. Damit war Hergen als Hoferbe bestimmt — gegen die Regel, aber damals schien es, daß der robuste Älteste den besseren Bauern abgeben würde als der sehr viel zartere Elmar, dem so jedes Geschick abging.
Nun wurde aber deutlich, daß er die Weichen falsch gestellt hatte, und manche Äußerung ließ erkennen, daß Elke Rethelsen dies wohl erkannt hatte. . .
Doch nun war er tot und Hergen wurde Bauer an seiner Statt.
Für den bisherigen unterbezahlten Knecht war dies eine Befreiung, denn jetzt verfügte er über den ganzen Hof — und über den Kredit, der ihm auf Grund der Ländereien und der Gebäude, der Maschinen und nicht zuletzt wegen des guten Rufes des Namen Rethelsen gewährt wurde.

Hergen fehlte auf keinem Turnier. Und auf keinem Reiterball – Irma hütete ja das Haus. Sie machte überhaupt vieles, vielleicht alles, denn Hergen fand kaum noch Zeit, sich um seinen Hof zu kümmern. Er saß in den Wirtschaften und Bars, holte dicke Rollen Geldscheine aus der Hosentasche und zahlte, zahlte, zahlte, kaum daß er nachfragte, wofür. „Wenn das man gut geht", sagten die Leute zweifelnd.

Hergen spürte bald, daß er nicht mehr auf Wohlwollen und Sympathie stieß – irgendetwas hatte sich geändert. Früher sagte man wohl: Der arme Hergen – naja, bei dem Vater! Und man behandelte den Junior mit Respekt und Freundlichkeit, um es dem Senior zu zeigen – aber jetzt war da kein Alter mehr, und der neue Bauer war im Begriffe, alles durchzubringen.

Wie gesagt: Hergen spürte, daß sich das Klima geändert hatte, und er reagierte entsprechend – zunächst durch noch größere Freigiebigkeit, als ob er die Vergangenheit zurückkaufen könnte, dann durch gelegentliche Wutausbrüche, die ihn im Kameradenkreise isolierten – schließlich konnte er sich nicht mehr bergen: er trat bei einem Turnier einem der Männer, die die Hindernisse aufstellten, aus irgendeinem nichtigen Anlaß mit den Sporen ins Gesicht. Glücklicherweise passierte nicht viel – aber Hergen wurde sofort disqualifiziert; natürlich gab es Sportreiter, die den Ausschluß Rethelsens für Zeit und Ewigkeit verlangten – Willy, der Gastwirt gegenüber der Kirche, hinterbrachte es dem Bauern, als er wieder mal vor der Theke saß; die Zeche, die Hergen an diesem Abend machte, stellte alles bisherige weit in den Schatten.

Der weiße Mercedes war bald zu Bruch gefahren – Hergen hatte ihn im Rausch in einen Graben rollen lassen und ihn dann am nächsten Morgen mit einem Trecker so ungeschickt herausgerissen, daß das Fahrzeug nur noch Schrottwert hatte – also kaufte er einen neuen, denn mochten die Maschinen auf dem Hof auch verrotten – der weiße Mercedes durfte nicht fehlen.

Im Dorf staunte man, daß der Hof dies alles aushielt – aber es konnte ja sein, daß der Alte ein großes Vermögen hinterlassen hatte. Von den bitteren Gesprächen, die Hergen mit dem Rendanten der Raiffeisenbank zu führen hatte, erfuhr man ja nichts. Dieser stets geschniegelte, gleichmäßig freundliche Beamte wies den Bauern mit wohlgesetzten Worten darauf hin, daß er mehr auf die Verbesserung der Ertragslage achten müsse und die Liquidität nicht gefährden dürfe – von der Vermögenssubstanz ganz zu schweigen – kurz und gut: Er begleitete den Weg in den Abgrund mit wohlmeinenden Kommentaren, die, betriebswirtschaftlich gesehen, sicherlich sehr richtig waren, aber auf Hergen Rethelsen wenig Eindruck machten, jedenfalls so lange seine Schecks noch akzeptiert wurden.

Das war schließlich nicht mehr der Fall. Hergen bekam einen Wutanfall und verließ laut brüllend die Scheißbank, weil er mit diesen Idioten nichts mehr zu tun haben wollte – sie konnten ihn alle am Arsch lekken, schließlich wisse er sehr wohl, woher er Geld bekommen könnte

und zwar jede Menge, und die sollten sich nicht so anstellen...
„Auf Wiedersehen", sagte der Rendant freundlich, „auf Wiedersehen, Herr Rethelsen."
Am Nachmittag saß Josef Lummen im Wohnzimmer des Bauern.
Hergen hatte Gläser auf die Kelimdecke gestellt und dazu eine Flasche Bourbon-Whiskey. Und so wartete er auf seinen Gast, indem er sich in den Sessel seines Großvaters warf und in den Garten hinaussah, in dem die Dahlien in einer schier unglaublichen Farbenfülle blühten, und dahinter die Weiden, auf denen die Rinder friedlich grasten — ein grünes Meer, Reichtum des Landes. Josef Lummen erschien pünktlich — wie immer in eine schwarze Manchesterhose und eine grüne, kurze Stalljacke gekleidet, beides bemerkenswert sauber, so als ob er die Landarbeit nicht gewohnt sei: welch ein Irrtum. Lummen gehörte zu jenen „Futtjemachten", die im Frühjahr 1946 aus Schlesien gekommen waren — zusammen mit seiner Frau hatte er sich, kaum daß die Sonne wieder schien, ans Werk gemacht und ein Stückchen des alten Flugplatzes umgegraben und mit Kartoffeln bepflanzt, wobei er die Knollen halbierte und die Schnittfläche mit Asche bestreute, um das Saatgut zu strecken — dabei wohnte die Familie Lummen noch in einer kalten Dachkammer und besaß so gut wie nichts — nur die wenigen Kartoffeln hatte er sich organisieren können, und die waren damals ein Schatz!
In Plekkateshem schüttelte man über das Paar der Kopf: Schlesier waren das, also von weit her — und dann auch noch katholisch.
„Die rennen jeden Sonntag zur Kirche!" wunderte man sich allgemein.
„Und die Kinder müssen zur katholischen Schule — obwohl wir doch eine im Dorf haben, aber die ist ja nicht katholisch."
„So richtig Katholsche!"
Man machte sich über den Dialekt der Lummens lustig, und man glaubte ihnen nicht, daß sie in der Heimat Haus und Hof besessen hätten, hielt alles, was sie freundlich erzählten, für Spinnerei, und im übrigen ließ am sie gewähren.
Lummens selbst taten so, als ob sie nichts hörten und nichts sähen — zu jedermann waren sie freundlich und hilfsbereit, und im übrigen arbeiteten sie von früh bis spät auf dem kleinen Stückchen Land, das ihnen zugewiesen worden war und verhökerten die schmalen Erträge mal gegen Zigaretten, mal gegen Tranöl aus dem Fischereihafen — und dann hatten sie eine Ziege, die an Grabenrändern graste. Noch der alte Rethelsen, der Deichgraf, verpachtete ihnen das Arbeiterhäuschen, das zum Hof Ohlhamm gehörte, er verkaufte ihnen sogar den Kotten, als das Geld wieder etwas wert war, denn der Rethelsen konnte mit dem Schuppen nichts mehr anfangen: Als Arbeiterhaus war es zu feucht und als Stall zu klein — mochten die Lummens sehen, wie sie damit klar kamen.
Noch brauchten die Schlesier Kredit, aber bald hatten sie ihn bezahlt, und nun besaßen sie sogar Kühe, auch einen Trecker — überdies pachtete Josef Land dazu — und blieb allezeit sowohl seinem schlesischen Dia-

lekt als auch der katholischen Kirche treu, da er aber inzwischen stets bar bezahlte, im übrigen gleichmäßig freundlich und hilfsbereit blieb, stieg sein Ansehen im Dorf allgemein, auch wenn er jetzt gelegentlich lächelnd bemerkte:
„Was für ein Land! Kein Baum und kein Strauch – nur Gras!"
Dieser Lummen besuchte Hergen Rethelsen – und er war freundlich wie eh, vielleicht sogar ein bißchen unterwürfig, denn daß dort ein Rethelsen saß, er aber nur ein Lummen war, schien er deutlich zu spüren. Trotzdem ließ er sich bei dem Handel, der nun folgte, nicht übertöpeln.
Rethelsen wollte Land verkaufen. Sagte Hergen.
Rethelsen muß Land verkaufen. Dachte Lummen.
Und Lummen setzte sich durch. Er zahlte bar, und so hatte Hergen mit einem Male sehr viel Geld in der Tasche – mehr als sonst, und nun wollte es es den Kerlen mal zeigen: Er kaufte einen Trakehnerhengst, ein schlankes, tiefbraunes Tier, sein ganzer Stolz, der elegant über die verbliebenen Weiden von Ohlhamm trabte, während Hergen seinem Freunde Willy bei viel Schnaps und Bier von der Neuerwerbung erzählte und genau ausrechnete, wieviel bei der Pferdezucht zu verdienen sei, vorausgesetzt, man fange dies clever an – aber daß ein Hergen Rethelsen die nötige Clevernes besitzt, ist ja klar – na, denn Prost!
Bei der Bank sah man dies anders. Und dann gab es welche, die jetzt um ihr Geld fürchteten und auf rasche Begleichung ihrer Rechnungen drängten – auch der Trakehner mußte bezahlt werden, Kredit war nicht zu bekommen, und kein Bauer kam, um seine Stute durch Rethelsens Hengst decken zu lassen – kurz und gut: Der Gerichtsvollzieher erschien einmal, zweimal und ging kopfschüttelnd durch die verkommenen Hofgebäude, betrachtete mißmutig die Kälber, die knietief im eigenen Kot wateten, und wischte mit dem Finger durch den Staub, der sich inzwischen auf die geschnitzten Mögel gelegt hatte. Irma, in einer verdreckten Kittelschürze auf seinen Fersen, nahm dies alles nicht wahr, denn sie vermochte sich kaum auf den Beinen zu halten, und Hergen war natürlich bei Willy, er war nur noch bei Willy!
Das Ende war ein Volksfest!
Im Kreisblatt stand die Ankündigung, daß auf Ohlhamm wegen freiwilliger Betriebsaufgabe eine Vergantung stattfinde. Angeboten wurden Färsen und Quenen, Schweine und Schafe, Pferde natürlich, dann Kleinvieh, dazu Trecker, Wagen und andere Maschinen –
„und was sich sonst noch vorfindet", so lautete die traditionelle Schlußformel der Einladung, auf die Auktionator Walter Bucht auch diesmal nicht verzichtet hatte.
Hergen war kaum noch in der Lage, sich um dieses letzte große Geschäft, das er als Bauer tätigen sollte, zu kümmern, und Irma war, wie üblich, besoffen, aber es gab Nachbarinnen, die in ungeheuren Mengen Butterkuchen buken und Kaffee aufbrühten. Willy sicherte sich den Ausschank von Bier und Korn – beides mußte er zwar billig abgeben,

aber er konnte sicher sein, daß er bei dem erwarteten Umsatz auf seine Rechnung kommen würde. Der Dorfsheriff Engel schließlich suchte einen geeigneten Hamm als Parkplatz aus — und nun regelte er den Verkehr: Auto auf Auto rollte an — wahre Menschenmassen ergossen sich über den Hofplatz in die Scheune, um Vieh und Maschinen zu begutachten. Es erschienen diejenigen, die wirklich etwas erwerben wollten, dann die Nachbarn, bei denen es zum guten Ton gehörte, daß sie nach einer guten Tasse Kaffee und einem Stück Kuchen, vielleicht auch nach einem Schnaps, ein Stück ersteigerten — und es kam Josef Lummen, jawohl, de katholsche Lummen weer ok dor.
Walter war bereits auf seinem Posten — bei den Kühen. Er trug einen Hut — als einziger, denn alle anderen hatten Mützen auf dem Kopf — und einen Handstock, denn dies, Hut und Stock, waren die Abzeichen seiner Würde. Neben ihm ein Schreiber, der die Zahlen notierte. Und rundherum die Kauflustigen.
Der Auktionator klopfte mit seinem Handstock auf ein Stück Holz, und begann ein langes Schriftstück zu verlesen: Daß nämlich bar zu zahlen sei und daß jeder Käufer Name und Adresse angeben müsse und was dergleichen Bedingungen noch waren und schließlich die Vermahnung, daß jeder, der kein Geld habe, sich des Bietens gänzlich zu enthalten habe.
Und dann ging es los.
„Wer seggt wat?"
Walter Bucht begann mit einer Kuh — leicht gebückt stand er neben dem gehörnten Haupt und starrte in die Menge. Zwölfhundert Mark waren vorgegeben — und wer ging darüber ... eine Hand ging hoch, noch eine, noch eine. Der Auktionator zeigte jetzt auf die Hände, einer nach der anderen und brabbelte: twelfhunnert twelfhunnert twelfhunnert twelfhunnert twelfhunnertfofftig twelfhunnertfofftig darteinhunnert darteinhunnert darteinhunnertfofftig darteinhunnertfofftig darteinhunnertfofftig veerteinhunnert veerteinhunnert veerteinhunnertfofftig veerteinhunnertfofftig veerteinhunnertfofftig ton ersten veerteinhunnertfofftig veerteinhunnertfofftigveerteinhunnertfofftig ton tweeten fiefteinhunnert fiefteinhunnert fiefteinhunnert ton ersten fiefteinhunnert fiefteinhunnert fiefteinhunnert ton tweeten fiefteinhunnert fiefteinhunnert f i e f t e i n h u n n e r t t o n d r ü t t e n!
Zuschlag.
Nächstes Tier. Und wieder das Brabbeln der plattdeutschen Zahlen, die Finger — der Auktionator hielt seine Kundschaft mit einem fast hypnotischen Blick gefangen, zwang die Finger nach oben — bis der Preis erzielt worden war, den er für angemessen hielt, so hatte es den Anschein. Das Vieh ging rasch weg — auch die Maschinen fanden ihre Käufer — diese hochwertigen Stücke wurden stets an den Anfang einer Vergantung gesetzt — ehe der reichlich ausgeschenkte Alkohol zu wirken begann, so daß gar jemand, der nicht zahlen konnte, irgendetwas erwarb, und dann hatte man das Theater mit dem Rechtsanwalt und mit dem

Gerichtsvollzieher, nee, bloß das nicht!
Josef Lummen hatte sich kaum für Vieh und anderes Inventar interessiert – er war aus guter Nachbarschaft gekommen, weil er inzwischen wußte, daß sich das gehöre, und so fügte er sich der Landessitte wie in vielen anderen Dingen, die nicht seine Sprache und seinen Glauben betrafen.
Er war auf dem Hof nicht weit vorgedrungen: schon am Würstchenstand (es handelte sich um die Erzeugnisse des Schlachters Piewitt, der im ganzen Ländchen bekannt war) hatte er die ersten Bekannten getroffen und bei Willy die nächsten – Josef wurde mit großem Hallo empfangen: jetzt hatte man ihn endlich, diesen ewig nüchternen, stets fleißigen, freundlichen, hilfsbereiten Musterbauern aus Schlesien – jetzt oder nie!
„Willy – n Korn – un giff Jupp ok man eenen – Prost!"
Josef prostete zu – hierhin und dorthin – und als er bezahlen wollte, war dies nicht möglich – war alles ausgegeben.
Aber das konnte er doch nicht auf sich sitzen lassen:
„Eine Runde – hier!" sagte er mit schwerer Stimme und Willy schenkte aus.
Man war dabei, sich mit und über Jupp zu amüsieren.
„Ihr mit Eurer Wellwurst!" sagte jemand, denn man hechelte nun die Nationalgerichte durch.
„Und Ihr mit Eurer Pinkel im Kohl!" konterte Jupp und schudderte sich demonstrativ.
Man machte einen Rundgang, landete erneut vor der Schnapsbude – eine kräftige Tasse Kaffee ließ den schlesischen Bauern wieder etwas munterer werden – Jupp nahm wahr, daß da was verkauft wurde – ein Hahn offenbar – und da hatte ihn der Blick des Auktionators gefaßt und Josef kam nicht mehr los, plötzlich verspürte er den Zwang, mit den anderen mitzuhalten, es denen zu zeigen –
„dreißig" sagte er.
„dartigdartigdartigdartig. . ." brabbelte Walter Bucht und ließ Lummen nicht los.
Seitwärts hob sich ein Arm – Lummen fixierte den Feind mit zusammengekniffenen Augen.
„Fünfzig!" sagte er.
Der Auktionator wiederholte die Zahl auf plattdeutsch und durchbohrte die Bieter.
Wieder ein Handzeichen. Und Lummen konterte sofort:
„Siebzig!"
Die Menschenmenge war ungeheuer gewachsen – alle wollten sie dies Duell miterleben; sogar Willy hatte seinen Platz an der Schankbude verlassen.
„Neunzig!" sagte Lummen.
„So viel für einen alten Hahn", flüsterte man in den letzten Reihen, aber Walter Bucht ließ nicht locker – unaufhörlich wiederholte er – ließ gelegentlich drohend ein „ton ersten" fallen. . .

„Hundertzehn!“ sagte Lummen.
Es ging nicht mehr um den Hahn! Es ging um mehr – es ging darum, daß dieser Mann hier zeigte, was er konnte und daß er es mit jedem aufnahm, mit jedem – verstanden?
„Hunderdreißig!“ sagte Lummen.
. . . denn sie alle mochten freundlich tun und Schnaps ausgeben – für diese Menschen war er doch der Sonderling, der von irgendwoher kam, nicht einer der ihren war, und der nur geduldet wurde, weil ihn niemand mehr wegdrängen konnte, jetzt nicht mehr!
„Hundertfünfzig!“ sagte Lummen.
In der Runde war atemlose Stille eingetreten.
Offenbar hatten die beiden Bieter jedes Augenmaß, jede Vernunft verloren. „Dieser verdammte Schnaps – ja, Lummen wird was zu hören kriegen!“ sagte jemand in der Menge. „Ja, der katholschen Maria wird das nicht gefallen, daß er hier sein Geld rauswirft!“ meinte ein anderer – und schon hatte man einen Grund, sich erneut zu amüsieren. . .
„Hundertsiebzig!“ sagte Lummen.
. . . denn stand er nicht unter dem Pantoffel – ja, wenn er nicht so spurt, wie es seine Madame will, dann . . .
„Hundertneunzig!“ lallte Jupp mit schwerer Stimme – und da hinten blieb diese verfluchte Hand endlich unten – besiegt! Walter Bucht hatte in den letzten Sekunden fast den Eindruck gehabt, daß er die Vergantung nicht mehr leite, vielmehr selbst mitgerissen wurde von diesem Kampf.
„tonerstentontweetentondrütten!“ sagte er rasch und schlug mit dem Handstock auf einen Balken.
Plekkateshem hatte seine Sensation!
Der geizige Bauer Josef Lummen hatte 190 Mark für einen alten, tranigen Hahn gezahlt – und dann das Tier auch noch verschenkt!
Wenn da seine Alte dahinterkam!
Das ganze Dorf wartete auf die Szene, die nun unfehlbar folgen mußte – aber da ereignete sich nichts!
Der Ehefrieden bei den Lummens blieb offensichtlich gewahrt. Da schritten einige Nachbarinnen zur Tat, um den Dingen etwas nachzuhelfen, und berichteten, so beim Klönschnack über den Gartenzaun, von der Vergantung bei Rethelsen, und was hat denn Ihr Mann mit dem Hahn gemacht – was, das wissen Sie gar nicht?
190 Mark für einen Hahn!
Maria Lummen nickte.
„Daß er 190 Mark da gelassen hat, weiß ich wohl, aber er hat mir nicht gesagt, wofür – sehen Sie, die Rethelsen haben uns viel geholfen, und da wollten wir nicht beiseitestehen, wenn es zur Auktion kommen sollte. . .“
Sie sagte: Wir!
Verstehe einer die Schlesier.
Im Dorf wuchs langsam Gras über die Geschichte.

Die Lummens kauften weiter Land und bauten schließlich einen modernen Hof mit einem freistehenden Haus, in das die Stallgerüche nicht eindringen konnten. Ohlhamm indessen verfiel immer rascher: Die Stallungen standen nunmehr leer und in den Zimmern des Wohnhauses lag dikker Staub, den Irma Rethelsen kaum noch beseitigte. Hergen selbst verdingte sich als Arbeiter in der Blei- und Zinkhütte AG und verschwand nunmehr in der grauen Masse. . .

Zu diesem Buch

Der oldenburgische Heimatschriftsteller Klaus Dede legt mit dem Erzählwerk „Der Deichgraf“ seinen ersten Roman vor. Bislang sind von ihm fünf Heimatbücher erschienen: „Butjadingen – Portrait einer Landschaft“; „Stedingen – ein Land, das nicht sein durfte“; „Bremerhaven und Wursten“; „Oldenburg und Ammerland“; „An der Jade“.
Mit diesem Buch verläßt der Autor das Gebiet der Sachdarstellung und wendet sich dem Roman zu – aber er ist seiner Technik treu geblieben: Ähnlich wie in den Heimatbüchern stellen auch hier die einzelnen Kapitel in sich abgeschlossene Kurzgeschichten dar, die sich jedoch aufeinander beziehen und insgesamt einen Handlungszusammenhang bilden. Es ist deshalb keineswegs falsch, mitten im Buch anzufangen, vorzublättern und zurückzugehen – ganz wie man will. Sicherlich empfiehlt es sich, den einen oder anderen Abschnitt später nochmal zu lesen – dies gilt insbesondere für das erste Kapitel.
Noch ein paar Worte zur Biographie Klaus Dedes: Er wurde in Nordenham-Blexen geboren, wo sein Vater Günther Dede als Pastor wirkte. Hier wuchs Klaus Dede auch auf. Nach dem Kriege besuchte er in Bremerhaven die Oberschule, bis er im Emsland Journalist wurde. Die Stationen seiner beruflichen Laufbahn waren unter anderem Westfalen, Bonn und schließlich erneut das heimatliche Nordenham. Heute lebt Klaus Dede als freier Schriftsteller in Oldenburg; er ist verheiratet und hat einen Sohn.
Natürlich hat Klaus Dede eine Fülle von Hobbies: Er liest gerne französische Literatur, insbesondere Zola; unternimmt viele Radtouren durch das nördliche Oldenburg; sammelt Ortschroniken und landeskundliche Literatur und wirkt – als Mitglied des Deutschen Guttempler-Ordens – den Trinksitten entgegen, wie er auch selbst alkoholfrei lebt (und rauchen tut er auch nicht). Man sieht: Klaus Dede führt ein tätiges Leben, hat viel Freude und ist im Grunde optimistisch gestimmt. Möge sich mit diesem Roman ein wenig davon allen Lesern mitteilen.